そしてミランダを殺す

ピーター・スワンソン

JN143099

ある日、ヒースロー空港のバーで、離陸までの時間をつぶしていたテッドは、見知らぬ美女リリーに声をかけられる。彼は酔った勢いで、１週間前に妻のミランダの浮気を知ったことを話し、冗談半分で「妻を殺したい」と漏らす。話を聞いたリリーは、ミランダは殺されて当然と断じ、殺人を正当化する独自の理論を展開してテッドの妻殺害への協力を申し出る。だがふたりの殺人計画が具体化され、決行の日が近づいたとき、予想外の事件が起こり……。男女４人のモノローグで、殺す者と殺される者、追う者と追われる者の攻防が語られる鮮烈な傑作犯罪小説。

登場人物

リリー・キントナー……………大学の文書保管員
テッド・セヴァーソン…………実業家
ミランダ・セヴァーソン………テッドの妻
ブラッド・ダゲット……………工事業者
シドニー（シド）………………〈貸し馬亭〉のバーテンダー
ポリー・グリーニア……………ブラッドの恋人
デイヴィッド・キントナー……リリーの父。小説家
シャロン・ヘンダーソン………リリーの母。抽象芸術家
チェット…………………………画家
エリック・ウォッシュバーン…リリーの大学時代の恋人
フェイス…………………………エリックと同学年の女子学生
ヘンリー・キンボール…………ボストン市警の刑事
ロバータ・ジェイムズ…………同。キンボールの相棒

そしてミランダを殺す

ピーター・スワンソン
務 台 夏 子 訳

創元推理文庫

THE KIND WORTH KILLING

by

Peter Swanson

Copyright © 2015 by Peter Swanson
This edition is published by TOKYO SOGENSHA Co., Ltd.
Japanese translation rights arranged
with Sobel Weber Associates, Inc., New York
through Tuttle-Mori Agency, Inc., Tokyo

日本版翻訳権所有
東京創元社

そしてミランダを殺す

母、エリザベス・エリス・スワンソンに

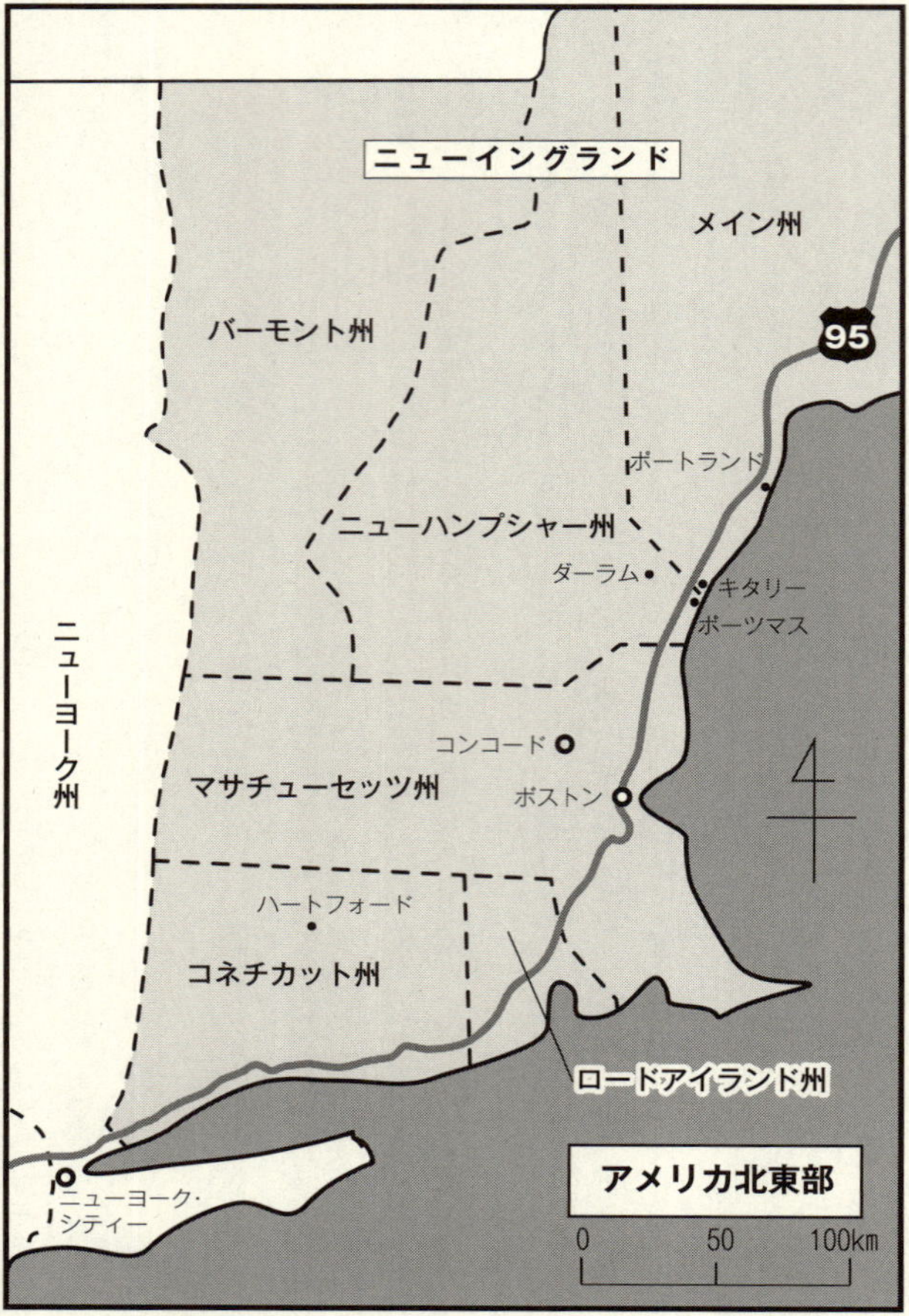

ニューイングランド
メイン州
95
バーモント州
ポートランド
ニューハンプシャー州
ダーラム
キタリー
ポーツマス
ニューヨーク州
コンコード
マサチューセッツ州
ボストン
ハートフォード
コネチカット州
ロードアイランド州
アメリカ北東部
ニューヨーク・
シティー
0
50
100km

第一部　空港のバーのルール

第一章　テッド

「こんにちは」女の声がした。

ここはヒースロー空港のビジネスクラスのラウンジ。空いている隣の席に目をやると、バーの椅子の背もたれにそばかすの散った白い手が置かれていた。僕は顔を上げ、その見知らぬ女の顔を見つめた。

「前にどこかで会ったかな?」僕は訊ねた。別に覚えのある顔というわけじゃない。でも、女のアメリカ訛《なまり》、こぎれいな白いシャツ、くっきりと曲線の出るジーンズと膝下まであるロングブーツ——それらすべてが、この女は妻の恐るべき友人たちのひとりじゃないかと思わせたのだ。

「いいえ、ごめんなさい。ただ、あなたの飲み物がすてきだな、と思って。ここ、いいかしら?」女はすらりと伸びた体を折りたたみ、革張りの回転椅子にすわると、カウンターの上にバッグを置いた。「それはジン?」彼女が訊ねたのは、僕の前にあるマティーニのことだ。

「ヘンドリックスだよ」僕は言った。

女は、若いバーテン——髪の毛をつんつん立てた、顎がつるつるのティーンエイジャーに合図して、ヘンドリックスのマティーニ、オリーブはふたつ、とオーダーした。飲み物が来ると、彼女は僕に向かってグラスを掲げた。こっちもまだひと口残っていた。僕は言った。「外国旅行向けの予防接種に乾杯」

「乾杯」

僕はグラスを空けて、もう一杯オーダーした。女は自己紹介し、その名前を僕はたちまち忘れた。そして僕のほうも名前を教えた。ただ、テッドとだけ。テッド・セヴァーソンとは言わなかった。少なくともそのときは。僕たちはむやみにふかふかでむやみに明るいヒースローのラウンジにすわって、それぞれの飲み物を飲み、少しばかり言葉を交わし、自分たちがボストンのローガン空港行きの同じ直行便を待っていることを確認し合った。彼女は薄いペーパーバックの小説をバッグから出して、読みはじめた。おかげで僕は相手をよく観察する機会を得た。彼女は美人だった。赤い髪は長く、目は熱帯の海のような澄んだエメラルド色。肌はとても白く、青みがかったスキムミルクのようだ。家の近所のバーでこんな女が隣にすわって、飲み物のチョイスをほめてくれたら、男は人生が変わろうとしているぞと思うものだ。でも空港のバーではルールがちがう。もしもそこで出会った飲み仲間が、逆方向へ飛んでいこうとしているのなら。それに、たとえこの女がボストンに行く途中であっても、こっちは妻の一件で相変わらずむかむかしていて、それどころじゃなかった。イギリスでの一週間、頭にあるのはそのことだけだった。食事はほとんど喉を通らず、睡眠もほとんどとれなかった。

スピーカーからアナウンスが流れてきた。聞きとれた二語は、〝ボストン〟と〝遅れ〟だった。バックライトに照らされ、ずらりと並ぶ最高級のボトルの上に目をやると、案内ボードの僕たちの出発時刻が一時間うしろにずらされていくところだった。

「もう一杯飲む頃合いだな」僕は言った。「おごるよ」

「いいわね」そう言うと、女は本を閉じ、バッグのそばに表を上にして置いた。『殺意の迷宮』パトリシア・ハイスミス。

「その本はどう?」

「ハイスミスの最高傑作とは言えない」

「つまらない本と飛行機のひどい遅れほどいやなものはないね」

「あなたは何を読んでいるの?」

「新聞。本はあまり好きじゃないんだ」

「じゃあ機内では何して過ごすの?」

「ジンを飲む。殺人計画を立てる」

「おもしろいわね」女は僕に笑いかけた。初めて僕が見た笑顔。それは大きなほほえみだった。鼻の下に皺《しわ》がひとつ刻まれ、美しい歯がのぞいた。それにピンクの歯茎も、すうっと細く。この女はいくつだろうと思った。最初、隣にすわったときは、三十代半ば、僕の年齢寄りと見積もったが、彼女のほほえみ、それに、鼻梁《びりょう》に散った薄いそばかすはもっと若い印象を与えた。

たぶん二十八くらいか。妻と同じ年ごろだ。

「それにもちろん、フライト中、仕事もするよ」僕は付け加えた。

「お仕事は何を?」

僕は、新進のインターネット関連会社に投資し、アドバイスを与えるという自分の仕事について、ダイジェスト版の説明をした。金の大半をどうやって稼いだかは――つまり、それらの会社を有望と見るや、売り払ってきたことは話さなかった。それに、今世においては実はもう働く必要がないことも、自分がバブル崩壊前に元手を引きあげた(そして、株も売り払った)九〇年代末期の数少ないネット・ビジネスマンであることも。こういった事実を隠したのは、ただその話をしたい気分じゃなかったからであって、新しい友人がそれを不快がったり、僕と話す気をなくしたりする可能性を考慮したわけじゃない。金を儲けたのを謝る必要など、僕は一度も感じたことがない。

「きみは? 何をする人なの?」僕は訊ねた。

「ウィンズロー大学に勤めているの。文書保管員なのよ」

ウィンズロー大学は、ボストンの二十マイルほど西にある、緑豊かな郊外の女子大だ。文書保管員とは何をするのか訊ねると、彼女は、大学の文書を収集し保存するという自分の仕事について、たぶんダイジェスト版だろうと思われる説明をした。「うちもウィンズローなの?」

僕は訊ねた。

「そうよ」

「結婚している？」

「いいえ。あなたは？」

その問いかけのさなか、女の目がちらりと動くのを僕はとらえた。彼女は僕の左手を盗み見て指輪をさがしているのだった。「うん、残念ながら」僕は言った。それから手を掲げて、指輪のない薬指を彼女に見せた。「それに、僕はきみみたいな女性が隣にすわった場合に備えて、空港のバーで結婚指輪をはずしたわけじゃない。指輪はしたことがないんだよ。あの感触がどうしてもいやでね」

「なぜ、残念ながら、なの？」彼女は訊ねた。

「話せば長くなる」

「飛行機は遅れてる」

「僕のケチな人生の話を本当に聞きたいの？」

「聞きたくてたまらない」

「話すとしたら、もう一杯飲まないとな」僕は空っぽのグラスを持ちあげた。「きみは？」

「ありがとう、でももう結構よ。二杯までと決めてるの」彼女はオリーブのひとつを爪楊枝《つまようじ》から歯で抜き取ってカリカリと嚙み砕いた。一瞬、彼女の舌のピンク色の先端が見えた。

「僕はいつも言うんだけどね、マティーニ二杯は多すぎるけど、三杯は足りない」

「おもしろいわね。ジェイムズ・サーバーも同じことを言ってなかった？」

「その名前は聞いたことがないな」僕はそう言って、えらそうな笑みを浮かべた。有名な言葉を自分のものとして通そうとしていることに若干のうしろめたさはあったものの。ふと気づくと目の前にバーテンがおり、僕はもう一杯オーダーした。口のまわりの皮膚は、ジンのもたらすあの快いしびれを帯びていた。これ以上飲めば余計なことをしゃべりだすのはわかっていたが、なんと言ってもここには空港のルールってやつがある。もちろん、この旅の仲間はうちからたった二十マイルのところに住んでいるわけだが、こっちはもう相手の名前を忘れているし、一生のあいだに彼女にまた会う可能性はほとんどないのだ。そのうえ、赤の他人と話をし、飲んでいるのは心地よかった。ただ思いを言葉にするだけで、怒りの一部は消えていった。

だから僕は彼女にあの話をした。妻と僕が結婚して三年になること、現在、ボストンに住んでいることを話し、メイン州南岸の〈ケネウィック・イン〉で過ごした九月の一週間について語った。さらには、僕たち夫婦がその地方に惚れこみ、恐ろしく高額な海辺の土地を買ったことも。また、妻が、アート&ソーシャル・アクションとかいう学科で修士号を取得しているがゆえに、自分には建築会社と共同で家を設計する資格があると考え、最近はほぼずっとケネウィックに滞在して、ブラッド・ダゲットという工事業者とともに仕事に取り組んでいることも。

「それで、奥さんとブラッドが……？」ふたつめのオリーブを抜き取ってから、女は訊ねた。

「うん」

「確かなの？」

そこで僕は、もっと詳しいことを教えた。ミランダはボストンでの暮らしに飽きていたのだ。

僕は女にそう話した。結婚後一年は、妻は僕たちの褐色砂岩の家の装飾に打ち込んでいた。その後、彼女はソーワ地区（サウス・オブ・ワシントン。ボストン、サウスエンドのあたりの一地区で、アート・ギャラリーやレストランで有名）の友人のギャラリーでパートタイムの仕事を見つけたが、当時からすでに僕は、倦怠期《けんたいき》の始まりを意識していた。ふたりは夕食の途中で話題に事欠くようになり、それぞれちがう時間に寝るようになった。もっと重大なのは、当初ふたりの関係を定めていた各自のアイデンティティを僕たちが失ったことだった。初めのうち、僕は彼女を高級ワインやチャリティー・イベントへと誘《いざな》う金のある実業家であり、彼女のほうは、タイのビーチや安い居酒屋を好むボヘミアン的アーティストだった。僕には、ふたりが無理のある独自の型にはめられているのがわかったが、それはふたりの仲には有効だった。僕たちはあらゆる点でうまくいっていた。自らを没個性的ながらハンサムとみなしつつ、僕は彼女が一緒だと誰も自分には見向きもしないという現実を楽しんでさえいた。彼女は、長い脚と大きな胸、ハート形の顔とふっくらした唇の持ち主だ。髪は濃い茶色で、いつも黒く染めてあり、たったいまベッドを出たばかりといった感じに、わざとくしゃくしゃにスタイリングされている。肌はすばらしくきれいで、メイクをする必要もないが、彼女が黒のアイラインを入れずに家を出ることはありえない。バーやレストランで男たちの目が彼女に釘づけになるのを、僕は見てきた。これは自己投影かもしれないが、男たちが彼女に向けるまなざしは、貪欲で原始的だ。彼らを見ると、自分の生きているのが、男が常に武器を帯びている時代や場所じゃなくて本当によかったと思う。

　メイン州、ケネウィックへの旅は、ごく自然に決まった。それは、もう一年以上ふたりでゆっくりしていないという、ミランダの不平への対応だった。僕たちは九月の第三週に出かけた。

最初の数日はよく晴れて暖かかったが、その週の水曜日、カナダから暴風雨が急襲して僕たちをスイートルームに閉じこめた。外に出るのは、ホテルの地下の居酒屋に行って、アラガッシュ・ホワイト（ホワイトビール）を飲み、ロブスターを食べるときだけだった。嵐が去ったあと、気温と湿度は下がり、光が弱まって黄昏《たそがれ》が長くなった。僕たちはセーターを買って、一マイルほどつづく岸壁の遊歩道を探検した。その道は、ホテルのすぐ北から始まり、うねり立つ大西洋とその岸の岩肌のあいだをくねくねと走っていた。少し前まで湿気と日焼けローションのにおいで重苦しかった空気は、さわやかで塩辛かった。ふたりともケネウィックが大好きになった。それも深く惚れこんだものだから、小道の終点の断崖でローズヒップだらけの土地の一画が売りに出ているのを見つけると、僕は〝売地〟の看板の番号に電話をかけ、すぐさま購入の申し込みをした。

一年後、ローズヒップの茂みは取り払われ、土台は掘られ、寝室八部屋の家の外装はほぼ完成した。僕たちは、ブラッド・ダゲットという業者――密生する黒髪と、ヤギ鬚と、折れて曲がったように見える鼻を持ついかつい離婚男に工事全般を委託していた。僕がボストンで――マサチューセッツ工科大の卒業生グループに、彼らの開発したブログ対象の検索エンジンの新しいアルゴリズムをどう売るべきかアドバイスしながら――日々を送っているあいだに、ミランダがケネウィックで過ごす時間はどんどん増えていった。彼女はあのホテルに部屋を取り、タイル一枚、部品一点もゆるがせにせず、家の工事を監督していた。

九月上旬、僕はいきなり車で行って、ミランダを驚かせてやることにした。ボストンの北で州間高速95号線に乗る前に、僕は彼女の携帯電話にメールを送った。ケネウィックに着いたのは、正午少し前だった。ホテルで彼女をさがしたが、従業員によれば、彼女は朝から出かけているとのことだった。

僕は工事中の家まで運転していき、砂利敷きの私道に入って、ブラッドのフォードF一五〇のうしろに車を駐めた。コマドリの卵みたいな空色のミランダのミニ・クーパーもそこにあった。その地所に来たのは数週間ぶりで、工事の進捗《しんちょく》状況に僕は満足を覚えた。窓は全部入ったようだし、沈床庭園用に僕が選んだ青石の舗装材もすでに届いていた。僕は家の裏手に回った。そちら側は、二階の寝室ひとつひとつに専用のバルコニーがついている。また、一階の網戸付きのベランダからは、とてつもなく広い石畳のパティオに降りられるようになっていた。パティオの正面には、プールになる長方形の穴が掘られていた。パティオの石段をのぼっていくとき、僕は海に面したキッチンの長い窓の向こうにブラッドとミランダの姿を認めた。窓をコツコツたたいて、自分がいることを知らせようとしたとき、何かが僕を踏みとどまらせた。ふたりは新たに入った石英《せきえい》の調理台にめいめい寄りかかっていた。どちらもケネウィック小湾《コーヴ》を見晴らせる窓から外を眺めている。ブラッドはタバコを吸っており、僕は彼がもう一方の手に持ったコーヒーカップに灰を落とすのを見た。

しかし僕を凍りつかせたのは、ミランダのほうだ。彼女の姿勢、ブラッドの広い肩のほうに体を傾け、調理台に寄りかかっているその格好には、何かがあった。彼女は完全にくつろいでいるようだった。ミランダが片手を持ちあげ、ブラッドがその指に自分の吸っていたタバコをはさんでやるのを僕は見た。彼女は深々とひと吸いしてからタバコを彼に返した。このやりとりのあいだ、ふたりは一度もお互いを見なかった。そのとき僕は悟った。彼らはただ寝ているだけじゃない、おそらく愛し合っているのだ。

怒りや衝撃を感じるより先に、パニックが襲ってきた。自分がすぐ外のパティオにいて、ふたりの親密なひとときをのぞき見しているのを、彼らに気づかれたら？　僕はメインの入口のほうへ引き返していき、ベランダに上がった。ガラス戸をさっと開けると、音がよく響く屋内に向かって「おーい」と叫んだ。

「ここよ」ミランダが大声で答え、僕はキッチンに入っていった。

ふたりは前より少し離れていたが、それはほんのわずかのことだ。ブラッドはコーヒーカップのなかでタバコをもみ消していた。「テディ、驚いたわ」ミランダが言った。僕をそう呼ぶのは彼女だけだ。最初、その愛称はジョークだった。僕にはまったく似合わない名前だから。

「やあ、テッド」ブラッドが言った。「ここまでのご感想は？」

ミランダは調理台のこちらに来て、僕にキスした。唇が僕の口の端に触れた。彼女は愛用の高級シャンプーとマルボロのにおいがした。

「なかなかよさそうじゃないか。僕の舗装材も着いたんだね」

ミランダは笑った。「それひとつだけ選ばせてあげたら、この人ったら気にするのはそのことばっかり」

ブラッドも調理台のこちらに来て、僕と握手を交わした。それはごつごつした大きな手で、てのひらは温かく乾いていた。「ひととおり見せてまわろうか？」

ブラッドとミランダは僕に家を見せてまわった。ブラッドは建材について語り、ミランダはどんな家具がどこに入るかを僕に教えた。僕は先ほど目にしたものについて改めて考えはじめた。ふたりのどちらにも僕がいるせいで固くなっている様子はなかった。たぶん彼らはただ親しくなっただけなのだ。くっついて立ち、一本のタバコを交互に吸うような仲に。ミランダはスキンシップを好むほうだ。女友達と腕をからませあうし、僕の男の友達にも口に挨拶のキスをする。もしかしたらあれは僕の被害妄想だったんじゃないか。そんな考えが頭に浮かんだ。

家をひとめぐりしたあと、ミランダと僕は車で〈ケネウィック・イン〉に行き、〈貸し馬亭〉でランチをとった。ふたりともブラッケンド・ハドック・サンドを食べ、僕はスコッチのソーダ割りを二杯飲んだ。

「ブラッドの影響でまたタバコを始めたの？」僕は訊ねた。嘘を見破りたかったし、ミランダがどう反応するか見たかった。

「え？」彼女は眉をひそめた。

「ちょっとタバコ臭かったからさ。さっき家にいたとき」

「軽く吸ってみたかもね。また始めたわけじゃないわ、テディ」

「別にどうでもいいんだ。ただ、そうなのかなと思っただけだよ」

「あの家がもうすぐ完成するなんて信じられる？」ミランダはそう言って、僕の皿のケチャップにフライドポテトをちょっと浸けた。

僕たちはしばらく家のことを話し、僕には自分の解釈がますます疑わしく思えてきた。うしろめたげな様子など彼女にはみじんもないのだ。

「週末はこっちで過ごすの？」ミランダは訊ねた。

「いや、ちょっと顔を出しただけだから。今夜はマーク・ラフランスとディナーなんだよ」

「キャンセルして、ここにいて。あしたはすごくいいお天気になるらしいのよ」

「マークはわざわざそのために飛行機で来るんだからね。それに、いくつか準備しておくこともあるんだよ」

当初、僕は、ミランダとホテルの部屋で長い昼寝ができればと思い、午後いっぱいメイン州にいる予定だった。でも、自分が金を出した超高級なキッチンでブラッドと彼女が睦《むつ》み合う姿を見たあと、僕の気は変わっていた。僕には新たなプランがあった。昼食後、僕はミランダが自分の車を回収できるよう、工事中の家まで彼女を送り届けた。それから、95号線には向かわずに、ルート1に入り、南へ、キタリーへと車を走らせた。そこには四分の一マイルにわたりアウトレット店が立ち並ぶ街がある。何度となく車で通り過ぎながら一度も寄ったことのないアウトドア用品店、〈キタリー・トレーディング・ポスト〉に、僕は車を寄せた。その後、わずか十五分のあいだに五百ドル近く使って、防水加工の迷彩柄のズボン、グレイのフード付きレインコート、レンズの馬鹿でかいアビエーター・サングラス、高級な双眼鏡を購入すると、その装備一式を持って〈木枠と樽の店〉の向かいの公衆便所に行き、新しい衣装を身に着けた。フードをかぶり、サングラスをかけると、うまく正体を隠せた気がした。少なくとも遠目には誰かわかるまい。僕はふたたび北に向かい、ケネウィック・コーヴにほど近い公共駐車場に入ると、自分のクワトロを二台のピックアップ・トラックのあいだに無理やりねじこんだ。ミランダやブラッドにこの駐車場に来る理由がないことはわかっていたが、僕のほうにも自分の車を人目につきやすくする理由はないのだ。

風はやんでいたが、空は低く、灰色一色だった。大気には生温かな霧雨《きりさめ》がちりばめられていた。僕は湿った砂のビーチを歩いて渡ると、ぐらつく岩と頁岩《けつがん》の山によじ登って、その向こうの、岸壁の遊歩道の出発点に至った。右手のドラマチックに広がる大西洋ではなく、舗装された小道に目を据《す》えて、僕は慎重に進んだ。道は雨ですべりやすくなっているうえ、あちこちに木の根が張っていた。舗装には浸食されて完全に消え失せている部分もあり、色褪《いろあ》せた警告の表示が歩行者に危険を告げていた。そのためその道は人通りが多いとは言えず、その午後、僕がそこで見かけた人間はただひとり——ブルーインズ（ボストン・ブルーインズ。プロ・アイスホッケー・チーム）のジャージを着たティーンエイジャーの女の子だけだった。彼女はマリファナを吸ったばかりのようなにおいがした。僕たちは無言のまま、お互いの顔も見ずにすれちがった。

終点が近づくと、小道の片側は崩れかけたセメントの仕切りになった。仕切りはある石造りのコテージの裏手の境界線を示すもので、そこを最後に人家はなくなり、あとは僕たち夫婦の地所が現れるまで、四分の一マイル、自然のままの土地がつづく。ほどなく小道は下りになって海面の高さに至り、砕けたブイや海藻が散らばる岩だらけの短い浜を突っ切ったあと、ねじれたトウヒの木々のあいだの急な坂を上へと向かった。雨脚が強くなり、僕は濡れたサングラスをはずした。ミランダかブラッドが家の外にいる可能性はほとんどなかった。それに僕の計画は、藪《やぶ》の切り払われた見通しのきく土地の手前で止まり、崖の低い部分にある頑丈な灌木《かんぼく》の低木林に陣取るというものだった。ふたりのどちらかが外に目を向け、双眼鏡を持った僕に気づいたとしても、彼らは僕をバードウォッチャーだと思うだろう。向こうが近づいてきた場合は、ただちに小道に退却すればいい。

傷つけられた土地の上方にそびえる自分の家が見えたとき、僕は改めてその背面——海に面した側——が道路の側と様式的に正反対であることを痛感した。家の正面はストーン・ベニアが張ってあり、少数の小さな窓と、アーチの形が顕著なそそり立つ黒っぽい木のドアがついている。家の背面はベージュ色に塗った木材でできていて、そっくり同じバルコニーのついたそっくり同じ窓が並んでいるため、中規模のホテルのように見える。「わたしは友達が多いの」僕がなぜお客用の寝室が七部屋もいるのか訊ねると、ミランダはそう言って、まるで屋内の給排水がなぜ必要なのか訊かれたかのように、僕の顔を一瞥《いちべつ》したものだ。

盆栽の木のようにねじ曲がった発育不良のトウヒの下にいい場所があった。僕は湿った地面に腹這いになり、双眼鏡を調節して家に焦点を合わせた。僕のいる場所は、家から五十ヤードほどのところで、窓の奥まで容易に見通すことができた。まず一階をざっと見ていったが、なんの動きも認められず、二階へと進んだ。何もなし。僕はひと休みして、肉眼で家を眺めた。正面側の私道が見えたらいいのに、と思った。もしかすると、家には誰もいないのかもしれない。ただ、ミランダを家で降ろしたとき、ダゲットのトラックはまだそこにあった。

何年か前、僕は同業者と釣りに行ったことがある。そのネット・ビジネスの投機屋は、僕の知るかぎり最高の沖釣りの名手だ。なにしろ、海面をじっと眺めているだけで、魚がどこにいるか正確にわかるのだから。秘訣は、目の焦点をどこにも合わせず、視界にあるものを全部いっぺんにとらえることだという。そうすることで彼は、わずかな動き、海中の異変を発見することができるのだ。僕もそのとき試してみたが、結果はただ鈍い頭痛に見舞われただけだった。

そんなわけで、双眼鏡をもう一巡させ、何も見えないままに終わると、僕は自分の家にこの技を使ってみることにした。目の前のすべてをぼやけさせ、なんらかの動きが自然に注意を引くのを待つ。すると一分もしないうちに、家の北端に位置する未来のリビングの高い窓の奥で何かが動くのが見えた。僕は双眼鏡を持ちあげて、窓に焦点を合わせた。ブラッドとミランダがちょうど入ってきたところだった。ふたりの姿はかなりはっきりと見えた。低くなりつつある午後の陽射しがうまい角度で窓に注がれ、まぶしく反射することなく室内を照らし出していた。ブラッドが大工たちの設置したにわか作りの作業台に歩み寄るのを僕は見守った。彼は天井蛇《じゃ》腹《ばら》の一部らしき木片を手に取って、僕の妻に掲げてみせた。彼が一本の指でその溝をなぞると、ミランダもそれに倣《なら》った。ブラッドの唇が動いていて、ミランダは彼の言葉にうなずいていた。

ほんの束の間、僕は馬鹿みたいな気分になった。迷彩服に身を固め、妻と工事業者をスパイする被害妄想の夫。だがブラッドが蛇腹を下に置くと、ミランダはその腕のなかにするりと入り、頭をそらして、彼の口にキスした。ブラッドは大きな手を下にやり、彼女の腰を引き寄せて、下腹を密着させた。もう一方の手は、ミランダのくしゃくしゃの髪の一部をつかんでいた。

これ以上見ちゃいけない――自分にそう言い聞かせたが、なぜかやめられなかった。僕は少なくとも十分は見ていた。ブラッドが僕の妻を作業台の上にかがませ、濃い紫色のスカートをめくりあげ、小さな白いショーツを脱がせ、うしろから彼女に入っていくのを。また、ミランダが作業台のちょうどよい位置に体を据え、その縁《ふち》に片手をつき、もう一方の手を自分の脚のあいだにやって、ブラッドをなかへと導くのを。ふたりが前にも同じことをしているのは、明らかだった。

僕はずるずるとうしろにさがって、すわりこんだ。ふたたび小道にもどると、フードを脱いで、風で波打つ黒っぽい水溜まりに昼食を吐きもどした。

「それはどれくらい前のことなの？」話を終えると、僕の旅の仲間は訊ねた。

「ちょうど一週間過ぎたところだ」

彼女は目を瞬《しばた》き、唇を噛んだ。そのまぶたはティッシュペーパーのように色が淡かった。

「それで、あなたはどうするつもり？」

これは僕が丸一週間、自問しつづけた問いだった。「僕の本当の望みは、妻を殺すことだよ」僕はジンでしびれた口でほほえみ、相手がこの言葉を信じずにすむように、小さくウインクしようとした。しかし彼女の顔はまじめなままだった。女は赤みがかった眉を上げた。

「そうすべきだと思う」彼女は言った。僕はそれがジョークであるサインを待ったが、そんなものは見られなかった。女の視線は揺るがない。僕は彼女を見つめ返し、この女が最初の印象よりもはるかに美しいことに気づいた。それは霊的な美しさで、まるで彼女がルネッサンス絵画の主題であるかのように、時を超越したものだった。五〇年代の通俗小説の表紙になりそうな僕の妻とはまるでちがう。ようやく口を開こうとしたとき、女が小首をかしげ、スピーカーから流れてくるくぐもった音声に耳をすませた。それは、僕たちの便の搭乗開始のアナウンスだった。

第二章　リリー

わたしが十四になった夏、母はある画家をうちに招いて滞在させた。画家の名はチェット。姓のほうは覚えていない。実を言えば、知っていたのかどうかも定かでない。彼はうちに来て、母のアトリエの上の小さな部屋に宿泊した。それは、黒縁の分厚い眼鏡をかけた、もじゃもじゃの頬髯《ほおひげ》を生やした男で、その髯にはいつも跳ね飛んだ絵の具が点々とついていた。それに彼は熟《う》れすぎた果実のようなにおいがした。いまでも覚えているが、紹介されたとき、彼の目はすばやくわたしの胸を見おろしたものだ。その夏はすでに暑く、わたしはカットオフのジーンズにタンクトップという格好だった。わたしの胸など蚊《か》に食われた痕程度のものだったが、とにかく彼は見た。

「やあ、リリー」彼は言った。「チェットおじさんと呼んでくれよ」

「なぜ？　あなたはわたしのおじさんなの？」

彼はわたしの手を放して笑った。止まりかけたエンジンのように、ククク と音を漏らして。「でもな、俺はもうこの家族の一員みたいな気がしてるんだ。きみの父さんと母さんにすごくよくしてもらってさ。丸ひと夏、絵を描いて過ごせるとはなあ。信じられないよ」

わたしは何も言わずに歩み去った。

その夏、うちの泊まり客は彼だけではなかった。そもそも、〈修道士の家《モンクス・ハウス》〉の泊まり客がひとりだけということは絶対になかった。特に、わたしの両親の授業がなくなり、ふたりが本当に好きなこと――飲酒と不倫に専念できる夏場は。わたしは自分の子供時代を悲劇的に描こうとしているわけではない。それが真実だから、そう言っているまでだ。そしてあの夏――チェットのいた夏は、居候、大学院生、元愛人、いまの愛人を演じる役者がくるくる替わり、明滅するポーチの明かりに吸い寄せられる蛾《が》のようにやって来ては去っていった。そしてこれは泊まり客に限っての話なのだ。わたしの両親はいつもどおり、終わりのないパーティーを開いた。わたしはそういったパーティーのざわめきとどよめきを、寝室の壁を隔て、ベッドのなかで聴いていた。それはおなじみのシンフォニーだった。始まりはどっと笑う声、それから耳障りな狂騒、網戸がピシャリと閉まる音、最後は早朝の怒号、ときにはすすり泣く声、そして、必ず寝室のドアがバタンと閉まる音がする。

チェットは通常の泊まり客とは少し毛色がちがっていた。母は彼のことを外部のアーティストと言った。おそらくそれは、母の大学と関係がない、学生でも客員のアーティストでもない、という意味だろう。父は彼を「母さんが夏のあいだ住処《すみか》を与えたホームレスの変態」と呼んでいた。「やつに近づくなよ、リリー、きっと病気を持ってるぞ。あの頬髯のなかに何が潜んでいるかわかったもんじゃないしな」父は本気で忠告していたわけじゃないと思う。母は声の届くところにいた。あれは母に聞かせるための言葉だったのだ。でもそれは結局、予言のように当たっていた。

わたしは生まれてからずっと〈モンクス・ハウス〉で暮らしていた。ニューヨーク・シティーから一時間の、コネチカット州の深い森のなかに立つ、むやみに大きい、朽ちかけた築百年のヴィクトリア朝風大邸宅に、父はそんな名前をつけた。わたしの父、デイヴィッド・キントナーはイギリス人の小説家で、その財産のほとんどを、デビュー作にしていちばんの成功作である本――六〇年代の終わりに一時期騒がれた、寄宿学校を舞台とするお色気コメディーの映画化により築いていた。彼はシェポー大学に招かれてアメリカを訪れ、外部教授としてそこにいたとき、わたしの母、シャロン・ヘンダーソンと出会った。彼女はシェポー大学芸術学部終身教授の座にある抽象芸術家だった。ふたりは一緒に〈モンクス・ハウス〉を買った。購入時（わたしがお腹にできた年）、家に名前はなかったが、クリエイティヴでインテリジェントな（若い女性の）お客を滞在させるというプランにより寝室が六室あることを正当化した父は、ヴァージニア・ウルフとその夫レオナルドがともに暮らした家と同じ名を自分の家につけたいと思ったのだ。その名は、父の好きなミュージシャン、セロニアス・モンクにちなんだものでもあった。

〈モンクス・ハウス〉には、いろいろと特徴があった。蔦《つた》に覆い尽くされた使われていないソーラー・パネルとか、古い映写機のある映写室とか、土の床のワインセラーとか、裏庭の、めったに掃除をしない腎臓みたいな形の小さなプールなど。長年のあいだにそのプールは、汚く濁《にご》った池になりさがっていた。底も内壁も藻《も》に覆われ、水面には常時、腐りかけた落ち葉の膜が広がり、フィルターはネズミやリスの膨張した死骸で詰まっていた。あの夏の初め、わたしは水が半分入ったそのプールを自分で掃除しようとし、六月の気怠《けだる》いある日、一日がかりで、カビで黒くなった防水シートをめくりとり、虫捕り網を見つけてきて落ち葉をすくい、ホースの水でプールを満たした。わたしは父と母に別々に、今度、買い物に行ったときプールの消毒剤を買ってきてくれないかとたのんだ。母の答えはこうだった――「大切な娘を夏じゅう消毒剤のなかで泳ぎまわらせるなんていやだわ」父のほうはわざわざそれを買いに行ってくれると約束したものの、まだ話がすみもしないうちにその約束の記憶は父の目から薄れだしていた。

とにかく夏の前半、わたしはそのプールで泳いだ。少なくともこれはわたしだけのものだ。わたしは自分にそう言い聞かせた。水はやがて緑色に変わり、底と内壁は黒っぽい藻でぬるぬるになった。わたしは、そのプールは本当に池なのだと思うことにした。それは、森の奥の、自分だけが知っている特別な場所にあり、わたしの友達はカメや魚やトンボなのだと思うことに。わたしは黄昏時に泳いだ。コオロギの哀しげな声はそのころにもっとも高まり、家の正面の網戸付きポーチで始まるパーティーの騒音をかき消してくれるのだった。初めてチェットに気づいたのは、そんな黄昏時のことだ。彼はビールを片手に、森の際《きわ》からじっとわたしを見ていた。「水の感じはどう?」見つかったと悟ると、彼はそう訊ねた。

「まあまあよ」わたしは言った。

「こっちはこんなところにプールがあるのも知らなかったよ」チェットは森のなかから夕暮れの光のもとに出てきた。絵の具の飛び散った白いオーバーオールという格好だった。頬髯に泡をくっつけ、彼はビールをちびちび飲んだ。

「わたし以外は誰も使わないの。うちの親たちは泳ぐのが好きじゃないから」わたしは深い側で立ち泳ぎした。水が緑に濁っていて、水着姿の自分が彼に見えないのがありがたかった。

「いつか俺も泳ぎに来ようかな。かまわないかい?」

「いいわよ、別に。好きにすれば」

チェットはぐうっと一気にビールを飲み干し、ポンと音を立てて口から瓶を離した。「あのな、俺のほんとの望みは、このプールの絵を描くことなんだよ。その絵にきみを入れさせてもらおうかな。そうさせてくれるかい?」

「わからない」わたしは言った。「絵ってどんな?」

チェットは笑った。「こういうのさ。きみはプールのなか、この光のなかにいる。俺は作品をひとつ創りたいんだ。普段は抽象画を描いてるが、その絵は……」声が途切れ、チェットは内股を掻《か》いた。ややあって、彼は訊ねた。「きみは自分がすごい美人だって知ってるかな?」

「ううん」

「そうなんだよ。きみは美人なんだ。ほんとはきみみたいな若い子にそんなこと言っちゃいけないんだがね、俺は絵描きだから、かまわないのさ。俺は美を理解している。少なくともそういうふりをしている」彼は笑った。「考えてみてくれるかい？」

「この先いつまで泳ぎに来るか、わからないけど。水が結構、汚れてきてるの」

「オーケー」チェットはゆっくりうなずきながら、わたしの背後の森をじっと見つめた。「俺はもう一本ビールを飲む。きみにも何か持ってこようか？」彼はいま、脇に垂らした手に空《から》のボトルを逆さに持ち、伸び放題の草の上にビールをぽたぽた滴《したた》らせていた。「もしほしかったらビールを持ってくるよ」

「ビールなんか飲まない。まだ十三歳だもの」

「オーケー」そう言うと、彼はしばらくそこに立ったままわたしを見つめ、水から上がってこないかと待っていた。その口はわずかに開いていた。そして彼はふたたび内股を掻いた。わたしは立ち泳ぎで同じ場所に留まり、彼と向き合わずにすむように体を回転させた。

「オフィーリア」彼は言った。ほとんどひとりごとのように。それから言った。「オーケー。ビールをもう一本飲むとしよう」

彼が行ってしまうと、わたしはプールから上がった。夏の水泳がもう終わりなのはわかっていた。わたしの秘密のプールを台なしにしたチェットが憎かった。わたしはプールに持ってきていた大きなタオルで体をくるみ、二階の自分の部屋にいちばん近いバスルームをめざして、家のなかを駆け抜けていった。胸が痛かった。まるで自分の内部の怒りが、ゆっくりふくらんでいく風船で、いつまでも破裂しないかのようだった。換気扇がカタカタいい、シャワーが噴出するバスルームのなかで、わたしは絶叫した。知っているかぎりいちばん汚い言葉を使って、何度も何度も。叫んでいたのは頭に来たからだが、泣きたいのをこらえるためでもあった。でも効果はなかった。わたしはタイルの床にすわって、喉がひりひりするまで泣いた。わたしはチェットのこと——自分を見つめるあの恐ろしい目つきのことを考えながら、同時に両親のことも考えていた。なぜうちの親はよその人間で我が家を一杯にするんだろう？　なぜふたりの知り合いは色情狂ばかりなんだろう？　シャワーのあと、わたしは寝室に行って、クロゼットの扉の内側の姿見で自分の裸を眺めた。セックスのことは、物心がついたころから知っていた。わたしのいちばん古い記憶のひとつは、休暇で行った海辺の砂丘で、両親が大きなタオルを敷いてそれをしていたことなのだ。わたしはそこから三フィートのところにいて、プラスチックのシャベルで砂を掘っていた。自分の哺乳瓶に温かなアップルジュースが入っていたのを、わたしは覚えている。

わたしは向きを変えながら、あらゆる角度から自分の体を観察し、脚のあいだに生えはじめている赤い毛に嫌悪を覚えた。近所に住む友達のジーナとちがって、胸がほとんど目立たないのがせめてもの救いだった。肩をうしろに引くと、胸は完全にぺちゃんこになった。手で股を隠せば、わたしは十歳のころとなんの変わりもなく見えた。赤い髪の痩せっぽち。腕や首の付け根はそばかすで黒ずんでいる。

その夜はまだうだるように暑かったが、わたしはジーンズをはき、スウェットシャツを着た。それから階下に下りて、自分用にピーナツバター・サンドを作った。

＊

わたしはプールで泳ぐのをやめた。チェットがその後もそこへわたしをさがしに行ったかどうかはわからない。ただ、アトリエの上の部屋に上がる階段のてっぺんで、タバコを吸いながら、家のほうを眺めている彼の姿はときどき見かけた。それに、彼はたまにうちのキッチンで、たいていは芸術について、母と話をしていた。そんなとき、彼の目はわたしをとらえ、それから離れていき、それからふたたびわたしをとらえた。

あの夏、父は三週間ほど留守をした。出かけたのは、父のイギリス人の友達数人が遊びに来た直後のことだ。そのお客たちのなかには、ローズという若い詩人がいた。父はこう言って、わたしたちを引き合わせた。「ローズ、こちらリリー。リリー、こちらローズ。張り合うんじゃないぞ。どちらも美しい花なんだから」ローズは痩せていて、胸が大きく、クローブ・タバコのにおいがした。握手するとき、彼女はわたしの頭頂部を見ていた。父がいなくなったら、チェットがもっと頻繁にうちに現れるのではないか。わたしはそれが心配だった。しかしそうはならず、代わりにロシア風の名前の別の男が現れた。わたしはその人が好きだったが、それはただ、彼がゴーキーという短毛の美しい雑種犬を飼っていたからにすぎない。うちでは、三カ月前にわたしの猫のベスが死んでから、動物を飼っていなかった。ロシア人がいるおかげで、チェットはしばらく姿を見せなくなり、わたしは安心しはじめた。ところが、ある土曜の夜遅く、彼はわたしの寝室にやって来た。

それが土曜だったのは確かだ。大事なパーティーの夜だったから。一週間前から母はさかんにその話をしていた。「リリー、土曜日はお風呂に入ってね、パーティーがあるんだから」「お母さんがパーティーに出すスパナコピータ（伝統的ギリシャ料理。ホウレンソウとチーズを使ったパイ）を作るのを手伝ってくれない、リリー？　あなたの好きな形にこしらえていいから」母が特にこの夜に力を入れるのは奇妙だった。パーティーなら始終やっているのだ。ただ、いつもは大学の教師や学生が集まるだけだが、今度のパーティーには、あのロシア人に会うために、ニューヨークから大勢人が来ることになっていた。父は相変わらず留守のままで、母は神経質になっており、頻繁に手櫛《てぐし》を入れるせいでショートヘアのうしろ側がつんつん突き出していた。わたしはその土曜日、ほぼ丸一日、家に近づかなかった。松の林を抜けて、お気に入りの場所——長いこと空き家のままの農家の、石垣に囲われた草地に行ったのだ。わたしは腕が痛くなるまで木々に石を投げつけつづけ、その後、柳の木のそばのこんもりしたやわらかな草の上にしばらく寝転んでいた。わたしは、いまのとはちがう自分の家族を夢想した。おもしろみのない両親と、七人のきょうだい、男の子四人と女の子三人がいる架空の家庭を。その日は暑く、上唇は塩辛い汗の味がした。そこに寝転んでいるあいだに、空には黒っぽいもくもくした雲ができあがった。雷の低い轟《とどろ》きの第一号を耳にすると、わたしは立ちあがり、脚のうしろ側から草を払い落として、家へと引き返した。

陰鬱《いんうつ》な一時間、雷雨は激しく〈モンクス・ハウス〉をたたきつづけた。母はジンを飲み、オーブンから料理を取り出し、ロシア人に、この嵐はまさに打ってつけだ、自分のパーティーにこれ以上のサウンドトラックは望めない、などと言っていたが、わたしには母が動揺しているのがわかった。お客が到着しだすころには、空はふたたび青く晴れ渡り、嵐の名残りは、空気のきれいさとふくれあがった雨樋《あまどい》からの規則的な水の滴りだけとなっていた。わたしは初めて会う人々に食前酒や前菜を配ってから、夕食にする冷たいポップタルトをふたつ持って、こっそり部屋に引きあげた。

部屋で食べたあと、わたしは読書をしようとした。読むものとしては、ベッドの母の側に積まれた本のなかからペーパーバックを一冊、持ってきていた。ジョセフィン・ハートの『ダメージ』という小説で、わたしは母がこれを、好きじゃない、文学を装ったただのくずだ、と評しているのを聞いたことがあった。その本は、だから読みたくなったのだが、結局わたしもあまり好きにはなれなかった。それは、息子の恋人とセックスしている、うちの父みたいなイギリス人の話だった。わたしはその登場人物全員が嫌いだった。そこで読むのをやめて、自分の本棚からナンシー・ドルー・シリーズの一冊を取った。第十巻。『ラークスパー荘の謎』。もうナンシー・ドルーを読むような年じゃないことはわかっていたが、その本はわたしの大のお気に入りなのだ。それを読んでいるうちに、わたしは眠りに落ちた。

目が覚めたのは、寝室のドアの開く音のせいだった。廊下から光が射しこみ、ロックミュージックの音が階下からやかましく聞こえてきた。わたしは丸くなって横向きに寝ていた。シングルのシーツをウエストまで引っ張りあげ、顔はドアのほうに向けていた。薄目を開けると、ドア枠に囲われてチェットが立っているのが見えた。光は背後から射していたが、頬髯と黒縁眼鏡とで誰なのかはすぐにわかった。廊下からの黄色い光で、その眼鏡の片端がきらりと光った。彼は強風のなかの木のように少し揺れていた。そのまま行ってしまうかも。そんな望みを抱いて、わたしは動かなかった。彼がさがしているのは、わたしじゃないかもしれない。でも本当は、自分なのだとわかっていた。大声を出そうか。ドアの外へと走ろうか。そんなことも考えたが、ベースとドラムの音が絶えずズンズンと家じゅうに響いていて、自分の声が誰かに聞こえるとはとても思えなかった。それにそのあと、チェットはまちがいなくわたしを殺すだろう。だからわたしは、彼が行ってしまうよう願い、目を閉じていた。そして目を閉じたまま、彼が部屋に入ってくる音、そっとドアを閉める音を聞いた。

わたしは、しっかり目を閉じて眠ったふりをつづけることにした。心臓はトビマメみたいに間欠的に鼓動していたが、呼吸は規則正しく保った。鼻から吸って、口から吐いて。

耳をすませていると、チェットが何歩か前進してきた。彼がすぐそばに立っているのがわかった。彼の呼吸音、湿っぽい喘鳴《ぜんめい》が聞こえた。それに、彼のにおいもした。タバコと酒のにおいが混ざった、あの果物っぽい熟れたようなにおいだ。

「リリー」息だけの声を鋭く響かせ、彼は言った。

わたしは動かなかった。

彼はかがみこんだ。もう一度、今度は少し声を落として、わたしの名を呼んだ。

わたしは、深く寝入っていて何も聞こえないふりをした。自分なりに考えた眠っている人らしい動きで、膝をもう少し体のほうに引き寄せた。彼がわたしの部屋に何しに来たかはわかっていたし、何がほしいのかもわかっていた。彼はわたしとセックスする気なのだ。でもわたしの知るかぎり、それはこちらが目覚めているときしかできないことのはずだった。だからわたしは、彼が何をしようが眠ったままでいるつもりだった。

彼の膝のきしみとジーンズのこすれる音が聞こえ、彼の息の酸っぱいビール臭いにおいがした。彼はすぐそばにしゃがみこんでいた。階下の歌――ズンズン響くそのベースの音――がやみ、またつぎの歌、同じような曲が始まった。ジッパーがゆっくりと、一度に一回プチッといいながら、下ろされていき、つづいて、セーターを猛スピードでこするようなリズミカルな音が聞こえてきた。彼はわたしではなく自分自身にしているのだった。わたしの作戦はうまくいっていた。音はだんだん速く大きくなり、彼はさらに何度か、しゃがれたささやき声でわたしの名を呼んだ。触ってはこないだろうと思ったが、わたしは胸の前で空気がかすかに動くのを感じ、次いで、パジャマの胸の部分を一本の指がなでていくのを感じた。室内は暖かかったが、全身に鳥肌が立った。わたしは懸命に目を閉じていた。チェットはわたしの胸に手を押しつけ、鋭い爪を立て、やがて、うめきとも息を吸う音ともつかない声を漏らした。それから彼はわたしの乳首から手を引っこめた。彼がズボンのジッパーを上げ、すばやくあとじさっていくのを、わたしは聴いていた。出ていくとき、彼はドスンとドア枠にぶつかり、そのあとは、もう音のことなど気にもせずにドアを閉めた。

わたしはさらに一分間、体を丸めたままでいた。それからベッドを出ると、デスクの椅子を持ってきて、ドアノブの下につかえをしようとした。ナンシー・ドルーならそうするはずだから。椅子はぴったりはまるとまではいかず、ほんの少し高さが足りなかったが、何もないよりはましだった。仮にチェットがまた来ても、ドアを開けるのは容易ではないだろうし、椅子は倒れて音を立てるだろう。

その夜、眠れるとは思えなかったのに、わたしは眠った。そして朝が来ると、ベッドに横たわったまま、どうすればいいのか考えた。

わたしが何より恐れていたのは、何があったか母に打ち明けたすえに、チェットとセックスすべきだったと言われることだった。あるいは、母は、わたしが部屋に彼を入れたことや、プールにいる姿を彼に見せたことで、激怒するかもしれない。この問題は自力で解決するしかないことが、わたしにはわかっていた。

そして、自分がどうやるかも、わたしにはわかっていた。

第三章　テッド

タクシーの赤いライトが通りを遠ざかっていく。真夜中近く、ミランダと住む入り江に面した褐色砂岩の家に着き、僕はその正面の階段で、一週間前、ロンドンに向かったとき、家の鍵をどこにしまったか思い出そうとしていた。

ちょうど機内持ちこみ手荷物の外ポケットを開けようとしたとき、玄関のドアがさっと開いた。ミランダはあくびの最中だった。彼女は短いナイトシャツを着て、ウールのソックスをはいていた。「ロンドンはどうだった？」僕の口にキスをしたあと、彼女はそう訊ねた。その息はかすかに酸っぱいにおいがした。きっとテレビの前で眠っていたんだろうと僕は思った。

「じめじめしていたよ」

「収穫はあったの？」

「うん、じめじめしていたし、収穫もあった」僕はなかに入ってドアを閉め、硬材の床に荷物を下ろした。家のなかはテイクアウトのタイ料理のにおいがした。「ここで会えるとは意外だな」僕は言った。「きみはメイン州にいるものと思っていたよ」

「会いたかったわ、テディ。丸一週間ぶりだもの。あなた、酔ってる？」

「飛行機が遅れたんで、何杯かマティーニを飲んだけど。酒臭い？」

「ええ。歯を磨いてベッドにいらっしゃい。わたし、くたくたなの」

二階の寝室に向かって急な階段をのぼっていくミランダを僕は見守った。そのスリムなふくらはぎの筋肉が緊張してはゆるむのを見守り、ヒップの動きとともにナイトシャツが揺れるのを見守り、それから、ブラッド・ダゲットのことを考えた。あの男は作業台の上に彼女をかがませ、スカートをめくりあげ……

僕はキッチンとダイニングがある地下に下りていった。冷蔵庫のなかで小エビのレッドカレーの容器を見つけ、カウンターテーブルの前にすわって、冷たいままそれを食べた。

頭が痛みだしていた。それに喉も渇いていた。眠ってもいないのに、すでに二日酔いになっていることに、僕は気づいた。これは、空港のラウンジで飲み、そのあと飛行機でまた飲んだジンのせいだ。

バーで出会った赤毛の女もやはりビジネスクラスで、通路の反対側の、ひとつうしろの列にすわっていた。妻の不貞の話は一時中断したものの、飛行機に乗りこんでからも僕たちは通路をはさんで会話をつづけた。僕の隣の窓際の席にいた老婦人は、僕たちが話しているのを見て言った。「奥さんと並んですわります？」

「ありがとう」僕は言った。「そうさせてください」

彼女が席に落ち着き、僕がキャビン・アテンダントにジントニックをオーダーしたあと、僕は彼女にもう一度、名前を訊ねた。

「リリーよ」彼女は言った。

「リリー何？」

「そのうち教えるわ。でもまずゲームをしましょう」

「いいよ」

「とっても簡単なの。ここは飛行機のなかだし、これは長いフライトだし、わたしたちはもう二度と会うことがないわけだから、お互いに完全なる真実を話すことにしましょう。あらゆることについてよ」

「きみは自分の姓すら教えないじゃないか」僕は言った。

彼女は笑った。「確かに。でも、だからこそ、このルールでやれるのよ。お互いのことを知っていたら、このゲームはうまくいかない」

「ひとつ手本を示して」

「オーケー。わたし、ジンは嫌いなの。マティーニをたのんだのは、あなたの前にそれがあって、かっこよく見えたからよ」

「本当に？」

「いい悪いは言いっこなし」彼女は言った。「あなたの番よ」

「オーケー」ちょっと考えてから、僕は言った。「僕はとにかくジンが好きだから、ときどき自分がアル中じゃないかと心配になる。好きにさせてもらえるなら、きっと毎晩、五、六杯飲むだろうな」

「まずはこんなところね」彼女は言った。「あなたには飲酒の問題があるかもしれない。奥さんは浮気をしている。あなたのほうはどうなの？　浮気をしたことはある？」

「いや、ないよ。ただ……ジミー・カーターがなんとか言ってたよな……心に欲望を抱いたことはもちろんある。たとえば、僕はすでにきみとのセックスを想像している」

「そうなの？」彼女の眉が上がった。少しショックを受けたようだった。

「完全なる真実と言ったよね？」僕は言った。「驚くなかれ。きみが出会う男の大半はたぶん五分以内にきみに対していやらしいことを考えている」

「それは本当に本当なの？」

「うん」

「どれくらいいやらしいこと？」

「それは知らないほうがいい」

「知ったほうがいいかも」そう言って、彼女はこちらに体をずらしてきた。僕は氷に歯をぶつけながらジン・トニックを少し飲んだ。「興味深いわ」彼女は言った。「どんな感じなのか、わたしには想像もつかない。誰かに出会って、その人とセックスしたいってすぐに思うなんてね」

「それとは少しちがうな」僕は言った。「さっき言ったのは本能的な反応みたいなもので、ただ頭に絵が浮かぶんだよ。搭乗ゲートで列に並んでいるとき、きみを見ると、きみの裸が頭に浮かぶ、みたいなことだね。女性にはそういうことはない？」

「いきなりある男性とのセックスを想像することが？　いいえ、それはない。女性の場合はちがうのよ。わたしたちが考えるのは、いま出会った男性が自分とセックスしたがっているかどうかなの」

僕は笑った。「そりゃしたがってるさ。まちがいなく。でも、僕を信じて。それ以上は知らないほうがいい」

「ほらね、このゲーム、楽しいでしょう？　今度は、奥さんを殺したいって気持ちについて、もっと詳しく話したら？」

「ハハ」僕は言った。「あれが本気だったのかどうかも怪しいもんだ」

「ほんとに？　あの話をしたときのあなたの様子だと――どうかしらね」

「認めるよ、あのふたりが僕ら夫婦の家で一緒にいるのを見たとき――仮に銃を持っていたら――僕は窓の向こうの彼らをふたりとも平然と撃てたと思う」

「つまり、あなたは彼女を殺すことを想像しているわけね」彼女は言い、飛行機は離陸前の唸りをあげはじめた。僕たちはシートベルトを締め、僕はぐうっとジンを飲んだ。昔から飛行機に乗ると不安を覚えるほうなのだ。「聴いて」彼女はつづけた。「わたしはあなたをひっかけて言いたくないことを言わせようとしているわけじゃないの。ただ興味があるだけよ。これはゲームの一部にすぎない。完全なる真実のゲーム」

「なら、そちらからどうぞ。これまでにきみが打ち明けたのは、ジンは好きじゃないってことだけだものな」

「オーケー」彼女は言い、しばらく考えた。「正直に言うと、わたしは、殺人というのは必ずしも世間で言われているほど悪いことじゃないと思っている。人は誰だって死ぬのよ。少数の腐った林檎を神の意志より少し早めに排除したところで、どうってことないでしょう? あなたの奥さんは、たとえばの話、殺されて当然の人間に思えるわ」

飛行機の唸りが甲高い叫びに変わり、操縦士がキャビン・アテンダントに席に着くよう指示した。隣の席の女にすぐに答えなくてすみ、僕は束の間ほっとした。彼女の言葉は、この一週間、妻を殺す空想に耽《ふけ》るとき、僕につきまとっていた考えのこだまだった。僕はずっと、ミランダを殺せば世のためになるじゃないかと自分に言い聞かせてきた。そこへこの同乗のお客が現れ、突然、願望どおり行動する倫理的根拠を与えたのだ。そして彼女の言葉にショックを受ける一方、僕は酩酊状態にあり――ジンが体じゅうを駆けめぐっていて――この世にしらふでいたいやつなんているのかと思うほどいい気分だった。頭が冴えている気がすると同時に解放感もあり、もしそこが半個室だったら、たぶんその場でリリーを抱き寄せ、キスしようとしていただろう。そうする代わりに、僕は離陸後も話をつづけた。

「認めるよ、妻を殺すというアイデアは確かに魅力的なんだ。婚前契約があるから、離婚してもミランダは僕の全財産の半分とまではいかないが、かなりの部分を手に入れられる。残りの人生を充分、快適に過ごせるはずだよ。不貞に関する条項もないしね。こっちは弁護士を雇って、その弁護士に探偵を雇わせ、訴訟を起こすこともできるが、そうすれば高くつくし、最終的に僕は時間と金を無駄にしたうえ、恥をさらすことになるんだ。

もし彼女が僕のところに来て、男のことを正直に話していたら——たとえダゲットを好きになったから別れたいと言われたとしても——僕は離婚に応じていただろう。彼女を憎みはしたろうが、ちゃんと前進できたはずだ。僕が乗り越えられないのは……やり過ごせないのは……あの日、僕が僕の家でやってるふたりを目撃する前に、彼女とブラッドが僕に見せた態度なんだ。ふたりと話したとき、彼らはどっちも冷静そのもので、怪しい点などみじんもなかった。ミランダは平然と嘘をついた。あんな技をいったいどこで身につけたのか、僕にはわからない。でもその後、僕は考えはじめた——彼女について知っていること、彼女が相手によって態度を変えることや何かを全部、考えてみた。そうしたら、これが彼女なんだとわかったよ——薄っぺらなイカサマ女、嘘つき。もしかするとソシオパスかもしれない。どうしてもっと前にわからなかったのか不思議だな」

「きっと彼女は、自分なりに考えた、あなたの見たがっている彼女を演じていたんでしょうね。あなたたちはどこで知り合ったの？」

僕はリリーに、妻との出会いの話をした。それは、ある夏の夜、ニューエセックスに住む共通の友人の新居披露パーティーでのことだった。僕はすぐさま彼女に目を留めた。他のお客がみんなサマードレスや上から下までボタンのついたシャツを着ているのに対し、ミランダは、白いポケットがずたずたの裾《すそ》の下に垂れ下がるほど短いカットオフのジーンズをはき、ジャスパー・ジョーンズのダーツの的が胸にプリントされたタンクトップを着ていた。彼女はパブスト・ブルーリボンの缶を手に、チャド・パヴォンと話していた。彼は僕の仕事仲間で、その日のパーティーは彼の新居購入を祝うものだった。ミランダは頭をそらして笑っていた。僕はすぐさまふたつのことを考えた。まず、彼女は僕がこれまでじかに見たどの女よりセクシーな女だ、ということ。そして、チャド・パヴォンはおもしろいことなど一度も言ったためしがないのに、彼女はいったい何を笑っているのか、ということだ。僕は急いで目をそらし、誰か知り合いはいないかとあたりを見回した。実は、ミランダの姿は、胸にパンチを食らったような衝撃を僕に与えたのだ。それは突然の気づきだった。なるほど、猥褻《わいせつ》な雑誌やハリウッド映画のなか以外にも、彼女みたいな女は存在するわけだ。そして、十中八九、彼女には連れがいる。

僕はチャドの奥さんのシェリーに彼女の名前を教わった。彼女はミランダ・ホバートといい、一年間、ニューエセックスで、誰かの家の留守番をしているのだった。ある種のアーティストであり、地元の夏季劇場の切符売り場でも働いているという。

「独身？」僕は訊ねた。

「信じられないかもしれないけど、そうなのよ。話をしてみたら？」

「僕は彼女のタイプじゃないと思うよ」

「訊いてみなきゃわからないじゃない」

結局、話をすることになったとき、きっかけを作ったのはミランダのほうだった。夜も更け、僕はチャドとシェリーの家の裏手の坂になった芝生にひとりですわっていた。重なり合う屋根のあいだには、灯台のぐるぐる回る光に周期的に照らされ、海の紫のきらめきが見えた。ミランダは僕の隣にすわった。「あなた、大金持ちなんですってね」彼女は言った。声は低く、抑揚がなく、呂律《ろれつ》も少し怪しかった。「誰も彼もがその話をしてた」

僕はそのころ、画像アップロード用のプログラムを開発した小さな会社をメジャーなソーシャル・メディア・サイトに買収させる話を、僕自身でさえ法外と思う金額で取りまとめたばかりだった。「そうだよ」僕は言った。

「覚えといてよね、ただ金持ちだってだけで、あなたと寝る気はないから」彼女はほほえみながら、挑戦的に言った。

「教えてもらってよかった」我ながら、その言葉はぎこちなく聞こえた。彼方に連なる屋根のラインが少し傾いた。「でも結婚ならするだろう」

彼女は頭をそらして、ハスキーな声で笑った。それは、僕が最初に見たとき、チャドの言葉に笑っていた彼女の笑いかただった。でも近くで見ると、それも芝居っぽくは思えなかった。僕は彼女の顎の曲線を見つめ、あのやわらかな首に口を押しつけたらどんな感じがするだろうかと想像した。「そうね、結婚ならするわね」彼女は言った。「申し込む?」

「いいよ」僕は言った。

「じゃあ、いつ結婚しましょうか?」

「来週末かな。そういうことはあわててするもんじゃないからね」

「賛成よ。これは重大なことだもの」

「単なる好奇心だけど」僕は言った。「この関係におけるきみ側のメリットはわかるよ。でも僕側のメリットはなんなのかな? きみ、料理はできる?」

「料理はできない。裁縫もできない。掃除はできる。ほんとにわたしと結婚したいの?」

「ぜひしたいね」

僕たちはさらにしばらく話をし、それからその場で――その芝生の上で、ぎこちなくキスを交わした。歯がカチカチ触れ合い、顎と顎がぶつかった。彼女はまた声をあげて笑い、僕は結婚式は中止だと言った。

でも中止にはならなかった。僕たちは実際に結婚した。一週間後ではなく、一年後に。

「彼女は最初から僕を操っていたんだろうか?」僕はリリーに訊ねた。飛行機はすでに離陸しており、僕たちは〝空の旅〟として知られる国と国のあいだの特殊なバブルのなかにいた。恐ろしい速度で、氷のように冷たい高所を進みつつも、まがいものの空気とふかふかの座席とエンジンの一定不変の軽い唸りにあやされながら。

「たぶん」

「でも彼女のあのアプローチ……のっけから僕が金持ちだなんて話題を持ち出すあのやりかた。

まるで彼女にとってはそれはジョークって感じがしたよ。もし本当に夫を釣りあげようとしているなら、絶対、言わないことだって感じが」

「逆を行ったのよ。最初から持ち出せば、裏がないように見える」

僕は黙って考えた。

「ねえ」リリーはつづけた。「奥さんがあなたを利用したからって、彼女があなたを想ってないことにはならない。ふたりが楽しくやってないことにはならないのよ」

「僕たちは確かに楽しくやっていた。そしていま、彼女は別の誰かと楽しくやっているわけだ」

「彼女はブラッドから何が得られるのかしら?」

「どういう意味?」僕は訊ねた。

「動機は何? 彼女は結婚生活を危険にさらしている。財産の半分が手に入るとしても、たぶん、いま建てている夢のビーチハウスは手に入らない。ブラッドと関係していれば、すべてが水の泡になりかねないのよ」

「その点についてはずいぶん考えてみたよ。当初は、彼を愛しているんだと思った。でも、いまの僕には、誰にせよ彼女が本気で愛するとは思えない。きっと彼女は退屈なんだろうよ。どうやら僕はもう用済みらしい。いまやただの金蔓《かねづる》なわけだ。彼女は永遠にああなんだろうな。それにまだ若くて綺麗だから、今後も数えきれないほど大勢の人を傷つけるだろう。僕は本当に――この世から排除するためにも――彼女を殺すべきなのかもしれない」

僕は隣席の女に顔を向けたが、目は合わせなかった。彼女は膝の上で腕を交差させていた。僕はその露出した肌一面に鳥肌が立っているのに気づいた。機内が寒いのか、それとも、これは僕のせいなのか?

「それは世の中のためになる」彼女が言い、僕は目を上げた。その声はとても小さく、聞きとるにはそちらに少し身を寄せなければならなかった。「わたしは本気でそう思っている。さっき言ったとおり、人はみんないつか死ぬのよ。奥さんを殺したとしても、あなたはいずれ彼女に起こることを起こしたにすぎない。そしてあなたは、彼女から他の人たちを救ったことになる。彼女は負の存在よ。世の中を損なうの。それに彼女があなたにしたことは、殺すよりもひどいことだわ。人は誰でも死ぬ。でも、愛する人が他の人間と関係するのを見てしまうという経験は、誰もがするわけじゃないもの。先にやったのは、彼女なのよ」

読書用ライトの黄色い輪のなかで、彼女の淡い緑の目にさまざまな色の斑点がちりばめられているのが見えた。彼女は瞬《まばた》きした。薄いまぶたにはピンクのまだらが入っていた。僕たちの顔の近さはセックスより親密に感じられた。突然、目が合って、僕は驚いた。まるで自分のズボンに置かれた彼女の手にいきなり気づいたかのように。

「どんな方法でやろうか?」僕は訊ねた。自分の手足一面に鳥肌が立つのがわかった。

「つかまらない方法で」

僕は笑い、かりそめの魔法は破られた。「それだけ?」

「それだけよ」

「もう一杯いかがですか？」キャビン・アテンダント——すごく背が高い、ウエストラインのスリムな、派手なピンクの口紅をつけた黒髪女性が、空になった僕のグラスに手を伸ばしていた。

もう一杯ほしかったが、キャビン・アテンダントに顔を向けたとたん、不意にめまいに襲われたので、ジンはことわり、水をたのんだ。顔をもどすと、隣席の女はあくびの最中で、前の座席のやわらかな背もたれに指先を軽くつけ、両腕を伸ばしていた。

「疲れたみたいだね」僕は言った。

「ええ、ちょっと。でも、話をつづけましょうよ。これは、過去にわたしが飛行機で交わしたどの会話よりおもしろいわ」

一抹の疑いが僕の脳裏をよぎった。これは単なるおもしろい会話なのだろうか？　翌日、彼女が友達に話しているのが聞こえるようだった。ねえ、きのう、空港である男に会ったんだけど……その変態、奥さんを殺すつもりだってわたしに話したのよ。信じられないでしょ？　心を読んだかのように、リリーが僕の腕に触れた。「ごめんなさい」彼女は言った。「軽々しく聞こえたわよね。わたしはこの話を真剣に受け止めている。もちろん、あなたの望む以上に、本気にする気はないけれど。思い出して。わたしたちは真実のゲームをしているの。正直な話、あなたが奥さんを殺すということに対して、わたしには倫理的抵抗感はないわ。彼女はあなたの前で自分を偽った。あなたを利用して、あなたと結婚した。あなたの稼いだお金を巻きあげ、今度は、あなたからお金を巻きあげている男と浮気している。わたしの考えでは、彼女は何をされても当然なのよ」

「驚いたな。きみは本気なんだ」

「そうよ。でもわたしは、あなたの知らない人間、飛行機で隣の席にすわった乗客にすぎない。決めるのはあなた自身よ。奥さんを殺したいと思うことと実際に手を下すことのあいだには大きなちがいがあるし、人を殺すことと殺して逃げおおせることのあいだにはもっと大きなちがいがあるわけだから」

「自分の経験からそう言ってるの？」

「それについては黙秘権を行使する」彼女はそう言って、またあくびをした。「いまから軽くひと眠りするつもりなの——あなたさえよければ。そちらは奥さんの件を考えていてね」

彼女は椅子をうしろに倒して、目を閉じた。僕も眠ろうかと思ったが、頭はフル回転していた。妻を殺すことをリアルに考えていたことは事実だが、いま僕はその考えを言葉にしたのだ。しかも話した相手は、どうやらそれをいい案だと思っているらしい。この女は現実なのだろうか？　僕は頭をめぐらせて、女を見た。彼女はすでに鼻で深く呼吸をしていた。僕はその横顔を見つめた。先端にうっすらすじが入った華奢《きやしや》な鼻、しっかり閉じられた口、その上唇は下唇にわずかにかぶさっている。軽くウェーブがかかった長い髪は、ピアスの穴のない小さな耳にかかっていた。顔のそばかすがいちばん濃いのは鼻梁のあたりだが、よく見ると、細かなそばかすは彼女の顔の大部分にあった。それはほとんど目につかない斑点の銀河だった。突如、彼女が胸一杯に息を吸いこみ、ぴくんとこちらに体を寄せた。僕は顔をそむけ、彼女の頭は僕の肩に落ち着いた。

僕たちはしばらく、少なくとも一時間は、そのままでいた。断固として動かさずにいた僕の腕は痛みだし、やがて、まったく存在していないかのように感覚がなくなった。僕はジン・トニックをもう一杯オーダーし、彼女の語った殺人論について考えた。それは理《り》にかなっていた。なぜ命を奪うのがそれほどひどいこととされるのか？　じきにこの地球上の人間はすっかり入れ替わる。いま地球上にいる人々は全員、ある者は無残なかたちで、ある者はスイッチを切られるように不意に死に、いなくなっているだろう。殺人が大罪とされる真の理由は、あとに遺される者がいるからだ。愛されていた故人。でももしそれが実は愛されていない人間だったら？　ミランダには家族や友人がいる。でも彼女との三年の結婚生活を経て、僕はその人たちもみな心の底では彼女の正体を知っているのだと思うようになっていた。彼女は他者を利用する浅薄な女、自分のルックスをたよりに生き、もらえるものをもらって満足している女だ。みんな哀悼の意は表すだろうが、誰かが本気で彼女を惜しむとはとても思えない。

飛行機が少し上下に揺れだし、操縦士の強いアメリカ訛の声がスピーカーから流れてきた。

「みなさん、当機はただいま軽い乱気流にぶつかっています。どうか席にもどってシートベルトを締め、揺れが収まるまでそのままでいてください」僕が酒を飲み終えたちょうどそのとき、突然、高速で丘を越える車よろしく機体がぐんと降下した。うしろの席の女がヒッと声を漏らし、知り合ったばかりの僕の共謀者はぎくりと目を覚まして、あの緑の目で僕を見あげた。彼女が飛行機の突然の揺れと僕の腕に寄り添った自分自身の姿勢のどちらに余計に驚いたか、僕にはわからない。

「ただの乱気流だよ」僕は言った。実は、最初の急降下で跳ねあがった僕の胃袋は、恐怖のあまりひきつっていたのだが。

「ああ」彼女は身を起こし、両のてのひらで目をこすった。「夢を見ていたわ」

「なんの夢？」

「もう覚えていない」

飛行機はさらに何度か強く揺れ、その後、まっすぐに飛びだした。「僕のほうは、さっきふたりで話していたことについてずっと考えていたよ」

「それで？」

第四章　リリー

チェットが来る一年前、わたしの美しい蜜柑色の猫、ベスがまだ生きていたころ、ある朝、わたしは、ベスが毛むくじゃらの大きな黒い野良猫に菜園の柵の際まで追いつめられているのに気づいた。ベスは毛を逆立て、シューシューいっていたが、明らかに劣勢だった。その凶暴な雄猫がベスの背中に飛びかかり、腰に爪を食いこませるのを、わたしは見た。現実には猫は悲鳴をあげたりしない。それは知っているが、ベスの発した声は、そうとしか言い表しようのないもの、まるで人間の恐怖の悲鳴だった。わたしが手をたたきながら飛んでいくと、野良猫は身を翻《ひるがえ》して逃げていった。わたしはベスを家に連れ帰り、血が出ていないか毛衣《もうい》を調べた。出血の痕はなかったものの、わたしにはあの恐ろしい猫がまた来ることがわかっていた。

「とにかくベスを外に出さないようになさい」母は言った。

わたしはそのように努めたが、ベスはドアの前でしきりと鳴いた。そのうえ、それは父が四年生のセミナーを我が家で行っていた学期で、火曜と木曜の夜は学生たちがうちに出入りしており、始終、玄関のドアから出ていっては外の階段でタバコを吸っていた。だからベスにしてみれば抜け出すのは簡単だった。

季節は春で、そろそろ暖かくなりだしていたので、わたしは寝るとき、窓を少し開けていた。そんなある朝、明け方に、ベスが外で鳴きわめいているのが聞こえた。すさまじい怯えた声だ。わたしはスニーカーをはいて、階下に駆けおりていき、裏庭に飛び出した。早朝の薄暗い光のなかで、彼らはすぐに見つかった。ベスはまたもや柵の際に追いつめられていた。二匹はその恐ろしい一瞬、自然史博物館のジオラマのように凍りついていた。わたしは手をたたき、大声で威嚇《いかく》したが、野良猫はただ、毛むくじゃらの醜い頭をめぐらせ、おざなりにわたしを値踏みしただけで、ふたたびベスに顔をもどした。その瞬間、わたしは悟った。凶暴なこの雄猫はベスを殺すにちがいない。今朝でなくても、いつか、チャンスがあり次第。そしてわたしはそれを阻止するためならなんでもするつもりだった。

我が家の未完成のパティオの端には、舗装用の石の山があった。それらの石は長いことそこに放置されていて、なかには苔《こけ》のむしたものもあるほどだった。わたしは自力で運べるいちばん大きな石を拾いあげた。その縁は鋭く、石全体は露ですべりやすくなっていた。わたしは静かにすばやく移動して、野良猫の背後で立ち止まった。静かになどという用心は無用だった。野良猫はわたしなど歯牙にもかけず、夢中でベスを威嚇していた。わたしは何も考えず、舗装用の石を頭上に振りあげ、力一杯、野良猫にたたきつけた。土壇場で猫は顔を上げ、石の縁が頭蓋骨に当たった瞬間、ギャッと声をあげた。そいつは石の下敷きになった。ベスは猛スピードで裏庭を駆け抜け、逃げていった。あの子があんなにすばやく動くところは見たことがなかった。野良猫は身を震わせ、やがて動かなくなった。わたしは家のほうを振り返った。殺しの音に家が目覚め、寝室の明かりがつくだろうと思ったのだ。でも考えてみれば、音はほとんどしなかった。

簡単なことだった。

地下室への降り口の戸には鍵がかかっていなかった。わたしは葉っぱですべりやすくなった暗い階段を忍び足で下りていき、地下室の入口周辺を手さぐりして、壁際に並べてある雪かき用のシャベルのひとつを見つけた。上にもどると、プラスチック製のそのシャベルの縁を使って野良猫の上から舗装用の石をどけ、ぐったりした猫の体の下にシャベルを差しこんだ。毛むくじゃらの頭部に損傷はまったく認められなかった。この猫は死んだのではなく、ただ気絶しているだけで、いまにも飛びあがり、シューシューいいながら襲いかかってくるのではないか。そんな気がして怖かった。でもいざ持ちあげてみると、それは死んだものらしくバタンと横倒しになった。そして突然、わたしは悪臭に気づいた。猫が死んだとき、その体から噴き出した排泄物のにおいだ。血は予期していたが、糞便は予期していなかった。そのにおいは、吐き気をもよおさせた。でも、あのおぞましい猫を殺してやったと思うと、わたしはうれしかった。猫は思っていたほど重たくなかった。ごわごわの毛が、そいつを実際より大きく見せていたのだ。それでもその重さはかなりのものだった。わたしは十フィートほど先の森の際までどうにか猫を運んでいき、腐った落ち葉の堆積《たいせき》の上に死骸を放り出した。つぎの五分間は、堆積物を掘り返し、猫の上に放る作業に費やされた。やがてその体はすっかり覆い尽くされた。それだけやれば充分だった。どのみち両親は絶対に森には足を踏み入れないのだ。

寒さに震えながら、ふたたびベッドにもぐりこんだときは、また眠れるとは思っていなかったが、わたしはすぐに眠りに落ちた。

それから数日間、わたしは毎日、野良猫の死骸を確認しに行った。それはそのままそこにあり、ハエにブンブンたかられていた。そしてある朝、死骸は忽然《こつぜん》と消えた。きっとコヨーテかキツネが引きずっていったのだとわたしは思った。

ベスは猫の日常生活にもどり、ふたたび家を自由に出入りするようになった。ときどき、ベスがわたしの足首に体をこすりつけたり、膝の上でゴロゴロ喉を鳴らしたりすると、わたしはああいう行動をとった自分に彼女が感謝しているような気がした。ベスは彼女の王国を取りもどし、世界はふたたび正常になった。

パーティーの夜のチェットの一件のあと、わたしの頭にはすぐにあの野良猫のことが浮かんだ。それは、チェットを殺し、なおかつ、つかまらない方法のヒントとなった。死体が発見されないことは絶対条件のように思えた。そしてもしそうだとすれば、わたしにはチェットについて知っておくべきことがいくつかあった。

パーティーのあと、チェットはしばらく部屋から出てこず、母屋にも現れず、まるでいなくなったかに見えた。でもわたしはある夜、彼の姿を目にした。チェットは芝生に立ち、わたしの寝室の窓を見あげていた。わたしはベッドに入ろうとして明かりを消したところだった。下にいる彼に気づいたのは、そのときだ。彼はそよ風に吹かれる樹木よろしくかすかに揺れていた。ずっとわたしを見ていたにちがいない。なのにわたしは、部屋に風が入るように、窓を細く開け、ブラインドを少し上げていたのだ。わたしは呆然とし、怖くなった。涙が目に湧きあがった。でもわたしは、二度とチェットに泣かされてはならないと自分に言い聞かせた。とにかくそれで確信が得られた。彼はただ機が熟すのを待っていただけ、わたしをレイプし、殺害する好機をうかがっていただけなのだ。チェットに何をされたか母に話すことも考えた。でも、母はチェットの肩を持つだろうと思った。きっと母のことだから、なぜその程度のことでそんなに大騒ぎするのかと不思議がるにちがいない。一方、父はまだ、例の詩人、ローズとともにどこかに行ったままだった。そして夜遅くに、母がその件について話すときの口ぶりからすると、父はもう帰ってこないようだった。わたしは一度、母に訊いてみた。そのとき母はキッチンで巨大なホムスを作っていた。

「父さんから電話はあった？」

「父さんから電話はない」母は最大限の効果を狙い、一語一語、間をとって言った。「父さんは——わたしが最後に聞いた話によれば——ニューヨークで馬鹿をやったらしい。だからもうじきうちに帰ってくると思うわよ。あなた、心配してるんじゃないでしょうね、いい子ちゃん？」

「ううん。ただ、どうなのかなと思っただけ。チェットは？　もう出てったの？」

「チェット？　いいえ、まだいるわよ。どうして彼のことを訊くの？」

「このところ見かけないから。部屋を引き払ったのかと思って。だとしたら、またわたしがそこに行けるでしょ」わたしは母のアトリエの上のその小さな部屋が大好きだった。大きな窓のある、白い壁の部屋。そこには、かつて我が家にあり、あるときそちらに移された古い赤いビーンバッグ・チェアがひとつあった。そのビニールの底には小さな裂け目があり、そこから少しずつ詰め物の粒がこぼれ出ていたが、わたしはその椅子が恋しかった。部屋が空いたら、本を持っていってそこで読むつもりだった。

「行きたければ行けばいいじゃないの。チェットは嚙みつきゃしないわよ」

「彼、車を持ってる？」

「彼が車を持ってるかって？　さあ、持ってないと思うけど。いまは住むところもないんじゃないかしら。このうちを別にすれば」

「車がないなら、どうやってここに来たの？」

母は笑って、指についたホムスをなめとった。「うちのブルジョワ娘ときたら。誰もが車を持ってるわけじゃないのよ、ダーリン。彼は町から電車で来たの。どうしてそんなにチェットのことばかり訊くの？　彼のこと、好きじゃない？」

「うん、あの男、最低」

「ハハ。言うことがお父さんそっくりになってきたわね。でもまあ、あなたがたふたりがどう思おうと、チェットは正真正銘のアーティストですからね。彼にこの夏、創作に集中できる場を提供することで、わたしたちは芸術界に大きな恩恵を施しているのよ。覚えておいて、リリー、世の中はいつもあなたが中心ってわけにはいかないの」

母から引き出したかった情報を、わたしはすでに引き出していた。チェットは車を持っていない。そしてここには電車でやって来た。つまり彼は、いつ荷物をまとめて消え失せてもおかしくないわけだ。だとすれば、わたしの仕事はずっと簡単になる。わたしは準備に取りかかり、あの古い農家の草地に出かけては、自力で運べるなるべく大きな石をせっせと集めて時を過ごした。また、古いラウンジチェアをひとつ、母屋とアトリエのあいだの庭の陽だまりに引っ張り出して、チェットの前に自分の姿をさらした。彼にある程度わたしを信用させること、わたしたちのあいだに一種の関係を確立することは非常に重要なので、彼にわたしを避けつづけてほしくはなかった。最初の数日、わたしがヘッドホンをつけ、読書しながら日光浴していても、チェットは姿を現さなかった。一度か二度、こちらを見つめる彼のシルエットがあの部屋の鎧《よろい》板のガラス戸に映ったような気がしたが、それだけだった。でもある日、彼はタバコを吸いにふらりと出てきて、階段のてっぺんの踊り場に立った。絵の具の飛び散ったあのオーバーオールを着て、その下はシャツなしという格好だった。読んでいたアガサ・クリスティの本の上からわたしが顔をのぞかせると、彼は軽く会釈して片手を上げた。本能は彼を無視しよう、反応など見せまいとしたが、わたしは強《し》いて手を振り返した。

つぎにそこに行ったのは翌日だったが、その日は蒸し暑かった。汗をかいて目覚め、冷たいシャワーを浴び、シャワーから出たとたんまた汗をかきはじめる——そんな日のひとつだ。わたしはグリーンのビキニを着た。二年前から持っていたものだが、その後もわたしの体はさほど発達していなかった。トップはぴったり合い、新たにヒップのできた下だけが少しきつくなっていた。わたしは、その夏、母にねだって買ってもらったショートパンツをはいた。柄《がら》はマドラス・チェックで、母は、それをはいたあなたはまるでケネディ一族の人みたいだ、などと言っていたが、とにかく買ってはくれた。わたしは本と日焼け止めのボトルを持ち、チェットの部屋の真向かいに置いたあの椅子のところに行った。本当は太陽や熱気は大嫌いだった。わたしは赤毛でそばかすだらけだから、日光を浴びればそばかすが濃くなるだけなのだ。ボトルの数字が大きいのはいいことなのか悪いことなのか——それを思い出そうとしながら、わたしは日焼け止めを塗りたくった。あの部屋をじっと見張っていると、ほどなくチェットが窓からのぞいているのが見えた。彼のタバコのオレンジ色の先端が明滅している。十五分が過ぎ、チェットがコーヒーのマグカップを手に現れたとき、わたしはレミゼのテープを聴きながら、『スリーピング・マーダー』を読んでいた。彼はわたしがくつろいでいる場所にさりげなくぶらぶらと歩いてきた。

「やあ、リリー」五フィートほど向こうから、彼は言った。すでに高くなった太陽にむきだしの腕や肩の産毛を照らされ、その姿はまるで輝いているようだった。彼は何日もシャワーを浴びていないようなにおいがした。

わたしは、どうも、と答えた。

「何を読んでいるんだい？」

そっけなく本を掲げてみせようとして、わたしは思い出した。あとで彼の部屋に行ったとき疑いを抱かれないよう、ここは多少なりとも感じよくしなければならない。「アガサ・クリスティ」わたしは言った。「ミス・マープルよ」

「いいね」チェットはそう言って、コーヒーをずるずる飲んだ。彼の持ち物がすべてそうであるように、そのマグカップも絵の具まみれだった。「何も問題ないかい？」彼は訊ねた。

わたしにはわかっていた。彼が訊きたいのは、わたしたちのあいだに何も問題がないかどうかなのだ。自分が部屋に侵入したあの夜のことがあるから。「ええ」わたしは言った。

彼はうんうんとうなずいた。「ここはえらく暑いな、おい」

わたしは肩をすくめて、本に視線をもどした。もうやることはやったし、それ以上チェットと話したくはなかった。本を読むふりをしてはいたが、わたしには彼がなおも自分を観察しているのがわかった。汗がビキニ・トップのふたつの三角形が合わさるところに溜まっていて、一滴があばらの上をじりじりと進んでいた。しずくの動きは耐えがたく、まるでチェットの視線が肌を切り裂いていくように思えたが、わたしはその汗を彼の見ている前ではぬぐうまいと意志の力でこらえた。彼はもう一度、ずるりとコーヒーを飲んでから、ぶらぶらと歩み去った。

＊

父が帰ってきた。何度も怒号が轟き、涙もいくらか流れた。ロシア人は去り、しばらくのあいだ、両親はべったりくっついて過ごしていた。ふたりはかつてのように未完成の裏のパティオで飲み、ジャズ・アルバムに耳を傾けた。父が帰ってきてくれて、わたしはうれしかった。理由はいくつかあったが、両親の関心がお互いに向いているため、自分がチェットの始末に集中できるというのもそのひとつだった。草地のほうは準備万端整っていた。石の山は日に日に大きくなっており、古井戸のロープも用意できていた。あとは、いちばんよい日を選ぶだけのことだった。わたしが前庭を通ってチェットの住まいへ向かうのを、また、わたしたちふたりが一緒に森に入っていくのを、誰にも見られない日。父が帰って三日後の静かな木曜に、その日が来た。わたしは自分の部屋で『ねじれた家』を再読し、両親の宴のかすかな音を聴きながら午後を過ごしていた。ふたりは早くから始めており、ランチにワインを一本空けたあと、場所を外のパティオに変え、今度はジンを飲みながら音楽を聴いていた。最後のレコードが終わると、つぎの一枚は始まらなかった。ふたりの寝室のドアが鈍い音とともに閉まり、笑い声が聞こえた。わたしは自分の寝室の窓から外を眺めた。ちょうど日が暮れだしたところで、近くの森の影が雑草のはびこる庭の上で長くなりつつあった。絶好のチャンスなのがわかった。そのとき〈モンクス・ハウス〉には、他にお客はいなかったし、両親のほうは朝まで寝室から出てきそうになかった。

わたしはジーンズとソックスとスニーカーをはいた。外にはヌカカがいるだろうし、足首を刺されるのはごめんだった。つぎに、数年前から持っていた白いタンクトップをさがし出した。それは蝶の刺繍の入ったもので、ほんの少しきつめだった。わたしはチェットが確実に草地までついてくるようにしたかった。ジーンズの前ポケットには、母方のお祖父ちゃんにもらった小さなポケットナイフを入れた。ナイフを使う気はなかったが、腿《もも》に当たるその感触はたのもしかった。チェットの行動は予測不能だし、井戸にたどり着く前に彼がセックスしようとしたらと思うと気がかりだった。階段の下まで行くと、わたしは整理簞笥《だんす》のいちばん上の引き出しから小さなペンライトを取り出した。

玄関から外に出て、木の階段を降り、アスファルトの私道に出た。庭を横切っていく途中、急速に暗くなりだしていることに不意に不安を覚えた。アトリエの彼方の空は、絵の具の薄いひとはけに似たピンクのすじ雲で縞《しま》模様になっていた。ラウンジチェアを通り過ぎたとき、わたしはタバコの煙に気づいた。見あげると、チェットが階段の踊り場に出てくるところだった。完璧だ。ドアをノックする必要はなく、部屋に引きずりこまれる恐れもない。

「やあ、リルちゃん」チェットは言った。その呂律は怪しかった。

わたしは足を止めて彼を見あげた。「チェット、お願いがあるんだけど」それまで彼の名前を呼んだことはなかったと思う。その語はまるで使ってはならない罵言のように口のなかで奇妙に響いた。

「お願い？　いいとも、なんでもしてあげるよ、我がジュリエット。我が薔薇《ばら》よ。いかなる名であれ」チェットは両手を胸に当てた。シェイクスピア劇をやっているのはわかったが、彼は勘ちがいしていた。本当はバルコニーにいるのはジュリエットで、下にいるのがロミオなのだ。

「ありがとう。降りてきてくれる?」

「すぐに参ります、我がジュリエット」そう言うと、チェットは吸っていたタバコをポイと高く放り投げた。それは火花を降らせながら私道に落下した。彼は部屋に引っこみ、わたしは待った。緊張するだろうと思っていたが、それはなかった。

第五章　テッド

ローガン空港で荷物を回収したあと、僕はリリーと連れ立って、ターミナルEでアイドリングするタクシー数台の前を素通りし、セントラル・パーキングへと向かった。暗い駐車場でふたりきりになると、リリーはすぐに僕を立ち止まらせた。操縦士は現在のボストンの気温を五十四度（摂氏十二・二度）と伝えていたが、ヒューヒュー唸り、ゴミを舞い散らす風のせいで体感温度はそれよりはるかに低くなっていた。

「一週間後に会いましょう」リリーは言った。「場所を決めましょうよ。もし気が変わったら、わたしは行かない。あなたも気が変わったら来ないで。この会話はなかったことにするの」

「オーケー。どこで会おうか」

「どこか、知り合いがいない町を指定して」彼女は言った。

僕はちょっと考えた。「オーケー。コンコードはどう?」

「マサチューセッツのコンコード? ニューハンプシャーのコンコード?」

「マサチューセッツのコンコードだ」

僕たちは、つぎの土曜の午後三時に、〈コンコード・リバー・イン〉のバーで会うことにした。「あなたが来なくても、ショックを受けたりしないから」彼女は言った。「それに、怒ったりもしない」

「こっちも」僕は言い、僕たちは握手を交わした。妻を殺す手伝いを申し出た相手と握手するのは、妙に堅苦しく思えた。同じように感じたのか、リリーはちょっと笑った。僕の手のなかの彼女の手は小さく、高価な陶器のように華奢に感じられた。僕は彼女を引き寄せたくなった。その衝動を抑えつけ、ただこう言った。「きみは現実なの?」

リリーは僕の手を放した。「一週間後にわかるわ」

＊

その土曜日、僕は〈コンコード・リバー・イン〉に早く着いた。リリーに知り合いのいない町を選ぶよう言われたとき、僕が選んだのはコンコードだった。そして、そこに知り合いがいないのが事実であるのとともに、それが僕の子供時代に大きな役割を果たした町であることもまた事実だった。コンコードの約十マイル西、ボストンから約三十マイルのミドルハムで、僕は育った。ミドルハムは古い農村で、開けた野原と新たに育った森から成るだだっ広い土地だ。

一九七〇年代、大規模な開発がふたつ始まり、この村に、もうそこにはない樹木の名をもらった行き止まりの道や、敷地一エーカーの紋切型のデッキ付き木造住宅が突如出現した。それらはみな、近くにあるレクストロニクス社の従業員の便宜をはかったもので、僕の父はその会社に勤めていた。

僕の父、バリーは、マサチューセッツ工科大学の卒業生で、世間の人がまだコンピューター・プログラマーのなんたるかを知らないころからコンピューター・プログラマーだった。彼はレクストロニクス社で、僕の母、エレイン・ハリスに出会った。母は会社の受付係で、まちがいなく、父が過去に目にした誰よりも美しい女だった。三十の年で母に出会うまで父が誰ともデートしたことがなかったのかどうか、実際のところは僕も知らない。でも、したことがあったとすれば、それは衝撃だ。これに対して母のほうは、ボストン大学卒の男とくっついたり離れたりしながら二十代を過ごした。この相手は、プロのアイスホッケー選手として二年間プレイしていたが、その後、膝を傷めて競技生活を終えている。かつて母自身から聞いた話だが、ふたりの関係が終わったとき――そして、〝プレイボーイ・タイプ〟を相手に自分が八年を無駄にしたことに気づいたとき――母は即座に、平凡で退屈で信頼できる夫を見つけると心に誓ったのだという。そして結局、バリー・セヴァーソンがその夫となった。彼らは六週間の交際期間とさらに六週間の婚約期間を経た後、母の故郷であるコネチカット州ウェスト・ハートフォードで小さな式を挙げて結婚した。

コンコードが僕にとって重要な場所となったのは、母がそこに移り住むことを夢見ていたからだ。結婚してすぐに、母はミドルハムを僻地として嫌うことに決め、切妻屋根の家が立ち並び、主婦たちの身なりがよく、気取ったジュエリー店のある、このリッチな郊外の町に執着するようになった。父はその話を聴かされるのにうんざりしていたので、母は僕にいい服を着せ、ときには姉も一緒に、コンコードにランチに行った。僕たちは、しばしば〈コンコード・リバー・イン〉で食事をし、そのあと買い物をした。母は新しい服やジュエリーを買った。あるいは、〈コンコード・チーズ・ショップ〉でロックフォールとピノ・グリジオを。僕がダートフォード・ミドルハム高校の四年のとき、母が父のもとを去り、コンコード・センターのメイン・ストリートにある貸し部屋に入居したことは、父にとっても僕にとっても驚きではなかった。彼女は一年間そこで暮らし、その後、妻と別れた会計士と一緒にカリフォルニアに移った。

父はすでに引退しているが、いまもミドルハムに住み、革命戦争のジオラマを作って時を過ごしている。僕は毎週木曜の夜に父を訪ねる。気温が六十度（摂氏十五・五度）を超えていれば、父はグリルでステーキを焼いてくれる。六十度以下なら、料理はチリになる。姉は一年おきに感謝祭に訪ねている。彼女はふたりめの夫とその四人の連れ子とともにハワイに住んでいるので、僕と顔を合わせるのはそのときだけだ。彼女も母にはもっと頻繁に会っている。これはひとつには、母がいまもカリフォルニアに住んでいるからであり、ひとつには母と姉が似た者同士だからだ。ときどき思うのだが、あの離婚のとき、僕たち家族は性別と地理的なラインによって分裂したのだろう。東に留まった父と僕と、西に行った母と姉とに。

〈コンコード・リバー・イン〉の階段をガタガタとのぼっていくとき、僕は壁紙の張られたその食堂でニューバーグ風シーフード・ランチに向かう母と自分を思い出さずにはいられなかった。母の飲み物はピンクレディー、僕はレモン・スライスを添えたペプシだった。リリーと僕は食堂ではなくバーで会うことになっていた。僕が忘れていたのは、ホテルという名のそのウサギの巣穴にはバーがふたつ——食堂のすぐ向かい側のこぢんまりしたL字形のと、奥のほうのもっと大きいのとがあることだ。僕は小さいほうのバーを選んだ。そちらはお客がいなかったし、バースツールから奥のバーへの通路を見張ることができたからだ。僕はギネスをオーダーし、ゆっくり飲めよ、と自分に言い聞かせた。この午後は、酔っ払う気はなかった。

先週、ロンドン出張から帰って以来、僕はかなりの時間を妻と一緒に過ごしていた。ミランダはメイン州の家の内装に関するアイデアで一杯だった。うちの図書室にはヴィンテージのカードテーブルがある。彼女はそのテーブルをカタログの切り抜きとインターネットからのプリントアウトで埋め尽くした。ミランダにあの家に必要不可欠なアイテムとやらをひとつひとつ見せられているあいだ、僕は彼女とブラッド・ダゲットのことは考えまいと努めていた。僕はすべてに賛成した。バスルーム全室の床暖房タイルにも、二万ドルの〈バイキング〉のガスレンジにも、屋内用のラッププールにも。そして賛成しているあいだ、僕が踏んばれたのは、彼女がもうすぐ死ぬこと、その死をもたらすのが自分であることがわかっているからだった。僕は絶えずそれについて考え、ダイヤモンドをためつすがめつ見るように、そのアイデアを頭のなかであちこちに向け、傷やひびをさがし、やましさや迷いをさがしたが、そうしたものはひとつも見つからなかった。見つかったのは、ミランダは僕が殺さねばならないモンスターであるという新たな確信だけだった。

ミランダは、週末に向こうで合流すると僕に約束させて、木曜にメイン州に帰った。立ち去る前、彼女は僕を図書室に連れていき、カタログの山からさらにいくつか、自分の注文したいアイテムを見せた。それから彼女は、携帯電話に画像を出した。本人の考えではダイニング・ルームにぴったりだという絵画の写真だ。

「六フィート×九フィートなの」ミランダは言った。「南の壁にぴったりだわ」

僕は小さな画像を見つめた。それは耳が燃えている男の頭部のようだった。

「マット・クリスティーの自画像よ」彼女は言った。「必ずいい投資になる。信じられないなら、彼のことを調べてみて」それから彼女は、〝お買い得〟という言葉も入ったワン・センテンスのなかで、途方もない金額を示した。

「考えておくよ」僕は言った。

ミランダは床から足を離さずに小さくジャンプし、僕にキスした。「ありがとう、ありがとう」彼女は僕の股間に手を押しつけ、ジーンズのジッパーにそって指を一本走らせた。彼女に対するさまざまな思いがありながら、僕は固くなるのを感じた。「あなたがメイン州に来たら、きちんとお礼をするわね」彼女は声を落として言った。

ブラッド・ダゲットがミランダをやったときのあのやりかたで、彼女をくるりとうしろ向きにし、カードテーブルの上にかがみこませたい。突然、そんな衝動に駆られたが、僕は自分を信用できなかった。ミランダの顔をカタログにたたきつけたり、彼女を嘘つきの売女と呼んだりしないという自信がなかった。そこで僕は、自分がメイン州に行くのは早くても土曜の夜だと告げるにとどめた。ミランダはさほどがっかりしていないようだった。

長い週末に必要な荷物を彼女がまとめたあと、僕はふたりの車が置いてあるガレージまで彼女を見送りに行った。ミニ・クーパーに荷物を積み終えると、僕は言った。「向こうでブラッドがきみを困らせたりしなきゃいいが。きみたちはずっと一緒に過ごすわけだものな」

「どういう意味？」

「彼はきみに言い寄ったりしてない？」

ミランダは振り向いた。その顔には考え深げな表情が浮かんでいた。「ブラッドが？　いいえ、彼はプロそのものよ。あなたったら、妬《や》いてるの？」

彼女はこの台詞を、驚きと考え深さとさりげなさをミックスさせて、完璧に言った。もしも双眼鏡でふたりのあの姿を見ていなかったら、僕は妻と工事請負業者のあいだに何かあるとは絶対思わなかったろう。ミランダと出会ってから数年間、僕は彼女をあらゆる感情が顔に出てしまう人間、嘘をつけない人間だと思っていた。どうしてここまで見誤っていたのだろう？

ミランダは運転席に乗りこみ、窓から僕に投げキスすると、ガレージの狭い通路をさっと通り抜けていった。これで決まったという思いが押し寄せてきた。あの簡単な数語、ブラッドとの関係の否定によって、僕のなかにあった疑念はすっかり消え失せた。

＊

リリーは遅かった。そして、ゆっくりとギネスを飲んでいるうちに、僕は確信に至った。きっと彼女は現れないだろう。安堵と失望が入り混じった妙な気分だった。もしこのまま二度とリリーに会うことがなければ、僕の人生は正常にもどる。正直なところ僕には、彼女の協力と励ましがなくてもなお妻を殺すつもりだと言えるだろうか？　やってみたいとも思わないのではないか？　もしやりおおせるとしたら、リリーが警察に出頭しない理由、大西洋を横断する空の旅のさなか僕が酔って自らの犯罪を予告したと漏らさない理由はなんだろう？　そう、もしリリーが現れなかったら、僕は妻と対決し、浮気のことを知っていると告げ、離婚を求めよう。そのあとにつづくのは、果てしない係争とお定まりの屈辱だが、それでも僕は生き延びるだろう。ミランダは僕の金をたくさん――婚前契約の如何《いかん》を問わず――奪っていくだろうが、金ならいつでも稼ぐことができる。そしてブラッドは彼にふさわしいもの――僕の妻を得るのだ。

でも、もう二度とリリーと会うことはないのだと確信しつつ、〈コンコード・リバー・イン〉でひとりすわっているとき、僕が失望を覚えたのは、ひとつには、こうして会うことにしたリリーの動機の一部がロマンチックなものであるよう願っていたからだ。彼女の色白の美しい顔、自分の手のなかのあのほっそりした手の感触を、僕は忘れられなかった。リリーとの情事こそ、ミランダとブラッドに僕が放ちうる本当の復讐なのではないか。目には目をだ。そして、午後の一杯のために僕たちの選んだ場所がホテルでもあることに僕はちゃんと気づいていた。バーのハーフティンバー様式の天井のすぐ上には空っぽのベッドがいくつもある。僕にはその存在が感じられた。

ここ一週間ずっとそうしてきたように、僕はあのボストンへの空の旅を頭のなかで偏執的に再現しはじめた。妻の殺害に手を貸そうという女の唐突な出現。ジンを飲んでいたとはいえ、あの夜のことはよく覚えている。完璧に。言葉のひとつひとつまで。でもそれは、やや非現実的な夢を思い出すのに似ていた。僕には確信が持てなかった。この記憶の明瞭さはあてになるのだろうか。自分は自らの野望と欲望をあの出来事に投影しだしたのではないか。家に帰ってから、僕はもちろんリリーに関する情報を見つけ出そうとした。ウィンズロー大学のウェブサイトにアクセスすると、そこにはウィンズロー文書館の目的と功績をまとめた簡潔なページがあった。職員として出ている名前はふたつ――大学文書保管員オットー・レムケと文書保管員リリー・ヘイワードだ。電話番号はそれぞれにあったが、Eメール・アドレスは両者共通で、archives@winslow.edu となっていた。僕はウェブを検索し、リリー・ヘイワードについて他に何かないかさがしたが、彼女に関係のありそうなものは何も見つからなかった。フェイスブックのページもなし。リンクトインのページもなし。画像もなし。僕は驚かなかった。彼女は、どんなかたちにせよウェブ上に姿を見せるタイプには見えなかった。それに、仮に彼女がウェブ上にいたとしても、それで僕の本当に知りたいことがわかるとは思えない。ひとりの女がなぜ赤の他人の妻殺しに手を貸そうというのか、彼女はそこから何を得られるのか、までは。

リリーの姿に気づいたのは、ちょうどビールを飲み終えたときだった。彼女は折れ曲がった通路をゆっくりとあちこちのドアをのぞきこみながら歩いてきた。僕はくるりとスツールを回して、バーのなかに入るよう彼女に手振りで合図した。

「来たのね」リリーは驚きのこもる声で言った。

「きみも来たわけだ」僕はそう返した。「テーブル席に行こう。何を飲む？」

リリーは白ワインにすると言った。僕は、彼女にはソーヴィニョン・ブランを、自分にはギネスをもう一杯オーダーし、両方のグラスを彼女の選んだ隅のテーブルに持っていった。あの長い赤毛をシンプルにうしろでまとめていることをのぞけば、彼女の姿は僕の記憶にあるままだった。僕は彼女の前にワインを置いた。彼女はグレイのブレザーを脱ごうとしていた。その下に着ているのは、ベージュのカーディガンと紺色のブラウスだった。屋外にいたため、頬は赤くなっていた。

しばらく気づまりな間があった。僕たちはそれぞれ飲み物を飲んでいた。どちらもすぐには口を開かなかった。

「ぎこちない二度目のデートみたいだね」会話の糸口をつかもうとして、僕は言った。

彼女は笑った。「きっとどっちも相手が来るとは思ってなかったんでしょうね」

「それはどうかな。僕は、きみは来るだろうと思っていたよ」

「わたしは、あなたは来ないだろうと思っていたみたい。きっとつぎの朝、目覚めたときは、ひどい二日酔いになっていて、奥さんの殺害計画のことはぼんやりとしか覚えてないだろうと思ったの」

「ひどい二日酔いにはなったけど、きみと話したことは残らず覚えていたさ」

「それで、いまも奥さんを殺したいと思っているの？」リリーの口調は、いまもフライドポテトをオーダーしたいと思っているのかと訊ねているようだった。でもその目にはユーモアが、あるいは、挑戦の色があった。彼女は僕を試しているのだ。

「前にも増してね」

「だったら手を貸すわ。いまも手を借りたいと思っているなら」

「僕がここに来たのは、そう思っているからだ」

リリーは椅子のなかで心持ち体をうしろに傾けた。その目が僕を離れ、小さなバーの店内を見回す。僕は彼女の視線を追って、ニスのかかっていない木の床や高させいぜい七フィートの天井を眺めた。店内には他にお客がひとりいた。スーツ姿の男が僕のいたスツールにすわって、ホイップクリームの載ったアイリッシュ・コーヒーを飲んでいる。「この場所でよかったかな」僕は訊ねた。

「ここにはあなたの知り合いはいないんでしょう?」

「前にも来たことはあるけどね、そう、コンコードに僕の知り合いはいない」

僕は母のことを考えた。この町で彼女が過ごした一年のことを。母はこのバーによく顔を出していたのだろうか? 二番目の夫をさがしに来たのは、ここなのだろうか? 母を説き伏せ、カリフォルニアに移住させた離婚男、キース・ドナルドソンとは、ここで出会ったのだろうか? ふたりは結婚しなかったが、母はいまも、別の男とカリフォルニアにいる。僕は年に一度も母に会わない。

「神経質になってるみたいね」リリーが言った。

「そりゃそうだよ。なってなかったら変だと思わないか？」

「それは、わたしたちの計画のせい？　それともわたしのせいなの？」

「両方だな。いまこの瞬間も、僕はなぜきみがここに来たのか考えている。心のどこかでは、きみは警察の人間で、どんなふうに妻を殺したいか僕にしゃべらせ、録音する気だろうと思っているんだ」

リリーは笑った。「録音装置はつけていないわ。人目のない場所だったら、ボディーチェックしてもらうんだけど。でも、仮にわたしが録音装置をつけていたとしても、奥さんの殺害を計画していたというだけでは、逮捕はできないんじゃない？　そういうのは、おとり捜査になるんでしょう？」

「たぶんね。こっちはただ、妻を殺す話できみの気を引こうとしていたんだと言えばいいわけだし」

「そこは大事なポイントね。そうなの？」

「え？　きみの気を引こうとしているかってこと？」

「ええ」

「あの飛行機でのゲームはまだつづいてるのかな？　完全なる真実ってやつは？　だったら、きみのことをそういう目で見ていなかったとは言わないよ。でも、僕が妻について言ったことや、この状況をどう感じているかって話は、全部本当だ。飛行機での僕はきみに対して正直だった」

「こちらもあなたに対して正直だった。わたしは力になりたいの」

「信じるよ」僕は言った。「ただ、きみの動機がよくわからなくてね。この計画で自分が何を得られるかはわかる……」

「結婚のすみやかな解消」リリーはそう言って、ワインをほんのひと口飲んだ。

「そう、すごくすみやかな解消だ……」

「でも、わたしのほうは何を得られるのかっていうのね？」

「そのとおり。僕はそこが知りたいんだ」

「きっとあなたはそのことを考えているだろうと思った」リリーは言った。「もし考えていなかったら、少し心配したでしょうね」彼女は強いまなざしでじっと僕を見つめた。「わたしが人を殺すことをどう思っているか話したのを覚えている？　わたしはそれをみんなが考えるほど不道徳なこととは思ってないって言ったでしょう？　あれは本心よ。世間の人は命の大切さを大袈裟に言いたてるけれど、この世界には命ならいくらでもある。誰かが自分の力を悪用した場合、あるいは、ミランダがしたように、自分に対する他者の愛を悪用した場合は、その人物は死に値する。それは過激な罰のように思えるけど、わたしはそうは思わない。人間はみな、完全な人生を与えられている。たとえそれがすぐに終わるとしてもよ。すべての人生は完結したひとつの経験なの。T・S・エリオットの有名な詩の句を知っている？」

「どの句かな？」

「『薔薇の時もイチイの時も長さは同じ』（薔薇ははかなさの、イチイは長寿の象徴）もちろん、この言葉は殺人を正当化してるわけじゃない。でも、どれほど多くの人が、万人が長い人生に値すると思いこんでいることか。これはそのことに対する警句だと思うわ。本当は、どんな人生であれ、誰にとってももったいないほどのものなのに。たいていの人は命を惜しみすぎている。そのせいで他人に利用されてしまうほどに。ごめんなさい、これは脱線ね。空港のラウンジで会ったとき、そしてそのあと、飛行機のなかで話したとき、あなたはわたしに、奥さんの殺害を夢想していると打ち明けた。そのおかげで、わたしは殺人に関する自分の哲学をあなたに話すことができた。本当にそれだけのことなのよ。わたしはあなたと話すのが好きなの。そして、もしあなたが本気でミランダを殺そうと思っているなら、わたしはできるかぎりあなたの力になるつもりよ」

僕は、その短いスピーチの過程で、リリーが束の間、熱くなるのを見た。彼女が日の光をできるだけ浴びようとする太陽崇拝者さながらにこちらに顔をぐっと突き出し、その後、やりすぎたというようにふたたび殻《から》に引っこむのを。リリーはワイングラスの脚を指ではさんでくるくる回した。僕はふと思った。彼女は頭がおかしいのだろうか。そしてその考えが浮かんだとたん、とにかく飛びこむことにした。それはおなじみの感覚だった。これまで、馬鹿なリスクをとることで大儲けしたときは、いつもそんなふうだった。

「本当にやりたいんだ」僕は言った。「それに、きみの手も借りたい」

「手を貸すわ」

リリーはまたひと口ワインを飲んだ。その頭上の真鍮《しんちゅう》の壁付き燭台《しょくだい》からの光がグラスをきらめかせ、彼女の顔の白い肌に反射した。髪をうしろでまとめた彼女は、いっそう美しく見える、と僕は思った。そして同時により非情に見える、と。彼女は妻宛に届くさまざまなカタログのモデルたちを思い出させた。ツイードの服やジーンズに身を包み、ときには馬と並んで、また、ときには石造りのカントリーハウスの前でポーズをとる、金のありそうな長身の女たち。そういったモデルたちは、絶対に笑っていない。

「ひとつ質問があるんだ」僕は言った。「正確なところ、きみはこれまでに何人殺しているの？」冗談めかした言いかたで彼女に逃げ道を与えたいと思う一方、彼女が自分の説いていることを実践したことがあるのかどうか知りたい気持ちもあった。

「その質問に答える気はないわ」彼女は言った。「でもそれは、わたしたちがまだお互いのことをよく知らないからよ。約束する。奥さんが死んだら、あなたの知りたいことはなんでも教えるから。わたしたちのあいだに秘密はなくなるの。それをわたしは楽しみにしているのよ」

そう言ったとき、彼女の顔は和らいでいた。僕には、言外のセックスの約束が静かな店内に鈍く響いているように思えた。僕のグラスは空になっていた。

「やりかたはもう考えてみた？　どうやって実行するか？」僕は訊ねた。

「ええ、いろいろと」そう言って、彼女はワイングラスを押しやり、それは僕のビールのグラスと一線上に並んだ。「わたしたちにはすごく大きな強みがある。その強みというのはわたしよ。わたしはあなたの力になれるし、誰もわたしたちが会ったことがあるとは知らない。わたしは見えない共犯者なの。わたしはあなたにアリバイを提供できる。わたしたちが知り合いだということは誰も知らないわけだから、警察はわたしを信じるでしょう。わたしたちにつながりはない。あなたとわたしには何ひとつ。それに、他の部分でもわたしはあなたの力になれる」

「きみが代わりに手を下してくれるとは思ってないよ」

「ええ、わかってる。ただ、わたしという協力者がいれば、つかまるリスクを大幅に減らせるということ。そこがいちばんむずかしいところなの。犯罪を犯すのは簡単よ。人は始終やっている。でも、ほとんどの人間はつかまってしまうの」

「で、どうやればつかまらずにすむんだ？」

「誰にも絶対に見つからないように死体を隠す。これが、殺人を犯し、なおかつ、つかまらない方法ね。殺人事件がなければ、殺人犯は存在しえない。でも死体を隠す方法はたくさんあるわ。人目につく場所に放置して、実際起きたのとは逆のことが起きたように見せかけるという手もあるの。ミランダの場合はそうでなければならない。なぜなら、もし彼女が失踪したら、警察は見つかるまで捜査をつづけるだろうから。警察が彼女の遺体を見たとき、その遺体はあなたとはなんの関係もないストーリーを語らなければならない。遺体は警察を、絶対にあなたにたどり着かない道へと誘導しなければならないの。ひとつ質問があるんだけど。あなたはブラッド・ダゲットのことをどう思っている？」

「どういう意味？」

「彼が生きつづけるべきか死ぬべきかに関して、何か意見はある？」

「もちろん意見はあるさ。やつには死んでほしいよ」

「よかった」リリーは言った。「それで事はずっと簡単になる」

第六章　リリー

ふたたび部屋から現れ、庭でわたしと合流したとき、ありがたいことに、チェットはオーバーオールの下にシャツを着ていた。彼は相変わらず、酸っぱくなった林檎酒みたいないやなにおいがした。わたしは彼に、森の向こうの草地で見つけたものがあって、あなたの手を借りたいのだ、と言った。普通なら父にたのむのだけれど、父は忙しいから、と。チェットは同情的に唸った。まるでわたしの両親が寝室で仲直りしているのを知っているかのように。

わたしたちは、うちの地所と隣家の打ち捨てられた地所を隔てる帯《おび》状の松の森に入った。「草地に行ったことはある？」わたしは訊ねた。チェットはちょっとよろめきながら、わたしのうしろを歩いていた。木々の枝にいきなりひっぱたかれるのを警戒しているのか、一方の腕は顔をかばうように持ちあげていた。

「ここに来たばっかりのとき、古い線路まで散歩したことがあるよ」彼は言った。その線路は、わたしたちがめざしているのとは逆方向だった。

「草地は涼しいのよ」わたしは言った。「もう誰も住んでいない古い農場の裏手にあるの。わたしはしょっちゅう行ってる」

「ここからどれくらいなんだい？」

「この森を抜けてすぐ」わたしたちは、森の縁にそってつづく倒壊した石垣を乗り越えた。低い夕陽のぼんやりした光が草地に点々と散る草花を鮮やかな色に変えていた。頭上の空は、ピンクから暗紫色に変化しつつあった。

「美しいな」チェットが言い、わたしは束の間、自分の草地に彼がいることに不合理ないらだちを覚えた。

「こっちよ」わたしは井戸に向かって歩きはじめた。

「きみもだ。きみも美しい」

わたしは強いて振り返り、チェットを見た。

「ごめんよ」彼は言った。「ひとりごとだ……でも、ああ、その姿。きみは自分がどれほど美しいか、わかってさえいないんだよな、リルちゃん？　別にかまわないだろう？　俺が見たってさ？」一方の手でもじゃもじゃの頬髯をこすりながら、彼はかすかに揺れていた。

「別にいいけど。でもまず手を貸してよ。向こうに古い井戸があって、ロープから何かぶら下がっているんだけど、わたしには引っ張りあげられないの」

「いいね。見に行こうじゃないか。ここに井戸があるなんてどうしてわかったんだい？」

わたしはその質問を無視し、先に立って草地を進んでいった。井戸のことは何年も前から知っていた。深さは大したことはない。懐中電灯で照らせば底が見えた。下にあるのは石ころばかり。それにときどき、雨が降ったあと、水が溜まっているだけだった。わたしには、それがそもそも井戸なのかどうかもよくわからなかった。ただの深い穴、たぶん出来損ないの作りかけの井戸だ。偶然それを見つけたのは、九歳のときだったと思う。わたしは草地を駆けまわっていた。すると踏みつけた一箇所が、虚《うつ》ろな木の音を立てたのだ。黄色い枯れ草をかきわけると、そこには井戸の蓋、四角い腐った木の板があった。きっとわたしみたいな人間が転落しないようにかぶせられたのだろう。蓋は長方形の井戸の口をかろうじてふさいでいるだけのもので、簡単にどけられた。井戸の内壁は石の層になっていた。そのときは懐中電灯を持っていなかったので、わたしは深さを調べるために石をいくつか落としてみた。石は一秒かそこらで固いものに当たり、それで井戸がさほど深くないことがわかった。そのときわたしは、この井戸は宝の隠し場所か、さらに大きな謎につながる鍵なのだろうと思ったものだ。そこで家に駆けもどって、懐中電灯を取ってきたが、結局がっかりしただけだった。井戸の穴はそれだけのもの——崩れて埋まりかけているただの地中の穴にすぎなかった。

チェットに井戸を見せると、彼は言った。「おやおや。こんなもの、いつ見つけたんだい？」

「一週間くらい前」わたしは嘘をついた。「最初、ロープに気づいて、それから井戸の蓋をどけたの。深さはそんなにないと思う。でも自分じゃロープを引きあげられなくて。何か重たいものがぶら下がってるのよ」

ロープを井戸のなかに下ろしておくのも、準備のひとつだった。わたしはそのロープ、いかにも古びた感じの一本と、古い金属の杭《くい》をうちの地下室で見つけ、数日前、その両方を草地に持っていった。ロープの片端には草地から掘り出した大きめの石のひとつを結びつけ、そちら側を井戸のなかに下ろしてから、反対の端は地中深く杭で固定した。あまりリアルな感じはしなかったが、別にそれはかまわなかった。肝心なのは、ロープの先に何があるのかチェットが知りたくなることなのだ。その朝、わたしは両親の寝室に行き、戸棚でいいものを見つけた。ラベルに〝ポマード〟と書かれた小さな容器。わたしはそれを井戸に持っていき、べとべとの整髪剤をロープの最初の数フィートに塗りたくって、なかなかつかめないようにしておいた。ロープを引きあげるのは簡単なんじゃないか、チェットには立った姿勢のままでそれができるんじゃないか、わたしはずっと心配していた。彼には穴の前でひざまずいてもらわねばならないのだ。でも心配するまでもなかった。チェットは興奮した男の子と化し、井戸の前に膝をついて、ロープをつかんだ。

「うっ、こりゃあなんだ?」

「わからない」わたしは言った。「泥みたいなもんじゃない?」

チェットは鼻に指を近づけ、においを嗅いだ。「自然のもののにおいじゃないな。シャンプーみたいだ」

「たぶんロープを引きあげられたくない人がいるのよ」わたしは移動して、チェットのうしろに立っていた。彼は首をねじ曲げて、こちらを見た。わたしには彼の潤《うる》んだ腫れぼったい目の一方が見えた。それはわたしの胸を凝視していた。皮膚が張りつめ、腕にさっと鳥肌が立った。

「蝶が好きなのかい?」チェットは訊ねた。その目はなおも、わたしのタンクトップの胸の刺繍に注がれていた。

「まあね」そう言って、思わずうしろにさがった。突如、嫌悪感がこみあげてきた。それとともに、この男を秘密の草地に連れてきた自分自身に対する怒りが。もちろん、井戸のなかに何があるかなど、彼にはどうでもいいことだろう。もちろん彼にとって気になるのは、セックスのことだけだろう。彼はロープを引きあげるより、わたしにペニスを突っ込みたいのだ。馬鹿だった。言うべき言葉をさがしたが、頭は空っぽになっていた。口はからからに乾いていた。

ところがそのときチェットが訊ねた。「お父さんやお母さんにはこのことを話してないのかい?」

「うん」わたしは言った。「どうせ怒られるだけだもの。それに、何かいいものが見つかっても、あのふたりはわたしが取っておくのを許してくれないだろうし」

「見てみようかね」チェットはそう言って、井戸の穴に視線をもどした。「もし宝箱が見つかったら、俺は何がもらえるのかな」

わたしの望みどおり、彼は手を伸ばしてロープをしっかりつかもうとした。頭も少し穴のなかに入れて、膝を前に進めた。「落っこちないでよ」わたしは言った。これは、彼を油断させるために、あらかじめ用意していた台詞だった。

「深さはどれくらいだろう?」

「それほどじゃないと思うけど」

チェットは井戸のなかに二回、ホーッと声を吹きこんだ。その音は反響して上に返ってきた。

「服をつかんでいてあげる」これも計画のうちだった。わたしの手が背中に触れていることに彼に慣れてほしかったから。ただ突き落とそうとして、彼にいきなり立ちあがられ、逆襲されては困るのだ。

オーバーオールの生地をつかんだとき、チェットが言った。「やったぞ。上がってきた」

わたしは渾身の力をこめてその体を押した。チェットは顔を上げようとしたが、頭は穴のなかにあり、彼は後頭部を層になった石のひとつにぶつけた。その全身が前にのめり、ずり落ちていき、一瞬、わたしは自分も一緒に引きずりこまれるのではないかと思った。その可能性は一度も頭に浮かんだことがなかった。しかし彼はどうにか脚を突っ張らせ、落下を食い止めた。わたしは横へ転がって、彼の驚きの叫びに耳を傾けた。彼の重たいブーツの一方は、井戸の口の内壁を形成する平石の隙間にぎゅっと押しこまれていた。「くそ」チェットは叫んだ。それから「助けてくれ」と。何かが井戸の底に当たって、カタカタと音を立てた。きっと彼の眼鏡だろうと思った。

わたしは立ちあがった。爪のひとつがチェットのオーバーオールにひっかかって裂けていた。それに気づいたのは、反射的に手を振ったとき、血が顔に飛び散ったからだ。

「リリー、たのむ、助けてくれ」

わたしは、石の隙間に押しこまれた足のそばにしゃがみこんだ。それがチェットの体を支えきれないこと、どのみち彼が落下することは明らかだったが、わたしはすり減った靴底の端をつかんで、ブーツを前に押した。チェットはうめき声をあげた。それから、ずるずるという音がし、つづいて、彼が井戸の底に激突する衝撃音が響き渡った。そのあとも何度か声があがるものと思っていたが、彼は静かだった。聞こえるのは、なおもぱらぱらと落ちていく土や小石の音、それと、草地の向こう側でカアカアと鳴き交わす二羽のカラスの声だけだった。

わたしは尻ポケットからペンライトを取り出し、ひねって点灯させた。その光は強力とは言えなかったが、井戸の闇をのぞきこむには充分だった。きっと手が震えるだろうと思ったが、それはなかった。自分が集中し、自らの脳に埋没しているのを感じた。ちょうどおもしろい本を読んでいて、午後が丸ごと消えてしまうときのようだった。わたしは井戸の縁からなかをのぞきこみ、ペンライトの光で底を照らした。チェットがまだ生きていて、引きあげてくれと哀願するものと確信していたし、それに対する心の準備もできていた。ところが彼は、両脚を内壁にもたせかけ、井戸の底にあおむけに横たわったままだった。その首は異様な角度に曲がっていた。わたしはしばらく彼を見つめていた。ペンライトの光は弱く、井戸のなかは漂う埃で一杯だったが、やはり彼は動いているようには見えなかった。それから、その体がほとんどわからないほどかすかに動き、チェットの吐息なのか、かき乱された井戸のなかで何かが鎮《しず》まる音なのか、フーッという低いそよぎが聞こえた。

わたしは立ちあがり、数フィート先の、重たい石を集めておいたところに行った。その低い山のなかから選んだのは、いちばん大きなもの、石英のすじが一本入ったぎざぎざの灰色の石だった。石を両腕でかかえなければならないので、ペンライトは歯のあいだにはさんだ。ペンギンみたいなよちよち歩きで井戸までもどると、わたしは穴をまたいで腰をかがめた。ペンライトで暗闇の奥を照らしながら、石をチェットの頭のなるべく真上に持っていき、まっすぐに落とした。落としたあとは下を見なかったが、石がチェットの頭に当たる音は聞こえた。それはスイカが割れるような音だった。チェットがまだ生きていたとしても、もうおしまいだった。

石を運んだせいで腕が痛かった。わたしはしばらくそこにしゃがみこんでいた。カラスが草地のはずれのカエデの木からわたしを見つめていた。あのカラスには死のにおいが嗅ぎとれるのだろうか。わたしはそう考え、たぶん嗅ぎとれるのだと思った。カラスは頭を下げて、黒い翼を逆立てた。彼が、特別な世界にようこそ、と言っているような気がした。

ペンライトを消してポケットにしまうと、わたしは地中から杭を引き抜き、ポマードを塗りたくったロープもろとも、井戸に放りこんだ。それから、石の山と井戸のあいだを往復して、大きな石をさらに五、六個、チェットの上に落とした。遺体はもっとあとで覆い隠す予定だったが、先に手をつけておいても害はないと思ったのだ。もし可能ならそのままつづけたところだが、空は翳《かげ》りつつあった。雲は暗い紫色になり、草地とその周囲の森は色彩を失って、濃淡さまざまな灰色に変わっていた。わたしの計画は、まず、アトリエの上の部屋に引き返し、チェットの持ち物をまとめ、それを森のこちらまで運んできて井戸に放りこむ、それから、石ですべてを覆い尽くし、もとどおり井戸に蓋をするというものだった。ところが、暗い森のなかを引き返していくとき、ペンライトの光が切り開いたのは、すぐ先の地面のほんの一片だけだったので、わたしはチェットの持ち物はその夜のうちにまとめるとして、井戸に運ぶのは翌朝でいいことにした。両親が寝坊するのはわかっていた。

アトリエの上の小さな部屋を、わたしはよく知っていた。空き部屋だったころはお気に入りの場所のひとつだったが、夏の初めにチェットが越してきてからは、なかを見たことはなかった。まとめなければならない物がたくさんあるんじゃないかと心配だったが、彼の持ち物は多くなかった。彼はいまだに、シングルベッドのそばに開けっ放しで置いてあるカーキ色の大型ダッフルバッグで生活していた。わたしはペンライトを使って室内を調べはじめ、やがて普通にランプを点ければいいことに気づいた。仮に父や母が寝室の窓からアトリエのほうを見ることがあるとしても、チェットの部屋に明かりが点いていることに驚くとは思えない。むしろ、明かりが点いていなかったら、驚くはずだ。

ランプが漆喰《しっくい》の壁や幅の広いむきだしの床板にほのかな黄色い光を投じた。室内に家具はわずかしかなかった。しぼんでしまったように見える、わたしの大好きなビーンバッグ・チェア。それに、布張りの椅子二脚。どちらも布地が裂けて、詰め物がはみだしている。淡い小枝模様の椅子は、わたしの好きな読書スペースのひとつだった。そこに何冊か本が積まれているのを見て、わたしはうれしくなった。それはつまり彼がそこにすわっていなかったということだから。

ベッドのまわりには衣類が散乱していた。Tシャツ二枚、下着の白いパンツ。わたしはTシャツのひとつを使って、床からパンツをすくいあげ、両方ともダッフルバッグに入れた。半分詰まったそのバッグからはつんとする饐《す》えた体臭がにおってきたが、部屋自体は思っていたほどひどい悪臭はしなかった。主として、テレビン油と灰のにおい。床の中央には、タバコの吸い殻で一杯のコーヒーの缶があった。わたしはそれを拾いあげて、どこに置こうか考え、それから、ダッフルバッグに捨てればいいのだと気づいた。チェットが服を着ることはもうないのだ。

バスルームからは、チェットの歯ブラシと、ほぼ使い切った歯磨き粉のチューブと、脱臭剤と書かれた箱に入った白いクリスタルの石一個と、〈パート〉（シャンプー）の派手な緑のボトルを回収した。皿に載った毛だらけの石鹸の細いかけらはそのまま残しておいた。キッチンとは名ばかりの、シンクと戸棚とホットプレートのある一隅からは、ラーメンのパック二個と、ポポフ・ウォッカ（ウォッカの安価なブランド）の大きなプラスチック・ボトルを回収した。わたしは突然、不安になった。部屋じゅうに指紋を残しているんじゃないだろうか。手袋をすべきだったんじゃないだろうか。でもあちこち拭く時間は明日あるだろうと思った。それに、わたしの思惑どおりに事が運べば、チェットが殺されたとは誰も思わないはずなのだ。彼はただ立ち去ったように見えるだろう。彼がいなくなって淋しがる人がいるとは考えにくかった。

荷物を詰め終えると、ジッパーを閉じてバッグを持ちあげ、翌朝、ちゃんと運べることを確認した。それは重かったが、持てないことはなかった。室内に残ったチェットの物は、あとは画材だけだった。キャンバスは四枚あり、そのうち三枚は裏返しに壁に立てかけてあるため、どんな状態なのかわからなかった。四枚目のキャンバスはいまもイーゼルに載っていた。その絵はまだ描きはじめの段階で、鉛筆の下描きの数箇所に色を載せてあるだけだったが、わたしにはそれが家の裏手のプールであることがわかった。それに、プールの隅に人物が描きこまれていることも。細部は描かれていないが、わたしにはそれが自分であることがわかった。そのキャンバスはかなり小さく、ごく普通のテレビ画面とさして変わらないサイズだった。わたしはキャンバスをイーゼルから下ろすと、ぐいとねじって、その華奢な木の枠をへし折った。それから、壊れたキャンバスを床に置き、他のキャンバスをその上に積み重ねた。それらのキャンバスにはほとんど目をくれなかったが、どれもみな完成した作品のようだった。抽象的な色のまだら。あちこちに、人物に似たものが配してある。わたしにだって描けそうな代物だった。

以前は部屋にイーゼルなどなかったはずなので、そのイーゼルはチェットのものにちがいなかった。それは入れ子式の脚が三本ついた小さなものだった。折りたたんで、脚を縮めると、イーゼルは小ぶりのブリーフケースのサイズになった。持ち運ぶための取っ手のある、絵の具で汚れた木のブロックに。わたしはそれをキャンバスの山に加えた。

部屋を見回して、これで全部だと思った。仮に何か残っていても、それはチェットが置いていったようにしか見えないだろう。

爪の裂けた指先はずきずきと痛んでいた。わたしはその傷をよく観察した。血は固まって、茶色いべたべたになっていた。室内のどこかに血が飛んだとは思えなかった。突然、わたしはそこを出て、自分の寝室にもどりたくなった。それにお腹もすいていた。両親が手を出していなければ、冷蔵庫にはシェパード・パイの残りがあるはずだった。

＊

時計のアラームは六時にセットした。でも、寝室のフクロウ形の時計がホウホウいったとき、わたしはすでに目を覚まし、ベッドを出て、服も半分着ていた。少し眠りはしたものの、それは、古い家の立てるきしみやノック音をすべて意識しているような、あの浅い眠りだった。ぜんぜん眠れないと思い、やがて、頭をよぎる奇妙な考えが実は夢なのだと気づくような、そして、閉じたカーテンがほのかに輝いていること、夜が明けたことに気づくような、そんな眠りだ。

荷物を全部運ぶには、あの部屋から井戸まで三度、往復しなければならなかった。まず最初にダッフルバッグを運んだが、これがいちばん大変だった。途中、重すぎて持てなくなり、しばらくは引きずっていくしかなかった。草地には一面、冷たい露《つゆ》がおりていて、ジーンズの裾を湿らせた。ダッフルバッグを落とす前に、わたしは井戸をのぞきこんだ。チェットはちゃんとそこにいた。わたしが落とした石に埋もれて。動きの鈍い黒い虫たちがその体の上を這いまわっていた。二往復めは、大きなキャンバス三枚を持っていった。こちらは重くはなかったが、持ちにくかった。それに、なかの一枚は井戸に落とす前に割らなくてはならなかった。最後に運んだのは、小さな携帯用イーゼルとチェットが描きはじめていた絵、プールにいるわたしの絵だ。それらを井戸に落としてしまうと、わたしは掘り出してあった石の残りを持ってきて、つぎつぎ井戸に放りこんだ。これでよし、と思った。特に、チェットの痕跡すべてが石の堆積の下に消えているのを見たときは、達成感を覚えた。石のいくつかを掘り起こすのに、わたしは古い錆びた移植ごてを使っていた。その移植ごてがまだ草地にあったので、それで土を掘り出して井戸のなかに落としていくと、やがて、井戸の底に見えるのは土と石ばかりとなった。

完璧でないことはわかっていたが、それでもわたしは満足だった。

草地をあとにする前、わたしは錆びた移植ごてを井戸に放りこみ、その口にもとどおり蓋をかぶせた。それから、すでに汚れている手で、長い枯れ草を蓋の上にかき寄せ、カムフラージュを試みた。立ち去る前、何も残っていないのを確認するため、地面に目を注ぎながら周辺をひとめぐりしたが、そこには何ひとつ、タバコの吸い殻一本、残っていなかった。チェットはこの世から消え失せた。朝は静かで、聞こえるものと言えば、次第に高まる虫の羽音、そして、草地の真の主《ぬし》であるカラスたちがカアカア鳴く声だけだった。わたしはときどきやるように、彼らにカアと鳴き返し、カラスたちはわたしをどう思っているだろうかと考えた。

家にもどると、長いことシャワーを浴び、泥を残らず落とすため手をごしごし洗った。ザアザアと体に注がれるお湯は、自信と安心感を同時に与えてくれた。母がバスルームのドアを開け、わたしの名前を呼んだとき、わたしは思わず飛びあがり、シャワーの下でずるりと足をすべらせて、危うく転倒しそうになった。

「何かあったの？」わたしは言った。

「いいえ、リリーちゃん。ただ、お父さんとふたりで考えてたの。あなた、〈シェイディーズ〉に朝ごはんに行きたくない？」

「いいわよ」わたしは言った。「いつ？」

「あなたがシャワーから出たらすぐ」

うちの家族はときどき、〈シェイディーズ・ダイナー〉に行っていた。それは父の好きな店で、まあわたしの好きな店とも言え、特に朝食にはいい場所だった。わたしはカリカリのベーコンを載せたフレンチトーストを食べた。そのブース席で、親たちはわたしの向かい側に肩を寄せ合ってすわり、父はコンビーフ・ハッシュを、母はオムレツを食べながら、ひとつのフルーツボウルを仲よくふたりで分け合っていた。チェットのことは朝食のあいだじゅう繰り返し脳裏に浮かんできた。でも、父や母が何か言ってわたしを笑わせると、彼をめぐる考えは消えた。料理のおいしさに気持ちが向いているときもだ。わたしの胃袋は、決して満たすことのできない空っぽの深皿のようだった。

「よほどお腹がすいてるのね、リリー」母が言った。

「育ち盛りだからな。じきに一人前の女性になるよ」父が言った。

朝食は楽しかった。親たちがまた、もう一年、飛び級しないかと言いだし、雰囲気を損なったときでさえも。学年末に何人かの先生がそうしてはどうかとすすめてきたのだが、わたしは夏の初めにすでにそれをことわっていた。母が始終その話を持ち出すので、わたしは六月のアート・キャンプに行くのを拒絶することで彼女を罰してやった。わたしがいなくなるその二週間を、母が楽しみにしていたのはわかっていた。飛び級の話がまた出たことに、わたしは驚いた。でもその話題は長くはつづかず、朝食が完全に台なしになることはなかった。

それから一週間、チェットに関する話は何ひとつ聞こえてこず、わたしは気をもみはじめた。自分が何も言わないのは不自然なんじゃないかと思った。そこである日、父の姿が見当たらず、母のほうは黙りこくっている昼食の席で、わたしはチェットはどうしたのかと訊ねた。

「チェットは出てったのよ。知らなかったの？」

「どこに行ったの？」

「まあ、リリー、わたしが知るわけないでしょう。他の誰かのねぐらじゃない？　彼はさよならも言わなかったのよ。あの恩知らず」

その日の午後、わたしはアトリエの上の部屋に行ってみた。どうやら母か父がそこに来て、少しかたづけをしたようだった。ベッドからはシーツがはがされ、キッチンのゴミ容器は空になっていた。本は持っていなかったが、わたしはしばらくお気に入りのあの椅子にすわって過ごした。窓は開いていて、室内にはひさしぶりに吹く涼しい風が流れこんでいた。チェットを殺してから、わたしはずっとふたつのことを待っていた。つかまることと、うしろめたさに襲われることを。そのどちらもまだ起こってはいなかった。そして、どちらも決して起こらないことが、わたしにはわかっていた。

第七章　テッド

十月上旬に一週間ケネウィックに行こうかと思っていると僕が告げたとき、ミランダの顔には純粋な歓《よろこ》びの色が浮かんだ。僕たちはボストンの自宅の一階のキッチンに向き合ってすわり、クラムソースのリングイネ（僕の作れる唯一の料理）を食べ、ピノ・グリのボトルを空けかけていた。「すごいわ」ミランダは言った。「丸一週間、あなたを独り占めできるなんて」

僕は彼女の顔を見つめ、欺瞞《ぎまん》のしるしをさがしたが、それはどこにも見当たらなかった。彼女の濃い茶色の目は、僕には本物の興奮としか思えないもので輝いていた。そして束の間、僕は彼女を信じ、他者に求められるとき誰もが感じるぬくもりと安らぎを感じた。一秒後、その感情は消え去り、僕はまたもや妻の演技力、その裏表のある性格に驚嘆していた。彼女は自分がブラッド・ダゲットとしていることになんのうしろめたさも感じないのだろうか？

「またあのスイートルームをとる？」ミランダが訊ねた。

「どの？」

「もう。忘れっぽいんだから。初めて行ったとき、わたしたちが泊まった部屋よ。ジャグジーのあるところ」

「そうだったね。いいよ」

かたづけをしたあと、僕たちはテレビを見るため二階に移った。五百もある映画専門チャンネルから最終的に選んだのは、リメイク版「スルース」だった。ミランダは夜によく着る短いナイトシャツに着替えていた。彼女はカウチに横たわって僕の膝に両足を載せ、僕は濃いピンクに丹念に塗られたその足の爪を観察した。足の一方を両手に持ち、赤ん坊のようにやわらかな足の裏を親指で押していく。彼女は何も言わなかったが、その体は反応して、ほんの心持ち僕のほうに寄せられ、足の甲はアーチを描いた。彼女のしどけなさは、僕に自分自身の状態──肩の凝《こ》り、まだ着ている窮屈《きゅうくつ》なシャツ、肘掛けのすぐ横に固まってすわった姿勢、不自然に曲げた肘を強く意識させた。妻の足から手をどけたが、彼女は気づいていないようだった。彼女がじきに——映画が終わる前に、寝入ってしまうことが僕にはわかった。

一週間メイン州に行くというのは、〈コンコード・リバー・イン〉での打ち合わせの終盤で提案された、リリーの案だった。向こうの様子、ブラッドの仕事のスケジュールやミランダの日々の過ごしかたを知ることは重要だと彼女は言った。

「僕が行けば、すべて変わってしまうんじゃないかな」僕は言った。「ミランダとブラッドはいつもとちがう動きをするだろうよ」

「それはどうでもいいの。わたしがほんとに知りたいのは、あなたの家の工事の人たちがどんなふうに働いているかだから。通常、そこには何人いるのか？　ブラッドはどれくらいの頻度でひとりになるのか？　とにかく観察して。情報が多ければ多いほど、わたしたちは有利になるわ」

僕は同意した。いちばんの難題は、僕のスケジュールを一週間空けることだった。しかし僕がどうしてもと言い張ると、アシスタントのジャニーンがなんとかやりくりしてすべての予定を変更した。日程は、金曜の夜、ケネウィックに行き、九日後の土曜の午後にボストンにもどるというものだった。僕はその長期の休みが妙に楽しみになりだしていた。自分が行くことでブラッドとミランダの情事が中断されるのだと思うと、内心愉快だった。ミランダから話を聞いたら、ブラッドはどう反応するだろうと思った。ミランダへの告知を終え、そうしてカウチにすわっているさなかにも、僕は支配力が自分の側に移りつつあるのを感じていた。

ミランダの体がぴくりと動いた。僕は頭をめぐらせて、八十四インチのテレビ画面のちかちかする光のなかで彼女を眺めた。その目は閉じられ、唇はわずかに開いていた。ミランダは眠りこんでいた。僕はしばらく映画の代わりに妻を見つめていた。濃い陰影が彼女の曲線を強調している。テレビの光を浴びたその顔は、本人の白黒版のようだ。口がさらに少し開いて、こめかみの神経がぴくぴくした。その生《なま》の美しさに魅了されながら、同時に僕は悟った。彼女はきれいに年をとれないだろう。彼女の顔、丸みを帯びた人形のような顔はぶくぶくふくれてくるだろうし、ピンナップ・ガールの肉体はたるんでしまうだろう。でも、彼女が年をとることはないのでは？　僕が彼女を殺すんじゃないのか？　計画ではそうなっている。それを実行するのだと思うと、そして、最後までつかまらないのだと思うと、感謝の念と自分の力に対する意識が僕を満たした。しかしそこには、恐れと悲しみもあった。僕は妻を憎んでいる。でも憎んでいるのは、かつて彼女を愛したからなのだ。僕は一生後悔するような過ちを犯そうとしているのではないか？　そう考えると、自分のしようとしていることが恐くなり、僕はリリーと連絡をとりたくなった。彼女があのさりげない口調で、まるで古いカウチを捨てる話でもするように、殺人について語るのを聞きたかった。でも、僕たちはしばらく接触しないということで合意していた。つぎに会うのは、メイン州で僕が一週間過ごしてからだ。そしてそれこそが、僕がケネウィックでの一週間を楽しみにしているもうひとつの理由だった。毎日が一日ずつリリーとふたたび会う日へと僕を近づかせている。

＊

ホテルのコンシェルジェで、しばしば受付デスクに就いている男、ジョンが、ミランダは〈貸し馬亭〉にいると僕に告げ、お荷物をお部屋に運ばせましょうと言った。僕は彼に礼を言うと、地下につづく植民地時代風の狭くて急な階段を下《くだ》り、ミランダをさがしに行った。かつて貸し馬屋であったことから〈貸し馬亭〉と名づけられたその居酒屋は、石の床、石の暖炉、ヨットの輪郭のようにカーブする長いオークのバーカウンターを備えた店だ。ミランダはカウンター席にひとりですわって、タトゥーのあるバーテンと活発に話をしていた。バーテンの名はシドかシンディ。僕にはどうしても覚えられない。

ふたりの会話をさえぎって、妻にキスし、口にタバコの味がしないなと思いつつ、ヘンドリックスのマティーニをオーダーした。それから、ウールのブレザーを脱いだ。車からホテルまで歩いてくるあいだに、ブレザーはびしょ濡れになっていた。ボストンではずっと霧雨が降っていたが、メイン州に入るとその雨が聖書の災厄さながらの降りになり、ワイパーをフル稼働させても、フロントガラスをきれいにぬぐうことはほぼ不可能だった。

「ずぶ濡れじゃない」ミランダが言った。

「土砂降りだからね」

「ぜんぜん知らなかった。きょうは一日、外に出なかったの」

シドまたはシンディが飲み物を持ってきた。「この人、思い切り生きてるよね、あなたの奥さんは」彼女はそう言いながら、しゃがれ声で笑った。

「そうなんだよ」僕はミランダに顔を向けた。「一日、何をしてたの?」

「まったく無駄に過ごしたわけじゃないのよ。ゲストルーム全室の家具を選び、メールをひとつ受け取り、あとは、息を凝らして夫を待ってた。そうそう、忘れるところだったわ」彼女はほぼ空っぽのビールのグラスを掲げた。「丸一週間に乾杯」僕は彼女のグラスにチンとグラスを触れ合わせた。冷たいジンをぐうっと飲むと、すぐさま体は暖まった。「食事はすませた?」ミランダが訊ねた。

僕はまだだと言って、メニューを開いた。

僕たちは閉店時間までそこにいた。僕は大いに酔っ払った。ミランダとふたりでホテルの奥のスイートまでよろめいていき、その後、キングサイズのベッドに裸で倒れこんだときには、丸一週間メイン州で過ごす理由も、ブラッド・ダゲットのことも、リリーのことさえも頭にない状態だった。

翌朝には雨はあがり、雲は残らず海へと吹き飛ばされていた。それはカレンダーの写真になるようなあの十月の日々のひとつだった。空は硬質のメタリックな青一色で、木々は赤と黄色のブーケへと変貌していた。昼食後、ミランダと僕はあの家まで歩いていった。僕は時間を計った。ミクマック・ロードを行って二十五分。岸壁の遊歩道を行くのとさして変わらない。この地方でもっとも交通量の多い道はルート1Aだが、ミクマック・ロードのこの区間は眺めがよく、絶壁から切れ切れに大西洋が望める。だから僕たちが歩いているあいだも、たくさんの車が通り過ぎていった。ミクマック・ロードはケネウィック・センターでルート1Aから枝分かれし、その後、ケネウィック港とケネウィック・ビーチを通過する。この三つが町を形成する主要な区域だ。ケネウィック・ビーチは、ケネウィックの海岸線上では比較的、庶民的な区域で、レンタル・コテージが集中する長い砂浜と、道の反対側の、夏場はウィネベーゴで一杯になるキャンプ場に分かれている。それが確かな事実なのかどうかはわからないが、僕は以前ミランダから、ブラッドが半円形を描くレンタル・コテージ群のひとつを所有していて、離婚してからはその一軒に年間を通じて住んでいると聞いたような気がする。彼女がその話をしたとき、僕はそうした事柄に注意を払わなかった。なぜならそのときは、彼が僕の妻と寝ているとは知らなかったからだ。でもいまは注意を払っている。ありとあらゆることに。

うちの私道に駐まっていたのは、トヨタのピックアップ・トラック一台だけだった。そのバンパー・ステッカーにはこう書かれていた。「もしわれわれに動物を食べさせたくなかったなら、神は動物を肉で造りはしなかったろう」

「ジムの車よ」ミランダが言った。「ブラッドは地下室の石積み壁を彼に作らせているの」

僕たちは家の裏手に回り、パティオのドアからなかに入った。この前ここに来たときのことを考えずにはいられなかった。最初に、キッチンで一本のタバコを一緒に吸うブラッドとミランダをスパイしたときのことや、そのあと、岸壁の遊歩道の終点にしゃがみこみ、僕たち夫婦の未来のリビングで彼らがファックするのを見たときのことを。

「まあ、地下室のバーを見てよ」ミランダは先に立ち、空っぽの空間に足音を鋭く響かせながら、すでに仕上がったホワイエの硬材の床を歩いていった。ジムは地下室にいた。セメントのプラスチック缶をひっくり返してすわり、埃まみれのラジオでクラシック・ロックを聴きながら、ランチを食べているところだった。別に仕事中に居眠りしているのを見つかったわけではなく、単にサブマリン・サンドを食べていただけなのに、僕たちが現れたことにうろたえ、きまり悪がっているようだった。

彼は音楽のボリュームを下げた。「ブラッドが来るのはちょっとあとになりそうだよ。彼をさがしてるのかな?」

「ただ見て歩いているだけよ。なにしろテッドがこの前、この地下を見たのは、えーと、いつだったかしら……」

ミランダはこちらを振り返った。僕は肩をすくめた。家の骨格ができたとき以来、家のこの部分は見ていないんじゃないかと思った。ミランダが僕のために完璧な男の部屋を造ると言い張っているのは知っていた。僕自身はそんなものを欲しがったことはないというのに。彼女は革張りの椅子、ビリヤード台、本格的なバー、臙脂《えんじ》色の壁をイメージしていた。初めてその話が出たとき、僕はそれをミランダの心の広さの証《あかし》と見た。彼女は家のなかに僕専用の特別なスペースを設けたいのだと。でも、いま考えると、腹が立った。彼女は僕が苦労して稼いだ金を僕自身使うかどうかもわからないものに費やしているのだ。

ミランダは完成したバーの棚やビリヤード台を置く位置を示しながら僕を案内してまわり、自分が壁にと考えている色の候補の見本を見せた。僕たちが出ていくとき、ジムはすでにランチを終えて、作業を再開していた。ラジオからは、スティーリー・ダンの歌が流れていた。

その日、初めてブラッドを目にしたのは、家をすっかり見終えて、もう帰ろうというときだった。僕たちが道路に向かって私道を歩いていると、彼の乗ったトラックが轟音《ごうおん》とともに現れ、砂利を飛び散らせて急停止した。彼はエンジンを切って、運転席から飛びおりた。服装は、フランネルのシャツに青のチノパンツ。シャツの裾はなかに入れている。その動きはアスリートらしくしなやかで機敏だった。彼はいつものように僕と握手を交わした。家のここまでの出来栄えについて感想を求めるときは、僕の目にしっかりと目を合わせた。僕たちが話しているあいだ、ミランダは興味なげな顔をして、家のほうを振り返り、静かな午後の波のない穏やかな海の景色を眺めていた。

「一週間ずっとこっちにいるんだってな」ブラッドは言った。

「ちょっと休暇をとろうと思ってね。ミランダに目を光らせようってわけだ」

ブラッドは笑った。考えすぎかもしれないが、その笑いにはやや力が入りすぎていた。僕には彼の歯の詰め物が見えた。ミランダが頭をめぐらせ、ブラッドにちらりと目をやるのを僕は視界の隅にとらえた。

「この仕事に関しちゃ、彼女こそほんとの工事請負人だよ。彼女、天職を逃したな。この職をさ」ブラッドは言った。

「本人もずっと僕にそう言いつづけてるよ」

「ねえ、わたしはここにいるのよ」ミランダが言った。「話に入れてくれてもいいんじゃない？」

ミランダとともに立ち去る前、僕は、今夜〈貸し馬亭〉に寄って僕たちと一杯やらないかとブラッドを誘った。彼はできればそうすると言った。

「仲よしなのね」ミクマック・ロードに出ると、ミランダが言った。

「彼はきみの仲よしだろ。僕はただ感じよくしようとしているだけだよ。僕が町にいるから自分は近づいちゃいけないなんて、彼が思わないように」

「どういう意味？」

「きみたちふたりは友達なんだろうと思ってさ。彼はホテルに来てきみと一杯やったことはないの？」

「まさか。向こうはこの町の住人なのよ。バドライトに五ドルも払わないわよ」

「この町の住人はどこで飲むんだ？」

「〈クーリーズ〉とかいう店があるの。ケネウィック・ビーチに。わたしはまだ行ったことはないけど。今週中に行ってみないとね。毎晩、ホテルで食べるわけにはいかないもの」

「ぜひそうしよう」僕は言った。少しのあいだ歩道が細くなり、ミランダは僕の腕に腕をからませて、互いの体を引き寄せた。太陽は明るく輝いているのに、歩道の日陰になっている箇所は寒かった。

僕は訊ねた。「じゃあ、ブラッドは今夜、来ないと思うわけだ？」

「わからない。彼は来なきゃいけないと思うかもね。小切手を切ってるのはあなただし、そのあなたが誘ったわけだから。でももし来なくても、わたしは驚かないわ」

「ほんとに彼と飲んだことはないの？　僕はあると思いこんでいたよ。タバコを一緒に吸ったりしていたし」

「まあ、びっくり。そのことがすごく気になってるのね？　いいえ、ブラッドとは友達じゃない。仲よくしてはいるけどね。彼はうちで雇った業者で、いい仕事をしているし、わたしは彼に敬意を抱いている。でも、だからって彼の飲み友達になる必要はないでしょ。それに、聞いたところじゃ、彼にはこの町にもう大勢、飲み友達がいるらしいわよ」

「どういう意味？　何を聞いたんだ？」

「作業員の何人かから聞いたの。彼は大酒飲みだし、いろんな女と寝て歩いているんだって。奥さんに捨てられたのはそのせいらしいわよ。まあ、そんなのはわたしたちの知ったことじゃないけどね。こっちは仕事さえちゃんとやってもらえればいいんだから。どうして急にそんなに興味を持ち出したの？」

「一週間こっちにいるわけだからね。きみが一緒に過ごしてきた人たちと知り合うことになるだろうと思ってさ」

「ここで友達になった人がひとりいるわ。シドよ。〈クーリーズ〉のことを教えてくれたのは彼女なの。それに、ブラッドの評判も教えてくれたし。部屋にもどって、ひと眠りして、それから飲みに行きましょうよ。いい案じゃない？」

ブラッドはその夜、〈貸し馬亭〉に現れなかった。ミランダと僕はカーブを描くカウンターの端にすわって、ワインを飲み、シドと雑談した。ただ、土曜の夜なのでお客が多く、彼女は忙しかったが。シドは金髪をつんつん突っ立て、一方の腕一面に複雑なタトゥーを入れている女だ。僕たちに話しかけるとき、その目は片時もミランダから離れなかった。これは実は、かつて僕がおもしろがっていた現象だ。たぶんミランダとシドも寝ていたんだろう。たぶんミランダは、ケネウィックじゅうのトムやディックやサリーと寝ていたんだろう。

夜のあいだずっと、〈貸し馬亭〉の重たいドアが開いて人が入ってくるたびに、僕はブラッドじゃないかと振り返っていた。ミランダは振り返らなかった。これは彼が来ないのを知っているか、関心がないかだ。でも関心がないとは僕には思えなかった。きっと彼女は何か僕の知らないことを知っているんだろうと思った。あのふたりにはなんらかの連絡手段があるんだろう、でなければ、彼女はすでに彼に予定があるのを知っているんだろう、と。

僕がつぎにブラッドの姿を見たのは、月曜の午後だった。冷たい霧が海から漂ってきたその午後、僕は岸壁の遊歩道を歩いてみることにした。ミランダは昼寝をしていた。午前中、僕たちは海岸ぞいに車を走らせ、一見の価値ありと言われる灯台を見に行った。それは鉤状《かぎじょう》の岬《みさき》の突端に立っていて、周辺にはとりわけ濃い霧が出ていた。僕たちは肝心の灯台がほとんど見えない写真を何枚か撮ったあと、さらに海岸を走って、シーズン終わりでその週に店を閉めるというハマグリ屋で昼食をとった。ホテルにもどると、ミランダが午後にいつも自分がしているように昼寝をしようと提案し、僕も一緒に横になった。奇妙なことに、僕がミランダの浮気を知って以来、僕たちのセックスは前よりもよくなっていた。妻に対する怒りのせいで僕は身勝手になり、彼女の欲求には前ほど関心を持たず、ただ自分の欲求を満たすことのみに集中していた。一方、彼女は、それまでとはちがうかたちで僕に応えていた。その午後、僕はミランダをうつぶせにひっくり返して、うしろからなかに入った。彼女が前を向きたいと言っても、その姿勢を維持させ、彼女の上に覆いかぶさり、その首すじのもつれあう髪に顔を埋め、両の手首をつかんでいた。彼女が奇妙な叫び声を漏らし、僕がいく少し前にいったとき、僕は驚いた。終わったあと、彼女はささやいた。「きょうのあなたはまさにケダモノね。すてきだった」そして体を丸めて胎児の姿勢になり、こちらは彼女が眠りに落ちるのを見守った。僕は彼女の椎骨の数を数え、腰のふたつのくぼみを観察し、腿の上のほうの二十五セント玉ほどの痣《あざ》はいつできたのだろうと思った。彼女が軽いいびきをかきだすと、僕はまたしても偏執的な考えにとらわれた。ブラッドとセックスしたあとも、彼女はこんなふうにリラックスするんだろうか？彼女はこれを——一生、男たちが自分の欲求を満たすのを、当然と心得ているんだろうか？セックスにより一時、消え失せていた緊張がどっとよみがえってきた。彼女のうなじを力一杯殴りつけたら、どんな気分がするだろうと思った。

　僕は服を着て、メモも残さずに、こっそり部屋を抜け出した。冷たい靄《もや》に包まれ、霞《かすみ》のかかった海のほうに目を注ぎ、岸壁の遊歩道を歩きだすと、いくらか気が晴れてきた。僕はすべりやすい地面に集中し、足早に進んでいった。前回このルートで家まで行ったときのことは考えまいと努めた。遊歩道の終点に着くと、腕時計を確認し、〈ケネウィック・イン〉から新居まで三十分強かかったことを頭に入れた。僕は断崖に立ち、僕の家の裏手にじっと目を向けた。今回は見つかるのを恐れてなどいなかった。この男は自分の屋敷を眺めている領主なのだ。僕はぬかるみの一帯を横切ると、ぐるりと輪を描いて家の正面に向かい、バルサムモミの木立を通り抜けた。私道に近づいたとき、トラックが一台出ていくのを見て、わずかの差でブラッドを逃したものと思った。しかし家の正面に出ると、そこにはブラッドのツートンカラーのピックアップ・トラックがあり、その横にブラッド本人がタバコをくわえて立っていた。彼は携帯電話に番号を打ちこんでいる最中だったが、僕に気づくと手を止めて、タバコをぴくぴくさせながら、笑みを浮かべた。僕は笑みを返し、手を差し出して、彼のほうに歩いていった。

ついにブラッド・ダゲットと知り合うときが来たのだ。

第八章　リリー

恋に落ちるつもりなどわたしにはなかった。でも誰しもそうなのではないだろうか。エリック・ウォッシュバーンはマザー大学の三年生で、〈セント・ダンスタンズ〉という文学友愛会の会長だった。ただし、初めて彼に会ったとき、わたしはそのことを知らなかった。わたしたちは図書館で出会った。それは、凍《い》てつくような二月の夜の閉館時刻のことだった。わたしたちはいちばん最後にそこをあとにしたふたりで、ガラスのスウィングドアから目を潤ませる風のなかに一緒に出ていった。エリックはわたしにタバコを差し出した。わたしは受け取らなかったが、彼は自分のに火を点けると、どっち方向に行くのかと訊ね、バーナード館までわたしを送ってくれた。そのときそれは、純粋な紳士的気遣いに基づく行動で、なんの裏もないように思えた。寮の入口で、彼は〈セント・ダンスタンズ〉の木曜の夜のパーティーにわたしを誘った。わたしは行きますと言った。彼は特にハンサムというわけではなかった。顔は長く、額《ひたい》は広く、鼻は骨張っていて、耳はすごく大きかったが、背はすらりと高く、声は低くて音楽的だった。その夜、彼は長いチャコールグレイのコートを着て、暗紅色のスカーフを首にぐるぐる巻きつけていた。〈セント・ダンスタンズ〉のことは、わたしも聞いたことがあり、もとより名門私立校《プレッピー》風上流意識と無縁とは言えないマザー大学において、その友愛会が最高のエリート社会であることも知っていた。なおかつわたしは、友愛会の所在地にもなじみがあった。キャンパスの北端、マザー大がニューチェスターの街という都会の荒れ地にこぼれ出たところに、ゴシック復古調の石とスレートのその建築物、〈領主館《ザ・マナー》〉は突き出していた。それは、彫刻やガーゴイルといった石細工と、背の高いアーチ形の正面扉と、総ステンドグラスの窓を備えた、美しい建物だった。そもそもわたしがこの大学に惹かれたのは、その建築様式のためだった。何箇所か見学してはみたが、二百年の歴史を誇る、学生数千人弱の私大、マザー大学は、ここならと思える唯一の大学だった。破風《はふ》造りの煉瓦の寄宿寮といい、アーチの通路といい、楡《にれ》の木に囲まれた中庭といい、それは過去のどの時代かに取り残されたかのようなキャンパスだった。一九三〇年代を舞台とする推理小説のキャンパス——男子学生がバーバーショップ・カルテットで歌い、女子学生がスカート姿で授業から授業へきびきびと歩きまわるところ。母は——わたしが五歳のときから、自分の母校、オーバーリン大学を強く推していたもので——深く失望したが、わたしはマザー大学を選んだ。父は当然のごとく無関心だった。

「リリー」わたしをパーティーに誘ったあとで、エリックは言った。「きみ、苗字はなんていうの？」

「キントナー」

「ああ、そうか。きみがキントナーなんだね。ここに来てるって聞いてたよ」その言いかたは、稽古した台詞のように、初めからわたしが誰か知っていたように聞こえた。

「父を知ってるの？」

「もちろん知ってるさ。『レフト・オーバー・ライト』を書いた人だよね」

わたしは驚いた。普通、父のファンが持ち出すのは、寄宿学校のドタバタ喜劇、『ささやかな愚行』なのだ。ロンドンの仕立て屋の日常を描いた父のコメディーに誰かが言及するのを聞いたのは初めてだった。

「いま何時？」わたしはそう訊きながら、バーナード館の入口のドアを閉じないよう押さえていた。早くなかに入りたかった。

「十時くらい。ちょっと待って」エリックは大きなコートのポケットに手を入れると、小さな四角いカードを取り出して、わたしに手渡した。それは白地に凸版《とっぱん》印刷で髑髏《どくろ》の絵がプリントされたものだった。「入口でこれを見せるんだよ」

わたしはおやすみを言って、寮に入った。ルームメイトのジェシカはまだ起きていた。わたしは彼女に招待のことを話した。彼女はマザー大の社交界にどっぷり浸かっている人なので、エリック・ウォッシュバーンや木曜の夜のパーティーに関して何を知っているか興味があった。

「髑髏カードをもらったのね」彼女はそう言って、わたしの手からカードをひったくると、さらに声を大きくして言った。「あのエリック・ウォッシュバーンから髑髏カードをもらったのね」

「彼ってどういう人？」

「王族みたいなもんよ。そもそも、マザー大を創設したのは、彼のひいひいひいひいお祖父さんなんだと思うわ。ほんとに彼の噂を聞いたことがないの？」

「〈セント・ダンスタンズ〉の噂なら聞いたことがあるけど」

「そりゃあ、〈セント・ダンスタンズ〉の噂は聞いたことがあるでしょうよ。その招待って連れもオーケーなの？」

「だめだと思う。彼はそう言わなかったもの」

わたしはそのパーティーに行った。なおかつ、わたしはひとりで行った。エリックはそこにいた。わたしが着いたときは、バー・カウンターのうしろに。彼は、一杯目は何にするかと訊きもせず、わたしにウォッカ・トニックを作った。それからわたしの腕をとって、〈セント・ダンスタンズ〉のメンバーの何人かに紹介してまわり、その後、バーテンの任務にもどった。エリックが言うには、それは木曜の夜の持ちまわりの仕事で、彼は今回、貧乏くじを引いたのだった。わたしは〈領主館《ザ・マナー》〉の内装にちょっとがっかりした。何かもっとゴシック風の外観に似つかわしいものを期待していたのだ。具体的に何をとは言えない。ペルシャ風の敷物や革張りの椅子だろうか？　ところが〈領主館《ザ・マナー》〉の内部は、わたしが一年目のその年に見てきた他のクラブハウスをほんの少し上等にしたものにすぎなかった。天井の低い部屋部屋、みすぼらしい家具、偏在するマルボロ・ライトと安ビールのにおい。わたしは部屋から部屋へ、一階をさまよい歩いて、何人かのメンバーと雑談した。彼らの多くが父のことをわたしに訊ねた。三杯目のウォッカを飲んでしまうと、わたしはバーに行って、エリックに別れを告げ、招いてくれたことにお礼を言った。

「来週もおいで」彼はそう言って、また一枚、髑髏カードをポケットから取り出した。「今度は僕もバーテンをやってないから」

家に帰ると、ジェシカが根掘り葉掘り話を聞き出そうとした。わたしは本当のことを話した。〈セント・ダンスタンズ〉には取り立てておもしろいところはない、そこにいた人はみんないい人そうだったけれど、格別魅力的というわけでもなかった、と。また、秘密の通路や入会の儀式はなかったと話し、さらに、一年生の女子の髑髏が並んだ部屋もなかったと話した。

「やだ、リリーったら。マシュー・フォードには会わなかったよね?」

「ひとりマシューって人に会ったけど。背が低い、前髪の長い人」

「すごい。彼、最高だよね」

よくも悪くも〈セント・ダンスタンズ〉はその冬から春にかけて、わたしの主な社交の場となった。わたしは木曜の夜のパーティーすべてに行き、一度はメンバーの連れとしてディナー・パーティーに出席した。どうしてそんなに頻繁に招かれるのか、わたしにはよくわからなかった。エリックにはちゃんとガールフレンドがいるようだった。彼と同じ三年生のフェイスという人で、彼女はパーティーの終わりごろになると、たいてい彼にまとわりついていた。ある夜、わたしは〈領主館《ザ・マナー》〉のビリヤード・ルームに入っていき、ふたりがキスしているのを見てしまった。彼らは造りつけの本棚にぴったりくっついていた。フェイスはつま先立ちになっていたが、それでもエリックは彼女にキスするために背中をかがめる必要があった。彼の片手はもつれあう彼女の髪のなかにあり、もう一方の手は腰のくぼみにあてがわれていた。エリックはこちら向きに立っていて、わたしがあとじさりして出ていくとき、束の間、わたしたちの目は合った。

クラブの他のメンバーは〈セント・ダンスタンズ〉は厳密に言うと友愛会ではなく、彼らは自分たちをブラザーとは呼ばない)、ときおりわたしにちょっかいを出した。でもそれは、汗をかきかき体をまさぐるといったことではない。秋の学期中、ジェシカと一緒に何回か他のクラブハウスに行ったとき、わたしはそういうことも経験していた。でも、木曜の夜のパーティーでの口説きは、通常、わたしの容姿に対する呂律の怪しいお世辞に始まり、それにつづいて、寮の部屋でもう一杯飲まないか、または、気晴らしに何かドラッグをやらないか、というぎこちないお誘いが来るのだった。わたしはいつもことわった。別に、誘ってくる男の子たちがいやな連中だったからではない。実は、黒髪美人のフェイスという存在がありながら、わたしはエリック・ウォッシュバーンに恋をしていたのだ。それも、〈領主館《ザ・マナー》〉での最初のパーティーのときから——彼がバーの持ち場を抜け出して、部屋から部屋へわたしを案内し、友達に紹介してまわったときから、ずっと。そうなったのは、わたしの腕を、その肘のすぐ上をつかんでいた彼の手のせいだ。わたしは彼に、ほんの少しかもしれないが、属している——その手は、わたし自身や他のみんなにそう告げているようだった。エリックこそ、わたしが〈セント・ダンスタンズ〉に通いつづけた理由だった。ただ、他のメンバーと話をするのは、彼らが酔って口説いてくるときでさえ、楽しかった。わたしがそこで会う男の子たちは（母がよく使う喩《たと》えで言えば）生まれながらに三塁にいて、自分が三塁打を打った気になっている、プレッピー風俗物の一員にちがいなかったが、概して礼儀正しかったし、前夜どれだけ酔っ払ったかとか、今夜どれだけ酔っ払うつもりかなどということではない、中身のある会話をした。彼らは一人前の男を装っている男の子たちで、それゆえ、少し背伸びをし、政治や文学について語ってわたしを感心させようとした。それはすべて戦略だったが、わたしはその努力を評価した。

〈セント・ダンスタンズ〉に最初に誘ってくれたのはエリックなので、木曜の夜のパーティーをあとにするとき、わたしは必ず彼をさがしだしてさよならを言った。するとエリックは、髑髏カードをわたしの手に握らせ、つぎの週も来てほしいと言うのだった。パーティーの終わりに会えなかったときは、彼は一週間のあいだになんとかわたしを見つけだして招待状を手渡した。また、一度は、学生センターのわたしの郵便箱にカードを残していた。わたしはこの招待状をささやかなロマンスの証とみなした。本当にささやかな——でもそれは、わたしにとって初めてのロマンスでもあった。そして、わたしにはそれで充分だった。

一学年目のわたしの最後の試験は火曜日の午後にあり、わたしは翌朝、ニューチェスター発シェポー行きのバスに乗れるよう手配していた。シェポーからは、母に拾ってもらって、車で

〈モンクス・ハウス〉に帰ることになっていた。試験のあと、わたしはわずかばかりの持ち物をまとめながら、バーナード館での最後の夜の孤独を楽しむつもりだった。ジェシカは先に試験を終えて、前日に寮を出ていた。アメリカ文学概論の試験から帰ったとき、わたしは寮の部屋のリノリウムの床に髑髏カードが落ちているのに気づいた。裏にはエリックからの走り書きのメッセージが記されていた。「ビール二樽。今夜みんなで飲み干すから手伝いに来て」荷造りを終えると、わたしは〈領主館《ザ・マナー》〉に向かって、ぬかるんだキャンパスを歩いていった。バーカウンターを囲んでいたのは、メンバー数人とそのガールフレンド数人だけだったが、別に驚きはしなかった。学生のほとんどはすでに帰省していたのだ。わたしを見ると、エリックは大喜びしてくれた。フェイスの姿は見当たらず、わたしはうれしくなっていつもよりたくさん飲んだ。エリックに彼女はどうしたのかと訊ねさえした。

「ああ、彼女は行っちゃったよ、キントナー。文字どおり、それに、比喩的にもだ」

「どういう意味？」彼女が死んでしまったのに、自分はそのことを聞いていないのではないか。そう思って、急に恐ろしくなった。

「彼女はここからいなくなったんだ」エリックはてのひらを広げて、周囲を示した。「そしてここからもいなくなった」彼が自分の胸を指し示すと、友人たちがげらげら笑った。わたしは、エリックがこれまで見たことがないくらい酔っていることに気づいた。

「お気の毒に」わたしは言った。

「気の毒なもんか。彼女は僕には合わなかったんだ。せいせいした。ありがたいよ」彼はまた芝居がかったしぐさを見せた。そのときわたしは突然、気づいた。エリックがその夜〈セント・ダンスタンズ〉にわたしを招いたのは、ベッドに誘いこむためなのだ。そしてわたしは彼にそうさせるつもりだった。それはずっと待ち望んでいたことなのだから。幻想は一切抱いていなかった。これが一夜の遊び以上のものであるわけはない。でもわたしはまだバージンであり、もういい頃合いだと思っていた。バージンを捨てるなら相手は自分を愛してくれる人でなければ、などと思うほど、わたしは馬鹿ではなかった。でもバージンを捨てるなら、自分がその相手を愛していることは重要だった。

〈領主館《ザ・マナー》〉の二階には、シングルのベッドルームが三つあった。エリックは会長なので、いちばん大きな部屋、大学のチャペルが望める天井の高いシングルルームをもらっていた。また、彼は実用的な簡易ベッドではなく、黒っぽい木製の四柱式ベッドを持っていた。最初、エリックはわたしよりも緊張しているように見えた。わたしたちは服を着たまま彼のベッドに横たわってキスを交わした。そのあと彼がバスルームに行ったので、わたしは服を脱いで掛布団の下にもぐりこんだ。もどってきたとき、彼の顔には水で洗った跡があった。その口は歯磨き粉の味がした。彼はボクサーパンツを脱いで、掛布団の下にもぐりこんだ。

「コンドームを使ったほうがいい？」エリックは訊ねた。

わたしはそうしてと言った。彼の気が変わるといけないので、自分がバージンであることは話さなかった。その夜、わたしたちは二度セックスした。一度目は彼が上になった。彼の背が高いので、気がつくとわたしは、彼の瘦せた胸の中央に三角形に生えたまばらな毛を見つめていた。彼の動きはぎこちなく、楽しんでいるのかどうかよくわからなかった。でもわたしが両膝を彼の脇腹のほうへ持ちあげると、彼はかすれた高い声でわたしの名を呼び、それは終わった。同じ夜、わたしたちは、今度はわたしが上になって、もう一度セックスした。窓から射しこむ街灯の光にほのかに照らされ、彼の顔が下に見えるのがよかった。わたしはその不器量さにもかかわらず、彼の顔を愛するようになっていた。馬鹿に大きな耳、広すぎる額、薄い唇。でもエリックはすばらしい目をしていた。濃い茶色の、女の子みたいな美しい濃い睫毛のある目。彼の上でわたしはリズムを変え、ペースを落としてはまた上げた。これを何度かやっていると、エリックがいきなりわたしを引き寄せ、乳首の一方を口にふくんで、身を震わせた。あとで彼は、オルガスムに達したかとわたしに訊ねた。わたしは、達しなかったけれど気持ちよかったと言った。そしてこれは本当だった。わたしは夜明け前に部屋を去った。わたしが服を着るとき、彼は身じろぎしたが、それでも目を覚まさないうちになんとか抜け出すことができた。嘘の約束などわたしは聞きたくなかった。夏のあいだ、エリックの思い出はよいものだけにしておきたかった。

それは、両親の離婚が決まったあとの、最初の夏だった。母は躁《そう》状態で、デイヴィッドがすでに婚約しているという噂のことで気をもんだり、ニューヨークのギャラリーで行うショーの準備に大わらわで取り組んだりしていた。わたしは電話で二度、父と話した。父はロンドンにおいでと誘ってくれたが、わたしはことわった。ひと夏、コネチカット州で読書をして過ごせるなら、それで満足だった。ありがたいことに、〈モンクス・ハウス〉に泊まり客はいなかった。わたしの優しいおばは八月中ずっといたが、母は、本人の言葉を借りれば、〝たかり屋抜きの夏〟を選んだのだった。エリックから便りはなかった。でも本人がそうしたかったとしても、彼にわたしと連絡をとるすべはなかった。わたしの知るかぎりでは、エリックはわたしの住んでいる場所も、母の電話番号も知らず、その番号は番号簿にも載っていないのだ。

　ジェシカに、わたしたちは完璧なルームメイトなのに、と抗議されながらも、大学二年目の学生寮申し込みの際、わたしはひとり部屋を希望した。ところが、八月に担当の課から手紙が届いてみると、わたしにあてがわれていたのは、ルームメイト三人、顔も知らない女子三名と共同の四人部屋だった。これは、大学生活二年目にそろってひとり部屋を希望した非社交的な学生三人とわたしがくっつけられたのか、彼女らが三人部屋を申し込んだ仲よし三人組であるかだ。よい知らせは、その部屋がキャンパス一古い寮、ロビンソン館にあることだった。それは中庭に面した煉瓦の塔で、それぞれ四つ寝室のある部屋にはみな、造りつけの窓辺のベンチ席があり、何室かにはちゃんと使える暖炉も備わっていた。

　引っ越しの日、わたしは夜遅く寮に着いた。新しいルームメイトたちは結束の強い仲よし三人組らしく、すでに共同の部屋をデイヴィッド・リンチ映画とザ・スミスのポスターで飾っていた。なかのひとりは一年生のときに見かけていて顔に覚えがあったが、他のふたりは知らない人だった。三人はそろって髪が真っ黒で色白だった。名門私立校女子《プレップスクール・ガール》のゴス版だ。わたしには、彼女らがそれぞれ異なる三つの映画のウィノナ・ライダーのように見えた。いちばん過激なのは、「ビートルジュース」のウィノナよろしく、髪をつんつん立てていて、服は黒ずくめだった。あとのふたりはもっとプレッピーな、「リアリティ・バイツ」のウィノナ（額を出したボブカット）と、「恋する人魚たち」のウィノナ（カーディガンに、パールに、下ろした前髪、皮肉をこめてそうしているのかどうかは不明）だ。

　あの九月の夜、三人のウィノナたちが、カプリパンツに襟付きのリネンのシャツという格好で現れたわたしをどう思ったかはわからない。でも、口紅は黒っぽいし、片耳にふたつピアスをしてはいたものの、彼女らは親切で、わたしが荷を解くときは、ジョイ・ディヴィジョンの音量を落とそうかと言ってくれた。ドアをノックする音がしたのは、ちょうどわたしが「恋する人魚たち」のウィノナからワインのグラスを受け取ったときだ。それはエリック・ウォッシュバーンだった。わたしはひどく驚き、一瞬、彼が会いに来たのはわたしの新しいルームメイトの誰かにちがいないと思った。でも彼が会いに来たのはわたしだった。彼はカーゴパンツにオックスフォード・シャツという格好で、タバコとウィスキーのにおいを漂わせていた。わたしたちは連れ立って〈領主館《ザ・マナー》〉に行き、まっすぐ彼の部屋に上がった。彼は夏じゅうどれほどわたしのことを考えていたか、わたしの家をどれほど必死でさがしたかを語った。さらに彼は、まちがいなくきみを愛している、とまで言った。そして馬鹿みたいに、わたしは彼を信じたのだった。

第九章　テッド

　ブラッドと僕はまずビールから飲みはじめ、その後しばらくして、ジェイムソン（アイリッシュ・ウィスキーのメイカー、また、そのウィスキー）のジンジャーエール割りに切り替えた。僕たちは、〈クーリーズ〉の背もたれの高いブース席にすわっていた。それはケネウィック・ビーチの近隣では数少ない通年営業のバーのひとつだった。メニューには誇らしげに一九五七年創業と記されていた。誰もその主張を疑いはしないだろう。バーの奥には、長年のあいだに無数の酒屋によって持ちこまれた薄汚れた飾り物がごちゃごちゃと並んでいた。シュリッツ・ビールの壁掛け照明、ジェニーライトの鏡、なかに明かりが灯るスパッズ・マッケンジー（八〇年代のバド・ライトの宣伝用マスコット犬。ブルテリア）。ジンジャーエール割りへの切り替えは、僕にとってありがたいことだった。それで、こっちが飲み物を買う番になったとき、自分のを簡単にただのジンジャーエールにしてしまえる。

　建築現場で帰りがけのブラッドと出会ったあと、飲みに行かないかと誘ったのは僕のほうだった。彼は喜んで誘いに応じ、自分のトラックで行こうと言い、僕を乗せてケネウィック・ビーチの〈クーリーズ〉まで二マイル運転してきた。店に着いたときはまだ五時を回ったばかりで、僕たちは一番乗りのお客だった。店のバーテン――タイトな黒のジーンズに紫色のタンクトップの、大学生くらいの女の子は、僕たちが入っていくと、「ハイ、ブラゲット」と言った。

「彼女、きみをなんて呼んだんだ？」まんなかのブースにすわると、僕は訊ねた。

「ブラゲット。このへんじゃそれで通ってるんだ。ブラッドとダゲットをくっつけて。高校時代の綽名《あだな》さ。一杯目はこっちにおごらせてくれよ、ボス」彼はするりとブースを出て、バーに向かった。ブラッドと一緒に飲んで、具体的に彼から何を引き出したいのかは、僕自身わからなかった。でもリリーは情報収集するよう僕に求め、だから僕はそれをしているのだった。彼について知れば知るほど、こっちは有利になるのだ。

その夜の最初の一時間、ブラッドと僕の話題は家の工事の進捗状況だった。彼から受けた印象はこれまでと同じ――八十パーセントは申し分ないプロ、二十パーセントはほら吹き野郎というものだ。ちょうど、正直に革の内装はやめるようお客を誘導しつつ、値の張るナビゲーションシステムをうまく売りつけてしまう、車のセールスマンみたいな。ハイネケンを飲み、話をしながら、僕はじっくり彼を観察した。ブラッドはビール一本を毎回三口でぐいぐい飲み干してしまう、重度の酒飲みだった。また、いまもハンサムではあるものの、そろそろくたびれや衰えも表れだしていた。その褐色の顔には日焼けの痕の黒っぽいしみが、頬には酒飲み特有の赤らみの兆《きざ》しが見られた。それに、体格がたくましい一方、顎はたるみだしていて、ごま塩の顎鬚もそれを隠し切れてはいなかった。彼の容貌のいちばんいいところは、その濃い茶色の目、それに、こめかみのあたりが灰色になりかけている、いまなお豊かな黒い髪だった。

家の話をしながらビールを数本飲んだあと、僕は言った。「きみがミランダにいらいらしていなきゃいいんだが。彼女はすごく好みがうるさいからね」

「それはいいことなんだ。最悪のお客はしょっちゅう気が変わるやつらだからな。そう、ミセス・セヴァーソンは大したもんだよ」ブラッドは、一緒にすわったときからずっとテーブルに置いてあったマルボロ・レッドの箱に手を伸ばし、なかから一本、抜き取った。ニスのかかった天板の上でフィルターを何度かトントンやると、彼は僕に、外に出て一服してきてもかまわないかと訊ねた。

彼がいなくなった隙に、僕は携帯電話をチェックした。この二十分、それはポケットのなかで音もなく震動しては切れていた。見ると、ミランダが立てつづけにメールをよこしていた。最後の一通はこうだ。「いったいぜんたいどこにいるのよ?」僕は、いまブラッドと一杯やっているところだけれど、もうすぐホテルにもどると返信した。夕食はひとりで食べてくれていいからとも伝えた。彼女は「OK」と返信をよこし、その数秒後、キス&ハグのマークを送ってきた。

僕はブースのなかでくるりと体の向きを変え、〈クーリーズ〉の正面の窓から、ブラッドがたたずみ、宵闇に向けて紫煙を吐き出しているほうを眺めた。その頭の角度から、彼もまた携帯を見つめているように見えた。それに、文字を打ちこんでいるようにも。たぶん彼のほうも僕の妻にメールを打っているのだろう。僕は一瞬、カッとなったが、すぐさま、いまは実態調査の任務中なんだぞ、と自分自身に言い聞かせた。戦争はこの小競り合いからすでに始まっている。そしてブラッドが飲めば飲むほど、彼の弱点が見つかる見込みは高くなるのだ。僕はまだ四分の三残っているビールを持ってトイレに行き、まあまあしらふでいられるように、その大部分をシンクに捨てた。

　ブラッドがもどってからは、ミランダのことはもう話題にのぼらなかった。彼は僕の仕事や人生全般についていろいろ質問しはじめ、僕がハーバード大学に行ったことを知ると、あの大学のホッケー・チームはどうなっているのか、とか、ビーンポット・トーナメント（マサチューセッツ州の四大学、ハーバード大学、ボストン・カレッジ、ボストン大学、ノース・イースタン大学のアイスホッケー・チームのトーナメント）には何回行ったか、などと訊いてきた。興味がない割に、僕は実際、二年のときルームメイトだった英語専攻のスポーツおたくとともに、二度ほどホッケーを見に行っていた。ちなみに、そのルームメイトはその後、雑誌の編集者として成功している。話題はホッケーから、前シーズンのレッドソックスのことに移った。そのテーマなら僕ももう少し詳しかった。僕は特別観覧席《ラグジュアリー・ボックス》のシーズン・チケット一冊を共同購入している話をし、来年の試合のどれかに彼を連れていくと約束した。飲み物がジェイムソンに変わり、自分の乏《とぼ》しいスポーツ・ネタがもう尽きたと感じたところで、僕はブラッドに彼の離婚のことを訊ねた。

「俺にはすごくいい子供がふたりいる」また一本、箱からタバコを取り出し、テーブルの上でトントンやってから、彼は言った。「それと、がみがみ女の元女房が」

「子供たちは彼女と一緒なのか」

「隔週の週末以外はな。なあ、あいつのためにこれだけは言っとくよ。あいつはいいママだし、子供らは母親と暮らしたほうが幸せなんだ。だがあの結婚があのとき終わらなかったら、俺があいつを殺すか、あいつが俺を殺すかだった。重要なのはそこだけさ。とにかくノンストップだったからな。ブラッド、いったいどこにいるの？　きょうは早く帰ってトイレを直してよ、ブラッド。ねえ、ブラッド、今度はいつあたしと子供たちをフロリダに連れてってくれるの？　ブラッド、ああいう立派な家を造ってて、妻と子供が掘っ建て小屋で暮らしてるのが、気にならない？　ノンストップ。俺が銃を持ってなくて、ほんとによかったよ」彼はにやりとした。ニコチンのせいでその歯はわずかに黄ばんでいた。

「わかるだろ、兄弟」彼はつづけた。「それとも、わからんかな。ミランダにはどんな黒い部分があるんだ？」

「そんなものないね。僕たちは新婚夫婦みたいだ。パラダイスではすべてうまくいっている」

「くそ」ブラッドは大声で言った。「そうだよなあ」彼の呂律は怪しくなりだしていた。そうらよなあ。それから彼は、テーブルの向こうから拳を突き出してきた。僕は笑みを返し、その拳にぎこちなく拳をぶつけた。いったいどうして彼は突然そこまで酔ってしまったのか？　確かに僕たちは約二時間、ぶっ通しで飲みつづけていたが、つい五分前までブラッドはしらふに見えたのだ。

「いや、ミランダは本当にすばらしいんだ」僕は言った。

「まさかね」ブラッドは言った。「つまりな、悪くとらんでくれよ、あんたの顔が不細工だとか、そういうことじゃないんだ。でも、あんたはどうやってあんなかみさんを手に入れたんだよ？」

「運がよかったんじゃないか」

「そうとも、運と巨万の富のおかげだ」そう言ったとたん、彼の顔は後悔に沈んだ。僕には反応する暇もなかった。彼がすぐさま手を上げ、てのひらをこちらに向けて言ったからだ。「ああ、すまん。いまのは余計だった。そんなつもりじゃなかったんだ」

「別にいいよ」僕は言った。

「いいや、よくない。いまのはまったく余計だった。俺は最低なやつだ。ちょっと飲みすぎたよ。ほんとに申し訳ない。あんたみたいな旦那がいて、彼女は幸せだよ。もちろんこれは金とはなんの関係もない」

僕はほほえんだ。「いや、もちろん金は関係あるさ。そうであっても僕は生きていける」

「いやいや。ミランダのことはよく知らないがね、彼女はその手のことには無頓着だよ。俺にはわかる」ブラッドはいまにも立ちあがって、長い謝罪の独白を始めそうに見えた。だから、厚化粧のブロンド女がブースにするりと入ってきて、彼に尻をぶつけ、その隣にすわったとき、僕はほっとした。

「ヘイ、ブラゲット」女はそう言うと、僕に手を差し出した。僕はそのぐにゃぐにゃの手をぎゅっとつかんだ。正式に言えば、握手というやつだ。彼女は言った。「ハイ、ブラゲットのお友達。あたしはポリー。きっとあたしのことはなんにも聞いてないよね」

「ポル」ブラッドが言った。「こちらテッド・セヴァーソン。ミクマック・ロードのあの新しい家を建ててる人だ」

「嘘でしょ」ポリーは僕にほほえみかけた。ピエロみたいな化粧をしていても、彼女が綺麗なことはわかった。おそらくかつては美人だったにちがいない。天然の金髪、青い目、大きな乳房。その乳房を彼女は、Vネックのシャツとカーディガンでひけらかしていた。胸の見えている部分は、黒く日焼けし、そばかすが散っていた。「あの家のことはブラッドからすっかり聞いてる。立派な家になるんだってね」

「その予定だよ」僕は言った。

「さてと、おふたりさん。男同士の飲み会を邪魔してやろうと思ったけど、あんたたちは仕事の話をしてるようだから、もう興味なくなっちゃった」

「一杯やって」僕は言った。

「ありがとね。でも、ふたりで話して」

ポリーは、香水の強い香りをあとに残して、ブースから出ていった。

「ガールフレンド？」僕はブラッドに訊ねた。

「八年生のときはそうだったかもな」ブラッドはそう言うと、歯をむきだして笑った。「でも彼女が来たなら、もうこの店は出る頃合いだな。俺はこのすぐ近くに住んでるんだ。うちでもう一杯やらないか。そのあと、ホテルまで車で送ってくからさ？」

「いいね」僕は言った。実は、そのとき何より遠慮したかったのは、もう一杯やることだったし、二番目に遠慮したかったのは、酔っ払ったブラッドの運転する車に乗ることだった。でもこれはブラッドの住処《すみか》を見る絶好のチャンスなのだ。逃すわけにはいかなかった。

外は冷えこんでいたが、靄は消え、無数の星が空を運行していた。ブラッド所有のレンタル・コテージ群まではわずか三百ヤードほどだったが、彼は僕をトラックに乗せていき、一軒目のコテージの正面に歪《いびつ》にそれを駐めた。そこは、ビーチから来る道の向こうの、四角いコテージが十数軒、半円状に並んでいるところだった。ペンキの手書きの看板には、〈コテージ三日月〉と記され、電話番号が添えてあった。

「ミランダから聞いたよ。この区画のコテージは全部きみのものなんだってな」僕は言った。

彼は明かりの落ちたコテージの鍵を開けようとしていた。コテージはどれもみな暗く、それらを照らすものは、街灯と明るい夜空だけだった。

「所有者はうちの親なんだが、俺が管理してるんだ。いまはシーズンオフだがね、夏場は結構はやるよ」

なかに入ると、ブラッドは背の高いフロアランプを点けた。室内は思っていたより立派だったが、同時に、わびしくもあった。家具は実用本位のものが何点かあるだけで、白く塗られた壁はほぼむきだしのままだった。そこがブラッドの住まいであって、レンタル・ルームでないことを示す唯一のものは、台に載った巨大なテレビだが、それは比較的小さめのリビングのなかで場ちがいに見えた。室内はタバコのにおいがするだろうと思っていたが、それはなかった。

ブラッドはまっすぐアルコーブのキッチンに向かい、僕は玄関の薄っぺらなドアを閉めた。ボトルの蓋がふたつポンポンと開く音がし、ブラッドがもどってきて、冷えたハイネケンを僕に手渡した。僕たちはベージュのカウチにすわった。ブラッドは両足を大きく広げ、やや前かがみになっていた。その大きな褐色の両手のなかで、ビールのボトルが小さく見えた。

「ここに住みだしてどれくらい？」何か言わなくてはいけないので、僕はそう言った。

「約一年。仮の住まいさ」

「うん」僕は言った。「そうだろうね。ここにずっと住みたいとは誰も思わないよな」

そう言ったとたん、僕はしまったと思った。ブラッドの顔が一瞬、憎しみに曇り、すぐさま彼はその表情を考えこむようなしかめっ面に作り変えた。「いまも言ったとおり、仮の住まいなんだ。金がまた入るまでのことだよ」

僕はなんとも返事をせず、室内に沈黙が落ちた。僕はあたりを見回して、コーヒーテーブルの上の釣り雑誌の山がテーブルの角のラインに対しきっちり平行に置かれているのに気づいた。雑誌の上にはリモコンが載っていて、これもまたきっちり平行に置かれていた。僕からいちばん近いサイドテーブルには、フレーム入りの写真が飾ってあった。船の上で撮影された男の子と女の子。十二歳と十歳といったところか。どちらの子供もオレンジ色のライフジャケットを着ていた。

僕は写真を手に取った。「きみの子供？」

「ジェイソンとベッラだ。船は前のやつだがね。この夏の初めにそいつは売って、アルベマール（釣り船メーカー、アルベマールの船）を買ったんだ。釣りはするかい？」

僕はしないと答えたが、彼は自分の船の話をつづけた。僕はほとんど聴いていなかったが、それは大した問題じゃなかった。ブラッド・ダゲットについて、僕はいろいろと学びつつあった。彼が僕の妻と寝ているという事実はとりあえず脇に置いても、自分がブラッド・ダゲットをまるで好きになれないこともわかってきた。この男は身勝手な大酒飲みだ。そしてたぶん、年をとればとるほどさらに身勝手になり、さらに飲むようになるだろう。子供のことだって、ただ写真をひとつ家に置いているだけで、それ以上は気にかけてもいない。自分自身をのぞいて、誰か本気で気にかけている相手がいるのかどうかも定かでない。この世界において、彼は負の存在だ。僕はリリーのことを考え、ブラッドが唐突に終わりを迎えることについて考えた。さして気にもならなかった。いや、むしろそうなってほしかった。それが僕の妻としている行為に対する罰となるから、というだけじゃなく、ブラッドがこの地上から消滅するのはよいことだから。いったい彼が誰を幸せにしているというのか？　彼の子供たちじゃないし、彼の前妻でもない。バーにいたポリーでもない。たぶん彼女はブラッドの恋人のつもりだろうに。こいつはろくでなしだ。そしてろくでなしがひとり減るのは、誰にとってもいいことじゃないか。

僕は自分の船に関するブラッドのひとり語りをさえぎって、トイレに行ってくると言った。バスルームは家の他の部分と同様に清潔だった。僕はビールをシンクに捨てて、ブラッド・ダゲットの薬の戸棚をのぞき見した。見るべきものはあまりなかった。剃刀《かみそり》に、脱臭剤に、ヘアケア用品。ジェネリックのイブプロフェンの大瓶。未開封のヘアカラーの箱。五年前に有効期限が切れている抗生物質の処方薬の瓶。僕はそれを開けて、なかを見た。瓶にはダイヤモンド形の青い錠剤が入っていた。バイアグラだ。すると絶倫男ブラッドは結局、さほど絶倫じゃなかったわけだ。僕は実際に声をあげて笑った。リビングにもどってみると、ブラッドはカウチの同じ場所にいたものの、その目は閉じられ、胸は規則的にふくらんではしぼんでいた。僕はしばらく彼を見ていた。自分をテストするひとつの方法として、嫌悪以外の何かを――たぶんいくばくかの憐《あわ》れみを感じようとしながら。しかし何も感じはしなかった。

　立ち去る前、キッチン・アルコーブの引き出しのいくつかをこっそり調べた。そのひとつは日用品の引き出しで、さまざまな道具、メジャー、撚糸《よりいと》ひと巻き、粘着テープが入っていた。引き出しの奥のほうには、スミス&ウェッソンのダブルアクション・リボルバーがあった。僕は驚いたが、それは少し前に、もし銃を持っていたら妻を殺していたろうという彼のジョークを聞いていたからだ。一瞬、軽率にもその銃を盗もうかと思い、それからすぐに、誰が銃を盗《と》ったかブラッドには十中八九わかるだろうと気づいた。だから銃はそのままにして、ただ、似たような鍵が一杯入った小さな箱から、新しく造られた鍵をひとつ失敬した。ブラッドはその鍵がないことに気づかないだろうし、それでこのコテージのドアを開けられる可能性もある。あるいは、〈コテージ三日月〉のコテージすべてのドアがそれで開けられるのかもしれない。

　最後にもう一度、室内を見回してから、僕はその場をあとにした。ブラッドはまだ前と同じ場所にいた。塩気を含む冷たい外気のなかに出ると、僕はコテージのドアに鍵をそっと挿しこんでみた。それはするりと入って回転した。ドアの錠を開いた状態にもどし、僕は鍵をポケットに入れた。それから携帯を取り出して、車で迎えに来させるためにミランダに電話しようとしたが、結局、気を変えて歩くことにした。寒気が肌に心地よかった。鼻から深く息を吸いこむと、空気中の塩分がここしばらく感じたことのないような活力を身内に呼び覚ました。僕は歩きはじめた。たかだか数マイルだ。それに僕は、世界の全エネルギーが自分のなかにあるような気がしていた。

第十章　リリー

わたしが二年生、エリックが四年生の年、わたしはほぼ毎週、木、金、土の夜を〈領主館《ザ・マナー》〉二階のエリックの寝室で過ごした。当時わたしは、この一年を自分の人生で一番幸せな時代だと思っていた。あとで振り返ったとき、その後、起きたことのせいだけでなく、わたしにはその一年が不確実と不安の時代でもあったことがわかった。わたしはエリック・ウォッシュバーンを愛していた。また、彼もわたしを愛していると言った。わたしは彼を信じたが、同時に自分たちがまだ若いこともわかっていた。それに、エリックがまもなく卒業することも。彼にはニューヨーク・シティーに行って金融関係の仕事に就くという計画があった。一方、わたしはつぎの学年をロンドンのフォンス芸術学院で作品保全の勉強をして過ごすつもりだった。エリックとわたしは将来の話もしたが、わたしは彼が卒業すれば何もかも変わるのだと自分に言い聞かせていた。

その年、わたしは二重生活を送った。読書と勉強はすべて、日曜から木曜までにやった。わたしのルームメイトたち、三人のウィノナは、大音響で音楽をかけ、ノンストップでタバコを吸っていたが、驚くほど静かで、性格もまあまあよかった。わたしと同じくナンシー・ドルーに憧れて育った本の虫、「恋する人魚たち」のウィノナとは、共通点もたくさん見つかった。木曜の夜、わたしは毎週、〈領主館《ザ・マナー》〉のパーティーに行った。その際には、いちばん大きなバッグに着替えと洗面用具を詰めていき、夜は必ず、ときには週末もそこに泊まった。金曜の朝から日曜の夜まで、エリックとわたしはずっと一緒に過ごし、離れるのは授業の時間と、エリックのラケットボールの試合や、〝究極のフリスビー〟（七人制の野外ゲーム）や、彼にとって勝つことが重要な、数ある単発の勝負事が入ったときだけだった。わたしたちはキャンパスのレパートリー劇場で映画を見たり、思い切ってニューチェスターに出かけ、イタリア料理を食べたりした。ときには〈セント・ダンスタンズ〉やそのメンバーの誰かが開くパーティーに行くこともあったが、これは稀《まれ》だった。ふたりのあいだにはいつしか、決まった行動パターンと、日々の内輪のジョークと、わたしにはとても相性のいいように思えるセックスとで満たされた、心地よい関係が生まれていた。わたしたちはお互いを、〝ウォッシュバーン〟〝キントナー〟と呼び合った。ありがたいことに、失望や裏切りといったドラマチックな出来事はなかった。わたしはふたりの関係をとても大切に思っていたが、その気持ちは胸に秘めておき、エリックにも他の誰にも自分の愛着がいかに強いかを話さなかった。彼はわたしの想いに同調し、ときどきマザー大学後のふたりの将来について話したりもした。

エリックの前のガールフレンド、フェイスも四年生になっており、相変わらず木曜の夜のパーティーに来ていた。当時、彼女がつきあっていたのは、マシュー・フォードだ。フェイスとわたしはともに〈セント・ダンスタンズ〉の二巨頭のガールフレンドだったので、その年のフエイスはわたしと仲よくしたがり、エリックとの関係についてあれこれ訊いてくることさえあった。わたしは絶対に餌には食いつかなかった。フェイスは上っ調子で、ややこしくて、注目を浴びるのが大好きな人で、わたしのほうは特に彼女が好きではなかったが、一緒に過ごすのは別に苦にならなかった。フェイスが近くにいなければ、エリックと二年つきあった女の子に対する好奇心はエスカレートし、強迫的なこだわりになっていたかもしれない。でも彼女は実際、近くにいて、わたしは彼女と知り合いになった。だからわたしの妄想に彼女の入りこむ余地はなかった。

エリックがなぜフェイスに惹かれたのか、わたしにはわかった。彼女は丸顔で、セクシーで、黒髪をショートにしていた。服装は〝オフィシャル・プレッピー・ハンドブック〟に載っていそうな代物だったが、彼女の場合、セーターは常にややきつすぎ、スカートは常にやや短すぎた。話をするとき、彼女は相手に身を寄せ、警戒を解かせるように目を合わせた。また、よく笑ったし、自分をネタにおもしろいジョークを言ったりもした。一緒にどこかに行くとき、フェイスはわたしの腕に腕をからませ、うしろに立っているときは、わたしの髪を愛撫した。うちの親はどちらも娘に対するスキンシップが多いほうではなかったので、わたしはフェイスに触れられることにしばしば鬱陶《うっとう》しさを、ごく稀に心強さを覚えた。一度、酔っ払ったとき、フェイスはわたしに、あなたの目の色を観察させて、と言った。彼女は自分の茶色の目でわたしの視界を一杯にしつつ顔を寄せてきた。

「なかにタペストリーがあるみたい」フェイスは言い、わたしの頰にその温かな息がかかった。

「灰色と黄色と青と茶色とピンクの斑点があるのね」

エリックはめったにフェイスの話をしなかった。でもある夜、ふたりで彼のベッドに横たわっているとき、彼はわたしに、フェイスが始終近くにいることが気にならないかと訊ねた。

「別に」わたしは言った。「彼女、わたしたちは親友だってことにしたのよ。気がついてた?」

「彼女は誰とでも親友だからな。いや、いまのは削除。彼女は本当にきみのことが好きで、友達になりたがっているんだろう。ただね……」

「心配しないで。あなたの言いたいことはわかる。わたし、彼女の親友になる気はないから。彼女とは何も共通点がなさそうだし。あなた以外にはね」

「そう、共通点は一切ない。僕が保証するよ。彼女も別に悪い人間じゃないんだ。彼女とマットはお似合いのカップルだよ」

「そうみたいね」わたしは言った。

フェイスに関するわたしたちの会話と言えば、そんなものだった。

*

その夏、わたしは〈モンクス・ハウス〉に帰った。母には新しい恋人、マイケル・ビアリクがいた。彼は母と同じ大学に勤める、頰髯を生やした言語学教授で、驚くほど堅実な人だった。うちから半マイルほどのところに、もともと納屋だったものを改造した自分の家があり、そこで、ピアノの天才の、サンディという名の息子とともに暮らしていた。マイケルは料理好きで、そのため母は多くの時間を彼の家で過ごし、〈モンクス〉のほうはわたしに任せきりだった。

図書館でのアルバイトは月から金まで一日四時間だけだったので、わたしは平日の残りを本を読んだり家のまわりをぶらついたりして過ごした。わたしは恋をしており、安らかな気分だった。あのお気に入りの草地、チェットの眠る場所に行ってみさえした。井戸の蓋はまだもとの場所にあった。それは冬枯れした黄色い草に隠され、何年も前に初めて発見したときと同じに見えた。近くに立つ農家は相変わらず空き家のままだった。

当初わたしは毎週末、ニューヨークのエリックを訪ねるつもりでいた。ところが〈モンクス〉を訪れるなり、エリックはあの家に惚れこんでしまった。少なくとも本人はそう言っていた。

「毎週末ここで過ごしたいな、キントナー。きっと完璧な生活になるだろうよ。平日はシティーで過ごし、金曜の夜、列車で来て、きみとここで過ごす。田舎での週末を」

「退屈しない？」

「絶対しないね。僕はここが大好きなんだ。そっちはどう？　僕はきみに、ずっとここで過ごしてくれってたのむことになるわけだけど？」

「わたしの夏は子供のころからいつもそうだった。別にかまわないわよ。週末にはあなたに会えるっていう楽しみもあるわけだし」

そんなわけで、わたしたちの夏は、大学での一年のコピーとなった。平日はひとり。週末は一緒。わたしはそれでかまわなかった。昔からひとりで過ごすのが苦になったことはない。それに、ひとりで過ごす毎日は、わたしを一日ずつ週末へと近づかせるのだ。肩に一泊用のバッグをかけ、満面に笑みをたたえて、エリックが勤め人たちの列車から降りてくる時へと。しかもそれらの週末は、前よりずっと濃密だった。マザー大学を離れて、ふたりの関係はさらに成熟し、さらに心地よくなったように思えた。わたしたちは夫婦みたいな気分だった。だから、そう、わたしは毎週二日しかエリックに会えないのを苦にしてはいなかった。

そしてエリックのほうも、彼なりの理由から、苦にしてはいなかった。

もしも八月の最後の週に父がニューヨークにやって来て、一緒にランチを食べようと誘ってくれなかったら、わたしはその理由にずっと気づかず、秋には、まだエリックを生涯の恋人と思いこんだまま、ロンドンに旅立っていただろう。父は新しい本を出すことになっており、ニューヨークに来たのは、アメリカのエージェントやアメリカの出版者に会うためと、〈ストランド・ブックス〉で朗読会を行うためだった。父はわたしを朗読会に招《よ》ばなかったが、それは驚くには当たらなかった。一度、わたしが――確か高校三年のときだったと思うが――そういった朗読会のひとつに行ってもいいかと訊ねたところ、父はこう答えたものだ。「いやいや、リリー、おまえはわたしの娘なんだ。そんな目に遭わせるわけにはいかないよ。おまえがついにわたしの本を読みたいと思っただけでも恐ろしいのに、わたしが声に出してそれを読むのを聞かせるなんてとんでもない」

わたしは図書館から一日休みをもらい、列車でニューヨーク・シティーに行った。父とわたしは、父の宿泊するミッドタウンのホテルのロビーのおしゃれなレストランでランチを食べ、まもなく始まるロンドンでのわたしの一年について語り合った。父は、わたしが訪問すべき友人や親戚のリストと、自分の好きなロンドンの名所数箇所（そのほとんどはパブ）のリストをEメールしてくれると約束した。それから父は、母とその新しい恋人のことをわたしから根掘り葉掘り聞き出し、相手が言語学の教授で、概して真っ当な人間だと知ると、ひどくがっかりしていた。ランチのあと、わたしたちはホテルの前で別れた。「お母さんとわたしがこんなふうなのに、おまえはちゃんと育ったな、リル」これが初めてではないが、父はそう言った。わたしたちは抱き合って、さよならを言った。その日は八月下旬のニューヨーク・シティーにしては馬鹿に天気がよく、わたしはまだ一度も行ったことのないエリックの会社をめざし、ダウンタウンへと向かった。丸一カ月、重苦しかった空気から急に湿気が消え失せており、真昼の町の静かな回廊を歩いているだけで心は浮き立った。仕事の日に押しかけてエリックを驚かすかどうか、まだ決めかねながら、わたしは自分がオフィスに入っていったときの彼の顔を想像しはじめていた。そのとき、誰かに大声で名前を呼ばれ、わたしはハッと我に返った。振り向くと、〈セント・ダンスタンズ〉のパーティーで知り合ったマザー大学の三年生、ケイティ・ストーンがこちらに向かって手を振りながら道を渡ってくるところだった。

「やっぱりあなただった」猛スピードで通り過ぎていく黄色いタクシーを背に、ケイティはそう言って歩道に上がった。「夏休みをニューヨークで過ごしてたとは知らなかったわ」

「そうじゃないの。コネチカットの母の家にいるんだけど、父がこっちに来てるから、一緒にランチをしたのよ」

「コーヒー飲まない？　きょうは早めに仕事から抜け出せたの。ああ、八月のニューヨークってほんとにいやになるよね」

わたしたちは、いちばん近くのチェーンのコーヒーショップに行き、どちらもアイス・ラテを注文した。ケイティはマザー大学の学生たちのことを話題にあれこれしゃべった。そのなかには、ふたりの共通の知り合いもいれば、わたしが聞いたこともない人もいた。彼女はゴシップの調達者であり提供者である。なのにエリックのことを何も訊かないのが意外で、わたしは彼女にこう訊ねた。「エリックにはよく会うの？」

彼の名を聞いて、ケイティの目が少し大きくなった。「ああ。彼の話は出さないようにしてたのよ。ううん、そんなには会わない。ときたまよ。彼、この近くのどこかで働いてるんだけどね」

「ええ、知ってる。どうして彼の話は出さないようにしていたの？」

「だって、あなたがどう感じるかわからなかったし。あなたたち、もうつきあってないわけだものね。あなたが彼の話を聞きたいかどうかわからなかったのよ」

肌がさーっと冷たくなった。もう少しで、もちろんわたしたちはいまもつきあっていると言うところだったが、何かがわたしを踏みとどまらせた。代わりにわたしはこう訊ねた。「何？彼に何かあったの？」

「わたしはなんにも知らないの。彼とはそんなに会ってないし。でもあの人、週末はいつもここにいないのよ。お父さんが病気なんだって。あなたは知ってたんじゃない？」

「ううん」わたしは言った。「どこが悪いの？」

「癌《がん》だと思う。エリックは毎週末そっちに行ってるの。仲のいい親子なのね」彼女は最後のひとことを問いかけるように言った。店を出たい、ケイティから離れたい——急にそんな衝動に駆られながらも、わたしはどうにかうなずいてみせた。幸いそのとき、ケイティの携帯電話が鳴りだした。彼女が大きなバッグのなかをさぐっている隙に、わたしは席をはずし、バリスタに鍵を借りて、クロゼットほどの大きさのトイレに閉じこもった。頭はいま入った情報を必死で理解しようとし、フル回転していた。そして、ケイティの話を疑い、何かの馬鹿げた誤解にちがいないと思う自分がいる一方、わたしのなかには、それが真実なのだ、自分が馬鹿だったのだと理解しているもっと論理的な部分もあった。エリックは二重生活を送っている。なおかつ、彼が週末わたしに会っていることは誰も知らない。鍵を返したあと、ケイティがまだ電話中なのを見て、わたしはその機をとらえた。彼女の肩を軽くたたくと、腕時計を指さしてみせ、足早に出口のほうに向かった。ケイティは携帯を下ろし、立ちあがったが、わたしはただ「ごめん」と口を動かしてみせ、そのまま歩きつづけた。

外に出ると、脇道に入って住宅街を歩いていった。褐色砂岩の家々の一軒は、玄関前の石段が葉の生い茂る木の陰になっていた。わたしはその石段の上のほうにうずくまった。家の主に見つかって立ち去るよう言われることなど、気にしてはいなかった。どれくらいその石段にすわっていたかはわからない。おそらく二時間ほどだろうか。しばらくは悲惨な気分だったが、まもなく気持ちが落ち着いてきた。わたしは状況を分析した。エリックはわたしとの生活を仕切りで囲い、週末だけに限ることで、シティーから分離した。それが彼のやりかただ。大学でも彼は同じやりかたをしていた。でも、週末の行き先のことで、嘘をついているのはなぜだろう？　理由はひとつしか考えられない――エリックはニューヨークで誰かと関係を持っているのだ。

五時少し前、わたしはエリックの会社のビルに向かった。会社の住所は知っていたが、その外観はわからなかった。人混みに視線を走らせながら、わたしはゆっくり歩いていった。エリックとばったり出くわせば、自分がうろたえるのはわかっていたが、町を去る気にはまだなれなかった。彼がどんなところで働いているのか、わたしは見てみたかった。自分の姿を見られずに、彼を見たかったのかもしれない。

彼のオフィスは、〈グレイズ・パパイヤ〉（ニューヨークのホットドッグの店）の隣の、なんの変哲もない四階建ての石造りのビルだった。わたしはその入口の向かい側のベンチにすわった。近くのゴミ缶から〈ニューヨーク・ポスト〉紙を引っ張り出して、顔の前に広げたが、目はビルの正面口から離さなかった。五時過ぎに、スーツ姿の男数人が出てきた。それに、スカートとブラウスの女もひとり。エリックの姿はない。でも彼は、つぎに現れた男三人のグループのなかにいた。服装は薄いグレイのスーツだった。三人の男は舗道に出ると、そろってタバコに火を点けた。エリックがタバコを吸うのを見ても、わたしは驚かなかった。本人は、大学を卒業した日にタバコはやめたと言っていたけれど。彼は週末、コネチカット州に来ているときは、一度もタバコを吸わなかった。でもそれは彼という人間がふたりいるからだ。同僚たちは火の点いたタバコを手に街を歩きだしたが、エリックはしばらくそこに立ったまま、携帯電話を見ていた。黄色いタクシーが彼の前に止まり、わたしはエリックがその車に乗りこむものと思った。でもそうはならず、レトロなミニドレスを着た赤毛の女がタクシーから降りてきた。エリックはタバコを放り捨て、女は彼の口にキスした。

ふたりはちょっと言葉を交わした。エリックの手は女の臀部《でんぶ》に添えられていた。

胸が痛くなり、目の前で世界がちらちらと揺れた。ほんの束の間、心臓発作を起こしたんじゃないかと思った。それから最悪のひとときが過ぎた。わたしは背筋を伸ばし、深く息を吸い込んで、その若い女を観察した。見覚えのある女。でもまだ顔は見えなかった。彼女も赤毛だという事実は、ナイフのひとひねりだった。女の髪がヘア・スタイリストの作品で、天然のものでないことは、遠目にもわかったが、それでも。

エリックと赤毛の女は向きを変え、その恐ろしい一瞬、わたしはふたりが歩道を下りて、道を渡ってくるんじゃないかと思った。しかし彼らは腕をからませあい、北に向かった。わたしは新聞越しにその姿を目で追い、ついにエリックの町のガールフレンドの顔をしっかりととらえた。それはフェイスだった。赤毛のフェイス。いま振り返ると、実はわたしは少しも驚いていなかった。もちろんフェイスに決まっている。でも、彼女のルックスの変えかた、髪をわたしに似た赤にしていたことは、確かにショックだった。それにわたしは怒りを覚えていた。もう何年も感じたことのないほどの怒りを。

第十一章　テッド

メイン州で僕がしばらくブラッドやミランダと過ごすことは理にかなっている——そう判断したあと、〈コンコード・リバー・イン〉でさよならを言う前に、リリーと僕はつぎの打ち合わせの約束をした。それは初回の打ち合わせから二週目の土曜、同じ時刻と決まった。ただし、場所はコンコード・センターの記念広場を見おろす丘の斜面の墓地、〈オールド・ヒル霊園〉に変わった。そこにはベンチがあるので、僕たちはすわって話すことができる。それに、あのホテルのバーにいるよりは人目にもつきにくい。

その土曜の午後、僕は早く墓地に着いた。町には観光客がいたが、彼らの誰も丘の上には来ていなかった。僕は冷たい鋳鉄《ちゅうてつ》のベンチにひとりすわって、板葺《いたぶき》屋根の波の上からメイン・ストリートのほうを眺めた。空は低く、花崗《かこう》岩の色をしていた。揺るぎなく決然と吹き寄せる風が、色づいた落ち葉を宙に舞わせる。僕はリリーをさがして、記念広場のまわりを走る車にじっと目を凝らしていた。リリーがどんな車に乗っているかも知らないというのに。僕はそれを予想しようとした。きっとクラシックなやつだ。でも、少しだけ粋なところもある。たぶんビンテージのＢＭＷ。あるいは、オリジナルのオースチン・ミニだろうか。でも僕が見つけたとき、リリーは車から現れたのではなかった。彼女は膝丈の緑のコートを着て、赤い髪を弾ませながら、メイン・ストリートをきびきびと歩いてきた。

僕は墓地に向かってくる彼女を見守った。屋根のラインの下に入ると、その姿は見えなくなった。また彼女に会えるのだと思うと、興奮が押し寄せてきた。それは僕のなかで急速に育ちつつあるロマンチックな執着のせいもあったが、同時に、これから彼女にあの旅のことを話すのだ、そして、ブラッドからコテージのドアの鍵を盗んだことを話すのだという興奮でもあった。ある意味、それは、母親のもとによい成績表を持って帰る子供のような気分だった。

リリーがふたたび視界に現れ、墓地の石畳の小道を歩いてきた。彼女は僕にほほえみかけてから、ベンチの向こう端に腰を下ろした。「すばらしい眺めね」急な坂をのぼってきたため、彼女は少し息を弾ませていた。

「きみがメイン・ストリートを来るのが見えたよ。見られているのはわかった？」

「いいえ、そんなこと考えてもみなかった。遅れたんじゃないか、あなたが帰ってしまったんじゃないかって心配していたから」

「まさか、帰るわけないさ。きみに話したいことが山ほどあるんだから」

彼女はこちらを向いた。十月の薄い光のなかで、その顔は蒼白に見えた。一方、髪のほうは僕の記憶よりも赤く、一面に並ぶ白黒の墓石とは対照的に恐ろしいほど鮮やかだった。僕は手を伸ばして彼女に触れたかった。彼女が現実であることを確かめたかったが、自制した。「メイン州に行ってきた？」彼女は訊ねた。

「行ってきたよ」僕はそう答え、向こうでの一週間の話をした。ブラッドとともに過ごしたひとときのことや、彼のうちに行ったこと、その鍵を盗んだことを。

「鍵がないことに彼が気づくとは思わないわけね？」リリーは訊ねた。

「ああ、思わない。引き出しには鍵がひと山あったからね。あれは彼のビジネスなんだ。だから鍵がたくさんあるんだろう。もしかすると、あの鍵はコテージ全部のドアが開くマスターキーなのかもしれない」

「まあ、役に立つことはあっても、害にはならないでしょう。ただ、忘れないで。すべてが終わったら、その鍵は捨てるか、彼のうちにもどしておくかすること。どんなものにせよ、物的証拠をつかまれちゃいけない。わかってるわね」

僕がうなずくと、リリーは訊ねた。「あなたの家に関しては、他に何がわかった？　完成日は決まっているの？」

僕は彼女に、ブラッドが十二月の初め、遅くとも一月初めには作業が終わりそうだと言っていたことを話した。

「ということは、比較的速く動く必要があるわね。家が完成する前にすませるというのは大事なポイントだと思うの」

僕たちは計画を立てた。僕がいつどこにいなければならないか、そして、僕たちふたりがそれぞれ何をするか。リリーは、僕たちが高校四年生の二人組で、学年末の科学の研究発表に向け役割分担を話し合っているかのように、その話をした。僕は細かい人間だし（この仕事でこれだけ金を作るためには、そうでなくてはならない）、本来はまめにメモをとるほうだが、今回、何も書き留められないことはわかっていた。絶対に何もだ。前にリリーが言っていたように、僕が寡夫《かふ》になる前に、僕たちが会うのはこれが最後のはずだった。その後、僕たちは再会する。偶然に。まるで一度も会ったことがないかのように。彼女と話し、やるべきことを頭に入れていると、胸に圧迫感が兆すのを感じた。喉や顎が締めつけられるような感覚だ。首をそらすと、骨がポキッと鳴った。

「大丈夫?」リリーが訊ねた。

「大丈夫だよ。ただ実感が湧いてきただけだ。これは、メイン州に偵察に行く計画を立てるのとは、またちょっとちがうからね」

リリーは姿勢を正し、下唇を上唇の内側にひっこめた。「何がなんでもやり抜く必要はないのよ」彼女は言った。「これはわたしのためじゃなく、あなたのための計画なんだから。残る一生、後悔に苛《さいな》まれるようなことは絶対にしてほしくないわ」

「僕が恐れてるのはそのことじゃないよ。たぶん僕はどこかでつまずくんじゃないかと思っているんだろうな」

「計画どおりにやれば、つまずくわけないわよ。ひとつ教えて——もしもきょうメイン州で地震が起きて、ミランダとブラッドが死んだら、あなたはどんな気持ちになる?」

「そりゃあうれしいだろうね」考えるまでもなく、僕は答えた。「それで僕の問題はすべて解決するわけだから。それに、あのふたりはそうなって当然なんだ」

「だったら、わたしたちがやろうとしているのは、それだけのことなのよ。わたしたちは地震を起こそうとしているの。あのふたりを葬る地震を。そしてうまくやれば、誰もが——事件を担当する刑事も含め、誰もが、ミランダはブラッドに殺されたんだ、そして、ブラッドは逃亡したんだと思うはずよ。警察は彼の捜索に全力を注ぐ。でも彼は絶対に見つからないわけ。あなたも一時的には疑われるかもしれない。もし疑われなかったら、逆に変だわ。でも警察が見つけるものは何もあなたを指し示さないし、あなたのアリバイは岩みたいに固いのよ」

「オーケー、きみを信じるよ」

「もしどこかの時点で、やっぱりやりたくないと思ったら、ただそう知らせて。でも、どこかでつまずくのを心配してるなら、その心配はいらないと思うわ。気を抜かないで、すべて計画どおりに進めれば、あなたは容疑者になることさえないでしょう。ミランダとブラッドは当然の報いを受けるのよ。それに考えてみて。あなたにどれだけ同情が集まるか。若く美しい妻を野蛮な情夫《おとこ》に殺されたんだものね。きっとあなたは棒を振り回して女性たちを追っ払わなきゃならないわよ」

リリーはほほえんでいた。

「いちおう言っておくよ」僕は言った。「僕の目的はそれじゃないからね」

「そうなの？」

「うん。ただ、きみが……えー、きみが志願するなら、それもいいかもな」

リリーはまだほほえんでいた。彼女は額から髪をかきあげた。「ああ、話が複雑になってきた」

「または、単純に」僕は言った。

彼女は笑った。「そうね、または単純に」

僕たちはしばらく見つめ合っていた。やがてリリーのほほえみが薄れた。彼女は肩を丸め、コートの上のほうのボタンをかけた。「寒い？」僕は訊ねた。

「少しね。ちょっと歩きましょうか？　ここに来るのは初めてなの」

僕は同意し、僕たちはぐらぐらする古ぼけた墓石のあいだを散歩した。リリーは僕の腕に腕をからませていた。まるで何十年分もの思い出を共有する老夫婦のように、特に会話も必要とせず、ただ一緒に歩いていくのは心地よかった。僕たちは碑文のいくつかを読んだ。そのほとんどが十八世紀に生きた人の思い出を記す文言であり、多くの人は今日なら悲劇とみなされそうな年齢で命を絶たれていた。しかし彼らには人生があったのだ。そして亡くなったときどんなに若かったにせよ、彼らはみないまは遠い昔に逝《い》った人となっている。

墓石のなかには、碑文がすり減り、判読不能な文字の羅列と化しているものもあった。また、多くの墓には翼のついた髑髏が刻まれていた。そして、〝死の警告〟の文字が。**おまえもいつか死ぬ**。僕はその彫刻のひとつに指を走らせた。丸いフクロウの目と、全部そろった上下の歯を持つ、電球形の頭蓋骨。その髑髏と碑文のあいだには、交差した二本の骨が描かれていた。

「墓石に死の像を刻む習慣はいつのまになくなったんだろうな」僕は言った。「とても適切なのに」

「ほんとにね」リリーはそう言って、からませた腕でさらに僕を引き寄せた。墓地の奥のほうはゆるやかな下り坂になっていて、気がつくと僕たちは、いちばん高い区画の崖下に来ていた。

そこは、まだ鈴なりの黄色い葉に飾られている木の下だった。僕たちはほぼ同時に互いのほうを向いた。僕はリリーを抱き寄せ、僕たちはキスを交わした。僕は彼女のコートのボタンをはずすと、そのなかに両手をすべりこませ、彼女の腰に腕を回した。セーターの手触りはカシミアのようだった。彼女は震えた。

「まだ寒い?」僕は訊ねた。

「いいえ」リリーは言った。僕たちはふたたびキスを交わし、それは次第にディープになっていった。ふたりは互いの体を激しく引き寄せ合った。僕はリリーのセーターの胸側に手をやり、彼女の肋骨をさぐった。それから、乳房の小さなふくらみや固い乳首を。木の枝がポキンと折れる音に、僕たちは顔を上げた。崖の上に誰かがしゃがみこみ、墓石のひとつの写真を撮っている。僕たちは体を離したが、まだ見つめ合っていた。

「きょうはここまでとしましょう」彼女が言った。

「オーケー」僕の声は少しかすれていた。

「計画はわかった?　もう一度おさらいする?」

「大丈夫。全部ここに入っているよ」僕は額をたたいてみせた。

「だったらいいわ」

どちらもすぐには動かなかった。「全部終わったら」僕は言った。「これをつづけられるかな」

「そうしたいわ」

「そして、きみは自分の秘密を全部、打ち明けてくれるんだね？」

「ええ。何もかも教える。わたしもそれを楽しみにしているの」

〈コンコード・リバー・イン〉で、冗談半分、これまでに何人殺しているのかと彼女に訊いたことを思い出した。僕はふたたび、いったい自分は何者とかかわってしまったのかと自問した。そしてふたたび、どうだっていいさ、と自答した。

「別々に墓地を出なきゃ」

「わかってる。あの男の写真のどれかに写ってしまわないうちにね」

僕は崖を見あげた。男は今度は立ちあがって、傾いた墓石の列にカメラを向けていた。「わたしが先に行くわね」リリーが言った。

「わかった。それじゃまた……」

「ええ。またね……幸運を祈ってる」

リリーは僕から歩み去り、墓地の斜面をのぼっていった。カメラの男は彼女には目もくれなかった。僕はその場に留まった。唇にはまだリリーの唇の味が残っていた。僕はコートのジッパーを上げ、ポケットに両手を深く突っ込んだ。空は、相変わらず花崗岩の色だったが、少し明るくなっていたため、彼女の姿を見送るには目を細めなければならなかった。妻を殺そうと決めて以来初めて、僕はその時が早く来ることを願っていた。まるでクリスマスの前の週の子供みたいな気分だった。毎日はそれぞれミニチュア版の永遠となり、どこまでも伸びている。僕はミランダに死んでほしかった。彼女は僕たちの愛を標的にし、あざけった。彼女は僕をあざけったのだ。かつて僕を見つめるときミランダが見せたまなざし、いまもときどき見せるまなざしを、僕は繰り返し思い出していた。ミランダは僕を、まるで彼女の宇宙の中心であるかのように見つめたものだ。そうしておいて、彼女は僕の心を引き裂いた。そんなことをした女、まるで取るに足りないもののように、こちらの心を引き裂いた女と、稼いだ金を分け合うことができるだろうか？　これが僕の理由であり、僕は自分に、その理由は正当なものだと言い聞かせた。

でもいまの僕にはもうひとつ、新たな理由がある。僕にはリリーがいるのだ。僕がこれをやるのは、リリーがいるからだ。僕は妻を殺す。そうすれば彼女と一緒になれるから。そしてこの理由は他のどんな理由よりすじが通っているように思えた。

第十二章　リリー

海外での一年に向けロンドンへと発つまでにはまだ丸一週間あり、わたしはエリックに、ひどい夏風邪をひいたので今週末は来ないほうがいいと伝えた。彼は同意した。ただし、出発日の火曜日はジョン・F・ケネディ空港までわたしを車で送るという条件付きで。わたしはそのほうが余計つらいと思った。彼と一緒に彼の車で過ごす二時間。でも案外どうということはなかった。ただ、何事もなかったかのように振る舞うのよ、と自分に言い聞かせれば、それですんだ。

 夏のあいだに、エリックとわたしはロンドンでのわたしの一年について何度か話し合っていた。わたしはエリックに懸念を示すチャンスを与えたが、彼はこのままつきあっていけばいい、特別な仲でありつづけよう、と主張した。彼の最初のロンドン訪問は十月、わたしが行ってから六週間後の予定だった。エリックはすでにチケットも買っていた。だから空港の入口でさよならを言ったとき、エリックはこう言った。「六週間は長いようでいて、実はそれほどでもないからね。僕たちはまたすぐに会うわけだよ」

「ねえ」わたしは言った。「変な言いかたになっちゃうけど、もし別れて過ごす時間が長すぎるって思うなら、それは理解できるから。もしあなたがここで区切りをつけて、誰か他の人とつきあいたいなら、わたしとしては悲しいけど、恨んだりしないわ。言うならいまよ。あとで、じゃなく」

エリックは心配そうな顔をして、わたしの目をじっとのぞきこんだ。「そうしてほしいの?」

「いいえ、ぜんぜん。でも本当のことを言ってほしいの。浮気されたら、気分が悪いでしょ」

「そんな心配はしなくていいよ。絶対だ」わたしは彼の顔を見つめ、嘘のしるしをさがした。それは何年ものあいだ、両親と暮らすなかでわたしのしてきたことだった。わたしは自分を、嘘をつかれたら必ず見破れる人間とみなすまでになっていた。でもエリックの顔からは愛と誠意以外、何も読みとれなかった。

「あなたに会える十月が待ち遠しいわ」わたしはそう言って、すぐうしろでつかえているレンジ・ローバーにクラクションを鳴らされながら、短くぎゅっと彼を抱き締めた。ある意味では、わたしも嘘をついていたわけだ。わたしにはエリックの訪問が本当に楽しみになっていた。彼の作りものの表情、純真そうな愛情深いあの顔が、彼の運命を決定づけたのだ。どんな方法でやるかはまだ決まっていなかったが、エリックがロンドンに訪ねてきたとき、自分がどうにかして彼を罰することがわたしにはわかっていた。

＊

フォンス芸術学院は毎年ごく少数の留学生しか受け入れていないため、オリエンテーションの期間中、わたしはラッセル・スクエアのホテルに、四十人ほどのアメリカ人学生と一緒に宿泊していた。彼らは全員、〈海外留学アカデミー〉とかいう、海外で一年過ごすアメリカ人大学生専用の専門学校に行く人たちだった。その週、留学生たちは——交流会や挨拶やオリエンテーションの合間に——グループを作って、住まいさがしをすることになっていた。わたしたちは、短期の賃貸住宅を専門とする不動産屋のリストを渡され、物件を見つけるには四人か六人のグループを作るのがいちばんだと教えられた。その後わかったことだが、例のアメリカ人学生たちはもともと各大学からグループで来ていた。自分ひとりで住むワンルームの部屋を見つけることは果たしてできるのだろうか——そんなことを考えていたとき、不動産屋のリストを握り締めた可愛い女子学生がわたしに近づいてきた。「グループに入れた？」彼女は訊ねた。

「まだよ。あなたは？」

「まだ。でも以前、同じプログラムに参加した姉が言ってたけど、大きなグループのほうが見つけやすいっていうのは嘘なんだって――向こうは何かの都合で、大きなグループを作らせたがっているだけで――実はふたり用の部屋を見つけるほうがずっと簡単らしいの。それで誰かいないかさがしてたら、あなたが目に入ったわけ」彼女はここまで一気に、鼻にかかった強いテキサス訛でまくしたてた。

「あなたさえよければ、わたしは一緒に住みたいけど」わたしはほっとして言った。部屋を借りるプロセスを多少なりとも知っていそうな人に出会えたのがありがたかった。

彼女は小さく飛び跳ね、長い茶色の髪を肩で弾ませた。「やったあ。このグループは全部、男女混合なんだもの。誤解しないでよ。男の子は好きだからね。でもこのなかの誰かと同じ部屋に住むのは気が進まなくて。わたしはアディソン・ローガン。家族はアディーって呼ぶんだけど、ロンドンにいるあいだは略さずにアディソンでいこうかと思ってる。でも、なんとでも好きに呼んでくれてかまわないから」

「リリー・キントナーです」わたしは言い、わたしたちは握手を交わした。

家さがしには二日かかったが、最終的にわたしたちは寝室がひとつだけある地下の部屋を見つけた。それはメイダ・ヴェール(西ロンドンの住宅街)のエドワード王時代風巨大マンションの一室で、フォンス学院に行くのにも、アディソンの学校に行くのにも、地下鉄に延々乗らねばならないのだが、紹介された部屋のなかではいちばん環境がよかった。アディソンが、それまでに見せられたなかで即刻シャワーを浴びたくならなかったのはその部屋だけだと言うので、わたしも同意した。わたしは父に電話し(その学期、父はカリフォルニアのどこかの学校に作家として招かれていた〉、メイダ・ヴェールで部屋を借りたと伝えた。父は、おしゃれな子だねえ、と言い、〈プリンス・アルフレッド〉というパブのことを教えてくれたあと、「ロンドンの唯一の難点は、いまいましいアメリカ人学生が山ほどいることだな」と締めくくった。

アディソンとわたしはうまくやっていけることがわかった。その理由としては、双方のスケジュールの関係でお互いに顔を合わせる機会がほとんどないことが大きかった。ロンドンに来て三週間ほどすると、わたしが彼女に会うことはますます少なくなった。アディソンが同じ留学プログラムの仲間で、カムデン・タウンに部屋があるテキサス人とつきあいだしたからだ。「パッとしないよね。はるばるロンドンまで来て、結局、ラボック（テキサス州北西部の市）出身のノーランなんて子とつきあってるなんて。でも彼って可愛いのよ」

「わたしに謝ることはないわよ」わたしは言った。

「あなたの彼氏――エリック、だよね？　彼はいつ来るんだっけ？」

わたしが日程を教えると、アディソンは彼の滞在中は邪魔しないようにすると約束した。わたしは気にしなくていいと言い張ったが、内心、エリックがいるあいだはアディソンにはよそに行っていてほしかった。学院の勉強、それに、ロンドンの書店と美術館めぐりに没頭する一方、わたしはエリックを殺し、なおかつ、つかまらずにすむ方法をずっと考えつづけており、このころにはこれでいけそうだという方法が見つかっていた。

計画の最初の部分は、エリックの競争好きな性格を利用したものだった。〈セント・ダンスタンズ〉でエリックがビリヤードをやるのをたっぷり見てきたため、彼がどれほど負けず嫌いかわたしにはわかっていた。本人はそれを隠そうとしていたが、勝負に負けると——それが嫌いな相手ならなおさらだが——エリックの目は虚《うつ》ろになる。そして彼は、なんとか同じ相手ともう一度対戦し、勝とうするのだった。それにその夏、彼が〈モンクス〉を訪れたときのこともある。エリックはわたしに裏庭の大きなオークの木のことを訊ねた。彼はその幹に釘で打ちつけられた、色褪せた二本の旗に目を留めたのだ。旗の一方は四分の三ほどのぼったところに、もう一方はてっぺん近くにあった。わたしはある夏、父の子供時代の親友がうちに一カ月泊まりに来たときのことを話した。ふたりは代わる代わるオークの木にのぼり、自分の旗を相手の旗より高いところに打ちつけようとした。それは何週間もつづいた。ゲームに終止符が打たれたのは、ある夜、酔っ払った父がいちばん下の枝から転落して手首を折ったためにすぎない。この話をしたときから、わたしにはエリックが何を置いてもその木にのぼろうとすることがわかっていた。そして彼はそうした。何度か挑戦しなければならなかったが、最終的に彼は父とその友達のどちらよりも高いところに到達した。

「僕があそこに旗を掲げたらお父さんはどう思うかな」

わたしは笑った。「ぜんぜん気にしないと思うわよ。きっとおもしろがるわ」

「別にどうでもいいんだけどさ。お父さんがおもしろがるならやろうか」

「あなたって昔からそんなに競争心が強いの？」

エリックは顔をしかめた。「それほど競争心が強いとは思わないけどな。うちの兄貴なんかこんなもんじゃないよ」

そのときわたしは、否定するのはエリックが自分自身をよく知らないためだと思った。でも、このころには、それを欺瞞的な性格の表れと見るようになっていた。何がなんでも勝ちたい――そんな自分の欲求を、彼は本当に人に知られたくないのだ。それは彼という人間について多くのことを明かしてしまう。なおかつ、それが明かすのは、彼自身には変えようのない部分だ。だから、うちの通りの端にある薄汚いパブ、〈ボトル&グラス〉でやっている〝ビール・チャレンジ〟のことを耳にしたとき、わたしにはわかった。うまく誘導すればエリックはその勝負に挑むだろう。彼が酔っていることは、わたしの計画に必ずしも必要ではなかったが、そのほうがやりやすいのは確かだった。

＊

エリックは雨降りの寒い土曜日に到着した。アディソンは約束どおり、金曜の夜、バッグに荷物を詰め、ノーランのうちに何日か泊まりに行った。「ねえ、あなた、うれしくてしょうがないでしょ」彼女は言った。

「ええ」わたしは言った。

「もう。じゃあ、うれしそうな顔をしたら?」

「なんか緊張しちゃって」わたしは言った。「なんでかわからないけど」

「彼がここに来て五分もすりゃ、緊張なんか消えるわよ。ただ寝ちゃえばいいの」彼女は笑って、口もとを手で覆った。

エリックの便は前の夜にニューヨークを飛び立ち、朝の八時ごろに到着する予定だった。わたしはうちまでの来かたを彼にEメールしておいた。アディソンに緊張していると言ったのは嘘ではなかった。でもわたしが緊張していたのは、自分がエリックにしようとしていることのためではなく、行動を起こす前に一時、彼とともに過ごさねばならないからだった。彼はおそらく着いたとたんセックスしたがるだろう。それがわかっていたので、わたしはそのときに備え、覚悟を固めようとしていた。これはテストなのだ。わたしは自分にそう言い聞かせた。彼に対する本当の気持ちがこれではっきりするのだ、と。一緒に過ごしたところで、エリックの裏切りに対する自分の気持ちが変わらないのはわかっていた。でも、彼の命を絶つという計画は変わるのではないか? わたしはその可能性を考えていた。まずないとは思ったが、それは見極める手段だった。それにすべて計画どおりに運べば、エリックがそこにいるのはあと二十四時間だけだ。それならなんとか耐えられるだろう。

九時半にブザーが鳴った。わたしは短い階段をのぼっていき、欠け目のある大理石の踊り場でエリックを迎えた。彼は長いフライトで疲れた様子だった。身なりはくしゃくしゃで、後頭部の髪の毛は突っ立っていた。わたしたちは抱き合い、キスを交わした。わたしは先に立って地下の部屋に降りていき、ひととおり彼になかを見せてまわった。「すごく疲れてるでしょう」わたしは言った。

「うん。でも丸一日、眠って過ごす気はないよ。軽くひと眠りするかな。そのあとでどこかに行こうよ」

「この少し先にいいパブがあるの。〈ボトル&グラス〉っていう店」

「オーケー。とりあえず眠らせて。長くて一時間。きみがつきあってくれるなら、だけど」

わたしはエリックに、ベッドに入って、と言った。彼が眠ってしまうよう願いつつ、わたしもすぐに行くから、と。でも、エリックが寝室に入ったあと、ゆっくりお茶を一杯入れて十五分つぶしてから、実は自分は彼と一緒に寝たいのだと気づいた。それは単なるテストではない。別れを告げる方法なのだった。わたしは小さな暗い部屋に入った。掛布団のなかでエリックが寝返りを打ち、その規則正しい寝息が聞こえた。わたしは服を全部脱いで、彼のうしろにもぐりこんだ。エリックは身じろぎしたが、目覚めはしなかった。彼のほうも裸だった。予想に反し、その長い温かな体に体をそわせても、嫌悪感は起きなかった。わたしは彼の硬い胸にてのひらを走らせ、平らな腹部をなでおろし、ペニスに触れた。彼はすぐさま硬くなり、枕に向かって何かつぶやくと、ゆっくりこちらに体を向けた。わたしは脚を広げ、彼をそこに移動させた。エリックは何か言いかけたが、わたしはその頭を引き寄せて自分の頭の隣に下ろした。彼の髪は洗っていないにおいがしたが、それはいいにおいだった。彼をなかに導き入れると、わたしはふたりの頭の上までシーツと毛布を引っ張りあげた。その息苦しい暗いほら穴のなかで、わたしたちは愛し合った。どちらも口をきかずに、ゆっくりと、眠たげなリズムで一緒に動いた。

終わったあと、エリックは眠りに落ちた。わたしは彼からそっと体を離して、ウエストのあたりまでシーツを下ろした。裸の体、汗で湿った肌に冷たい空気が心地よかった。わたしは、自分がその夜、エリックにしようとしていることを考え、うしろめたさを感じようとした。それから、彼をチェットと比較してみた。子供とセックスしたがったチェット。でも、少なくともあの男は誰かを愛しているふりなどしなかった。エリックのほうはどこまでも腐っている。欲しいものだけを取り、自分を愛する人々を傷つける人生を送るであろう人間。わたしは彼に愛を捧げた。自らの人生までも。なのに彼はその両方を無下に扱ったのだ。

エリックは、寝ぼけ、ひどくお腹をすかせて、正午過ぎに目覚めた。彼はシャワーを浴びて服を身に着け、わたしたちはうちのまわりの散策に出かけた。わたしは彼をテイクアウトの店に連れていった。わたしたちはサンドウィッチと飲み物を買い、それを持って運河ぞいの小さな公園、〈レンブラント・ガーデンズ〉に行った。雨はやんでいたが、空はなおも低く暗いままで、木々から滴る雨のしずくがいたるところに水溜まりを作っていた。わたしが木のベンチにジャケットを敷き、わたしたちはそこにすわってサンドウィッチを食べた。ちょうど食べ終わったとき、頭上の木の葉を軽くたたいて、雨がぱらぱら降りだした。「こんなお天気で残念よね」わたしは言った。

「パブ向けの天気だな」エリックは言った。

「そろそろ飲みに行く？〈ボトル＆グラス〉まではそんなに遠くないから。でもビール・チャレンジはやらないでよ。それだけはお願いね」

「なんなんだ、それは？」

わたしはそれ以上何もする必要がなかった。ロンドンの基準で言えば地味で狭苦しいパブ、床にカーペットはなく、席は木のベンチという〈ボトル＆グラス〉に着くと、エリックはビール・チャレンジの説明書きを読み、成功者たちの名前をじっと見つめた。〈ボトル&グラス〉の壁に永遠に名を刻みたいなら、店の十種類の生ビールをカウンターの奥に並んでいる順に各一パイント、五時間以内に飲めばよい。挑戦者がトイレに行くときは、店側が監視して、吐かないかどうか確認する。エリックはさほどむずかしそうでもないと言った。実はわたしもそんな気がして、前の週、バーテンのスチュアートにそのことを訊いてみた。でも彼によれば、ビールのその組み合わせ——ポーターから、ビター、ピルスナー、さらにシードルというのは、過酷なコースで、見た感じよりずっとハードなのだそうだ。最後まで行く前に、ギブアップしたり吐いたりする猛者《もさ》たちをスチュアートは大勢見ていた。

「挑戦するよ」エリックは、わたしとその日のバーテンの両方に言った。バーテンは、スチュアートより年かさの初めて見る女性だった。

「本気なの、エリック?」わたしがそう言うのと同時に、バーテンが「そう来なくちゃ」と言って、用紙を取り出した。「〝スタート〟の欄に活字体で名前を記入して。時刻も入れてね。そこにわたしがイニシャルで署名するから。十杯目を飲み終えたら、このカウンターに来て、最後に署名するだけ。あとはどうしようとあなたの勝手よ。たいていの人は、ラストの何杯かをトイレでもどすけどね」

わたしは体裁上、さらに少し文句を言ったが、エリックの気が変わらないことはわかっていた。一杯目のビールはフラーズESBで、わたしも一緒にそれをたのんだ。わたしたちはそのグラスを持って隅のテーブルに行った。「いまは休暇中だからな」エリックはそう言って、ぐうっとビールを飲んだ。

「滞在中ずっとあなたの具合が悪いなんて、いやですからね」

「そうはならないよ。五時間で十パイントだろ。なんてことないさ」

わたしは約三時間半、店にいた。エリックが最後までやり抜く覚悟なのは明らかだった。でも彼はまだ七杯目の途中で、そのポーターをかなりゆっくり飲んでいた。「とにかく腹が一杯でさ」彼は言ったが、時差ボケとビールのせいで舌が回っていなかった。

「もう終わりにしましょうよ」わたしは言った。「この店にすわってるのには飽きちゃった」

「ここまで来てやめる気はないね」エリックはあたりを見回した。会社が引けるころに現れた地元の人々の何人かは、壁に名を刻もうというエリックの挑戦に気づいていた。彼は何があろうとつづけるだろう。わたしにはそれがわかった。

「じゃあわたしは行くわね。すごくお腹が空いてるし、ポテトチップスばかり食べてるのはいやだから。テイクアウトのインド料理を買って帰って、うちで食べることにする」

「悪いなあ、リリー」

「気にしないで。楽しくやってよ。カウンターに吐いたりしないようにね。二時間後に会いましょう。帰りかたはわかる？」

「ただまっすぐ行けばいいんだよな」

わたしは店を出た。夕暮れ時で、膨張した空は濃い紫色になっており、大気中には細かな霧がたちこめていた。わたしはまっすぐ角のインド料理店に向かった。何度も行ったことのあるその店に着くと、ローガン・ジョシュとチキン・コールマー、それに、料理を待っているあいだに飲むコーラをたのんだ。「ローガン・ジョシュにナッツは入ってませんよね?」店主がレジにオーダーを打ちこむとき、わたしはそう訊ねた。答えはわかっていたが、訊ねたという記録を残したかったのだ。

「そう、ローガン・ジョシュにナッツは入ってない。でも、チキン・コールマーにはカシューナッツが入ってるよ」

「ええ、そうですよね。ありがとう」

わたしは料理の袋をアパートメントに持ち帰った。キッチンの小さな木のテーブルにそれを置くと、寝室に行って、エリックのスーツケースを調べた。彼は着替え数着と、ピーター・リンチの『株で勝つ』と、ランニングの装備一式を持ってきていた。彼の二本のエピペン（アナフィラキシーを起こしたとき、患者が応急処置に使う自己注射薬）はサンドウィッチ用のビニール袋に収められ、ジッパー付きの内ポケットに入っていた。本当は一本は携帯しなければいけないのだ。わたしは百回もエリックにそう言った。でも、彼がそうしないことはわかっていた。エリックのナッツ・アレルギーは命にかかわるものだったが、見栄っ張りな彼にはエピペンを持ち歩くことができないのだった。

「いったいどうしろって言うんだよ、キントナー。それをウエストポーチに入れて持ち歩けって言うのか?」彼は、ナッツの入っている可能性がわずかでもあるものは外では絶対に口にしないと決めて、自らを納得させていた。わたしはそのエピペンを取り出して、マットレスの下に押しこんでから、キッチンにもどった。お腹が空いていたので、インド料理を少し容器から直接食べ、その後、チキン・コールマーを大きなボウルに空けた。それから、チキンとその黄色いソースをボウルのなかに均等に広げ、カシューナッツを入念にひとつずつつまみ取っては、石の乳鉢に入れていった。乳鉢は、雑然と物が詰まったキッチンの戸棚のひとつから前もって見つけておいたのだ。ナッツを残らず取り去ったと確信すると、わたしはその半分を乳棒で細かくすりつぶし、できあがったカシュー・ペーストをコールマーに混ぜ合わせて、それを全部、容器にもどした。残りのカシューナッツは、折りたたんだペーパータオルにはさんで、冷蔵庫の香辛料のうしろに隠した。乳鉢と乳棒、それにボウルは洗って、もともとあった場所にもどした。インド料理の容器は、アパートメントの四分の一サイズの冷蔵庫にしまった。チキン・コールマーはエリックの好物であり、ニューチェスターにいたころ、わたしたちがコールマーを買っていたレストランは、この料理には決してナッツを入れなかった。準備は整った。あとは待つだけだった。

『学寮祭の夜』を読もうとしたが、集中できなかった。緊張していたわけではないが、早く終わってほしかった。エリックは一時半ごろにチャレンジを始めた。だからどちらに転んでも、六時半には決着がつくはずだった。六時十五分ごろ、ドアのブザーがけたたましく鳴った。わたしはびくりと身を起こした。エリックはギブアップしたのだろうか？　そう思ったが、玄関に行ってドアを開けると、そこにいたのはアディソンだった。彼女は肩をひきつらせて泣きながら、バッグをかきまわし、鍵をさがしていた。

第十三章　テッド

ダートフォード＝ミドルハム高校の三年のとき、僕はレベッカ・ラストという二年生の女の子を三年生の学年末ダンスパーティーに誘った。彼女は、学校の新聞部の活動を通じて知り合った人気者の金髪の女生徒だった。僕が誘ったとき、レベッカはうれしそうだった。彼女の関心が僕よりも学校のスポーツ選手たちに向いているのはわかっていたが、僕はそれでかまわなかった。ただ連れをさがしていただけだから。

ところが、ダンスパーティーの一週間前、隣の町の軍用基地で催されたビール・パーティーで、僕はレベッカに出くわした。その手のパーティーのことは前から聞いていたが、行ったことは一度もなかった。そこには百人ほどの高校生がいた。車はみな基地の古い駐車場のひび割れたアスファルト上に駐められ、子供たちは閉鎖された一群の建物の南側で、丘の斜面をうろついていた。彼らの大半はビールの六本パックを親の家から盗み出すか兄や姉から買うかして持ってきていた。僕の連れは、親友のアーロン、僕と同じで人気者でもつまはじき者でもないやつだった。現場の光景に恐れをなし、アルコールをまったく持ってこなかった引け目もあって、僕たちは車から降りもしないで引き返そうとした。ところがそのとき、僕はレベッカの姿に気づいた。彼女は近くのコンバーチブルから女友達の一団とともにどたばたと降りてくるところだった。そして僕は、翌週、一緒にダンスパーティーに行くその女の子に挨拶くらいはすべきだと自らに言い聞かせた。

驚いたことに、彼女は僕に会えてすごく喜んでいるようだった。僕たちはパーティーのあいだほぼずっと一緒にいた。丘の上で生ぬるいビールを飲み、そのあと、放棄された基地内を探検し、最後は、錆《さ》びた非常階段をのぼっていって低い平らな屋根の上にたどり着いた。僕たちは、ビールの酔いのなか、ぼやけては鮮明になる星々を眺め、やがて、キスを交わしはじめた。暖かな春の夜のことで、レベッカは胸の下までしかないホールタートップを着て、デニムの短いスカートをはいていた。彼女はどこにでも触らせてくれたが、ある段階まで行くと、コンドームを持っていないなら先へは進めない、とささやいた。僕は持っていなかったが、その夜遅くベッドのなかでこう自分に言い聞かせた。早急にひとつ手に入れなくてはならない、ダンスパーティーの夜までに必ず。それは心浮き立つ考えだった。でも、それ以上に心を浮き立たせるのは、自分に初めて彼女ができたという事実だった。

ダンスパーティーの夜、僕はレベッカを家まで車で迎えに行った。彼女はミドルハム池にほど近い小さな家に両親と一緒に住んでいた。レベッカの母親が写真を撮っているあいだ、父親のほうはダッジ・ダートに寄りかかって、葉巻を吸い、ペイトリオッツ（ニューイングランド・ペイトリオッツ。マサチューセッツ州に本拠地を置くフットボール・チーム）のキャップの下から冷たい目で僕を見ていた。無事、車に乗りこむと、僕はほっとして、パーティー会場の〈ホリデー・イン〉に向かった。レベッカは胸が大きく開いた水色のドレスを着ていた。髪は編み込みにし、顔にはバニラみたいに甘いほほえみを浮かべていた。

僕のほうはちょっと気おくれしていたものの、パーティー開始から数時間は順調だった。レベッカはおしゃべりになり、浮き浮きしていた。僕たちは干からびたチキン・コルドン・ブルーを食べ、何度か一緒に踊った。スローダンスのとき、僕はレベッカのこめかみのあたりにそっとキスした。彼女は僕を引き寄せ、僕の頭には、ホイルに包んで財布の運転免許証の裏に隠してあるコンドームのことが浮かんだ。

すべてが崩壊したのは、パーティー終了まであと二十分というときだった。トイレに行って、もどってみると、レベッカはもう僕たちのテーブルにはいなかった。フロアの向こう側で彼女が壁にもたれ、三年生の男子と話しているのに僕は気づいた。相手はビル・ジョンソン、我が校のフットボール・チームのラインバッカーだった。手足が冷たくなり、喉が苦しくなって、僕は途中で足を止めた。彼らと対決するためにフロアの果てしない道のりを踏破するのはやめ、すごすごと自分のテーブルにもどった。僕はそこからふたりを見ていた。レベッカとビルは抱き合い、キスを交わし、連れ立って会場をあとにした。

月曜の午後、僕は学校の廊下でレベッカを見かけた。きっと謝るだろうと思ったのだが、その目は僕からそれていき、彼女は背を向けた。同じ週、彼女とビルがカップルになったことを僕は知った。学校の友達のなかに、ダンスパーティーの夜、僕が恥をかかされたことに気づいている者はほとんどいなかった。そのほうがよかったのか、余計つらかったのか、僕にはわからない。わかっているのは、レベッカがせめて謝罪をしようとしていたら、あんなことにはならなかったということだ。

僕は一年以上かけて復讐計画を立てた。レベッカに何かする気なら、しばらく時間を置かねばならない。そうしなければ、疑いは当然、僕にかかるだろう。高校最後の一年間、僕はできるかぎりよい成績を収めることに専念して過ごした。とにかくおとなしくして、これ以上、恥をかくような立場には身を置くまいと努めた。結果的に、僕はハーバード大学に受かった。これには進学指導の教師までもが驚いていたが。そしてこの合格が一種の復讐のように思えた一方、僕にはまだレベッカに仕返ししたい気持ちがあった。欲を言えば、なんとかして自分が味わわされたのと同じ屈辱を彼女にも味わわせてやりたかったのだが、その方法は見つからなかった。そこで僕は第二の選択肢を選んだ。彼女を死ぬほど怖がらせてやることにしたのだ。

卒業式の一週間前、日の射さないある午後に、僕は〈アーニー酒店〉の裏の駐車場にフォード・エスコートを駐め、ラスト一家の家の裏手に出る小さな国有林を突っ切っていった。仮に誰かに目撃されるとしても、その人が見るのは、デニムのジャケットを着て野球帽を目深にかぶった少年であり、そのどちらも普段の僕が絶対に身に着けないものだった。いずれにせよ、僕は誰にも見られなかった。バックパックには、裏口のドアを破るのに使うバールを入れておいたが、ドアは最初から開いていた。家に誰もいないことを僕は知っていた。ミスター・ラストが何カ月か前に出ていったことも、ミセス・ラストが日中コンビニで働いていることも。それに、レベッカが三時に学校が終わったあと、ひとりで帰ってくることも知っていたし、そうであるよう願っていた。僕は彼女の寝室のクロゼットに隠れて待った。

いま振り返ると、その小さな暗いスペースで感じた恐れと興奮が思い出される。レベッカ・ラストの衣類が体に触れてさらさらいっていたことや、スキーマスクをかぶった自分の顔から汗が噴き出してきたことが。クロゼットの扉は細く開けておいたので、僕には、レベッカの車が私道に入ってくるのが聞こえ、彼女がうちに入って階段をのぼってくるのが聞こえた。レベッカはまずバスルームに行った。ずいぶん長い時間に思えたが、やがてトイレを流す音がし、調子はずれに小さく鼻唄を歌いながら彼女が寝室に入ってきた。僕の心臓は胸のなかでドクドクと大きな音を立てていた。なぜその音がレベッカに聞こえないのか不思議なほどだった。僕はスキーマスクのままクロゼットから飛び出すつもりだったが、その必要はなかった。彼女はまっすぐクロゼットの前にやって来て、するするとドアを開けた。片手に鋏、片手に粘着テープを持って、僕は前に進み出た。レベッカは叫ぼうとして口を開けたが、声は出てこなかった。その顔から完全に血の気が引くのを僕は見た。気を失うんじゃないかと思ったが、彼女は逃げようとして向きを変えた。僕はうしろからレベッカに組みつき、そのさなかに、彼女が服を脱いで下着しか着ていないのに気づいた。彼女を押さえつけ、粘着テープをまず顔と口のまわりに、次いで両手両足に巻きつけたが、これは容易ではなかった。数回、蹴られたものの、僕は声を立てないよう、彼女に正体を明かさないよう、なんとかこらえた。粘着テープでしっかり縛ってから、彼女をクロゼットに引きずりこみ、ドアを閉める前に、鋏の刃でその首をぐるりとなぞってやった。彼女の目がぎゅっと閉じられ、そこから涙があふれ出てきた。つんとする尿のにおいが鼻を刺した。

ジャケット、スキーマスク、鋏、バール、バックパックは、あの酒店の裏の大型ゴミ容器に捨てた。僕は震えながら家へと車を走らせた。苦痛を味わわされた仕返しをしてやったという大きな満足感と、やり過ぎたという胸が悪くなるような慚愧《ざんき》の念とのあいだで心は揺れていた。その思いは、夏じゅう消えず、慚愧の念は一時、つかまるにちがいないというひどい恐怖に変わった。僕はさらし者になり、刑務所に送られるのだ。ハーバードに行くどころの騒ぎじゃない。そう思ったが、警察は結局、訪ねてこなかった。夏が過ぎていくのとともに、僕はどうやらつかまらずにすみそうだと思いはじめた。事件のことは一度、モリーというゴシップ好きの友達から聞いた。モリーは僕に、レベッカ・ラストが（「知ってるよね、あの子？　ああ、そうだ、あなた、彼女とダンスパーティーに行ったんじゃなかった？」）自宅で襲われ、縛りあげられ、クロゼットに放置されたと教えてくれた。また、誰もが犯人はレベッカの父親――以前ガソリンスタンドで働いていたあのキモいやつだと思っているとも言った。僕が事件について耳にしたことはそれで全部だった。

いまでも僕はレベッカ・ラストの夢を見る。その悪夢のなかでは――それは常に悪夢と決まっているのだが――レベッカは僕が粘着テープで縛ってクロゼットに放置した夜に死ぬ。夢のなかで、僕は罪の意識に苛まれ、つかまることを恐れている。彼女を殺すつもりだったのか、それとも、ただ怖がらせるつもりだったのか、僕にはどうしても思い出せない。でもどちらにせよ、僕は人殺しであり、その事実に僕の人生は支配されているのだ。

友達の独身最後の女子会のため、ミランダがマイアミ・ビーチに飛ぶ予定の金曜の朝、僕はまたその夢を見て目を覚ました。ベッドにいたのは僕ひとりだった。僕はしばらくそのまま横たわっていた。悪夢の映像が脳のなかでひらめいては、消えていった。最初、僕は、それをレベッカ・ラストの夢だと思っていた。でもやがて、夢のなかで自分が殺したのはミランダだったことに気づいた。僕はミランダをレベッカ・ラストのクロゼットに閉じこめ、彼女はそこで死んだのだ。夢で見た他の場面もよみがえってきた。誰も僕に目を向けようとしない葬式。死体を隠すのを忘れたというすさまじい恐怖。鼻水を垂らしている父の姿。草原を必死で掘っている僕自身。恐ろしい一瞬、僕は、それらは夢で見た光景ではなく、最近の記憶なのだと思った。そんなふうに感じたことは前にもあった。その恐ろしい感覚は、いつも半ば眠り、半ば目覚めているときに襲ってくる。おまえが夢に見ていることは、実は現実なのだ、おまえは人殺しであり、そのことが世界中に知れ渡るのは時間の問題なのだ、と。僕は頭を振って、ただの夢だと自分に言い聞かせた。それから、からまりあうシーツのなかで身を起こし、ドレッサーに載っていた携帯電話を手に取った。八時過ぎ。いつも起きる時間よりだいぶ遅かった。ミランダのハイヤーは八時半に来て、ローガン空港に向かうことになっている。僕はジーンズをはき、コットンのセーターを着て、階下に下りていった。

「おはよう、お寝坊さん」格式張ったダイニングルームに入っていくと、ミランダが言った。彼女は荷物を脇に置いて、〈スティックレー〉の長いテーブルに向かっていた。短い青いドレスに、赤いカウボーイブーツという格好で、携帯電話のチェックに余念がなかった。

「その格好で寒くない？」

ミランダは顔を上げた。「寒いけど、いまだけのことだから。運転手に、マイアミの気温と同じ温度にしてって言うつもりなの」彼女は携帯をオフにしてバッグに入れ、立ちあがった。「わたしの留守中、何をして過ごすつもり？」

「まず第一に、きみはいつだって留守だろう？　だからそれは別に目新しいことじゃない。第二に、僕には仕事がある。当然ながらね」

「今夜はマックと食事しなさいよ。彼、いるんでしょ」

「それがいないんだ。おばさんの葬式に行っているんだよ。前に話したのを、覚えてない？いや、僕は冷凍してあるあのラムを食べるよ。ひとりで楽しむスペシャル・ディナーだ」

「どうぞどうぞ。全部食べちゃって。ケイシーが言ってたけど、わたしたちは今夜、〈ジョーズ・ストーン・クラブ〉（マイアミの有名カニ料理店）に行くことになってるの」

僕は彼女の荷物を、たった三日なのになんでこんなに重いんだ、と言いたくなるのをこらえながら、ホールに運んだ。ミランダは玄関のドアの鉛枠の窓から外をのぞいた。「リムジンが来た」そう言うと、僕を引き寄せ、いつになくしっかりと抱き締めた。「きっとあなたが恋しくなるわ、テディ」彼女は言った。

「どれだけ長く留守する気なんだよ？」

彼女は僕の胸を平手でたたいた。「ふざけないで。まじめな話。わたしはきっとあなたが恋しくなる。あなたはいい旦那さんだもの」

「僕もきっときみが恋しくなるよ」多少なりとも声に心をこめようと努めつつ、僕は言った。

ミランダの態度から、僕はふと、女子会というのは作り話なんじゃないかと思った。彼女はマイアミでブラッドと会うんじゃないだろうか。

ミランダが玄関のドアを開けると、運転手がタウンカーから飛び出してきて、トントンと階段を駆けのぼり、荷物を引き取った。ミランダは運転手のあとにつづき、突風にドレスの裾を煽《あお》られながら車に向かった。彼女は振り返って僕に手を振った。季節はずれの服を着たその姿は、かよわげで、寒そうだった。僕がドアを閉める前、彼女はバッグから大きなサングラスを取り出してかけ、僕に投げキスをした。

僕の前には一日がぬっとそびえていた。かけるべき電話が数本、チェックすべき目論見書が一件あるが、それは午前の前半でかたづくだろう。僕はコーヒーを持ってきて、パソコンに向かった。これで百回目に、リリー・ヘイワードの名をグーグル検索したが、ウィンズロー大学での仕事関係のこと以外、彼女のものらしき情報は出てこなかった。僕は、ウィンズロー町を検索し、うちからその町の中心部にある期待できそうなレストランまでのルートを調べた。そこにランチに行ったとして、なんの問題があるだろう？　きょうは十月らしい晴れやかな日になりそうだ。長引いた暑い夏も終わり、紅葉はいまがちょうど見ごろだった。散歩し、ランチを食べ、リリーの住む町を見るというのはどうだろう？　仮に彼女に出くわしたとして——その可能性は非常に低いが——何か問題があるだろうか？　別に挨拶する必要はないのだし、もし挨拶したとしても、どうということはないだろう。

僕は仕事をし、その後、シャワーを浴びて、服を着た。ガレージに行くと、ふと思いついて、いつものアウディではなく、初めて大きな取引をまとめたあとに買った、一九七六年製のポルシェ911を出すことにした。僕は有料道路を避けて、川に向かい、ストロー・ドライブに入った。川は、今週末に迫った〈ヘッド・オブ・ザ・チャールズ・レガッタ〉（世界最大の二日にわたるボートレース。ボストンとケンブリッジの境のチャールズ川で毎年行われる）に向けて練習を行う、大学の漕艇《そうてい》部の選手たちで一杯だった。天気はすばらしく、いくすじかの飛行機雲をのぞけば、空には一点の曇りもなかった。上空を見あげ、僕は思った。いま自分が見ているのは、妻をフロリダに運んでいく飛行機の航跡ではないだろうか。

　僕はストロー・ドライブからソルジャーズ・フィールド・ロードに入った。ウォルトハムとニュートンをくねくねと通り抜け、ボストン郵便道路《ポスト・ロード》に出ると、そのまま西に向かい、ウィンズローをめざして郊外の住宅地を駆け抜けていった。ギアを切り換えながら、僕は、なぜアウディをオートマチックにしてしまったんだろう、と思った。つぎに買う車はマニュアルにしよう。

　ウィンズロー中心部のメイン・ストリートに入ると、僕はパーキングをさがしながら驚くほど交通量の多いそのダウンタウンを進んでいった。学生の大集団が道を渡っていく。ほとんどの女の子はジーンズにブーツという格好で、髪をポニーテールにしていた。何人かが横断歩道を通過するのを待つあいだ、僕は道に面した金属の門の向こうのキャンパスを眺めた。手入れの行き届いた芝生の奥に、背の低い煉瓦の建物が三つ見える。オークの並木がキャンパスを貫く小道を縁取っていた。リリーはいま見えている建物のどれかにいるのだろうか？　彼女は弁当を持ってきてオフィスで食べる実際的なタイプなのか、それとも、昼は町に出るのだろうか？　きょうは金曜日だ。それになんと言っても、十月のよく晴れた日なのだ。後続の車がクラクションを鳴らした。僕はポルシェを発進し、パーキング・メーターのある脇道に入った。空きを見つけて駐車すると、先ほど通り過ぎたレストランが並ぶところに徒歩で引き返した。調べておいた店、〈カーヴェリー〉はそこにあったが、僕は〈アリソンズ〉というレストランのほうを選んだ。そちらは店外に、真昼の高い太陽とウィンズロー大学のキャンパスに向き合う、空いたテーブルがひとつあったのだ。僕は、大学生のウェイトレスにブラッディー・メアリーとコブ・サラダをオーダーし、通り過ぎていく人々を眺めた。学生たちはみな、真摯《しんし》な若いフェミニストの化粧気のない顔をしていた。担いでいるバックパックは、フットボール選手でも腰を傷めそうな代物だった。学生以外の通行人のほとんどは買い物やランチに出てきた中年の主婦たちで、彼女らは手作りのスカーフを巻き、ヒップの隠れるふわっとした服を着ていた。教授風の人も何人か通った。ツイードの上着を着たひどい髪形の男や、きまじめそうな女子学生の年寄り版みたいな女。でもリリーの姿は見られなかった。食事を終え、二杯目のブラッディー・メアリーを空けたあと、キャンパス内を散歩したときもだ。

それは美しい大学だった。キャンパスは町の中心部から、遊歩道がめぐらされた池に向かってなだらかに傾斜していた。僕はしばらく、植物園のとんがり屋根の温室の隣で木のベンチにすわっていた。あたりには誰もいなかった。リリーが弁当を持ってくるのはこんな場所ではないだろうか、と思った。ひょっとすると、このベンチかもしれない、と。空に雲が現れて太陽が消え、急に寒くなるまで、僕はそこにいた。

パーキング・メーターに料金を追加するのを忘れていたので、車のワイパーにはウィンズロー町の駐車違反の紙がはさんであった。十五ドルの罰金。上着のポケットに紙を入れ、僕はポルシェに乗りこんだ。突然、疲れを覚え、帰りはボストンまでずっと有料道路を行った。ちょうど家に着いたとき、ミランダから、無事マイアミに到着した、もうお祭り騒ぎが始まっている、というメールが入った。僕は彼女に返信してから、パソコンのところに行き、メールをチェックした。このごろはあまり忙しくない。別に働きたいというわけではないが。長い停滞期のあと、株式市場はいま勢いを盛り返しつつあった。僕のポートフォリオは健全であり、仕事はただ時間を埋めるものにすぎなかった。

ミランダからまたメールが入った。冷凍庫からラムを出すのを忘れないで。

僕は気遣いに感謝するメールを返した。

実際、ラムのことは忘れていた。僕は地下のキッチンに行き、冷凍庫からロイン・チョップを取り出すと、蛇口の下に置いて水を流した。ミランダからのメールはなんだか妙だった。その感じは、過度に感傷的なさよならの違和感に似ていた。彼女は何か企んでいるのだろうか？あるいは、ブラッドとの関係を終わらせ、急に後悔しだしたとか？ 仮にそうだとしても、それで彼女が僕にしたことの重みが減るわけではない。

僕は隣のワインセラーに行き、ラム肉によく合うオールドワールド・シラーを選ぶと、ボトルを開けて、中身をデカンタに移した。ラム・チョップはやわらかくなりだしていたので、ビニールのまま、水のボウルに浸けておき、二階のリビングに上がった。その日はまだ新聞を見ていなかった。そこで革張りのリクライニング・チェアにすわって、ジン・トニックを飲みながら、その日のニュースを読んだ。しばらくすると新聞を下に置き、ミランダとブラッドとリリーのこと、ロンドンの空港でリリーと出会ってから起こったことすべて、そしてまた、これから起ころうとしていることについて、考えはじめた。その朝、目覚める前に見ていた夢が、いやおうなく脳裏に去来する。あの恐ろしい感覚——ひとたび人を殺せばもう取り返しはつかない、相手を生き返らせることはできないのだという思いが。人を殺した者は、夢から目覚め、そこに横たわったまま、自分の人生は悪業のカタログかもしれないが、少なくとも自分は人殺しじゃないと思うことはもうできない。そして突然、ミランダとブラッドを殺す計画が単なる手段と化していることに僕は気づいた。いまやそれはリリーに近づくための方便にすぎず、なおかつ、その目的を果たすためなら何も殺人を犯す必要はない。僕はただ、ミランダに離婚してほしいと伝え、それから、リリーにメールして、一緒に食事できないかと訊ねればいいのだ。あの計画のことは、リリーと僕以外、誰も知らない。ミランダはブラッドをもらえばいい。僕はリリーをもらい、世界は回りつづけるだろう。昔から区切りをつけるのは得意だ。ミランダとのあいだに起きたことへの怒りと屈辱は箱に収めて蓋をしよう。そして、この結婚は弁護士たちの手に委ねよう。金はいまある半分でも充分すぎるほどだ。安堵がどっと押し寄せてきた。まるで悪い夢から目覚め、それがただの夢であって実際に起きたことじゃないと気づいたときのようだった。

呼び鈴が鳴り、僕は椅子のなかでびくりとした。

玄関に向かいながら、無意識に腕時計に目をやった。ちょうど六時を回ったところだった。この時間帯に訪ねてきそうなのは誰だろう？　きっと宅配便だと思い、届く予定のものがあったかどうか思い出そうとした。

チェーンをかけてから、ドアを五インチほど開いた。そこにいたのは、ブラッド・ダゲットだった。やや気まずそうな笑みがその顔に浮かんでいる。しばらくは、メイン州のブラッドがボストンの我が家の戸口にいるのだということが理解できなかった。その状況には、農村の共進会でタキシード姿の男を目にしたような違和感があった。

「テッド」ブラッドは言った。少し息が切れているような声だ。「いてくれてよかったよ。ちょっと話せるかな？」

「いいとも」僕はチェーンをはずしてドアを開けた。「入ってくれ」

そう言ったとたん、僕は後悔した。ブラッドにははるばるメイン州から僕に会いに来る理由などないはずだ。彼はすでに半分うちに入りかけていた。僕は少しドアを押し返して、彼の前進を阻んだ。「ブラッド、何しに来たんだ？」

「とにかく入れてくれ、テッド。いま説明するから」彼の声が震えた。その息は酒臭かった。僕たちの目が合い、僕は急に怖くなった。前より少し強くドアを押し返したが、ブラッドは動かなかった。彼は上着のポケットを不器用にさぐり、僕は彼の取り出した拳銃を見おろした。

「入れてくれ、テッド」彼はまた言った。僕はうしろにさがり、ブラッドはなかに入った。

第十四章　リリー

「アディソン、いったいどうしたの？」わたしは訊ねた。

「ノーランの馬鹿が」アディソンはそう言って、なかに入り、わたしのあとから階段を下りてきた。彼女がコートについた雨のしずくを払うもので、わたしの頭のうしろにはその飛沫《しぶき》がぱらぱらとかかっていた。

「喧嘩でもした？」部屋に入っていきながら、わたしはそう訊ねた。

アディソンはてのひらで頰の涙をぬぐい、わたしを見つめた。「彼にはテキサス・クリスチャン大学に行ってる彼女がいたの。真剣につきあってるんだって」

「最悪」わたしは言った。「どうしてわかったの？」

アディソンは、ノーランのパソコンにログインしてEメールを読んだことや、彼がすべてを白状したことを語った。彼は、リンダのことはずっと話すつもりでいた、でも最初、自分たち、つまり、アディソンと自分の関係は一時的な遊びだと思っていたのだ、いまはどうなのかわからない、と言ったという。わたしは半分聴きながら、ワインを開けて、アディソンに一杯注いだが、頭のなかではエリックがもどったらどうしようかと死にもの狂いで考えていた。計画を丸ごと放棄して、エリックにチキン・コールマーにはまずまちがいなくカシューナッツが入っているべきか、それとも、アディソンを目撃者として、そのまま成り行きに任せるべきか？　ある面、アディソンがその場にいたほうが都合がよいとも言えた。彼女は、酔ったエリックが誤ってカシューナッツ入りのインド料理を食べてしまった、そして、彼のエピペンがなかなか見つからなかったというわたしの話を裏付けてくれるだろう。その一方、アディソンがいることで支障が出るパターンも、いろいろと考えられた。彼女は手遅れになる前に救急車を呼んでしまうかもしれない。あるいは、エリックのエピペンがあるはずの場所にないことを不審がるかもしれない。また、エリックにチキン・コールマーにナッツが入っているかどうか訊かれた場合、わたしはアディソンの前で嘘をつくわけにはいかない。そして、これが何より重要なのだが、エリックがアナフィラキシー・ショックで死ぬ場面をアディソンに見せるのは、彼女に対して不当だ。わたしは中止を決断した。

「待って。エリックは？　飛行機が着かなかったの？」アディソンはぐるりと頭をめぐらせ、まるで彼がいるのにその存在を見落としていたかのように、わたしたちの小さな部屋を見回した。

「〈ボトル&グラス〉のあのチャレンジのこと、知ってるでしょう？」

「ビール十パイントってやつ？」

わたしは彼女に、エリックがどうしてもそれをやると言って聞かなかったことを話し、こちらはひどくお腹がすいてしまい、ただ待たされるのにうんざりして、店を出てきたのだと話した。

「今夜はふたりとも男のことじゃツイてなかったみたいね」

「でもまあ、わたしはまだ我慢できる」わたしは言った。「ひどい目に遭ったのはあなたのほうよ。これからどうするつもり?」

アディソンが答える間もなく、ドアのブザーがまた鳴った。「エリックだ」わたしは言った。「心の準備をして。彼、絶対酔っ払ってるわよ」

「リリー、わたしはもう行くから。彼が今夜いるってことをすっかり忘れてた」キッチンテーブルからさっとバッグを取り、アディソンは立ちあがった。

「絶対にだめ。ここにいてよ」

わたしはまた階段をのぼっていった。酔ったエリックを迎える覚悟だったのだが、ドアを開けると、そこにいたのはエリックではなくノーランだった。泣いたせいで、その目の縁は赤くなっていた。「ああ、重婚者か」そう言うと、彼は困惑顔でわたしを見つめた。

「彼女はいますか?」ノーランは背が高く、痩せていて、耳は真っ赤だった。短く刈った髪は白に近い金髪で、首にはプーカのネックレスをぴっちり巻きつけていた。

「いることはいるけど」わたしは言った。「あなたに会いたがるかどうかはわからない。ここで待っていて。訊いてくるから」

ノーランを外に残して、階下に引き返すと、アディソンはグラスにワインを注ぎ足しているところだった。「誰が来てると思う?」

「誰?」彼女は本当にわからないようだった。

「ノーラン。上で待たせておいた。追い返しましょうか？」

アディソンは長々と芝居がかったため息をついた。「ううん、会います」そう言いながらテーブルの前にすわったまま動かない。やがてわたしは気づいた。彼女はわたしが彼を呼んでくるものと思っているのだ。その夜はもうそれで二十回目のような気がしたが、わたしはまた階段をのぼっていった。ドアの前に着いたとき、男同士で会話する大きな声が聞こえてきた。その一方はエリックの声だった。彼がパブからもどったのだ。

「もう知り合いになったのね」わたしはドアを開け、一緒にいたふたりに言った。エリックはノーランの肩に手をかけ、ビール・チャレンジのことを話しているところだった。こちらを見たときの彼の表情、顔に浮かぶその晴れやかな笑みから、エリックがチャレンジに成功したことがわかった。「それに、あなたは勝負に勝ったみたいじゃない」わたしはエリックに言った。

「どうにかね」彼は言った。「見た感じよりずっとハードだったよ」

「ふたりとも、下に来て。エリック、ノーランとわたしのルームメイトに時間をあげてね。ふたりは話があるの」

わたしたちはガタガタいう階段を縦一列で下りていった。アディソンは断固たる表情を浮かべ、部屋の入口に立っていた。ノーランはかすれた声で「アド」と言った。エリックは自己紹介した。あれだけの量のビールが入っている人間にしては、その声はまあまともに聞こえた。それもまた彼の不変の特徴だった。どんな状況下にあろうと、常に礼儀正しく、感じがよいというのが。要するに政治家なのだ。

エリックとわたしはなかに入り、ノーランとアディソンはドアのすぐ外——天井からぶら下がった裸電球が照らし出す気味の悪い踊り場に残った。ノーランが自分と同じく二股をかけていたという話にエリックはどんな反応を示すだろうか。わたしはそれを見極めようとしながら、彼に事情を説明した。

「あのふたり、仲直りすると思う？」エリックは訊ねたものの、答えも待たずにこう言った。

「何か食べたいな」

冷蔵庫にインド料理があるから温めようか？　でもチキン・コールマーはたぶんナッツ入りだから食べないほうがいい——そう言おうとしたとき、アディソンがつかつかと入ってきた。

「ふたりとも心配しないでね。これ以上、お邪魔はしない。わたしたち、飲みに行くことにしたから」ノーランは彼女の背後にいた。どちらも口のまわりが赤らんでいることから、ふたりがドアの外でキスしていたことがわかった。なんと言ったのかは知らないが、ノーランの言葉は功を奏したわけだ。アディソンはコートとバッグをつかみ取り、彼らは湿っぽい夜の町へと出ていった。そして突然、わたしは気づいた。自分さえその気なら、計画はふたたび続行可能となったのだ。不安のあまり胃袋がのたうった。でもたったいまノーランとアディソンのあいだに起きたことにより、むしろ決意は固まっていた。この世には、人の心を引き裂きながら、なんの咎《とが》も受けないノーランやエリックのような男があまりにも多すぎる。

「ねえ、エリック」わたしは言った。「わたしはもうくたくたよ。こっちも飲み過ぎたの。それに、アディソンの相手で消耗しちゃって。先に寝かせてもらうわね。よかったら、冷蔵庫にインド料理があるから。あなたのためにチキン・コールマーを買っておいたの」

「きみは聖人だな」エリックはそう言って、わたしの口の隅にぺちょっとキスをした。わたしは寝室に行って、少し隙間ができるようにふわりとドアを閉めた。ジーンズとセーターを脱ぐと、その寒いアパートメントでも暖かく過ごせるよう、ウールのパジャマを着こんだ。エリックがキッチンのあちこちをかきまわす音が聞こえた。皿がカチャカチャぶつかりあい、つづいて、あの煤《すす》けた電子レンジが大きくブーンと唸りだした。コールマーが温まると、そのにおい――スパイスとココナツミルクの独特の香りが漂ってきた。わたしはベッドの縁にすわっていた。気持ちは落ち着いていたが、頭は熱っぽく、いろいろな映像で一杯だった。草地でのチェットの姿が目に浮かぶ。自分がまもなく死ぬとも知らず、わたしの背後で揺れているあの男。それに、エリックも見えた。オフィスから現れ、タバコに火を点け、フェイスと落ち合う彼が。また、初めて愛し合った夜のエリック、わたしの目の一インチ先にあるあの濃い茶色の目も。

電子レンジの唸りがやみ、エリックがレンジの扉を開けて閉める音がした。それからしばらく静寂がつづいた。きっと彼は立ったまま料理をかきこんでいるのだろうと思った。

一分が過ぎ、寝室のドアがさっと開いた。エリックはコールマーの容器を持って、そこに立っていた。顔の皮膚は早くも赤らみ、目のまわりには腫れが見られた。「ナッツが入っていた」彼は容器を指さして言った。まるで口一杯に綿を含んでしゃべっているような声だった。

「ほんとに? エピペンはどこ?」わたしは言った。

「スーツケース」彼は必死で手を突き出し、スーツケースのある場所を指さした。

わたしは床に置いてあったそのスーツケースを引っ張りあげて、ベッドの裾のほうに載せた。エリックは寝室の箪笥にコールマーの容器を置くと、大急ぎでそこに来て、わたしを押しのけた。彼はエピペンを入れておいたジッパー付きポケットのなかをさがしまわった。それからこちらを向いたが、その目にはパニックが表れていた。皮膚の赤みは濃くなりつつあり、一方の手は首を掻いていた。「持ってこなかったの？」わたしはパニックを装い、声を大きくして訊ねた。

「持ってきた」彼は言ったが、その言葉はほとんど聞きとれなかった。それはまるで、はるか彼方から聞こえてくる声――地中の奥の、じとじとした狭い洞窟に囚われた男の叫びだった。

エリックはスーツケースの中身をベッドの上に空け、大急ぎで調べはじめた。やがて彼は腰を下ろした。なんとか空気を吸いこもうとして、その体はこわばり、唇は引き結ばれていた。わたしは彼が衣類や洗面用具を選り分けるのを手伝おうとしたが、彼はわたしの腕をつかみ、電話をかけるしぐさをした。「救急車を呼ぶ？」わたしは訊ねた。

彼はうなずいた。首と喉の赤い部分は怖いくらい腫れあがり、地形図の陸地のようになっていた。その一方、顔面は蒼白で、青みを帯びだしていた。わたしは隣の部屋に駆けこんで電話を取ると、しばらくただ立ったまま、寝室の様子に耳をすませていた。またジッパーを開ける音がした。つづいて、ドスンというやわらかな音が。わたしはそっと受話器を置くと、ゆっくり十まで数えてから寝室の入口に行き、ベッドのほうに目を向けた。エリックは倒れていた。一方の手はまだ首に当てたままだったが、もうそこを掻いてはいなかった。彼の手はただ静かにそこに置かれているだけだった。確実に呼吸していないとわかるまで、わたしは彼を見つめていた。そして念のため、さらに一分待ってから、部屋に入っていき、指を二本、彼の首に当ててみた。脈はなかった。わたしは電話のところに引き返して、救急の番号をダイヤルし、名前と住所を告げ、電話口の快活な声の女性にボーイフレンドがアナフィラキシー・ショックを起こしていると伝えた。

電話を切ったあとは、すばやく行動した。ペーパータオルにはさんで冷蔵庫に入れておいたあのカシューナッツをすべて取り出し、一部はエリックの皿にまだ残っていた（なおかつ、電子レンジから出したばかりでまだ温かい）チキン・コールマーに、一部はテイクアウトの容器に入れた。ペーパータオルはトイレに流し、その後、手を洗った。寝室のエリックに動いた形跡はなかった。わたしはマットレスの下に手を差しこんで、未使用のエピペン二本が入ったビニール袋を取り出した。エリックの持ち物は部屋じゅうに広げられていた。わたしはソックスを使ってビニール袋から自分の指紋をぬぐいとると、エピペンを袋ごと彼のランニング・シューズに押しこんだ。それはいかにも、人が緊急用の薬を入れておきそうな場所に思えた。エリックならそこには入れなかっただろうが、彼はもう誰にもそうは言えない。それに、わたしがチキン・コールマーにナッツが入っているのを教えなかったとも言えないのだ。わたしはみんなに、彼は酔っていた、それでとにかくチキンを食べることにしたのだろう、と言うつもりだった。自分は寝室にいた、ふたりでさがしたが、エピペンは見つからなかった、と。他に何か場面設定に必要なことがないか、わたしは考え出そうとした。心肺蘇生法を試みたように偽装するため、何度かエリックの胸を押しておくといいかもしれないと思った。検屍官にはそういうことがわかるものなのだろうか？　そしてまさにそれを始めようとしたとき、ふたたびブザーが鳴った。

わたしは階段を駆けのぼっていき、救急隊員をなかに入れた。

＊

三日後――エリックの遺族が知らせを受け、遺体を故郷《くに》に搬送する準備も整ったあとで、あの金曜の夜、救急隊につづいて到着した警官がうちの戸口に来て、死因審問は行われないと告げた。

これはもちろんうれしいことだったが、同時に意外でもあった。英国ミステリを山ほど読んできたわたしは、当然のごとく、少しでも不自然な点のある死はひとつ残らず審問の対象となるものと思っていた。そして、そのなかですべての証拠が悲劇的な事故死を裏付けることになるのだ、と。ほんの少し、わたしはがっかりした。

「そうですか」とまどいの表情を作って言った。「つまりそれは、どういうことでしょう？」

「つまり、検屍官が今回の死を事故と判断し、これ以上の調査は不要とみなしたということです。まあ、妥当な判断でしょうな。ただ、正式な審問があれば、〈ボトル＆グラス〉とあの店のビール・チャレンジのことが問題となったでしょうが。わたしも店に立ち寄って、その件で話をしようかと思っているんです」警官は親切そうな目をし、大きな口髭を生やしていた。それで二度目になるが、わたしは彼に一部始終を話した。エリックが酔っていたこと、コールマーにはナッツが入っていると彼に教えたこと、それでも彼がコールマーを食べたこと、そして、薬をどこにしまったか彼が覚えていなかったこと。

「本当にお世話になりました」わたしは言った。

「うん、わたしはあのパブに寄って、もう少し話をしてこようかと思っているんですよ」警官はまた言った。彼はしばらく戸口でぐずぐずしていたが、やがて立ち去った。名前も教えてくれていたのだが、わたしには思い出せなかった。

フォンス学院のわたしの指導担当者は、アメリカに帰りたくないかと訊ねたが、わたしはロンドンに残りたいと言った。もし追悼式があるのなら、そのときはたぶん帰国するだろう、でも、トラウマはあっても、ロンドンには満足しているし、その留学プログラムにも満足しているから、と。それは本当だった。わたしはメイダ・ヴェールのあの地下のアパートメントが大好きだった。それに、事件後、アディソンがほとんどうちで過ごさなくなったことも、ありがたかった。わたしは自分を都会派だと思ったことはなく、昔から閑静なコネチカット州のほうが蒸し暑いニューヨーク・シティーより好きだったが、ロンドンの住宅地はまた別だった。この町のアパートメントの長い列、豊かな緑、平凡で上品な賑わいには、心休まるものがあった。わたしが住んでいたあたりは本当に静かで、人間の発する音よりも鳥のさえずりのほうがよく聞かれるほどだった。Eメールで、ウォッシュバーン一家が葬儀は身内だけで行うことにしたと知らされたとき、わたしはほっとした。近いうちにもう少し大きな追悼式を行う予定とのことで、それにはわたしも参列するつもりだった。理由のひとつはそうしなければ不自然だからだが、わたしには、フェイスが現れるかどうか、そして、現れた場合、彼女がわたしにどんな態度を見せるか、確かめたいという気持ちもあった。彼女は夏のあいだ、エリックの裏切りに進んで協力していたのか、それとも、彼女もまた彼のペテンの犠牲者だったのか——わたしはなおもそれを考えており、真相を突き止めるつもりだった。

エリックの死の一カ月半後、わたしは地下鉄の駅からいつもとちがうルートでうちに帰り、〈ボトル＆グラス〉を通りかかった。それは寒く暗い晩で、パブの窓はどれもやわらかな光と仕事帰りの人々のシルエットで一杯だった。エリックが死んだ日以来、その店には行っていなかった。わたしはドアを押し開けて、イギリス英語の低い話し声に満たされた混んだ店内に入っていった。カウンターでギネスを一杯オーダーすると、グラスを持って、ビール・チャレンジのルール説明が書かれた壁のほうに行った。何も変わっていなかった。あの感じのいい警官は本当に店主らと話しに来たのだろうか？　もし来たのだとしたら、店側は耳を貸さなかったわけだ。ルール説明の横には大きな木製ボードがあり、浮き彫り細工のネームプレートがたくさん並んでいた。チャレンジに成功した人々の名前——そのほとんどが男性名だ。わたしはボードのいちばん端へと向かった。エリック・ウォッシュバーンの名は最後から二番目だった。そこには、鋲《びょう》で留めたポラロイド写真に埋め尽くされた掲示板もあった。どのスナップも同じに見えた。空のグラスを高々と掲げた、青ざめた顔の酔眼の男たち。エリックの写真は右上の角にあった。彼はわずかに頭をそらし、誇らしさからだろう、目を輝かせていた。その肌にはまだ少し夏の日焼けが残っており、そうやって頭をそらしていると、少女のようなあの美しい睫毛がいっそう際立って見えた。この写真をもらっていこうか。いったんはそう思ったが、考え直した。写真は店のもの、証《あかし》なのだ。

ギネスを飲み干しながら、わたしは思った。殺人者としてのわたしのキャリアはこれで終わりだ。やる気が失せたからではなく、もうその必要はないはずだから。わたしが誰かをあそこまで近づかせることは二度とない。もう誰もエリックがしたようにわたしを傷つけることはできない。わたしは大人の女になったのだ。子供時代の無力さ、初恋の危険を乗り越え、生き延びたのだ。そのどちらの立場にも二度とならないと思うと、心が安らいだ。今後、わたしの幸せに責任があるのはわたしだけだ。

あの夜、わたしは誰もいないアパートメントに帰って、簡単な食事をこしらえ、その後、お気に入りの椅子にすわって読書した。

わたしの前途には、なんの面倒もない長い人生があった。

第十五章　テッド

ブラッドの手の拳銃を見据えたまま、僕はホワイエへと後退していった。

「いったいどういうことなんだ？」そう言って、彼の顔に目をやった。ブラッドは具合が悪そうだった。いつも血色のよい顔は土気色で、首の筋肉は緊張している。彼はシープスキンの裏地がついたデニムのジャケットを着て、額に汗をにじませていた。それに、彼は酔っているようだった。

「いい家に住んでるな」ブラッドは言ったが、その言葉にはまるで稽古してきた台詞のようにおかしなリズムがついていた。

「なかを案内しようか、ブラッド？　何か飲むかい？」

僕の言葉に混乱したのか、彼の眉が下がった。「そうとも、俺の仮住まいのちっぽけなおんぼろ小屋よりずっといい。こういうのが本物の男の住むとこだよな？」

ある記憶が脳裏を駆け抜けていった。ブラッドと一緒に飲んだ夜。ブラッドの住まいについてコメントしている僕。彼の顔に浮かんだ憎しみの色。そして突然、僕は悟った。ブラッドは僕を殺しに来たのだ。それでもパニックには陥《おちい》らず、僕はむしろ冷静に理性的になり、頭をフル回転させていた。僕には彼を思いとどまらせることができる。こっちは彼より頭がいいのだ。

「まじめな話、ブラッド、きみはその銃で何をする気なんだ」

「あんたは俺が何をする気だと思う？」ブラッドはそう言って、銃を持ちあげ、僕の頭に狙いをつけた。室内のすべてが消え、その銃だけが残った。

「馬鹿な、ブラッド、ちょっと考えてみろ」僕は銃を凝視した。ケネウィックのブラッドのコテージで見たのとたぶん同じやつ、ダブルアクションのリボルバーだ。ブラッドの親指が撃鉄へと動いていくのを僕は見守った。ただ引き金を引けばいいのを彼は知らないのだろうか？

とにかく行動しなくては。攻撃するか、逃げるかだ。彼との距離は二フィート足らず。気がつくと、僕は前に飛び出していた。最後に誰かと格闘したのは小学三年生のときで、僕はその際、ブルースという一年生の子に負けている。僕はただブラッドを力一杯突き飛ばし、銃口が僕かられるよう彼の体を反転させた。ブラッドはうしろに吹っ飛び、その頭がドカンと大きな音を立てて玄関のドアにぶつかった。気絶したかと思ったが、彼は小声で何か言葉を吐いた。僕は向きを変え、階段へと走った。早くも踊り場の電話のことを考えながら、一段目に足をかけたとき、ブラッドの銃がパーンと鳴り、背中に風圧を感じた。まるで、弾丸がすれすれのところをかすめていったかのようだった。僕はそのまま階段を駆けあがった。いちばん上に着いたときには、うしろからブラッドの足音が聞こえていた。彼のワークブーツが階段の最初の数段をたたいている。僕はアンティークの電話台に載った電話機に手を伸ばし、よろめいてカーペットの床に倒れ、その拍子に電話と電話台をひっくり返した。腹部には何か温かなものが広がっていた。僕はそこに手をやった。それからその手を引っこめ、血を目にして驚き、ほんの一瞬、どこから出ているのだろうと考えた。ふと気づくと、ブラッドがそばに立って見おろしていた。あの銃が僕に向けられている。彼は荒い息をし、下唇から涎《よだれ》をひとすじ垂れ下がらせていた。

「なぜだ？」そう言ったとたん、僕は悟った。ブラッドは、住まいをけなされたことを理由に人を殺そうとするような、イカレた人間ではない。彼がこれをやっているのは、僕の妻のためだ。瞬時のうちにすべてが見えた。ミランダは僕を始末するためにブラッドを利用していたのだ。彼女は金を全部、自分のものにしたいのだ。なぜもっと早く気づかなかったんだろう？

鋭い痛みが腹部を貫いた。僕は顔をしかめ、それから、もう少しで笑いだしそうになった。

僕はブラッドを見あげた。彼の愚かしい顔と震えている拳銃を。「ミランダはきみと一緒にはならんよ」僕は言った。

「てめえはなんにも知らないだろうが」

「ブラッド、彼女はきみを利用しているんだ。警察が誰を疑うと思う？　彼女はフロリダにいる。きみたちは関係していた。それは誰もが知ってることだ」

彼の顔に疑いが浮かぶのを見て、一縷《いちる》の希望を感じた。僕は腹の射出口を手で押さえた。指のあいだからドクドクあふれ出てくる血は温かくねっとりしていた。

「てめえをすごくえらいと思ってやがるんだな」彼は言った。

「ブラッド、きみは馬鹿だ」

「どうだかね」彼は言い、引き金を引いた。

第二部　未完成の家

第十六章　リリー

「こんにちは」わたしはテッド・セヴァーソンに言った。彼はヒースロー空港のビジネスクラスのラウンジのバーにすわっていた。それが誰なのか、わたしにはすぐわかったが、向こうにわたしがわかるとは思えなかった。わたしたちは、二年前、サウスエンドのフリーマーケットでわたしがフェイス・ホバートに出くわしたとき、一度会ったきりだったから。

「いまじゃミランダで通ってるの」そのときフェイスはわたしに言った。

「そうなの？」

「それも本名なのよ。フェイスはミドルネーム。ミランダ・フェイスなの」

「初めて聞いた気がする。じゃあ、あなたは信仰《フェイス》を失ったわけね」

彼女は笑った。「そう言えるかもね。こちらはわたしのフィアンセ。テッドよ」

ちょっと堅苦しそうなハンサムな男性が、眺めていた古い活版印刷トレイから振り返って、握手の手を差し伸べた。彼はビジネスマンらしくドライにしっかりとわたしの手を握ったが、おざなりにふたことみこと社交辞令を述べると、また露店のほうを向いてしまった。わたしはフェイス／ミランダに、人と待ち合わせしているのでもう行かなくては、と告げた。別れ際、彼女は声を落として言った。「エリックのこと、大変だったわね。あのあと連絡しなくてごめんなさい。あなたはロンドンだったし……」

「いいのよ、フェイス、気にしないで」

　わたしは歩み去った。こういうケースを想像したことは何度もあった。仮にまたどこかでフェイスと（今後、彼女のことはミランダと呼ぶべきなのだろうが）ばったり出くわしたら？　彼女はわたしに対し、どんな反応を見せるだろう？　エリックがわたしに会いに来てロンドンで死んだと知ったとき、彼女は驚いただろうか？　でも実際、マーケットで彼女に会い、その目新しい真っ黒な髪や五百ドルのブーツや何も知らないフィアンセを目にし、わたしに対するさりげない気遣いを目にしたとき、わたしは悟った。彼女もまた積極的にわたしを騙していたのだ。ニューヨークでエリックと会っていたとき、彼女はエリックがまだ毎週末シェポーでわたしと会っていることを知っていたのだ。あれは、わたしがエリックとつきあうようになったことへの仕返しだったのだろうか？　それとも、単に彼女が他の女性から男を奪うことに歓《よろこ》びを覚えるタイプだということなのだろうか？　束の間、ボストン、サウスエンドのその場所で、わたしはあの鋭い胸の痛みを再体験していた。エリックがミランダと浮気をしていること、人生がもう二度ともとどおりにならないことを知ったときのあの疼《うず》きを。

　空港でテッド・セヴァーソンを見かけたとき（ミランダと彼がすでに結婚していることは、

〈グローブ〉紙で読んで知っていた〉、わたしは気にするなと自分に言い聞かせながら、とにかく彼と話をすることにした。「こんにちは」そう声をかけ、わたしのことがわかるかどうか——わかるとは思えなかったが——とりあえず彼にチャンスを与えてみた。彼は顔を上げた。わたしが誰かはまったくわかっていなかった。酔っているのは一目瞭然で、目の縁は赤く、下唇はゆるんでいた。彼の飲み物はマティーニだった。マティーニは嫌いだが、わたしも同じものをオーダーした。

わたしたちは同じ便でボストンにもどり、彼は自身の哀しい現状を洗いざらいわたしに打ち明けた。ミランダの浮気のことも、自らの感じている怒りとあきらめのことも。彼がそういったことを話したのは、わたしに会うことは二度とないと思っていたからだ。時と場所がちがっていたら、あんな話は絶対にしなかったろう。彼はいかに妻を憎んでいるかということまで話し、冗談交じりに彼女を殺したいと言った。かかわってはならない——わたしは自分にそう言い聞かせたが、彼と話しだした瞬間からすでに手遅れなのはわかっていた。わたしの活動圏内にミランダがふたたび入ってきたのだ。これも何かの縁だろう。利己心からなのか、正義感からなのか、あるいは、何かまったく別の理由からなのかわからないが、わたしはその後、数週間かけて、テッド・セヴァーソンがミランダを、その愛人ブラッド・ダゲットもろとも、殺す気になるよう仕向けた。それはむずかしいことではなかった。そして、計画を実行に移すばかりとなったある朝、玄関先から〈サンデー・グローブ〉を取ってきて、キッチンテーブルでコーヒーを飲んでいるとき、わたしは社会面のテッド・セヴァーソンの写真に気づいた。その粒子の粗い四角い画像はある記事のてっぺんに掲げられていた。

コーヒーのカップを口もとに運びかけたまま、わたしはその記事を読んだ。

サウスエンドの住民、自宅で撃たれる

ボストン——目下、警察は、金曜の夕方、サウスエンドのウスター・スクエア地区で住民が殺害された事件を捜査中である。

午後六時二十二分、警察は銃声がしたとの通報により出動した。ボストン市警のヘンリー・キンボール刑事によれば、被害者のテッド・セヴァーソン氏（三十八歳）は、自宅二階の踊り場で発見され、その場で死亡が確認されたという。

「われわれは、金曜の夜、同じブロックで起きた押し込み事件の捜査も行っています」キンボール刑事は述べている。「ふたつの事件の関連はまだ不明ですが、何か情報をお持ちのかたはぜひご連絡くださるようお願いします」

テッド・セヴァーソンは、コンサルティング会社、セヴァーソン株式会社の社長。遺族は妻のミランダ・セヴァーソンさん（旧姓ホバート）。銃声がしたころ、ミランダさんはフロリダにいた。

近所の住人、ジョイ・ロビンソンさんはセヴァーソン夫妻についてこう述べている。「すてきな若いご夫婦ですよ。テレビに出てきそうな人たちです。こんなことがあのおふたりの身に起こるなんて、とても信じられません。それもこのご近所でだなんて」
この殺人事件と押し込み事件に関する情報は、ボストン市警犯罪ストップラインで受け付けている。

わたしはコーヒーをテーブルに置き、もう一度その記事を読んだ。全身が冷たくなっていた。こちらがミランダの殺害計画を立てているとき、ミランダのほうもテッドに対し同じことを企んでいようとは、思ってもみなかった。もちろん犯人はミランダに決まっている。彼女がブラッドの手を借りてやったのだ。無差別の押し込みが殺人に発展したなどということはありえない。ミランダがフロリダに出かけていて、アリバイが鉄壁というのはあまりにも都合がよすぎる。ブラッドがメイン州からやって来て、テッドを撃ち殺したにちがいない。たぶん近所の家のほうも彼が捜査攪乱《かくらん》のために侵入したのだろう。あるいはちがうのかもしれないが。いずれにせよ、テッドはミランダの通り道から排除された。彼のお金は全部、彼女のものとなるわけだ。

わたしはテッドのことを考えた。彼は自宅二階の踊り場で撃ち殺されていたという。きっと自らブラッドを家に入れ、その後、逃げ出したのだろう。彼には自分がまもなく死ぬことがわかっていたにちがいない。それにミランダが裏で糸を引いていることも。喉が締めつけられた。涙がこみあげてきたが、それはこぼれはしなかった。わたしはテッドを好きになりだしていた。飛行機のなかで話をしたとき、彼はわたしにとって大学時代の宿敵をもっとよく知るための手蔓《づる》でしかなかった。ミランダ・フェイス・ホバートはわたしの物語の未回収の部分だった。そしてわたしは、たとえ恋人を奪われ、自分が傷つけられたとしても、彼女が本当に有害な人間かどうかはわからないと自らに言い聞かせてきた。でも機内でテッドと話し、彼の語る彼女の裏切りの物語を聞いたとき、わたしは確信した。この場合はちがう。彼女は芯まで腐っている。

それにたぶん、ふたたび獲物を見つけて、わたしはわくわくしていたのだ。その点は認めよう。殺すという行為は、わたしにとって、長年、掻《か》いていなかった小さな痒《かゆ》みなのだった。

ところが、わたしはだんだんとテッドに惹かれていった。いや、惹かれたどころじゃない。コンコードの墓地でキスを交わしたとき、わたしは自分の反応に――そのキスによって自分がどれほど感じたかに驚いた。わたしは自分に――男性と関係するときいつも言い聞かせているように――言い聞かせた。絶対に恋に落ちてはいけない。もう二度とあんなことには耐えられない。それでもわたしはテッドがとても好きだった。彼はハンサムで、そのくせどこかぎこちなく、自分の幸運にどうしてもなじめずにいるように見えた。全世界を手に入れながら、その事実がよくのみこめていない男たちのひとり。わたしには、彼がミランダに魅力を感じたわけがわかった。いついかなる場面でもいちばんセクシーな女であるばかりでなく、彼女は常に驚くほどリラックスしている。テッドはそんなところに惹かれたにちがいない。でもわたしたちのキスの激しさ――周囲を取り巻く黄葉《こうよう》、わたしのセーターにあてがわれた彼の手――は別として、わたしがテッドに対して真に感じたのは、彼となら本来の自分でいられる、他の人間と秘密を共有できるというなじみのない感覚だった。彼はわたしに、心の奥底に潜む思い、妻を殺したいという願望を語った。そして、わたしはこう思った――いつかわたしも自分の過去を彼に話せるかもしれない。

なのに彼は逝《い》ってしまった。

いまわたしの頭にあるのは、なんとしてももう一度、彼に会いたいということ、そして、その願いは決してかなわないということだけだ。

わたしはインターネットを検索して、金曜の夜の事件についてもっと詳しいことがわからないか調べた。〈グローブ〉紙と同じ情報を載せた新聞記事がいくつか出てきたが、それ以外は何もなかった。わたしはその犯行についてさらに考えた。ミランダはどんなふうにやったのか？　手を下したのはブラッドにちがいない。第三の人物がいた可能性もあるが、わたしにはそうは思えなかった。では、ふたりはどう動いたのだろう？　ミランダは町を離れ、金曜の夜、テッドが必ず家にひとりでいるように仕向ける。ブラッドはメイン州から車を走らせてくる。彼はまず近所の家に押し入って盗みを働く。それはミランダが内情をつかんでいる家だったのだろう。彼女は家の主《あるじ》が出かけていることやそこに警報機がないことを知っていたにちがいない。それなら押し入るのは簡単だ。その後、ブラッドはテッドの家に行き、ドアをたたく。あとは彼を撃つだけだ。それは物取りによる殺しに見える。そしてブラッドはメイン州にもどる。

ブラッドのアリバイはどうなっているのだろうとわたしは思った。彼にもアリバイは必要だ。でもそれを手に入れる方法があるだろうか？　メイン州南部とボストンのあいだを車で往復し、二件の犯罪を犯すには、少なくとも三時間、たぶんもっとかかるはずだ。なぜなら彼はハイウエイで制限速度を守らねばならないのだから。たぶんミランダは、彼女と工事請負人の関係はまったく誰も知らないという点に賭けたのだろう。でもそんなことがありうるだろうか？　テッドは気づいていた。町には他にも知っている人間がいたはずだ。ブラッドの作業員たちはどうだろう？　〈ケネウィック・イン〉のバーテンは？　ふたりが完全に秘密を保てたとは思えない。

もちろんわたしも知っている。そのことによって、わたしは特異な立場に置かれていた――テッド・セヴァーソンからすべての情報を得ていながら、彼と知り合いであることはこの世の誰にも知られていないのだから。もちろん警察に行くという手もある。テッドのほうも妻殺しを企てていたという事実には触れずに、何もかも話せばいいのだ。でもわたしにはその気はなかった。警察が立件に失敗し、ミランダが無罪放免となる可能性はきわめて大きい。それにもし逮捕され、有罪になったとしても、彼女は全国的に有名になるだろう。いまから目に見えるようだ。愛人に夫を殺させた魅力的な女。その話は、今後何年にもわたりテレビで取りあげられるだろう。

ミランダは罰を受けるべきなのだ。こうなったら、これまで以上に。

わたしは友達のキャシーに携帯でメールを送り、体調がよくないので、きょうの午後、映画に行くのはやめにすると伝えた。それからウィンズロー大学の上司にEメールを送って、風邪をひきかけているようなので、明日は休みをとるつもりだと知らせた。わたしの上司は病原菌をひどく恐れていて、いつも喜んで病欠を認めてくれる。

わたしにはやるべき仕事があった。その第一歩は、ケネウィックに行ってブラッド・ダゲットに会うことだ。すばやく動かねばならないのはわかっていた。すでに警察が迫っているかもしれず、わたしには彼らより先にそこに着く必要があるのだから。

第十七章　ミランダ

まだ朝の十時過ぎなのに、彼の息は酒臭かった。髪の生え際にはぽつぽつ汗が浮かんでいるし、目の下は腫れぼったくて黒ずんでいた。

「ここはいま、あなたひとり?」

「ああ」ブラッドは言った。

わたしたちはメイン州の未完成の家の砂利の私道に立っていた。その日は日曜で、ブラッドは金曜の夜にわたしの夫を殺している。ちょっと彼を見ただけで、わたしにはわかった。わたしは彼の能力を見誤っていたのだ。彼は熱があるらしく、その目は異様に輝いていた。

「うまくいったわね」わたしは言った。「警察は物取りの犯行と見ている。わたしたちの計画どおりよ」

「ああ」彼はまた言った。

「気分はどう?　なんだか具合が悪そうだけど」

「あんまりよくないな。思っていたよりきつかった」

「ベイビー、かわいそうに」わたしは言った。「でもそのうち元気になるから。絶対よ。わたしたち、結婚するんだもの。あなたはお金持ちになるんだもの。わたしを信じて、そんな気分がずっとつづくわけじゃない」

「ああ、わかってるよ」

「だったらしゃんとしなきゃ。警察が話を聞きに来たとき、ゾンビみたいな顔をしてちゃまずいでしょ。いい？　もう仕事はすんだの。テッドは死んだ。あともどりはできないのよ」

車が一台、ミクマック・ロードを走っていった。ブラッドは頭をめぐらせて、その車を見送った。わたしはブラッドを見つめた。その朝は寒く、彼の息は白くなっていた。彼はわたしに視線をもどした。「こんなふうに会ってもいいもんかね」そう言って、上着の前ポケットのハードパックからマルボロ・レッドを一本取り出した。彼はマッチを擦り、風もないのに両手で囲ってタバコに火を点けた。

「あなたはうちの工事業者で、わたしは夫を殺されたばかりでしょ。わたしにはあなたに会う必要があるわけよ。今後どうするか決まるまで、しばらく工事は中止するって伝えなきゃならないんだから。何も問題ない。わたしは母のうちに行く途中なんだし。わたしたちのことは誰も知らないわけだしね。しゃんとしなきゃ、ブラッド」

「わかってる。そうするよ。ただな……きみはその場にいなかったろ。彼は怯えてたよ」

「そりゃあ怯えてたでしょうよ、ベイビー」

「でもそれだけじゃないんだ」

「どういうこと?」

「彼はいろいろ言っていた。きみは俺とは一緒にならないとか、俺は利用されてるんだとか」

「ただの憶測でしょ。銃を持って入ってくるあなたを見たとたん、わたしたちの関係に気づいたってことよ。それ以前にわかったわけはないんだから」

「彼は知ってたんだと思うよ。驚いた様子もなかったし。まるでずっと知ってたみたいだった」

その可能性はあるだろうか? わたしはちょっと考えてみたが、やっぱりありえないと判断した。「どうして彼にわかったっていうの?」

「そんなこと知るか。でもほんとなんだ、ミランダ。彼は知ってたよ」その声は甲高く、言葉とともにタバコを持つ手が上下に揺れた。

「シーッ、大丈夫よ。そうね、ほんとに知ってたかも。でももう彼は死んだの。だからそれは問題じゃない。わかった?」

「彼は誰かに話したかもしれない」

「誰に話すっていうのよ? テッドのことならよく知ってる。彼には親しい友達なんていないの。たぶんわたしたちのことはただ疑ってただけね。でも誰にも話しちゃいないわ。絶対よ」

「わかったよ」ブラッドは深く長々とタバコを吸った。

「よく聴いて、ベイビー。ちゃんと話を考えとかなきゃ。あなたは工事業者で、テッドとわたしの仕事をしていた。テッドはいつもいなかったけど、わたしはいた。わたしはちょっと退屈してるみたいで、細かなことにいちいち首を突っ込んできた。でもその点をのぞけば、特に問題はなかった。わたしがあなたに言い寄ったことはない。あなたもわたしに言い寄ったことはない。せっかくありついたうまい仕事を、なんで自分がふいにするのか？　あの夫婦はめちゃくちゃ金持ちなんだから。テッドを殺しそうな人物なんて、あなたはまったく知らない。テッドとわたしがうまくいってたかどうかも、あなたはまったく知らない。あなたの見たかぎりじゃ、わたしたちはうまくいってるようだった。でも、正直なところ、あなたはさして注意を払ってなかった。それだけよ。それがあなたの知ってるすべて」

「わかった」

「復唱して」

「おいおい、ミランダ、ちゃんとわかったって」

「オーケー。それじゃ、ポリーとの夜のことを教えて。どうだったの？」

「うまくいったさ。〈クーリーズ〉で一緒に昼飯を食って、そのまま飲みつづけ、三時ごろ店を出て、俺のうちに行った。あいつは酔っ払い、俺がうちを出るころにはつぶれてた」

「彼女とやった？」

「おいおい、ミランダ」

「別に気になるわけじゃない。わたしはどうでもいいのよ。もしやってたら、それが一番なんじゃない？　彼女がいろいろ訊かれた場合」

「なんであいつがいろいろ訊かれるんだよ？　きみは言ったよな――」

「彼女が何か訊かれることはない。わたしは念のために確かめてるだけ。ポリーはあなたのアリバイなんだから。万が一、警察があなたのアリバイの裏をとろうとした場合、彼女がなんと言うか知りたいの」

「その点は心配ない。たぶん俺のことを自分の彼氏だと言うんじゃないか。俺たちはしばらく飲んで、そのあとうちでセックスした。向こうは、夜じゅう俺と一緒だったと言うだろう。自分が酔いつぶれたなんて言いっこないさ。あいつのことならわかってる」

「あなたが帰ったとき、彼女はまだうちにいた？」

「ああ、おんなじ場所にいたよ」

「彼女を起こした？」

「ああ、きみに言われたとおりにしたさ。俺はポリーを起こした。十時ごろだったな。そのあと俺はあいつを本人の車まで連れてった」

また一台、車がミクマック・ロードをくねくねと走っていき、ブラッドはふたたびそれを見送った。彼はタバコを投げ捨てていて、自由になった手でもみあげを軽く引っ張った。「オーケー」わたしは言った。「もう行くわね。作業の人たちに何日か休みをとるように言うのよ。今後どうするかわたしが決めるまでね。また連絡する。でもそれは工事のことを話すためなの。いい？」

「ああ、わかってる」

「何も起こりゃしないから、ブラッド。絶対よ。警察はあなたとは話そうともしないと思うわ」

「わかってるよ」

道のほうを見やり、人目がないのを確かめながら、わたしは前に進み出た。ブラッドの大きなごつい手をつかむと、それを下へ、自分のはいているヨガパンツの前側へと導いた。下着ははいていなかったし、ちょうど金曜日、数時間のマイアミ滞在のあいだに、女友達とスパに行き、ブラジリアン・ワックスの全処理コースに耐えてきたばかりだった。わたしはブラッドの手をさらに押し下げ、自分の脚のあいだへやった。「全部終わったら」わたしはささやいた。「知らない人ばかりの熱帯の島に行って、長い休暇をとりましょうよ。そのときはわたし、あなたとやりまくるつもりよ」

「わかったよ――おいこら」彼は手を引っこめて、一歩うしろにさがった。「人に見られるぞ」

「心配性なのね」わたしは言った。「それがあなたの困ったところよ」

「わかったよ」ブラッドはそう繰り返し、パックからまた一本タバコを取り出した。彼は自分のトラックにちらりと目をやった。たぶんグローブボックスに収まっているボトルのことを考えているんだろう。

「もう行かなきゃ、ベイビー」そう言って、わたしは車に乗りこんだ。「冷静でいること、いいわね？」

ブラッドはうなずき、わたしはUターンして私道を出た。ブラッドを使ったのは大失敗だった。それは歴然としている。なのにわたしにできることと言えば、警察がボストン市外まで捜査の手を広げないよう、また、彼を聴取の対象としないよう願うことだけなのだった。

わたしは州間高速95号線にもどり、オロノ（メイン州中央部の町）への長い旅に乗り出した。テッドと結婚したあと、わたしはボストンの近くに越してくるよう母を説得したけれど、母はメイン州に留まると言ってきかなかった。わたしがいくらかお金をあげると、最終的に母は地元に千六百平方フィートのタウンハウスを買った。その家のステンレス製の冷蔵庫と花崗岩《かこう》の調理台が母の気に入ったのだ。わたしは、オロノのいい家なんて、ボストンの駐車スペース一区画の半分の価値しかないわよ、と言ったけれど、それでも母は引っ越してきたがらなかった。母がメイン州を離れようとしなかったのは、新たに手に入れたお金を友人たちに見せつけたかったからじゃないかと思う。その家と一緒に、母は新しい服とメルセデスも買った。

「このわたしがいまじゃメルセデスに乗ってるってお父さんに話してあげた？　お父さんとわたしも前に一台持ってたのよ。ほんの五分間だけね」車を買ったあと、母はわたしにそう言った。

「パパはママがどんな車に乗ってるかなんて関心ないと思うよ、ママ」

「お父さんはインテリだから、誰がどんな車に乗ってるかなんて関心ないってわけ？」

「そうじゃなくて。パパはママがどんな車に乗ってるかに関心ないってことよ、ママ」

これは数週間前のことだ。母とわたしはそれっきり、きのうまで言葉を交わしていなかった。わたしが電話をかけ、彼女の義理の息子テッドが家に侵入した泥棒に殺されたと告げるまで。

わたしは母に、二、三日そっちに行く、ボストンにはいたくないから、と言った。

「当然よ、フェイス」母はいまだにわたしをフェイスと呼んでいる。それはわたしのミドルネームで、六歳から大学卒業までわたしはその名で通っていた。小学一年生のとき、他にもうひとりミランダという女の子がいると知り、わたしはどうしても名前を変えると言い張った。ミランダにもどると告げたとき、母はこれを拒否した。「ようやく慣れたばかりなんですからね、フェイシー、もとにもどす気はないわ」

母と過ごすためメイン州に行くと伝えたとき、キンボール刑事はあまりいい顔をしなかった。

「警察のほうでボストン市内に宿をとることもできますよ」彼は言った。「お母様にこちらに来ていただいてはどうでしょうか」

「わたしがボストンにいるのは重要なことなんですか?」

「何かお聴きしたいことが出てきたとき、あなたがここにいらっしゃれば助かるでしょうね」

ヘンリー・キンボール刑事は話す声が小さく、警察で出世を望むには線が細すぎる感じがした。彼はやや長すぎる茶色の髪と茶色の目の持ち主で、ジーンズの上にツイードっぽい上着を着ていた。わたしには彼が、大学時代、文学誌を作ってました、というような、世渡り下手のダメ男に見えた。彼を落とすにはどれくらいかかるだろう? わたしはそう考え、秒殺だろうな、と思った。

「でもメイン州に行くだけのことですから。わたしの携帯の番号はご存知ですよね? わたし、ここにはいられないわ……いまこのうちには。おわかりでしょう……」

「もちろんです、ミセス・セヴァーソン。よくわかりますよ。では、また連絡をとりあうとしましょう。捜査に何か進展があったら、すぐにお電話します」

この会話が交わされたのは、わたしがテッドの遺体を確認したあとのことだ。わたしは警察署からタクシーで家まで帰り、バッグに荷物を詰めた。ブラッドはこんなにすぐにメイン州に行けば怪しまれると考えていたけれど、わたしはごく自然な行動だと思った。

夫を失ったあと、わたしが母親と過ごしたがることには、なんの不思議もないはずだ。ただし、たまたまわたしの母を知っているという人にとっては、話は別だろうけれど。でもメイン州への車の旅は、ケネウィックに寄ってブラッドの様子を確認し、彼の臆病風をどの程度心配すべきか推し量るチャンスを与えてくれた。そうして判明したとおり、心配する必要はまちがいなくあった。

ポートランドを通過すると、まともなラジオ局の電波は入らなくなり、わたしはテッドがいろんな曲を入れて作ってくれたCDのひとつをプレイヤーに入れた。それは、わたしたちが出会ったパーティーでかかっていたとテッドが言い張る、ある歌から始まった。ヴァンパイア・ウィークエンドの「マンサード・ルーフ」。あのパーティーで聞いた覚えはなかったものの、わたしはその曲が好きで、CDと一緒に歌った。テッドと結婚したとき、わたしには彼を殺す気なんてなかった。別に愛していたわけじゃないけれど、彼のことは充分に好きだった。それに彼は気前がよくて、文句も言わずお金を使わせてくれた。もっとも文句を言う理由もなかったわけだけれど。わたしの知るかぎり、お金は無尽蔵にあるようだったから。そしてある朝、ボストンの家で目覚めたときのこと。寝室の窓からは日の光が射しこんでおり、テッドのほうを見やると、彼は顔に枕の跡をつけ、まだぐっすり眠っていた。わたしは、前日、髭を剃り残したらしい顎の下の黒っぽい部分を見つめた。彼はいびきをかいていた。軽くだけれど、その不規則な呼吸は、まるで息がどこかにひっかかるみたいに、いちいち鼻の奥の小さなしゃっくりで始まるのだった。それを聞いていると、無性に腹が立ってきた。そしてわたしは気づいた。残る一生、わたしは目を覚ますたびに、この顔を眺めるのだ。どんどん老けていき、ますますいびきをかくようになるこの顔を。それだけでも悲惨なのに、この男が目覚めるなりこっちを眺め、すごく満足げな顔をして、「やあ、美人さん」とかなんとか言うことも、わたしにはわかっていた。それこそ最悪だ。なのに、わたしはほほえまなきゃならない。本当の望みは、彼の顔を殴りつけ、あの馬鹿みたいな笑いを吹っ飛ばすことだけだっていうのに。そのときテッドが身じろぎした。彼が目覚めかけているのがわかった。できるだけ静かに掛布団をめくって、ベッドの縁《ふち》からそっと脚を下ろしたけれど、遅すぎた。テッドは目を覚まし、わたしの背中を一歩指ですーっとなでた。それから、眠たげなのろくさい声で言った。「どこに行くの、セクシー？」そのとたん、だめだとわかった。お金はほしいけれど、一生テッドと過ごすなんて耐えられない。到底無理だ。わたしたちはちょうどケネウィックの家の建築に取りかかったところだった。わたしは、工事業者のブラッド・ダゲットのことを頭に浮かべた。あの男は家の建築以外のことにも使えるんじゃないだろうか。

バンゴア（メイン州東部の町）郊外に着くまでにＣＤは二巡していたけれど、わたしは同じのを聴きつづけた。州間高速95号線を下りて、トーマス・ヒル給水塔を通過し、市内までつづくケンダスキーグ・アベニューに入った。空は荒れ模様だったし、木々の葉はすでに黄葉し、落ち葉となっていた。その大部分は袋に詰めこまれるか腐葉土にされるかしていて、町はこけら板と煉瓦のおなじみの配色――低い灰色の空の下の低い家並みへともどっていた。

わたしはステート・ストリートに入り、ペノブスコット川にそって、北のオロノをめざした。母の家まであと四分の一マイルというとき、携帯がプルプルと鳴りだした。わたしはCDの音量を下げ、電話に出た。

「ミセス・セヴァーソン。キンボール刑事です」

「こんにちは」わたしは言った。どんな用件かもわからないのに、心臓が小さくドキンと鳴った。

「お邪魔してすみません。ひとつお訊きしたいことがありまして。ご主人があの日……金曜日の昼間、何をしていたかご存知ありませんか？」

「うーん。わたしの知ってるかぎりでは、ずっと家にいたはずですけど。朝、フロリダに出かける前に、夫と話したんです。彼は仕事があるって言っていました。それに、夜はうちでひとりで食べるって。ラムを焼く予定だったんですよ。わたしも、肉を冷凍庫から出すのを忘れないよう彼にメールを打っています」わたしはちょっと声を震わせた。

「ふうむ。マサチューセッツ州のウィンズローに誰かご主人の知り合いはいますか？」

わたしは車のスピードを落として、母のタウンハウスをさがした。

「ウィンズロー。誰もいないと思いますけど。どうしてですか？」

「ご主人の車のなかから、ウィンズロー町の駐車違反切符が見つかったんです。ご主人が亡くなられた金曜の午後二時三十三分のものです。それで、ご主人がなぜそこに行ったのか、奥さんがご存知じゃないかと思いまして」

母の家の私道が見つかった。ダイヤモンドホワイトのメルセデス・クーペが。わたしはその隣に車を入れた。

「ぜんぜんわからないわ。ウィンズローってどこでしたっけ？　確か大学があるところですよね？」

「ええ。そこにご主人の仕事の関係者はいませんか？」

「いるかもしれません。わたしにはわかりませんけど。でもどうして？　そのことが事件に関係あると思っていらっしゃるの？」

「いえいえ。ただ、ありとあらゆる手がかりを追っているまでです。では奥さんの知るかぎりでは、ご主人は金曜の昼間、知り合いに会ってはいなかったわけですね」

「ええ、わたしの知るかぎりでは。でもわたしは留守にしてたわけだし……」

「もちろんです。ありがとうございました、ミセス・セヴァーソン。他に何か気づいたり、ウィンズローにいそうなご主人の知り合いを思い出したりしたら、ぜひご連絡ください。わたしの電話番号はご存知ですね？」

「いま電話をいただいたでしょ。それでわかるわ」

「そうでした。ではよろしく」

わたしはしばらく車内にすわっていた。二階のリビングの窓からこっちを見ている母の黒っぽい影に気づいてはいたけれど。警察は、殺された日にテッドがどこに行っていたか調べる必要を感じているらしい。その点がちょっと気がかりだった。こっちとしては、警察は単純にテッドが泥棒に反撃したとみなすものと思っていたから。わたしは深く息を吸いこんだ。母はいまもタバコを吸っているだろうか？　家にはタバコがあるだろうか？　そんなことをちらりと考え、それから気持ちを鎮《しず》めた。もちろん警察は、あの日テッドがどこに行ったか知りたいだろう。それが捜査の手順なのだ。でもテッドはなぜウィンズローに行ったんだろう？　それに、なぜそのことをわたしに話さなかったんだろう？　刑事に言ったことは嘘じゃない。わたしの知るかぎり、ウィンズローにテッドの知り合いはいないのだ。でもその町の名前にはなんとなく覚えがある。なぜなのかはわからない。知り合いの誰かが現在そこに住んでいるのか、それとも、わたしがウィンズローとウィンチェスターを混同しているんだろうか？　それにしても、なぜテッドはウィンズローに行ったんだろう？　彼のほうにも秘密があったとか？　これでまた心配の種が増えた。ブラッドが崩壊しそうってやつの他にもうひとつ。ほんとに泣けてくる。

オロノの冷たい外気のなかへ、わたしは足を踏み出した。枯葉が私道を転がっていく。ミニの後部座席からバッグを取ると、わたしは母のタウンハウスの玄関へと向かった。

第十八章　リリー

　ウィンズローからケネウィックまで運転していくあいだ、わたしはミランダがテッドにしたことについて考えつづけた。テッドはお人好しだった。確かに彼自身もミランダを――それにブラッドまでも――殺そうとしていた。でもわたしにはわかる。根っこの部分では、彼は人を殺すような人間ではない。生まれながらの捕食動物ではないのだ。そしていま、わたしは彼がずっと獲物であったことを悟りはじめていた。テッドはミランダの手が迫っていることを無意識のうちに感じていたのではないだろうか？　彼がミランダを殺す気になったのはだからではないだろうか？　深い草のなかにじっと身を潜める猫の気配をネズミが察知するように、彼もミランダの気配を背後に感じたのではないだろうか？

　その日は寒く、曇っていたが、車の窓は少し開けてあった。ポーツマスのすぐ北で州間高速95号線を離れ、環状線に入ると、潮風のにおいがしてきた。わたしはメイン州をよく知らない。マサチューセッツ州に住んでいるので、コッド岬《みさき》には何度か遊びに行ったことがあり、そのときはウェルフリートで勤め先の友人の家に泊めてもらったものだが、州境より北には数えるほどしか行ったことがなかった。わたしはルート1に入って、アウトレットの国、キタリーを走っていき、テッドがミランダをスパイするために双眼鏡を買った店、〈トレーディング・ポスト〉に目を留めた。この道にいる彼の姿がわたしには見えた。それもほんの数週間前のことなのだ。彼がどんな気持ちだったか、わたしにはわかった。愛する人に裏切られたときの、あの恐ろしい胸の虚《うつ》ろな感覚が。

アウトレット店の街を通過すると、景色が開け、海辺の湿地が見え隠れしはじめた。それに、遠くには大西洋も。それは、低く静かな空とほとんど同じ灰色をしていた。

〈ケネウィック・イン〉はすぐには見つからなかった。わたしはケネウィック・ビーチでルート1を離れ、南のケネウィック港方面へ引き返さねばならなかった。途中、潮風で色褪《いろあ》せたキャビンの小さな群《ぐん》をいくつか通り過ぎ、ブラッドとその家族が所有しているのはどの群だろうと思った。わたしは〈クーリーズ〉も通り過ぎた。日曜の午後の早い時間帯なので、ネオンは点いていなかった。駐車場では、ピックアップ・トラックが一台、アイドリングしていた。わたしはブラッドがもう来ているのだろうかと思った。ケネウィック・ビーチを通過すると、ミクマック・ロードは高級住宅地に入って、くねくねと進みだした。わたしは窓の外にじっと目を据え、テッドとミランダが建てていた家をさがした。それはすぐに見つかった。はるか彼方の崖に立つベージュの巨大な建築物。その向こうには黒っぽい海が広がっている。家の正面には大きなゴミ容器がふたつあったが、こちらから見たかぎり車は駐まっていなかった。

わたしはそのままホテルまで運転していき、ほぼ空っぽの砂利の私道に車を停めた。凝《こ》った書体で彫刻された木の看板の下には、「空室あり」の札がかかっていた。そうだろうと思った。なにしろ十月の日曜日なのだ。この季節、観光客は山に紅葉《もみじ》狩りに行き、海岸線は四季を通じてそこに住む人々のものとなる。

わたしは〈ケネウィック・イン〉を観察した。道路の真ん前に立つ、柱梁《ちゅうりょう》構造の建物。裏手には、もとの部分に調和するよう、古びた感じに作った大きな増築部分がある。外装の木造部は最近白く塗られたばかりで、曇天《どんてん》の薄暗い光のなかでさえ、贅沢と快適を約束して輝いているようだった。部屋をとるのが利口なことなのかどうか、わたしにはわからなかった。わずかながらミランダもそこに泊まっている可能性はある。ただ、その見込みはとても薄い。彼女はつい先日、夫を殺されたばかりなのだ。当然、ボストンで事後処理に当たっているだろう。彼女でも確信は持てない。もっとも、彼女に出くわすのは最悪のこととは言えない。彼女には、自分の夫とわたしとのかかわりを疑う理由などないのだから。わたしたちのあいだにはなんの接点もない。とはいえ、そのことは彼女に警戒心を抱かせるかもしれない。そして、わたしの計画を成功させるには、彼女には気をゆるめていてもらわねばならないのだ。

わたしは泊まることにした。実を言えば、ミランダが過去一年、大半の時間を過ごしてきた場所を見てみたかったのだ。ここではみんなが彼女を知っている。何か噂話を聞けるかもしれない。そのすべてがわたしに有利に働くだろう。

車からフロントに向かうとき、冷たい空気は木の煙のにおいがしていた。ホテルの横手のドアに近づくと、ペンキのハネだらけのつなぎ服を着た作業員がそのドアから出てきた。荷物を手にわたしがそこを通るとき、作業員はドアを押さえていてくれた。わたしは幅の広い厚板を張ったでこぼこのフロアを歩いていった。フロントには誰もいなかった。しばらく待ってから呼び鈴を鳴らすと、ハンドル形の口髭を生やした灰色の髪の男が横のオフィスから現れた。名札には、コンシェルジェ、ジョン・コーニング、と記されていた。

「チェックアウトですか？」

「それがチェックインなんです。部屋があれば。予約はしていません」

手続きには十五分ほどかかった。ジョンは空いている部屋のいくつかを紹介した。わたしはホテルの古い棟にある一室に決めた。天井が低いとことわりがあったが、海の眺めがすばらしい部屋、とのことだった。

「遊びに来たのかな？」ジョンは訊ねた。

「二日お休みがとれたし、こっち方面に来たことがなかったから、旅してみようかと思って」

「なるほど。お客さんは最高の場所を選んだわけだ。うちにはスパもありますよ。予約が必要ですが。前もって電話してください。食堂は今夜はやっていません。でも地下の〈貸し馬亭〉は空いているし、料理も負けずにうまいからね。おすすめはロブスター入りＢＬＴサンドウィッチです。よかったら近くのレストランもご紹介しますよ。誰かに部屋まで案内させますか？」

わたしはその必要はないと言い、狭い階段を二階までのぼっていった。部屋からの眺めというのは、道路の向こうの崖にごちゃごちゃ生えた一群の木々越しに見える海のスライスにすぎなかったが、部屋そのものは上等だった。紺色の壁、シェーカー風の家具、四柱式ベッド。そのベッドにはなんと本物の赤白青のキルトがかかっていた。もちろんわたしは、テッドとミランダもここに泊まったことがあるのだろうかと考えた。彼らはこのベッドで一緒に眠ったのだろうか？

わたしは荷物を解いた。フロントのジョンには二泊の予定と言ったものの、着替えはもっと持ってきていた。室内は暑かった。暖房器がカチカチ、シューシューいっている。わたしは窓を開けてその場に立ち、冷たい空気に全身を包みこませた。低く垂れこめた雲は午後の経過とともに薄れつつあり、わたしにはホテルの影が長くなり、道路の向こうへと伸びていくのがわかった。一時間もしないうちに、外は暗くなるだろう。岸壁の遊歩道を歩いてみるつもりだったが、それは明日でもかまわない。わたしは窓を少し開けたままにし、やわらかなベッドに横になった。天井で黒っぽい梁《はり》が十字を描いていた。この部屋でこれと同じものを眺めているミランダをわたしは思い描いた。シーツの下にひとり裸で横たわり、自分の人生のふたりの男――夫と愛人のことを考え、殺人計画を練っている彼女を。わたしが彼女を誤解しているということはありうるだろうか？　テッドが本当に泡を食った泥棒に殺されたということは？　そうは思えなかったが、その可能性があることはわかっていた。それこそが、まず第一に確認せねばならないことであり、早急にブラッドに会わねばならない理由でもあった。

わたしの頭はミランダであふれかえっていた。何年も前、〈セント・ダンスタンズ〉のあの酔っ払いの夕べで、わたしの目をじっとのぞきこんだ彼女を、わたしは思い出した。彼女はあなたの目を観察したいと言い、わたしは彼女がそうするのを許した。彼女の息はかすかにウォッカの甘い香りがした。その一方の手はわたしの手首に触れていた。彼女はわたしの目のなかに見える色を残らずわたしに教えた。そのときわたしは、彼女は何を企んでいるのだろうと考えた。そして、きっと理由はエリックにあるのだ、自分の前の彼氏とつきあっているから、わたしを怖がらせようとしているのだ、と思ったが、いま考えると、理由はわたしにあったのではないかと思う。ミランダはわたしの目に何を見たのだろう？　井戸の底のチェットが見えたのだろうか？　エリック・ウォッシュバーンを超える、ふたりの共通項が？

もう名前を覚えていないひとりの男子学生が「さっさとキスしちまえ」と部屋の向こうからどなり、わたしたちの目は互いからそれたが、あのひとときをわたしは忘れたことがない。彼女のほうも覚えているだろうか？

わたしは五時少し過ぎまで部屋に留まり、その後、いちばんタイトなジーンズに着替えた。髪はポニーテールにまとめ、化粧は黒っぽいアイライナーを引いて、いつもより濃いめにした。〈貸し馬亭〉で夕食をとったあと、ビーチの〈クーリーズ〉に行ってみるつもりだったので、店になじむ格好をする必要があったのだ。

わたしがカウンター席に着いたとき、〈貸し馬亭〉の店内はひっそりしていた。バーテンの男――サスペンダーとネクタイを着けた不機嫌そうな巨漢は、レモンとライムを切っている最中、ウェイトレスのほうはテーブルをふいているところだった。バーのフロアは細長かった。その片側には火の気のない暖炉があり、反対側には灰色の長い髪の男がいて、アコースティック・ギターをケースから出したり、アンプをセットしたりしていた。わたしはオークのカウンターの下のフックにバッグをかけて、ライトビアをオーダーした。ボトルの棚に置かれたテレビがフットボールのハイライトを放映しており、わたしはその番組に興味があるふりをした。日曜の夜に来るお客などいるのだろうかと思ったが、六時ごろ、わたしが二杯目のビールをちびちびやっているときには、少なくとも十五人はお客が来ており、そのほとんどがカウンター席にすわっていた。アコースティック・ギターの男はすでに二曲、イーグルスの曲を歌い終えていた。朝食以来何も食べていなかったわたしは、ターキー・バーガーとスイートポテト・フライをオーダーした。ちょうど料理が来たとき、わたしの宿泊手続きをしたあのコンシェルジエ、ジョンが隣の隣のスツールにすわって、グレイグースのマティーニをオーダーした。

「どうも」わたしはそう言って、バースツールをほんの少し彼のほうへ向けた。

彼の目がこちらの顔をさぐるのをわたしは見守った。自分がチェックインしたときとかなりちがって見えることはわかっていた。長い間があって、彼はようやく言った。「どうも、予約なしのお客さんだね。部屋は気に入ったかな」

「とってもすてき。あなたの言ったとおりね」

「なかに入るときドア枠に頭をぶつけなかった?」

「やりそうになったわ」

ジョンの飲み物が来た。そのウォッカはグラスの縁で盛り上がりぷるぷる震えていた。「どうやってこいつを飲めっていうんだよ?」彼がバーテンに言うと、バーテンは無言で小さな黒いストローをぐいと取って、ジョンのマティーニに放りこんだ。ジョンはウォッカの高さを四分の一インチほど下げてから、バーテンに向かってストローをポイと投げ返した。それはバーテンの胸に当たって、そのまま床に落ちた。

「仕事を終えたあと、百ヤードも移動しないでマティーニが飲めるなんて、いいわね」わたしは言った。

「さっきここを最高の場所だって言ったのは冗談じゃないんだよ。このわたしこそいい宣伝だよなあ？　自分の職場で飲んでるわけだから」彼の笑いは忍び笑いに近く、その肩は上下にひくひく動いていた。

わたしたちはしばらく雑談した。わたしはバーガーを食べ、ジョンのほうは氷を加えながらマティーニをちびちびと飲んでいった。わたしは希望を捨てかけた。このぶんだとテッドとミランダのゴシップを偶然聞くことはなさそうだ。ところが、二杯目のマティーニが来たとき、ジョンが訊ねた。「ボストンに住んでるって言ってたね」

「いいえ、でもマサチューセッツ州よ。ウィンズロー。ボストンの二十マイルくらい西」

「サウスエンドの殺人のことは読んだ？　テッド・セヴァーソンの事件」

「ええ、読んだ。家宅侵入か何かよね？」

「そう。彼はこの近くに家を建てていたんだよ。ホテルの前の道を一マイルちょっと行ったところに」ジョンは肉付きのいい大きな手で北を指し示した。「あの夫婦は始終、ここに泊まってる――いや、泊まってたんだ」

「嘘でしょ？　あなたもその人を知ってたの？」

「ようく知ってたとも。奥さんのミランダのほうも。彼女はこの一年、ここに住んでたようなもんなんだ」

「実際、住んでたのさ」バーテンが沈黙を破って言った。「夕飯はここで食うことが多かったしな」

「シドニーはまだ話を聞いてないのかい？」ジョンがバーテンに訊ねた。わたしは、カウンターのずっと向こうの若い女ふたりが話すのをやめ、こちらの会話に聞耳を立てているのに気づいた。

「知らないな。でも聞いてるんじゃないか。町じゅうに広まってるもんな」

「その家はもう完成しているの？」話に加わっていたかったので、わたしはそう訊ねた。

「いや、まだなんだ」ジョンが言った。「岸壁の遊歩道の終点まで歩いてきゃ、見られるよ。すごくでかい家になるはずだったんだ。ちょっと目障りだと思ったがね。わたしがそう言ってたなんて人には言わんでくれよ」

「今後その家はどうなると思う？」

「いやあ、わからんなあ。ミランダは家を完成させて、こっちに越してくるかもな」

「そりゃあ越してくるに決まってるわよ」そう言ったのは、盗み聞きしていた女たちの一方だった。彼女らはどちらも二十代で、ひとりはニューハンプシャー大学のスウェットを着ており、もうひとりはウィンドブレーカーにペイトリオッツのキャップという格好だった。口をきいたほう、スウェットを着た女は、まだ短いこれまでの人生を通じてずっとタバコを吸いつづけてきたかのように、すでに声ががらがらだった。

「そう思うかい？」ジョンが訊ねた。

「うん。だって彼女、どのみちもうこっちに住んでたようなもんだし、ここが大好きだとか、あの家はすごい家になるとか、のべつ言い立ててたもの。彼女はメイン州の出なのよね。オロノだってさ。まあ、旦那が死んじゃったとなると、あんな大きな家には住みたくないだろうけど、彼女がここに越してきてもわたしは驚かないな。あれだけお金があれば、どこにだって住めるもんね」

「家がまだ完成していないなら、どうして彼女は始終ここに来ていたの？」わたしは訊ねた。

ジョンが答えた。「工事の監督をしてたわけだよ。本人によると、あの家は彼女が設計したようなもんなんだとさ。旦那のほうは週末に来ていた。ここの者はみんな、彼をよく知っていたんだよ」

「彼ってどんな人だった？」

「どんな人かって？　いいやつだったが、ちょっととっつきにくかったかな。みんなミランダとは親しくなった気がしたが、テッドとはそうでもなかった。まあ、それはただ彼女がずっとここにいたせいなんだろうがね」

「それに、ミランダはいつもバーテンにおごったけど、テッドは一度もそういうことがなかったし」これはペイトリオッツのキャップの女の発言だった。そう言ったとたん、テッドが殺されたことを思い出し、彼女は青くなって、口もとを手で覆った。「でも別に……」言葉が途切れた。

「ふたりはお金持ちだったの?」わたしは訊ねた。

これには、このささやかなゴシップの集いの全員が即座に反応し——ふたりの女は異口同音に「そりゃあもう」と言い、ジョンはほうっと息を吐き、バーテンは大仰にゆっくりとうなずいてみせた。

「超金持ちさ」ジョンが言った。「あした岸壁の遊歩道を歩いていって、ぜひあの家を見ないとな。絶対見逃しっこないから。十いくつも寝室があるんだ。誇張でもなんでもなく」

あのギタリストがストーンズの「ムーンライト・マイル」を弾きはじめ、それをBGMに、わたしの新しい友人たちはテッド・セヴァーソンと妻のミランダがいかに金持ちかを語った。フード付きスウェットの女は、「億兆長者」という言葉を使い、ジョンのほうはふたりは「とっても裕福」だと言った。そのあとわたしはトイレに立ったが、もどってみると女ふたりは飲みかけのバドライト・ライムにコースターで蓋をして、タバコを吸いに出ており、ジョンはわたしに新しいビールを買ってくれていた。

「ゴシップついでに訊いてしまうけど」もとのスツールにするりとすわって、わたしは言った。「ご主人が来てないのに、そんなに始終このホテルで過ごしてたなんて、なんだか変よね。彼女は誰か男の人に会っていたんじゃない?」

ジョンはハンドル形の口髭の一方をなでた。「それはないと思うね。テッドが来ると彼女はいつも大喜びしてたよ」その声は、少し穿鑿《せんさく》しすぎじゃないかと言いたげに、わずかに冷ややかさを帯びていた。

「ちょっとどうかなと思っただけ」わたしは言った。「ほんとに悲しい話ね」

わたしはもう何杯か飲むため、その場に留まった。一方、ジョンは二杯目のマティーニを飲み終えると立ち去った。わたしは席を移動し、あのふたりの女の仲間に加わって自己紹介した。ふたりはローリーとニコルといい、どちらもウェイトレスだった。一方はポーツマスの魚料理の店で、もう一方は二マイル先の海辺のホテルの食堂で働いているという。日曜の夜は、ふたりのお出かけの日だった。彼女らが話題にしたがるのはテッドとミランダのことばかりで、その話しぶりはときに厳粛に、ときに猥雑《わいざつ》になった。八時までに〈貸し馬亭〉はほぼ満杯になり、わたしたちの仲間には、新たにふたり、ローリーとニコルの友人が加わっていた。マークとキャリーは三十代で、やはり飲食業界の人だった。彼らがすわったあと、テッド・セヴァーソン殺害に関し、すでに語られたことの多くがもう一度語られた。わたしはそこに留まり、ほぼ聞き役に徹していた。〈クーリーズ〉に行くのはつぎの夜にすることに、すでに決めていた。ずっとライトビアで通してはいたものの、わたしは飲みすぎていた。そのほとんどは新しい友人たちのおごりだったが。これでは酔いすぎていて、ブラッド・ダゲットときちんと話ができる気がしなかった。

閉店時間が近づき、一同の声がそれまで以上にやかましくなったところで、わたしはもう一度、ミランダがメイン州に来て浮気をしていた可能性について訊いてみた。

「それはないと思うな」ローリーが言った。彼女はそのグループのなかでミランダといちばん親しい人間を自称していた。「もし浮気してたなら、いつやってたのかがわからない。だって彼女は夜はいつだってここにいたし、最後にまっすぐ部屋に帰ってたもの。ううん、ここじゃ何もしてなかったと思う。このへんにはほとんどいい男もいないしね」

「確かに！」ニコルが言った。

「気を悪くしないでよ、マーク。あんたはもう相手がいるんだし。でも、まじめな話、それはないと思うな」

「だけど彼女、めちゃめちゃいい女だもんな。誰かいるんじゃないかって思うよな」マークが言い、彼の恋人のキャリーも心から同意してうなずいた。それに、ニコルとローリーも。

「そんなに？」わたしは訊ねた。

「うん、そうなんだよ。まるでモデルみたいでさ。最高にセクシーなんだ」

「それじゃきっと言い寄られたでしょうね？」

「他の店なら絶対だね。たとえば〈クーリーズ〉とかならさ。でもここは別だよ。ちょっとちがうんだ。この店は女を拾うためのバーじゃないから」

「シドニーなら彼女を拾ったかも」キャリーが言った。

またしても全員が反応し、いっせいにうなずいた。「確かにね、シドニーは夢中だったよね」ローリーが言った。「シドニーっていうのはね、リリー、たいていの夜、この店にいるバーテンなの。彼女はミランダに惚れこんでいた。でもそれは一方的だったから」

それ以上は何も得られなかった。十時にバーが閉まると、わたしは部屋にもどって、寝間着代わりのボクサーパンツとTシャツに着替え、シーツをゆるめてからベッドにもぐりこんだ。

足を自由に動かせないと、眠れないたちなのだ。ベッドサイドのランプを消すと、部屋は真っ暗になった。わたしにはなじみのない漆黒《しっこく》の闇。ウィンズローの自宅の周辺は静かだが、うちの前の通りには街灯があり、わたしの寝室が真っ暗になることは決してない。わたしはテッドのことを考えようとしたが、室内の闇は彼がいまどこにいるかをわたしに思い出させた。眠りへと螺旋《らせん》降下していくとき、わたしの意識にしきりと入りこんできたのは、ミランダだった。わたしの目の一インチ先にある彼女の目、手首を軽く握っている彼女の手。その手の力は次第に強くなり、鋭い爪は鉤爪《かぎづめ》と化して、わたしの皮膚に食いこんできた。

第十九章　ミランダ

オロノでのあの夜――テイクアウトのまずい中華料理を食べ、母が自分の哀しい日常について語る代わりに、わたしの死んだ夫のことをいろいろ訊いてくれようと努力するのを見守ったあと――わたしは殺風景な客用寝室でその部屋の唯一の家具であるツインベッドに横になった。壁の色はレモン・シフォンっぽいおぞましい白で、外の街灯からのおぼろな光のなかでさえ、そのべとべと感は重苦しかった。

眠気はまったく訪れなかった。相変わらずブラッドの肝っ玉の小ささが心配だったし、ブラッドに殺された日、なぜテッドがウィンズローに行ったのかも気になっていた。わたしはその町の名を一日じゅう唱えていた。ウィンズロー、ウィンズロー。やっぱりまちがいない。そこには誰かわたしの知り合いがいる。当然、それはテッドも知っている人物だ。わたしは脳みそをしぼり、わたしとテッドの友達を残らず思い浮かべて、答えを見つけようとした。それまでのところ、成果はゼロだったけれど。

わたしは親指の爪のまわりの皮を噛みつづけ、血の味がしてきたところで自分にブレーキをかけた。起きて階下に行き、母が持っていないふりをしているタバコをさがそうかとも思った。でも、もし物音を聞きつけたら、母が部屋から出てきて、またぞろべちゃくちゃしゃべりだすことはわかっていた。そこでわたしは自慰をしてみた。わたしの知る唯一の、確実に眠りを呼びこむ方法だ。いつもどおりのっぺらぼうの男たちを思い浮かべたが、彼らの顔はどうしてもテッドやブラッドの顔に変わってしまい、ついにわたしはあきらめて、眠れない夜に身を委ねた。わたしは天井をじっと見あげた。ときおり、車が外の道を通過するとき、そこをよぎる光の翼を。

いつのまにか寝入っていたにちがいない。目を開けると、ピンクのローブを着た母が、シャワーで濡れた髪のまま、そばに立って見おろしていた。

「なんなのよ、ママ」わたしは言った。

「ごめんね、フェイシー。ただ安らかに眠っている娘の顔が見たかっただけなの」

「問題はそこよ。わたしは安らかに眠っていたの」

「ならもう一度お眠り。わたしは下のキッチンにいるから。朝食は保温しといてあげるからね」

母が去ったあと、わたしはベッドに寝たまま、携帯をチェックした。前夜からずっと電源を切ってあったため、友達からの留守録やメールが千件も入っていた。みんな、お悔みを述べ、何かお役に立てないかと訊いてくれていた。わたしはテッド殺害について新たな情報がないか、ネットで調べた。どうやら何もなさそうだった。どの記事も相変わらず、無差別の家宅侵入、恐怖のなか団結する近隣住民といったことに焦点を当てていた。便りがないのはよい便り。わたしは自分にそう言い聞かせ、その日にボストンに帰ることにした。あるいはケネウィックでもいい。とにかくもう一昼夜、母と過ごすなんて考えられなかった。

朝食のとき、母とわたしは今後のことについて話をした。母が訊ねるのは、母のなかで初めから答えが出ていることばかりだった。昔からいつもそうなのだ。学校の初日は何を着ていくの？　どの大学に願書を出すつもり？　お父さんはいったいどうしてあんなことをするんだと思う？　その朝、母はわたしに、テッドが死んだとなると、この先どこで暮らすつもりなのかと訊ねた。「もちろんボストンじゃないわよね」わたしが答えるより早く、母は言った。「それはわかってるわ」

「ボストンよ、たぶん」わたしはそう応じた。

「フェイシー、そんなこと言わないで。ああいう事件があったわけですからね。あのあたりが物騒なのは明らかだわ。前々からそんな気がしてたけど、やっぱり思ってたとおりだった。わたし、あの映画を見たのよ。ほら、マット・デイモンが出てる、サウスボストンが舞台の

「――」

「ママ、わたしが住んでるのはサウスボストンじゃない、サウスエンドなの。そのふたつはまったく別の地区だから」

「別ってことはないでしょ。たとえそうだとしても、どっちも暴力的で危険なことに変わりはないわ。ここに越してくればいいのに。オロノのみんなに、あなたがどんなに出世したか見せてやるのよ。それだけお金があれば、この町でいちばん大きな家だって買えるんですからね」

「ママ、その話はしたくないの。いまはまだ。いいわね？」

母の名誉のために言っておこう。彼女は厳《おごそ》かにうなずくと、シンクに向かって皿洗いを始めた――ときどきわたしへのあてつけに小さくため息をつきながら。わたしは母の不作法と身勝手さを許した。いつもそうなのだ。人格は五歳までに形成され、決定されると言うけれど、母、サンドラ・ロイの人格、少なくとも人生後半のやつは全部、メイン大学史学部の学部長だった父が、一年生の女子学生に言い寄って終身教授の座を失った日に形成された。その瞬間まで、自分は贅沢な暮らしをしているのだと母は思っていた。ある意味、それは本当だったのだと思う。母はデリー（ニューハンプシャー州南東部の市）の貸しアパートで育ち、どうにかメイン大学までたどり着いて、そこでアレックス・ホバートに出会った。彼はバーモント州の中流階級の町出身の大学院生だった。母は三年のとき中退して彼と結婚し、数カ月後にわたしの兄アンドルーを、一年後にわたしを生んだ。わたしたちがまだ小さいころに、父は大学史学部の終身在職コースに乗った。彼は他に抜きん出て、メイン大学史上もっとも若い学部長となり、年々増えていくその給料はオロノにおいては実際ひと財産だった。子供はふたりだけで満足だった母は、一家のコロニアル様式の注文住宅を自分の一大事業とした。わたしが九歳のとき、わたしたち家族はヨーロッパに旅行し、母は新しいしゃべりかた——五〇年代のアメリカ女優みたいな、歯切れがよくて、母音がほんの少しイギリス人っぽいやつ——を身に着けて帰国した。

そして、わたしが高校に入った年に、すべてが崩壊した。父の古代エジプト史のゼミをとっていた一年生の女子学生が、よい評価と引き換えに彼女にセックスを迫る父の声を録音したのだった。その一件は公《おおやけ》になり、父はただちに解雇された。母は父をうちから放り出し、離婚訴訟を起こした。わたしはあの年を、母の長ったらしい憤激のひとり語りによって記憶している。どうも母は、性的脅迫をしたことより実入りのいい職を失ったことで父を責めているようだった。一連のひとり語りの聞き役はわたしだった。アンドルーはまずはマリファナに、次いでロックバンド、フィッシュに出会い、自由な時間はすべて、大型ヘッドホンで頭をすっぽり包みこみ、自分の部屋で過ごしていた。わたしたちには蓄えなどなかった。お金は全部、家の調度や休暇に注ぎこまれていたのだ。離婚から二年後、母はコロニアル様式の家を売り、わたしたちは通常は学生が入居している寝室三部屋の屋根裏のアパートメントに引っ越した。当時、高校四年だったアンドルーはそこに移って一カ月足らずで友達の家に引っ越した。母は抗議したけれど、実は気にしていないことがわたしにはわかっていた。母はすべての男に敵意を抱いていたし、そこにはわたしの無気力な兄も含まれていたのだ。「これで女だけになったわね」母は言い、その部屋は仮住まいにすぎないと主張した。でも母とわたしは、わたしが高三のときも高四のときも、ずっとそこにいた。兄は卒業し、翌年一年はフィッシュの全国ツアーを追いかけて過ごした。ツアーはサンディエゴで終わり、彼はいまもそこで暮らしている。この前わたしが聞いたところによれば、彼は醸造酒場《ブルーパブ》で働いていて、どこかで出会った四人の子持ちの女と同棲しているらしい。テッドが死んだとき、兄はわたしに電話をよこし、メッセージを残したけれど、わたしは折り返しの電話をしなかったし、たぶん今後もしないと思う。

離婚後、父はポートランドに移り、地元のコミュニティー・カレッジで補助的な職を得た。母は歯医者の受付の仕事に就き、わたしたちはその給料と父から入るわずかばかりの養育費とでなんとかやりくりした。このふたりきりの女所帯におけるきまり文句は、母の人生はぶち壊された、でもわたしの人生はもっとよいものになりうる、というやつだった。そして、母の言う〝もっとよい〟とは、もっとお金があるという意味なのだ。

高校では、わたしはごく平凡な生徒だった。ただその一方で、万引きにかけてはまちがいなく世界レベルの達人となった。仕事の大半はオロノの町の外、バンゴアかポートランドで、父を訪問しているときにやった。盗むのはたいていデパートから、つまり、専門の売り場監視員がお客を装って歩きまわっているような店からだった。そういう監視員たちは所作を観察することで万引き犯を見つけるよう仕込まれていて、そわそわしている人間、挙動の怪しい人間をさがしている。わたしは一度もつかまらなかった。泥棒みたいな態度は一切見せなかったからだ。わたしは、これといった目的もなく親のカードで買い物をしている女の子らしい無頓着な態度を完璧にマスターしていた。そして、どこへ行くにも大きなバッグを持ち歩き、小ぶりで高級な品物、スカーフや香水を狙った。わたしはかなり腕を上げた。

唯一、盗みがばれたのは、オロノの薬局でクラスメイトに見咎《みとが》められたときだった。わたしがそこで盗むことはめったになかった。家が近すぎるし、よく行く店だったから。当時わたしは高校三年生だった。眼光鋭いレジ係のおばさんのひとりから何点か品物を買ったあと、わたしはジレットヴィーナスのカミソリの替え刃三箱をバッグに入れたまま店を出た。

自動ドアを通り抜けたとき、男の声が耳を打った。「支払いがまだの品物があるよね」

わたしは振り返った。それは同じ学校の男の子だった。ジェイムズなんとか。彼がその薬局で働いているとは知らなかった。「どういうこと?」わたしは訊ねた。忙しくてドラッグストアの店員と話している場合じゃないというように。

「そのバッグのなか。きみがそこに替え刃を入れるのを見たんだ」

「ああ、しまった」わたしはショックを受けた表情を作った。「すっかり忘れてたわ」そう言って、店のほうに足を向けた。「いますぐ――」

男の子は笑った。そしてわたしの腕をつかんで、うだるように暑い駐車場の端のほうへと引っ張っていった。それは八月の毎度おなじみの二週間、メイン州北部が蒸し暑くなり、蚊の大発生に見舞われる時期だった。アスファルトはやわらかくなっていて、あたりには熱いタールのにおいがたちこめていた。「別に突き出そうってわけじゃないよ」彼は言った。「ただ見たってだけさ。きみが盗んだって、こっちにとっちゃ屁でもない。俺だってしょっちゅうやってるからね」

「へえ」わたしは笑った。「わたしたち、会ったことあるよね」

わたしたちは自己紹介しあった。彼の名はジェイムズ・オーデット、わたしと同じ三年生だったけれど、オロノ校に入ったのは前の年の半分が過ぎてからだった。彼はハンサムだった。目は淡い青で、頬骨は高く、金髪はふさふさしていた。また、背が低い代わりに引き締まった筋肉質の肉体をそなえていて、つま先で弾むように歩く姿は体操選手のようだった。高校でのわたしはちょっと一匹狼っぽく、大学進学に照準を合わせ、州外のどこかで確実に学資援助が受けられるようなんとしてもいい成績をとろうとしていた。ジェイムズとわたしは大親友になった。彼はわたしに、この世は金だと思っていることを打ち明けた。だから、たっぷり稼ごうと思っていることも。

「だったら金持ちの女と結婚なさいよ」わたしは言った。わたしたちは、ふたりでよく行っていたふたつ先の町の〈フレンドリーズ〉にいた。

「俺は背が低すぎる。金持ちの女は背の高い旦那がいいんだよ」

「本当に？」

「すでに証明された事実だ。でも、きみのほうはまちがいなく金持ちと結婚できるよ。そのオッパイだもんな」

「ゲッ、なんか化け物みたい」

「大丈夫。よくいるだろ、高校時代はどうもパッとしなかったのに、モデルみたいになってクラス会に現れる女の子。きみはそのタイプだ。俺はそういうのを百回も見ている」

「どこで見たのよ？」

「映画でさ、もちろん」

高校卒業後、ふたりはそれぞれオロノでは繁華街で通っている地区でアルバイトを見つけた。ジェイムズはピザ屋、わたしはときどき万引きをしていたあの薬局だ。わたしは、コネチカット州の私大、マザー大学に入った。この大学は主としてニューヨークとボストンのお金持ちの子女の行くところだ。でもわたしは学年三番で卒業していたし、親の経済状況からも授業料の半額以上は援助金で賄《まかな》われるはずだった。ジェイムズは、父親がレスリング部の監督をしているメイン大学に行くことになっていた。わたしたちはどちらもセックス経験がなく、その夏の七月には、未経験のまま大学に行かずにすむようにふたりでやってみようと決めていた。わたしたちはジェイムズのカプリス・クラシックの後部座席でそれをやった。事が終わると、彼はわたしに、どうだったと訊ねた。「近親相姦ぽかった」わたしは言い、わたしたちは大笑いした。ジェイムズなど笑いすぎて座席から転げ落ち、腰に痣《あざ》をこしらえたほどだ。それでもわたしたちは、その夏公開されているいい映画はもう全部見ちゃったからと理屈をつけて、せっせとそれをつづけた。父が車で迎えに来てコネチカット州にわたしを連れていく日が近づいたころ、一緒に過ごした最後の夜に、ジェイムズは言った。「きみと知り合えてよかったよ」

「うーん、感謝祭にはきっとまた会えるわよ」

「いいや、わかってる。そのころには、きみには金持ちの彼氏がいるだろう。俺とはもう口もきかないだろうよ」

「そんなわけないでしょ」わたしは言った。

でも彼は正しかった。大学進学後、わたしたちが顔を合わせることはほとんどなかった。わたしが彼を思い出すのは、メイン州に帰ったときだけだ。わたしがどれほどお金持ちになったか彼は知っているんだろうか?

「オーデット一家のこと、何か聞いてない?」わたしは母に訊ねた。わたしたちは朝食のあとかたづけをすませ、リビングに移っていた。その部屋の高い出窓からは、墓地と隣り合わせのメソジスト派教会が見えた。

「息子のジムは結婚した。それはあなたも知ってるわね。彼はバンゴアの銀行に勤めているの。奥さんは妊娠してるそうよ」

「いまはジムって呼ばれてるの?」

「ペグがそう呼んでるの。わたしはあの子が高校を出てから会ってないけど。相変わらず背は低いそうよ」

わたしの携帯が鳴った。前夜の電話から、その番号はキンボール刑事のものとわかった。恐怖の波が体を駆け抜けた。「ママ、この電話は出なきゃいけないの」

わたしはキッチンのほうへ歩いていきながら、電話に出た。

「ミセス・セヴァーソン?」

「はい」

「たびたびどうも。キンボール刑事です。体調はいかがですか?」

「大丈夫」わたしはざらついた声で言った。

「大変申し訳ないんですが、ボストンにもどっていただけないでしょうか?」

「わかりました。でもどうして?」

「お宅のご近所のかたが、ご主人を殺害した男を見た可能性があるんです。警察で似顔絵を作成しました。こちらにもどってそれを見ていただきたいんです」

「なぜ? その男がわたしの知り合いだとでもいうんですか?」そう言ったとたん、わたしは自分の口調を悔やんだ。これじゃまるでむきになっているようだ。

「いえ、そういうことじゃなく。われわれはいまも本件を物取りの犯行と見ています。しかし他の可能性を残らず排除する必要があるんですよ。誰かご主人の死を願う人物が犯行に及んだということも考えられますからね。もしそうなら、奥さんはその男を特定できるかもしれません」

「きょうの午後、ボストンに帰ります」

「大変助かります、ミセス・セヴァーソン。ご負担になるのはわかっていますが――」

「ぜんぜんかまいませんから」

刑事はつづけざまに六回ほど咳をした。「すみません。風邪をひいてるもので。もうひとつ。ウィンズローにいそうなご主人の知り合いのほうですが、誰か思いつきませんか? 覚えていらっしゃいますよね。昨日《さくじつ》、お電話でお訊きした――」

「いいえ。考えてみたけど、何も浮かんできません。ごめんなさい」

「ちょっとどうかなと思っただけです。ボストンにもどられたらご連絡ください。どこへでも似顔絵を持ってうかがい……」

「連絡します」わたしは電話を切った。

リビングの母が自分の電話で話しているのが聞こえた。聞きとれたのは、繰り返し出てくる〝恐ろしい〟という言葉だけだった。わたしは窓の外を眺めた。午後の空は翳《かげ》り、疾走する雲は真っ黒にふくれあがっていた。嵐が近づいているのだ。外が暗いので、キッチンの窓に映る自分の姿がよく見えた。わたしはその影をじっと見つめ、ウィンズローのことを懸命に考えた。そこに住む誰かをわたしは知っている……高校時代、一緒だった子だろうか？　それともマザー大学にいた誰かだろうか？　とそのとき、不意に答えがひらめき、それが誰なのかがわかった。リリー・キントナー、マザー大学のあの気味の悪い女、ロンドンでエリック・ウォッシュバーンが死んだとき、彼と一緒にいた子だ。わたしには、彼女がウィンズローに住み、大学で司書をしていると聞いた覚えがあった。でも彼女はテッドを知らない。少なくともわたしはそう思っていた。何年も前、サウスエンドでわたしが彼女に出くわしたときに、ふたりが顔を合わせた可能性はあるだろうか？　テッドが会いに行ったのは彼女なんだろうか？

母はまだ電話中で、言ってることが丸聞こえだとも知らずに、大きく響くささやき声でしゃべっていた。わたしは二階に上がって荷物をまとめ、ボストンに帰る支度をした。

第二十章　リリー

テッドは〈クーリーズ〉をしけた店だと言っていたが、まったくそのとおりだった。それは、長年かけて溜めこんだガラクタで雰囲気が出ているバーで、いっそ作り物に見えるくらいだった。仮にニューヨーク・シティーやボストンにこの店があったなら、これはどこかの物好きが前の年に始めた店だと誤解されるのではないだろうか。でもこの場においては、シュリッツの壁掛け照明を覆う黒ずんだ埃の膜《まく》は本物であり、不機嫌そうなバーテンは本当に機嫌が悪いのであって、単にその役を演じている俳優ではないのだった。わたしはカウンターの奥の、店の入口が見える席に着いた。ブラッド・ダゲットがもし入ってきたら、わたしには彼がわかるだろうか？　わたしはそう思案し、きっとわかると思った。テッドはブラッドを、年齢が出はじめている大柄でハンサムなうすのろと評していた。月曜の夜に〈クーリーズ〉のようなバーに来る男の約半数はその説明に当てはまる。でもブラッドは人を殺したばかりだ。わたしはその点もあてにしていた。人殺しを見分ける目が自分にあるのはわかっていた。

曇り空を真っ暗に変えた嵐のなか、〈ケネウィック・イン〉から車を走らせてきて、店に着いたのは五時過ぎだった。駐車場には三台、車が駐まっていたが、一番乗りのお客はわたしだった。わたしはスツールにすわり、濡れたジャケットを脱ぐと、ミラー・ライトをオーダーした。バーテンはディズニーのイカボード・クレーンそっくりの男で、キャップを取ってボトルをよこすと、四隅がぼろぼろのラミネートされたメニューをカウンターに置いた。わたしはメニューにざっと目を通した。クーリーズ・クラム・パイが店のおすすめだった。

その夜は客足が鈍かった。前夜は〈貸し馬亭〉のなかなかの賑わいに驚いたが、雨の降る寒い月曜の夜、敢えて〈クーリーズ〉を訪れる人間が少ないことに驚きはなかった。七時の時点で、わたし以外のお客と言えば、重量級のその体をスツールに乗せ、バーボン・サワーをオーダーした、少なくとも七十は超えている連れのない男ひとりと、カウンターの向こう端に腰を据えた、盛りを過ぎた金髪女性ふたり、それに、入口でためらったものの、回れ右して立ち去る勇気がなく、背もたれの高いブースのひとつに入ったふたり連れの中年の観光客だけだった。〈クーリーズ〉にいた二時間のあいだに、わたしはビールを二本ちびちびと飲み、有名なクラム・パイ——パセリの小山と一緒に、欠けた皿に載って出てきたひと切れ——を食べてみた。それは、刻んだ貝とパン粉をこねあわせた濡れた砂の色のミックスをパン生地に詰めたものだった。味は、ベイクド・スタッフド・シュリンプから誰もがこそげ落とすあのおぞましい詰め物を魚っぽくした感じだった。わたしはふた口食べてから、フライドポテトをオーダーした。バーテンはおもしろがっているようだった。

その日、わたしはほぼずっと〈ケネウィック・イン〉で過ごした。朝はロビーの暖炉のそばで新聞を読み、その後、〈貸し馬亭〉で昼食をとった。オーダーを聞いてくれたのは、シドニー——ミランダに熱をあげていたとされる、すらりと背の高い美人のバーテンだった。わたしがサラダを食べているあいだ、彼女はカウンターの向こうで、グラスを残らず磨いたり、棚やカウンターを隈《くま》なく拭いたりと、忙しく立ち働いていた。そのオックスフォード・シャツの袖はまくりあげられ、彼女の二の腕を見せつけていた。片方の腕には一面に花やピンナップ・ガールのタトゥーが入っていた。話好きではないようなので、わたしは彼女にはテッドとミランダのことは訊くまいと決めた。ところが、まさに店を出ようというとき、ホテルの従業員のひとりがテイクアウトのダイエット・コークを買いに下りてきて、わたしはふたりの会話を耳にしてしまった。

「ミランダと話した？」その従業員——黒のスーツを着た厚化粧の黒髪女性は、シドニーにそう訊ねた。

「電話にメッセージは入れておいたよ。あたしたちはみんな、とってもお気の毒だと思ってるってだけ。返事は来ないと思うけど」

「あーあ」

「ほんとにね。あたし、ずっと彼女のことを考えてるんだ……あのこと……テッドのことを」

「彼女、これからどうすると思う？」一見イベント・マネージャー風のスーツの女性は、ダイエット・コークをストローで長々と飲んだ。

「誰も彼もがあたしにそれを訊くんだよね。正直、あたしが知るかって感じ。彼女はまあ、友達なんだろうけど、そこまで親しいわけじゃないから。ひょっとするとあたしたち、もう二度と彼女に会うことはないかもよ」

わたしはカウンターにお金を置いて、スツールを下りた。これで聞きたかったことが聞けた。みんなが隠し立てしているのでないかぎり、ホテルの従業員や〈貸し馬亭〉の常連からは、ミランダがブラッドと浮気していたことを知っている様子はうかがえない。わたしは別に驚かなかった。どうやら彼女はその関係を隠すために相当がんばっていたようだ。もしもテッドが同じタバコを交互に吸うふたりの姿を目撃し、猜疑心《さいぎ》に駆られなかったら、ブラッドとミランダ以外は誰も、雇用者／被雇用者を超えるふたりの仲を知ることはなかったろう。このことからわたしは悟った。おそらくミランダは最初からテッドを殺すためにブラッドを利用する気だったのだ。彼女は〈クーリーズ〉へは一度も行かなかった。ブラッドは〈貸し馬亭〉には一度も来なかった。きっとふたりが性的交渉を持つのは、あの建築中の家のなか、作業員がそこにいないときのみに限られていたのだろう。

昼食後、わたしはハイキングシューズとウィンドブレーカーを取りに部屋にもどった。それは岸壁の遊歩道を歩くためで、わたしはその散歩を楽しみにしていた。空気はすがすがしく、風が強く吹いており、ホテルの部屋の窓から見える海は灰色で白波が立っていた。わたしは携帯で天気をチェックした。大きな嵐が来るようだったが、それはもっと遅くなってからだった。わたしはホテルを出て、服をばたつかせる風のなか、ミクマック・ロードを渡り、遊歩道の出発点に当たるちっぽけなビーチまで原始的な段々をそろそろと下りていった。他にビーチに来ているのは、じっと立ったままの男と、チョコレート色のラブラドル犬だけだった。男がプラスチック製のマジックハンドで投げるテニスボールを追いかけて、犬が大きく跳躍するように走っていく。わたしはまっすぐ遊歩道に向かった。潮が満ちており、最初の百ヤードは平らな岩の上まで来ている海水でつるつるすべりやすかったが、その後、小道はのぼりになり、発育不良の木々や灌木《かんぼく》――ほとんどは、黄色い実が割れて赤い内側がむきだしになっているツルウメモドキ、それに、モチノキ――が風からわたしを護ってくれた。わたしはゆっくりと歩いていった。足もとに注意して、というより、遊歩道の美しさを味わいながら。それまで海が好きだったことはない。ビーチを埋め尽くすあのすわったきりのオイルまみれの人々。あれはまるで炙《あぶ》り器の下に並べられた肉の塊《かたまり》だ。たぶんわたしは偏見を抱いているのだろう。そばかすの多いわたしの白い肌は小麦色にはならず、真っ赤に焼けてしまうから。泳ぐのはとても好きだが、わたしには海の塩水よりも湖や池の水のほうが好ましい。それに、わたしは足にまとわりつくあの砂の感触にどうしても我慢できない。でもメイン州の海岸線のこの区間は、特別に思えた。それは単にドラマチックな天候と疾走する雲のせいだったのかもしれない。とにかくその道を歩いていると、美によって、大自然の原始的な力によって抱かれている気がした。灰色の岩棚は多くの人が渇望する移ろいやすいビーチよりもはるかに魅力的だった。わたしは空気に渇いているかのように深々と息を吸った。

その日、遊歩道を行く者は他には誰もいなかった。わたしは別に驚かなかった。テッドとミランダの家の背面が望める終点に着くころには、風は強まり、ときどきぱらぱら降る雨が斜めに吹きつけて、わたしのウィンドブレーカーを連打するようになっていた。

わたしはあたりを見回した。テッドが双眼鏡を持って身を潜めたのはどのあたりだろう?

よさそうな場所はいくつかあったが、ねじれた低い木のうしろの草の生えた隆起部が絶好の隠れ場所に思えた。テッドの双眼鏡は高性能のものだったにちがいない。家はとても見通せないほど遠くに思えた。それは、ブルドーザーで均《なら》された醜い地帯の向こう側に立っていた。近くまで行って、もっとよく家を見てみようかとも思ったが、ブラッドや他の作業員がいたらと思うと心配だった。そこでわたしは引き返した。波は岩に打ち寄せては砕け、海水と泡を激しく吹きあげていた。もう濡れることなど気にせずに、斜めに降り注ぐ雨に顔を向け、わたしは慎重に決然と小道を進んでいった。

ホテルにもどると、ロビー階の暖炉のそばの小さなバーに行って、わたしの父の冬場の飲み物、ホットウィスキーをオーダーし、それを持って部屋に上がった。多めにお湯を入れた湯船に浸かって、わたしはそのウィスキーを飲んだ。とてもいい気持ちで、ケネウィックには目的があって来ていることを忘れてしまいそうだった。ここに来たのは、友人の仇《かたき》を討つためなのよ――わたしは自分にそう言い聞かせた。入浴後は軽くひと眠りした。それから、前夜と同じタイトなジーンズをもう一度はき、化粧の上に化粧をして、〈クーリーズ〉へと車で向かったわけだ。

三時間そこで過ごし、ライトビアをちびちびと四杯飲んだあと、わたしは今夜はもうブラッドは現れまいと判断した。観光客のカップルはすでにいなくなっていた。カウンター席のふたり連れの女性たちもだ。そのあと、男が別々に三人、来店し、ドアから人が入ってくるたびにわたしはブラッドじゃないかと期待した。でもひとりは二十代初め、ひとりは洋ナシ体形の髭もじゃの男で、三人目は青いブレザーに白いシャツにプレスしたジーンズという格好だった。この男は年齢的には合っている、とわたしは思った。四十前後。ただし髭はきれいに剃ってある。それでもわたしは注意深く彼を観察した。テッドの言っていたヤギ鬚をブラッドが剃った可能性はあるし、なんらかの理由で彼が服装を整えている可能性もある。新しいクライアントと会うとか、デートの相手を待っているとか。男はわたしが見ているのに気づいて、一方の眉を上げ、ビールの〝大〟のグラスを掲げてみせた。あれはたぶんブラッドじゃない。彼が寄ってくる気にならないように、わたしは携帯に視線を落とした。男の席はさほど遠くないので、わたしには彼のやわらかそうな手やその髪の脱色した毛先が見えた。ブラッドが傑出した犯罪者で、外見をがらりと変えたのでないかぎり、その男が彼だとは思えなかった。わたしは代金を現金で支払い、はき慣れないハイヒールでよろよろとドアに向かった。

「僕のせいで帰ったりしないでくれよ」そばを通り過ぎるとき、青いブレザーの男が言った。

わたしは振り返って彼を値踏みした。「あなた、名前は?」わたしは訊ねた。

「クリス」

「クリス、勤め先はどこ?」

男はわたしの質問にややとまどっているようだったが、答えてくれた。「僕はキタリーの〈バナナ・リパブリック〉の店長だよ。前にどこかで会ったかな?」

「いいえ」わたしは言った。「ただちょっと知りたかっただけ。楽しんでね、クリス」わたしはそのままバーを出た。

外に出ると、あの暴風雨はすでに弱まり、しとしとと降る霧雨《きりさめ》になっていた。風向きは変わっており、道路のすぐ向こうは海だというのに、あたりには松の木々と新鮮な土のにおいがした。ふたつの駐車スペースにまたがる格好で、ピックアップ・トラックが一台、アイドリングしている。その運転席側の窓が下ろされた。トラックの前を通り過ぎるとき、わたしは湿った空気のなかを漂うタバコの煙のにおいをとらえた。自分の車に着くと、わたしはしばらくバッグをいじくっていた。トラックの男がタバコを吸い終え、降りてくるのを期待して、その顔を見られるように。ちょうどバッグからキーを取り出したとき、トラックのエンジンが切れた。わたしは振り返った。タバコの吸い殻が優雅な弧を描き、駐車場を飛んでいく。それはジュッと音を立てて、水溜まりに落下した。背の高い男がトラックから降りてきた。その姿が〈クーリーズ〉の外壁の照明に照らし出される。男は黒髪で、肩幅が広かった。トラックのドアを閉めるため、彼が向きを変えたとき、わたしにはその黒いヤギ髭がはっきりと見えた。あれはブラッドだ。

彼のあとを追ってもう一度〈クーリーズ〉に入る気はなかった。「ブラッド」そう声をかけると、彼は顔を上げて、わたしを見た。薄暗い駐車場のなかでも、その目が寝不足で腫れぼったくなっているのはわかった。それに、彼が何かものすごく悪いことをした人間の落ち着きのない虚ろな表情をしていることも。

「俺かい？」彼は言った。

「あなたはブラッドでしょう？」

「ああ」

「ブラッド・ダゲットよね？」

「そうだよ」彼はこそこそした目で駐車場をすばやく見回した。たぶんSWATチームをさがしているのだろう。自分が急に動いたら撃ち殺そうと身構えている男たちを。「ちょっと話せない？ この駐車場で？ 大事なことなの」

「ああ、いいとも。俺たち、前にどこかで会ってるのかい？」

「いいえ」わたしは言った。「でもわたしたちには共通の友達がいるの。わたしはセヴァーソン夫妻をよく知ってるのよ。ねえ、ここは雨がかかるし、寒いわ。わたしの車のなかで話せない？ あなたのトラックでもいいわよ。もしそのほうが安心なら」

彼はふたたび駐車場を見回した。わたしには彼の脳みそが超過勤務をしているのがわかった。この女は誰なんだろう？ いったい何がほしいんだろう？ 「何も心配しなくていいのよ」わたしはできるかぎり穏やかな声で言った。「あなたのトラックのなかにすわりましょうよ」

「ああ、いいとも」そう言って、彼はトラックのドアを開けた。わたしは濡れた駐車場を三歩移動して、助手席側のドアを開け、乗りこむ前にバッグのジッパーを開けた。バッグの上のほうには、懐中電灯を模した六インチのスタンガンがあった。それを使う必要はないだろうと思ったが、用心を怠《おこた》る気はなかった。ほんの数日前、自分が冷酷に人を殺したという事実がブラッドにどう作用しているかはまったくわからない。だからとにかく、彼はびくつき、妄想に駆られている、そして、おそらくは危険であるとみなさねばならなかった。

「セヴァーソン夫妻を知ってるって?」ふたり一緒にトラック内に収まると、ブラッドは言った。その声は無理にさりげなさを装っているように聞こえた。車内は非の打ちどころなくきれいで、タバコの煙とアーマオール（自動車に使える保護・つや出し剤）のにおいがした。

「ええ」わたしは言った。「そうね、テッド・セヴァーソンは知っていた。それにミランダも知っている」

「ひどい話だよな、あんな……」

「そう、確かにひどい話よ。テッドがあんな目に遭うなんて。実はそれこそ、わたしがここにいる理由なの。ちょっとわたしに話をさせて。いいわね、ブラッド? わたしがこれから言うことは、あなたにとって楽しいことじゃないでしょう。でも聴いてもらわなきゃならないの。あなたにはそれができるかしら?」

わたしはまっすぐブラッドを見つめた。その目の縁は赤く、濃い革色の日焼けにもかかわらず、肌には不健康そうなむくみが見られた。彼の息は湿った穀物のようなにおいがした。この男はもうどれくらい飲んでいるのだろうかと思った。彼はうなずいた。「わかったわかった」

「ブラッド、あなたにたのみがあるの。大きなたのみよ。そのたのみを聞いてくれたら、先週の金曜の夜、あなたが車でボストンに行って、テッド・セヴァーソンを殺したことは誰にも言わないわ」

わたしは身構えた。片手は口の開いたバッグのなかのスタンガンにかかっていた。彼は飛びかかってくるだろう、少なくとも、なんの話かさっぱりわからないと息巻くだろう。そう思ったが、彼はなんの動きも見せず、ただ分厚い下唇を少したるませ、顎をこわばらせた。束の間、わたしは彼がわっと泣きだすんじゃないかと思った。ところが案に相違して、彼はそっけない捨て鉢な声で言った。「あんた、誰なんだ？　いったい何がほしいんだよ？」

「いまこの瞬間は」わたしは言った。「わたしはあなたのいちばんの味方よ」

第二十一章　ミランダ

わたしはオロノを出発し、来た道を逆にたどって、バンゴアの町を通り抜けた。州間高速95号線に入る前には、地元住民の経営するガソリンスタンドに立ち寄って、従業員のティーンエイジャーの男の子に給油してもらった。わたしは車内にすわったまま、ブラッドのことで頭を悩ませた。あの馬鹿はテッドを殺した夜、本当に近所の誰かに見られたんだろうか？　刑事の持っている似顔絵というのがまったく別人のものであるように、さもなければ、ブラッドには似ても似つかない絵であるように、わたしはひたすら祈っていた。なぜなら、その絵が彼に──ほんの少しでも──似ていたら、こっちとしてはその点に触れざるをえないから。そしてもしそうなったら、ブラッドは警察の取り調べを受けるだろうし、彼がそれに対処できるとはとても思えないからだ。彼の汗ばんだ顔、きょときょと動く目を、わたしは思い浮かべた。警察はひと目でこいつが犯人だと見抜くだろう。そして彼は口を割る。その点は確かだ。取調室に一時間もいれば、彼は落ちるに決まっている。そうなった場合、わたしに残された唯一の道は、ブラッドは妄想に駆られているのだと主張することだ。彼は明らかにわたしに執着するようになっていた、だから単独でテッドを殺したのだ、と。警察に、ブラッドとは何度かいま建てている家のなかでセックスした、でも、彼に夫を殺せなんて言ったことはない、と話してもいい。最終的には、彼の言葉かわたしの言葉か、ということになる。そして警察には、わたしの関与を証明することは絶対にできない。でも世間にはわかるだろう。もちろん世間にはわかる。歯ぎしりしていることに気づき、わたしは自分を止めた。

　従業員がクレジットカードの処理をするのを待ちながら、わたしは鼻から息を吸い、ガソリンのにおいを味わった。雨が降りだした。大粒の雨が断続的に。ガソリンスタンドを出て95号線に向かうとき、それは車の屋根の上でぱらぱら音を立てていた。

　ボストンに着くまで、わたしはほぼずっとブラッドのことで頭を悩ませつづけた。警察と話す際、彼は秘めた力を発揮するかもしれない。彼のアリバイは通るかもしれない。それに——うまくすると——刑事が持っている似顔絵はブラッドにまったく似ていないかもしれない。それが最良のシナリオだけれど、心の奥底では、わたしにはなぜかわかっていた。似顔絵はブラッドそっくりだろう。彼はへまをし、誰かに見られたのだ。しばらくの後、わたしは強《し》いて他のことに心を向け、リリー・キントナーのことを考えはじめた。ウィンズローに住むあの女。先週の金曜日、テッドがそこに行って、駐車違反のチケットを切られなければ、わたしの頭に浮かぶことは絶対なかったはずの人物。わたしにはかつて、リリーの存在に絶えずいらいらさせられていた時期があった。彼女はマザー大学の二年下の後輩だった。わたしは三年のとき、彼女と知り合った。きっかけは、わたしのボーイフレンドのエリック・ウォッシュバーンが〈セント・ダンスタンズ〉の招待状を彼女に渡したことだ。

「その子、誰なの?」わたしは訊ねた。あの木曜の夜のパーティーにわたしが初めて招《よ》ばれたのは二年生になってからだし、それも、エリック・ウォッシュバーンと三週間ファックしたあとだった。

「デイヴィッド・キントナーって知ってる? 小説家だけど?」エリックは言った。

「知らない」わたしは言った。

「彼女、その人の娘なんだよ」

リリーは初参加となるその木曜の夜のパーティーに来たけれど、わたしはほとんど彼女に気づかなかった。彼女はまるでヴィクトリア時代の小説に出てくる放浪者みたいで——痩せて青白く、髪は長い赤毛だった。わたしは彼女を観察した。最初は、びくついているんだと思った。気おくれして誰とも話ができず、飲み物片手に、背にした壁に溶けこんでいるんだと。でも近くからもう一度見て、はっきりわかった。実は彼女は〈セント・ダンスタンズ〉にいることをなんとも思っていないのだった。その様子はつまらなそうでさえあった。まるで退屈な講義をうしろのほうで聴いている女子学生だ。彼女には一年生の分際で髑髏《どくろ》カードをもらうというのがどういうことか、わかっていたんだろうか? あの子は二度と来ないだろうとわたしは思った。ところが彼女は来つづけた。木曜ごとに必ず。そしてエリックが興味を持ち出したのも明らかだった。わたしは図書館で彼女の父親の本を見つけ、地下の閲覧室でその一部を読んでみた。コメディーだというけれど、要するにそれは、イギリスの寄宿学校の男の子たちが互いにひどいことをしあう話だった。わたしは、いかにもエリックが心酔しそうなくだらない本だと思った。ただ、そのころのわたしには、それはまあどうでもいいことだった。こっちはマシュー・フォードと寝るようになっていたから。彼に比べれば、エリックは中流みたいなものだった。

三年のとき、エリックとリリーはカップルになった。わたしは別にかまわなかった。マシューとわたしは、過去のエリックとわたしより、はるかにうまくいっていた。マシューにはエリックのような自信はなく、わたしのほしがるものをなんでも買ってくれることでその点を補っていた。わたしはマシューに凝った身の上話を話して聞かせた。わたしはフランス系カナダ人の富豪一族の出なのだが、父は、家族とともにメイン州に移り、娘に英語しか教えなかったため、廃嫡《はいちゃく》されてしまった、というわけだ。その年のクリスマス休みの前、わたしはマシューに、こっそりモントリオールに行って、死の床にある父方の祖父に会うために千ドル必要だと言った。彼はそのお金を現金でくれた。それはいい関係だったけれど、大学卒業後もその関係がつづくなんていう幻想は、わたしは抱いていなかった。また、エリックとリリーに関してもその点は同じだと思っていた。特にリリーのほうはまだ二年生なのだから。ところが、一緒にいる彼らを見れば見るほど、ふたりが真剣であることがはっきりしてきた。少なくともリリーのほうは真剣だった。それはわたしにもわかったが、エリックに人を愛することができるかどうかは確信が持てなかった。彼はその点でわたしに似ていた。スイッチを入れたり切ったりできる人間。つきあっていたころ、彼は一度、ふたりの女と同時につきあうことくらい自分には平気でできそうだと言ったことがある。わたしは彼のその言葉を始終思い出していた。そして、わたしたち四年生の試験が終わり、下級生がまだ勉強で忙しいシニア・ウィーク（六月ごろ、大学や高校の卒業生がパーティー三昧で過ごす週）に、エリック自身にもそのことを思い出させた。

「何が言いたいのかな？」彼は訊ねた。わたしたちは〈セント・ダンスタンズ〉の階段の吹き抜けにすわり、一本のタバコを交互に吸いながら、階下のパーティーの余韻に耳を傾けていた。レディオヘッドが流れていて、誰かが曲を変えろと叫んでいた。

「わからない」わたしは言った。「みんな、あなたとリリーは真剣だって思ってるのよ」

「きみとマシューはどうなの？」

「卒業の日に終わってる」

「そうだったね」

「ねえ」わたしは髭でちくちくする彼の顎に触れた。「シニア・ウィークなんだし。どう？」

その夜、わたしたちは関係し、その夏のあいだ、ずっと関係しつづけた。エリックは毎週末、実家にいるリリーを訪ね、平日はわたしと過ごした。リリーはニューヨークには一度も来ず、エリックは自分の仲間たちに、週末はいつも病気の父の見舞いに行っているのだと話していた。わたしはジョークで髪を赤く染め、どっちの彼女も同じ女なんだと思うようにエリックに言った。ニューヨークでひとりで過ごすその夏の週末は、すばらしかった。わたしにはまた借りしたヴィレッジのワンルームがあったので、土日は完全に自分だけのものだった。一緒に田舎で過ごし、愛し合うエリックとリリーの姿をわたしは思い浮かべた。そのことは少しも苦にはならなかった。それどころか、笑ってしまうくらいだった。

エリックはその秋、ロンドンで死んだ。彼はリリーを訪問中で、アレルギーの薬を持っていくのを忘れたのだった。ナッツを食べて、ぽっくり逝った。当時わたしは、リリーはどんな気がしただろうとよく思ったものだ。彼は彼女のアパートメントで死に、彼女はそれを見ていたという。彼を死なすまいとし、エピペンを必死でさがす彼女の姿をわたしは思い浮かべた。リリーは運がいい。わたしは常にそう思っていた。彼女にとってエリック・ウォッシュバーンは最後まで忠実な恋人だった。彼女はエリックの真実を知らずにすんだのだ。

その後、何年かして、わたしはリリーに出くわした。フェイスブックには登録されていないものの、それまでも彼女の噂は耳にしていた。ウィンズロー大学で司書みたいなことをしているとか。彼女の父親が車の事故で二度目の奥さんを失くしたとか。わたしにはすぐにリリーがわかった。彼女はちっとも変わっていなかった。青白く、放浪者っぽく、長靴下のピッピ色の髪もまったく同じスタイルで、顔は無表情だった。わたしは、エリック・ウォッシュバーンのことに触れ、お悔みを言った。彼女はしばらく瞬《まばた》きもせず、じっとわたしを凝視していた。わたしたちのやりとりはその程度のものだった。わたしは彼女にテッドを紹介したかどうか思い出そうとした。たぶん紹介したのだろうけれど、どうもはっきりしない。ただ、あの冷たい凝視、緑色の透き通るような目のことは確かに覚えている。彼女はあの夏のエリックとわたしのれる。そのことがリリーに関係している可能性はごくごくわずかだ。
わついていた。もっとも、金曜日にテッドがウィンズローに行った理由ならいくらでも考えら
た可能性はあるんだろうか？　そうは思えない。でも彼女を思い出したことで、心はなぜかざ
関係に気づいていたんだろうか？　仮に気づいていたとして、エリックの死が事故じゃなかっ

ボストンに着いたのは午後四時だった。わたしは自宅から三ブロックほどの道端に車を駐め、ブティックホテルまで歩いていった。ホテルのバーに入ると、ウォッカをロックで飲み、ロブスター・オレキエッテをオーダーした。わたしはひどくお腹がすいていた。パスタを食べ終えると、車にもどり、キンボール刑事に電話をかけた。彼はすぐさま応答した。

「ボストンにもどりました」わたしは言った。

「すばらしい」彼は言った。「いまどこですか？　よかったら迎えに行って、署までお連れしますが」

自宅から少し離れたところに車を駐めて、そこにいる、とわたしは言った。どうすればいいのか、どこに行けばいいのかわからなくて――そう言いながら、声をちょっと詰まらせた。

「わかりますよ。そこで待っていてくだされば、わたしがお迎えにあがります。そのあともしご希望なら、署からどこへでも電話をかけていただけますから。たとえば、泊まりたいお友達の家とか、ホテルに……」

刑事は十分後に白のマーキュリー・グランド・マーキーで現れ、わたしを署まで乗せていった。彼の車のなかは手巻きのタバコとペパーミントのにおいがした。彼はジーンズにコーデュ

ロイの上着という格好だった。ネクタイは年代物っぽく、片側の縁が少しすり切れていた。

「ボストンにもどってくださってありがとうございます」一方の手をハンドルにかけ、もう一方の手を膝に置いて、混んだ道を縫うように進みながら、彼は言った。その人差し指は、流れてもいない音楽に合わせ、トントン拍子を打っていた。「この手がかりにわれわれは手応えを感じています。どうやらご主人を殺した男の容貌が詳しくつかめたようなんです」

「どんな経緯で？」わたしは訊ねた。

「お宅の近所の家を訪ねてきたある女性が、自分の車のなかでメールを打っていたんです。その女性は、例の泥棒に入られた家から男が出てくるのを目撃しています。あのご一家をご存知ですか？　三一七番地のベネットさんですが？　その後、男は奥さんのお宅に向かいました。目撃者の女性は、男の挙動が怪しく、びくついているように見えたので、ずっと彼を見ていたのだそうです。男は街灯の真下を通りました。それで女性にはその顔がよく見えたわけです。女性は似顔絵の作成に協力し、その結果かなりよく似た絵ができあがったようなんです」刑事はこちらにちらりと目を向けた。どう振る舞うべきなのかわからないといった様子で、彼はちょっと困ったような笑みを浮かべていた。その目がわたしの顔色をうかがっている。

「なぜその似顔絵をわたしに見せたいんですか？　その男がわたしの知り合いかもしれないということですか？」

「われわれはその可能性もあると思っています。目撃者の女性によれば、男はお宅の呼び鈴を鳴らしたということですから。ご主人は戸口に出てきて、しばらくその男と話をしています。

事実、目撃者の女性は、ふたりが知り合いのようだったので見るのをやめたと言っているんです。つぎに女性が顔を上げたとき、男はいなくなっていました。だから女性は、男がうちに入ったものと考えたわけです」

「なんてこと」わたしは言った。「その男はテッドの知り合いなの？」

「その可能性もあるということですよ、ミセス・セヴァーソン。男が単なる物取りで、言葉巧みに自分をなかに入れさせたということも考えられます。奥さんに似顔絵を見ていただきたいのは、だからなんです」

「確かに同一人物なんでしょうか？　うちに来たというその男と、夫を……夫を撃った男とは？」

刑事は無造作にハンドルを回して、分署の正面の駐車場に入った。

「われわれはそう見ています」彼はエンジンを切った。「目撃者の女性は、自分が車のなかにいたのは六時ごろだと言っています。そして、検屍官が弾き出した死亡時刻もだいたいそのころなんですよ。女性は銃声を聞いていません。ですが、車にはエンジンがかかっていましたし、お宅は壁が厚いということですから」

わたしは顔を伏せ、鼻から深く息を吸った。

「大丈夫ですか？」刑事は訊ねた。

「いまひとつかしら。すみません、ちょっと時間をください……いいわ、なかに入って、その似顔絵を見てみましょう」

わたしたちは無言で歩いていった。キンボール刑事は建物のなかへとわたしを導き、ブザー音を響かせて、厳重に警備された受付エリアを通過し、リノリウムの床がすり減った、煉瓦の壁の通路に入った。刑事のあとから進んでいくと、その先はいくつもの小部屋に分割された広いエリアだった。わたしはゆっくりと歩いていた。それまでに聞いた話から、ブラッドが人に見られたことははっきりしていた。わたしは怒りを抑えつけ、刑事になんと言うべきかを考えた。似顔絵が少しでもブラッドに似ていたら、わたしはそう言わねばならない。でなければ、最終的に警察がブラッドを逮捕したとき、こっちも怪しまれるだろう。わたしが必死に願っているのは、似顔絵がまるで彼に似ていないことだった。もしそうだったら、わたしは正直に、それが誰だかわからないと言える。

わたしたちは刑事のデスクにたどり着いた。そこは、仮のパーティションに囲われた小部屋のなかだった。彼はわたしにプラスチック製の椅子をすすめ、自分はクッション入りの回転椅子にすわった。デスクは散らかっていたけれど、フォルダーの山やばらの書類は種類別の塔にきちんと分類されているらしく、そのてっぺんにはそれぞれ色のちがうポストイットのメモがついていた。彼は小さめの塔のてっぺんからフォルダーを一冊、取って開いた。「いま見ていただいても大丈夫ですか？」彼は訊ねた。わたしたちは、ポリスチレン・タイルの低い天井に埋めこまれたまぶしい蛍光灯の下にいた。わたしは彼に大丈夫だと言った。刑事はマニラ紙のフォルダーから紙を一枚、抜き取って、わたしにちゃんと見えるようその絵をくるりとこちらに向けた。それはかなりよく描けているブラッドの肖像画だった。太い首、黒っぽいヤギ鬚、濃い眉の下の黒っぽい目、左右の目の間隔はやや狭すぎる。彼の最大の特徴——ふさふさの髪と生え際の低いラインは、野球帽に隠れていた。自分に注がれるキンボール刑事の視線が感じられた。浮き立つような彼の期待が。

「わからないわ」わたしはそう言って、下唇を突き出し、さらに数秒かけてじっくり似顔絵を見た。やはりそれは、何も言わずにすませるには似すぎていた。「あの人に似てるわね」わたしは言った。「メイン州で家の建築をたのんでいる工事業者に似ています。ブラッド・ダゲット。でもブラッドはテッドをよく知りませんし、ボストンの住人でもありませんから……」わたしは姿勢を正して、刑事に目を向けた。「こんな話がお役に立つかどうかわかりませんけど」

「ブラッド・ダゲット？」刑事は言った。「スペルを教えていただけますか？」彼はそれを書き留めた。「その男についてはどの程度ご存知ですか？」

「あまりよくは。お仕事のことでは始終交渉がありますけど、個人的なことは何も知らないんです。ブラッドがテッドに会いに来る理由なんて想像もつかないわ。もちろん、彼を殺す理由もよ。まるですじが通りませんもの」

「彼はおふたりの雇った工事業者なんですよね？　ご主人とのあいだに金銭をめぐるトラブルがあったとは考えられませんか？」

「わたしの知っているかぎりでは、何もないはずです。ブラッドとやりとりしてたのはわたしですし、お金のこともたいていわたしが決めていましたから。そうよ、やっぱりありえないわ」

「では、奥さんと彼とのあいだに、ラブルはなかったでしょうか? どんなことでもかまいませんが?」

「小さな問題はちょこちょこありました。たとえば、彼がまちがった天井蛇腹《じゃばら》を買ってしまったとか。でも大したことじゃありませんから。彼はプロそのものです。それに、この仕事はものすごくお金もいいわけだし。わたしが思いつくかぎり、彼がテッドに敵意を抱くなんてことは絶対にないはずです」

「彼は結婚していますか?」

「ブラッドですか? してないんじゃないかしら。以前は結婚していたんでしょう。お子さんがいるようですから。でも奥さんの話が出たことはありません」

「彼があなたに対し不適切な態度をとったことは? あなたは彼が……えー、ご自身に惹かれていると感じたことはありませんか?」そう言うとき、刑事はちょっと口ごもり、居心地悪そうな表情を見せた。わたしはふと考えた。彼のこの繊細さは本物なんだろうか、それとも演技なんだろうか?

「いいえ。可能性はありますけど、仮にそうだったとしても、そんなそぶりは一切見せませんでした。さっきも言ったとおり、彼はプロそのものですから」わたしは再度、似顔絵を眺め、つくづくブラッドそっくりだと思い、人に見られたブラッドの馬鹿さ加減にうんざりした。それから、こう付け加えた。「何度見ても彼に似てますけど、それは大雑把な印象ですから。この男にはヤギ鬚がある。ただそれだけのことだわ」

「わかりました」キンボールは似顔絵に指先を乗せ、すっと自分のほうへ寄せた。「いちおう調べてみますよ。彼の電話番号をご存知ですか?」

わたしは携帯を取り出して、ブラッドの番号を刑事に教えた。「でも、やっぱりそんなはずは……」わたしは言いかけた。

「ええ、わかっています。しかし確認はしないとね。捜査の対象から彼を除外するためですよ。おそらくご主人の事件は見かけどおりのものでしょう。何者かが民家に押し入っては、宝飾品など、盗む価値のある小さな物をさがしていたわけです。犯人はお宅に入りこむためになんらかの作り話を用意していたんでしょうね。テッドは信じやすいタイプでしたか? 説得力のある話をされれば、赤の他人でもうちに入れたでしょうか?」

わたしはちょっと考えた。真実の答えは、断定的な〝ノー〟だけれど。「ありそうなことです」わたしは言った。「彼は不死身だった。災難に見舞われたことなんてなかった。あれだけお金を稼いだわけだから、ちがうイメージを持たれるかもしれませんけど……でも彼はかなり信じやすいタイプでした」

回転椅子の背にもたれ、キンボールはうなずいた。会話がだれてきたのを感じ、わたしは不安になった。この刑事がひとりになったとたんブラッドに電話することはわかっていたし、何をどう言うべきか百回もおさらいしたにもかかわらず、ブラッドがその電話にうまく対応できるとはとても思えなかった。先に電話して彼に警告を与え、心の準備をさせておこうか。わたしはそう考え、すぐに通話記録が残ることに思い至った。警察は、わたしが似顔絵とブラッドを結びつけたあと、即座に彼に電話したことをつかむだろう。

「実は」警察に隠し事をしてはならないと気づき、わたしは言った。「ブラッド・ダゲットにはきのうの朝、会っています。家の工事を一時中断すると伝えなきゃならなかったので。わたしはメイン州に行く途中でした」

「ほう」刑事は椅子を前に傾けた。

「変わった様子はまったくありませんでしたよ。テッドのことでちょっとショックを受けてたようですけど」

「さっき言ったように、われわれは彼を除外しなければならないんです。きっと彼にはアリバイがあるでしょう。奥さんのお話からすると、彼が事件に関与しているとは思えませんから。そうそう、もうひとつ、ミセス・セヴァーソン。鑑識はすでにお宅での作業を終えています。つまり、もううちにもどっていただいてもかまわないということですが。奥さんのお気持ちはどうなのか……」

「もどらなきゃなりません」わたしは言った。「着替えを取りに。うちにいる気になれるかどうか、それではっきりするだろうし」

「わかりました」刑事は立ちあがった。そしてわたしも。「わたしはいま署を離れられないんですが」彼は言った。「あなたの車かお宅まで警官に送らせましょうか?」

「いいえ、大丈夫。タクシーで帰りますから」

「では、タクシーをお呼びしましょう。似顔絵を見に来てくださって、本当にありがとうございまいました。ご協力に感謝します。わたしの経験では、顔が割れれば逮捕はそう遠いことではないはずです。誰かがこの男を知っているでしょう」

わたしはしばらくそのまま立っていた。事態が急展開するだろうと思うと、立ち去る気になれなかった。ブラッドは、おそらく数時間以内に、警察に尋問されるだろう。そう思うと、頭がくらくらした。わたしは彼を指導しておいた。でも充分にとは言えない。それに他にも問題はある。たとえば、最後にケネウィックに行ったとき、テッドがブラッドと会い、ビーチのあのバーで一緒に飲んだという事実。あれはテッドにしてはおかしな行動だ。ブラッドはおととしていなんと言っていただろう？　どうして彼は、テッドがわたしたちのことを知っていたと確信しているのか？　もしかすると本当に知っていたのかもしれない。でもどうしてそんなことに？　もし知っていたとして、テッドは誰かにそのことを話しただろうか？　たとえ知らなかったとしても、彼とブラッドが一緒に飲んだという事実は、警察のブラッドに対する疑いを深めるだけなのでは？

「大丈夫ですか？」キンボール刑事がぎこちなく訊ねた。わたしが五秒ほどその場に立ちつくし、考えに耽《ふけ》っていたのを彼は見ていたのだ。わたしは肩を落とし、嗚咽《おえつ》をこらえているふりをした。それから彼を見あげ、目から涙をあふれ出させた。彼はすばやくオフィスのなかを見回した。でも、こっちから腕のなかに入っていくと、彼としてもわたしを抱きとめざるをえなかった。わたしは泣きだした。彼を引き寄せ、その顎の下に頭を埋めると、彼の胸で乳房が押しつぶされるよう体を強く押しつけた。「大丈夫ですよ、ミセス・セヴァーソン」キンボール刑事はそう言って、わたしの肩に一方の手を回した。もう一方の手は脇に垂らしたままだった。わたしは彼から離れて、謝りまくった。そこへ背の高い黒人女性、彼のパートナーのジェイムズ刑事がやって来て、何かほしいものはないかとわたしに訊ねた。

「タクシーだけお願い」わたしは言った。「すみません。ほんとにすみません」

「どうかお気になさらずに。ちゃんとわかっていますから」ジェイムズ刑事は取り乱した未亡人を手際よく引き継ぎ、優しく、しかし、有無を言わさずに、キンボール刑事のデスクからわたしを連れ去った。わたしは足を止め、振り返った。

「そうだわ、刑事さん」わたしは言った。「きのうわたしにお訊きになったこと、覚えていらっしゃるかしら。ウィンズローに知り合いはいないかっていう質問ですけど？」

彼は携帯電話を片手に持ち、まだ立ったままでいた。「ええ、覚えていますよ」

「ひとり思い出したんです。名前はリリー・キントナー。マザー大学で一緒だった人です。金曜日にテッドがウィンズローに行ったこととまったく無関係なのは確かですけど……」

「ご主人とその人は知り合いなんでしょうか？　奥さんはその人と親しかったんですか？」

「いいえ。親しくはありませんでした。それどころか大学時代、彼女はわたしからボーイフレンドを奪い取ったんです。だからわたしは彼女の大ファンとは言えません……どのみちテッドと彼女は知り合いじゃないし……そうね、考えてみると、何度かは会ったことがあるかも。わたしは二、三年前、ボストンでリリーに偶然出くわしていますし」

「名前のスペルを教えていただけますか？」

わたしはスペルを教えた。テッドとリリーのあいだには、もちろん、なんのつながりもない。でも、追うべき手がかりをもうひとつ警察に与えても害にはならないはずだ。そうすることで、もはや避けられそうにない事態――ブラッドがつかまり、わたしの関与を暴露するという事態――を先に延ばせるかもしれない。

わたしはジェイムズ刑事に、もう大丈夫だから帰りたいと言った。「お水を一杯、飲んでからになさいませんか?」彼女はわたしを見おろしてハスキーな声で訊ねた。わたしは彼女の身長を約六フィートと見積もった。背のことをちょっと気にしているんだろう、いつ見ても彼女は踵《かかと》の低い靴をはいていた。黒っぽいパンツスーツに、襟付きのシャツに、踵の低い靴。そして、装身具は一切着けていない。キンボール刑事とちがう意味で、彼女はわたしを不安にさせた。別に、疑われているような気がするとか、そういうことじゃない。ただ、彼女が何を考えているのかがさっぱりわからないのだ。彼女は料金所の職員を見るような目でわたしを見る。

「出口までご案内しましょうか、ミセス・セヴァーソン?」

「いいえ、大丈夫。それと、どうかミランダと呼んでください」

ジェイムズ刑事はうなずいて、向きを変えた。これはほぼ確実だけれど、彼女は化粧もまったくしていないようだった。

キンボール刑事が電話で呼んだんだろう、署の外に出るとタクシーが待っていた。すでに夕暮れ時で、雨も降りだしていた。母の家からずっと悪い天気がついてきているような気がした。

第二十二章　リリー

火曜日、わたしはウィンズロー大学に直行しようと思い、早朝に〈ケネウィック・イン〉をチェックアウトした。もう一日、仕事を休んで、周囲の注意を引くのは得策ではない。出発前にはホテルで二杯コーヒーを飲んだが、キタリーでも〈ダンキン・ドーナツ〉に寄って、コーヒーをひとつテイクアウトした。わたしは疲れ果てていた。ブラッドとわたしはその前夜、初めは彼のトラックで、つづいて彼の住まいのレンタル・コテージで、数時間にわたり話をした。テッドにあんなことをした男だが、わたしはちょっとブラッドがかわいそうになった。彼はぼろぼろの状態で、わたしに彼を突き出す気がないと悟ると、救命ボートを見つけた溺れかけた人さながらにわたしにしがみついてきた。ミランダとの面談はその日の夜十時に設定すると彼は言っていた。彼女が同意したら、彼が〈クーリーズ〉の公衆電話からわたしの家に連絡する手筈《てはず》だった。ベルを二度、鳴らすだけだが、その番号はうちの電話にデジタル表示される。

わたしが職場に着いたとき、他の職員はまだ誰も来ていなかった。仕事用のEメール・アカウントにログインし、上司のオットーが前日の月曜の午後、早退していたことを知っても、わたしは驚かなかった。彼は自分も咳が始まりそうだ、火曜日も休むと思うとメッセージを残していた。オットー・レムケほど暗示にかかりやすい人間はこの世にいない。種類を問わず病気のこととなると、特に。わたしが日曜日に気分がすぐれないと知らせただけで、彼は心身症のスパイラルへと送りこまれたのだろう。午前中わたしは、大学所蔵のコレクションを紹介する短い文章を書いて過ごした。それらは、学生と教職員のための学内向けサイトに載せるものだった。午前の分は働いたと言えるだけの仕事をすると、わたしはキャンパスを横切って、いつも昼食を買う、学生が経営するカフェへと向かった。前日の嵐のせいで、世界はまぶしく、きれいに洗われたように見え、洗車場から出てきたばかりの車を思わせた。雲ひとつない空はメタリックな深い青色をたたえており、空気はさわやかで林檎の香りがした。わたしはカフェでカレー味のツナサラダが入ったウィートブレッドを買い、そのサンドウィッチを持ってオークの並木が眺められる石のベンチに行った。大学のメインの中庭を二分するその木々は、華やかに紅葉し、こずえをわたる風にざわめいていた。わたしは幸せだった。ほんの束の間、なぜミランダとテッドとブラッドの醜悪な問題にかかわってしまったんだろうと思った。翌日の夜、ケネウィックでわたしがやろうとしていることには、大きなリスクがある。とにかくたのみはブラッドなのだが、その彼はひどく脆《もろ》くて、内側のひびが見えるくらいなのだ。そして、もうひとつのたのみは、ブラッドが話し合いを提案したとき、ミランダが疑いを抱かないことだ。わたしは自らの無防備さを感じており、百パーセントの自信はなかった。それでも、もう引き返せないこと、自分が最後までやることはわかっていた。誰かがテッドの仇を討つべきなのだ。ミランダは罰を受けるべきなのだ。こうなったら、これまで以上に。

その日の午後、わたしは大学のOGに会いに行くことになっていた。すでに八十代のその女性は、学生時代のいろいろなものを文書館に寄贈したいと言ってきたのだった。こういった訪問は多くの場合、この仕事の醍醐味《だいごみ》となり、ときには最悪の部分となる。すべてはその元学生や元教授のセンスと彼らが何を望んでいるかにかかっていた。ときにはその人の持っているものが、ぼろぼろの教科書や授業のノートばかりということもある。そういう人たちの多くは孤独で、しばらく雑談する相手、大学時代の長い思い出話を聴いてくれる相手を求めているのだ。その一方、元学生が保存すべき資料のお宝を持っていることもあった。これはなんでもしまっておく女の子たちだ。一九三五年の冬のダンスパーティーのメニュー、雪が七インチ積もった一九六〇年三月のブリザードのときの写真、招待作家として来ていたメイ・ギリスの手書きの詩。この種の訪問では何を期待すべきかは絶対にわからない。わたしは車ですぐ行ける範囲内の人たちだけをスケジュールに入れる。そうでない場合、わたしたちは寄贈者にその資料を郵送するよう依頼する。

その午後の訪問を、わたしはもう少しでキャンセルするところだった。寝不足のせいでまだ疲れており、知らない人の追憶の旅につきあう元気があるかどうか自信が持てなかったからだ。でも、やはりなるべく普段どおりに行動したほうがいい――そう自分に言い聞かせ、わたしは西へと向かった。一九五八年卒、プルーデンス・ウォーカーの住むグリーンフィールドへ。わたしが着いたとき、彼女は落ち葉掻きをしており、すでに袋のいくつかは一杯になって、回収してもらえるよう道路際に置かれていた。コロニアル様式のデッキ付きの家が立ち並ぶ地区にあって、彼女の家は整然としたこぎれいなケープ・コッド・コテージだった。わたしは私道に入っていき、新型のカムリのうしろに車を停めた。プルーデンス・ウォーカーは熊手を置いて、わたしのほうにやって来た。

「こんにちは。来てくださって本当にありがとう。あなたはひとりのお婆さんにとっても親切なことをなさったのよ」彼女は色褪せたデニムのスカートに緑色のウィンドブレーカーという格好だった。灰色の髪はうしろでひとつにまとめてあった。

「これくらいなんでもありませんよ」車から降りながら、わたしは言った。

「全部箱に詰めて、あの玄関前の階段に置いてありますから。車まで運んであげたいんだけど、屋根裏からあそこまで持ってくるだけで力を使い果たしてしまったの。どうやらあの当時、わたしは何もかも取っておかなきゃって思ってたらしいわ。ほとんどはわたしのスクラップブックよ。でも授業のノートや講義の概要も入っている。それに、試験の用紙もひと山。そういうものがほしいっておっしゃってたわよね？」

「全部いただきますよ。本当にありがとうございます」

わたしは玄関前の階段まで行き、重たい箱を引き取った。プルーデンス・ウォーカーもついてきた。彼女は右足を一歩踏み出すたびに右肩が下がる偏《かたよ》った歩きかたをしていた。

「はるばるここまで来させておいて、はい、さようなら、なんていやなんだけど、日が暮れる前にこの落ち葉を全部集めてしまいたいのよ。お水か何かお持ちしましょうか？」

「どうぞおかまいなく」トランクに箱を積みこみながら、わたしは言った。

私道からバックで車を出すとき、わたしの目は、先ほどカエデの木に立てかけた熊手のほうによろよろともどっていく彼女の姿を追っていた。過去を潔く捨て去り、うしろを振り返らないこの女性への愛情がどっと胸に押し寄せてきた。でも実はわたしは、午後一杯すわってスクラップブック全部に目を通さずにすみ、とにかくほっとしていた。

大学にもどって箱を下ろし、新たに入ったEメール数件に返信すると、わたしは車で自宅に帰った。わたしの住まいは、一九一五年に建てられた寝室二部屋のコテージ風の一軒屋だ。家からは絵のように美しい池が見晴らせる。それは泳ぐには（夏じゅう蚊《か》が湧いているので）不向きな池だが、寒い冬の数カ月はよいスケート場になっていた。わたしは家の電話をチェックした。〈クーリーズ〉からの電話はまだだった。入っていたのは、かかりつけの医院からの予約の確認、それに、母からの電話だが、こちらはメッセージを残していなかった。まだ五時前で、わたしは夕食を作る前に、ひと眠りできるかどうか試してみようと思った。そして、リビングのカウチに横になり、浅い眠りに落ちかけたときだ。呼び鈴が鳴り、わたしはハッと身を起こした。しばらくはどこにいるのかわからなかった。髪を手櫛《てぐし》で整えて立ちあがると、玄関まで歩いていって、ドアの脇の鉛枠《なまりわく》のガラスから外をのぞいた。身なりがややくしゃくしゃの三十代の男がそこに立って、うなじを掻いていた。わたしはチェーンをかけたまま少しドアを開けた。

「なんのご用でしょう？」わたしは言った。

「リリー・キントナーさん？」男はそう訊ね、ヘリンボンのツイードの上着から身分証ホルダーを取り出した。こちらが答える間もなく、彼はホルダーを開いてボストン市警察刑事のバッジを見せた。「キンボール刑事です。ちょっとお話できますか？」

　わたしはチェーンをはずして、ドアを大きく開いた。男はドアマットで靴底をぬぐってから、なかに入ってきた。「いいおうちですね」彼はあたりを見回して言った。

「どうもありがとう。どんなご用件でしょう？　興味をそそられます」わたしはゆっくりとリビングに入っていき、彼はあとからついてきた。

「実は、ある事件の捜査の過程であなたのお名前が出てきまして。いくつかお訊きしたいことがあるんですよ。少しお時間をいただけますか？」

　赤い革のクラブチェアをすすめると、彼はそこに浅く腰かけた。わたしはカウチにすわった。彼が何を言うのか聞くのが恐かったが、早く聞きたいという気持ちもあった。

「テッド・セヴァーソンのことはどの程度ご存知ですか？」

「先週末、ボストンで殺されたあの男性ですね？」

「ええ」

「知っているのは、新聞で読んだことくらいです。あの人とは少しだけつながりがありますが、親しいわけではないので。彼はわたしが学校で一緒だった人と結婚していたんです」

「あなたは学校でミランダ・セヴァーソンと一緒だったわけですね？」刑事は上着から手帳を取り出して、パラリと開いた。つづいて彼は、手帳の螺旋部分からちびた鉛筆を抜き取った。

「ええ、マザー大学で。彼女の当時の名はミランダ・ホバートでした。いえ、フェイス・ホバートですね」

「別名で呼ばれていたんですか？」

「フェイスはミドルネームなんです、確か。大学ではその名前で呼ばれていました」

「彼女とのつきあいはつづいていましたか？　テッド・セヴァーソンと彼女が結婚していることは、どんなかたちで知ったんでしょう？」彼は椅子の奥にわずかに体をずらし、少し姿勢を正した。彼の髪はちょっと長めだった。特に警察官にしては。濃い眉の下には茶色の丸い目があり、鼻は高く、口は女の口のようで、下唇がふっくらしていた。

「何年か前にボストンで会っているので。偶然にですけど」

「そのとき彼女は夫と一緒でしたか？」

「わたし自身も新聞の記事を読んだあと、どうだったろうと考えました。彼女は男の人と一緒だったと思います。紹介してくれた気がしますけど、その人のことはあまりよく覚えていないんです。ボストンでの事件のことを読んだときは、信じられませんでした。刑事さん……キンボールさんでしたっけ？……わたし、コーヒーを入れます。ふたり分、作ったほうがいいでしょうか？」わたしは立ちあがった。疑わしい行動かもしれないと意識しながら。それでも考える時間が必要だった。

「そうですね。もしご自分のを入れるついでということなら」

「このお話、すぐには終わりそうにありませんものね。実はわたし、なぜ刑事さんがここにいらしたのか興味津々なんです」そう言いながら、わたしはキッチンへと向かった。

「ええ。どうぞコーヒーを入れてください。わたしも喜んでいただきます」

キッチンに入ると、深呼吸をひとつして、やかんを火にかけ、コーヒーの粉をフレンチ・コーヒープレスに入れた。ここはしっかりと考える必要がある。何かわたしをテッド・セヴァーソンに結びつけるようなことが起きたのだ。嘘をついて見破られたりしないよう、矛盾したことを言わないよう、用心のうえにも用心しなくては。警察は何かをつかんだ。でもどこまでつかんだのか、こちらは知らない。お湯が沸きはじめると、わたしはコーヒーの上にその熱湯を注ぎ、プランジャーを押し下げた。それから、コーヒーとマグカップふたつと牛乳パックと角砂糖の壺を盆に載せ、それを持ってリビングにもどった。刑事がリビングの造りつけの本棚の前に立ち、本の背表紙をじっと見つめているのを見て、わたしはぎくりとした。

「すみません」そう言って、彼はもとどおり椅子に浅くすわった。「おもしろい本をお持ちですね。こんなことをうかがうのは失礼かもしれませんが……あなたはデイヴィッド・キントナーの娘さんですよね?」

わたしはコーヒーテーブルに盆を置いて、カウチに腰を下ろした。「ああ。ええ。父をご存知なんですか? コーヒーをどうぞ。ご自由に注いでください」

「知っていますとも。何作か著書を読ませていただきましたよ。それに一度、朗読も聴いていますし。ニューハンプシャー州のダーラムで」

「そうなんですか」

「お父様はなかなかのショーマンですね」

「そのようですね。わたしは一度も父の朗読を聴いたことがないんです」

「本当に？　それは驚きだな」

「驚くことはありません。わたしにすれば、あの人は父親なんですから。仕事の内容にもさほど魅力を感じませんし。少なくとも、もっと若いころはそうでした」

刑事が自分のコーヒーを調えるのをわたしは見守った。ミルクは加えるが、砂糖は入れない。彼は指がすらりと長い美しい手をしていた。突然、この人はエリック・ウォッシュバーンそっくりだと思った。細くて筋肉質、でも、顔立ちは女性的。薔薇《ばら》の蕾《つぼみ》のような唇。濃い睫毛。彼はコーヒーをひと口飲むと、カップをテーブルに置いて言った。「あなたを見つけるのは簡単ではありませんでしたよ。本名はいまもキントナーなんですか？　それとも、正式にリリー・ヘイワードに改名なさったんでしょうか？」

「いいえ、法律上はいまもキントナーです。この町ではリリー・ヘイワードで通っていますが。ヘイワードというのは、父方の祖母の旧姓なんです。あまり深読みなさらないで。ただ――大学で働いているとね――みんなが父や父にまつわるいろんなことをよく知っているもので。だから、ここで就職したとき、別の名前を名乗ることに決めたんです」

「わかりますよ」

「では、父の状況をご存知なんですね？」

「イギリスでの事故のことですか？」

「そう」

「ええ、話は聞いていますよ。お気の毒に。わたしは本当にお父様の大ファンなんです。実は作品も全部読んでいます。確かこの前の作品は、あなたに捧げていましたよね」

「そうなんです。あまり出来がよくなかったのが残念ですよ。書評はちょっと厳しすぎると思いますね」

刑事はほほえんだ。「それほど悪くもなかったですよ」

「それで」わたしは言った。「テッド・セヴァーソンの件ですが。わたしにはまだわけがわかりませんよ。なぜ刑事さんはうちにいらしたんでしょう?」

彼はまたひと口コーヒーを飲み、しばらく黙っていた。

「まあ、すべて偶然なのかもしれませんよ、もちろん。でもテッド・セヴァーソンは殺された日にここウィンズローに来ているんです。それがわかったのは、彼が駐車違反のチケットを切られていたからなんですが。まさかとは思いますが、彼はあなたに会いに来たわけではないですよね?」

テッドの愚かさに対する怒りがさっと心を駆け抜けた。それにつづいて、かすかな悲しみも。彼はわたしをさがしに来たのだ。わたしの住む町を訪れたのだ。わたしは首を振った。「さっきも言ったとおり、わたしたちは別に親しくはないんです。一度か二度、顔を合わせたことはあるかもしれませんが……」

「あなたは九月にイギリスに行っていますよね?」

「ええ。父が釈放されたあとで、会いに行ったんです。実は、父はアメリカにもどってくるつもりなんですよ。それで、わたしが荷物の運送の手配を手伝いに行ったわけです」

「どの便で帰ってきたか覚えていますか?」

「ご希望なら調べられますが――」

「いや、結構です。どの便かはわかっているので。それはテッド・セヴァーソンがイギリス出張の帰りに乗ったのと同じ便だったんです。機内で彼を見かけた記憶はありませんか？」

これに対する心構えはできていた。なるほど、警察はテッドとわたしが同じ飛行機に乗ったことを知っているわけだ。でも、テッドとわたしがその後、〈コンコード・リバー・イン〉で会ったことまで知っているかどうか。その点は大いに疑わしかった。わたしが前日、ケネウィックに行ったことは？　警察はそれも知っているのだろうか？　そうは思えない。とはいえ、その事実をつかむのはむずかしくはないだろう。

「彼の写真をお持ちですか？」わたしは訊ねた。

「いまはありませんが、パソコンがあればネットで……」

「そうですよね。あとで確認してみます。でも、確かにわたしはあの飛行機で男の人と話をしました。いま思うと、たぶんあれがテッド・セヴァーソンだったんですね。実はわたしたち、ヒースロー空港のバーで出会ったんです。そう言えば、会ったとき、この人はわたしを知ってるみたいだと思ったんですよ。彼の挨拶のしかたから。そのあと、わたしたちはお互いに自己紹介して、しばらく話をしました。わたしは本当に彼に見覚えがなかったんです」

「名前は教え合わなかったんでしょうか？」

「教え合いました。でもよく聞きとれなかったんだと思います。あるいは、聞きとれたとしても、覚えていなかったのか」

「しかしあなたも彼に名前を教えたわけですよね？」

「教えました。それに、ウィンズローで仕事をしていることも話しました」

「では、本人がその気なら、彼はあなたについて調べ、ここにさがしに来ることもできたわけですね？」

「理屈のうえでは」わたしは言った。「でも、もしわたしと連絡をとりたかったなら、なぜ電話してみなかったんでしょうね」

「彼に電話番号を教えました？」

「教えていませんね、そう言えば」

「では、番号を調べたものの結局わからず、ここまで来たということもありえます」

「それはまあ、ありうるでしょうね。だけど、やっぱりそうは思えません。わたしたちは楽しく雑談しました。でも、そんなムードじゃなかったし、向こうは奥さんがいたわけだし……」

刑事はほほえんで、肩をすくめた。「あなたが気づかなかっただけかもしれない。われわれは始終そうしたケースを目にしています。男が女と出会う。女のほうはなんとも思わない。ところが気がつくと女は男につきまとわれている。その逆もありますが、そっちのパターンは比較的稀《まれ》です」

「わたしがつきまとわれていたというんですか？」

「さあ、わかりません。ただ、殺された日に彼がなぜここに来たのか、その点に興味があるというだけです。不審死ですからね。われわれは最近あった普段とちがう出来事すべてに着目するわけですよ。ただ、彼があなたに出くわすことを期待してここに来たんだとしても、そのことが彼の死にどう結びつくのか、わたしにはさっぱりわかりませんが」

「ええ、わたしにもさっぱり」

「失礼なことをうかがうようですが、あなたには誰かおつきあいしている人がいますか？」

「どうぞお気遣いなく。おつきあいしている人はいません。それと、よかったらリリーと呼んでください」

「念のためにお訊きします、リリー。嫉妬深い元恋人などもいないでしょうね？」

「ええ、わたしの知るかぎりでは」

　刑事は螺旋綴じの手帳に目を落とし、しばらく何も言わなかった。こちらは緊張が解けていた。わたしはこれ以上望めないくらいうまく身を護ったのだ。テッドと飛行機で会ったことは否定するわけにいかない。目撃者がいるのだから。でも他のことは何ひとつ認める必要はない。殺人事件の直後にケネウィックに二泊したことをもし警察がつかんだとしても、ただ偶然だと主張すればいい。怪しまれるかもしれないが、まずいことなど起きるはずはない。別にわたしは、金曜の夜の殺人に関与したわけではないのだ。

「すみません、リリー、どうしてもお訊きしなくてはならないんです。金曜の夜、どこにいらしたか教えていただけませんか？」

「うちにいました。ひとりで。夕食を作って、そのあと映画を見たんです」

「誰か訪ねてきませんでしたか？　あるいは電話がかかってきたとか？」

「いいえ、すみません、そういうことはなかったと思います」

「いいんですよ」コーヒーを飲み終え、彼は立ちあがった。「テッド・セヴァーソンの写真をネットで見ることはできますか？　そうすれば顔を確認していただけますから」

「もちろん」わたしはノートパソコンを持ってきた。わたしたちはテッド殺害を報じた記事の写真を見つけ、わたしは、ええ、これは飛行機で話をした人にまちがいないと思います、と言った。

「不思議ですね」わたしは言った。「新聞記事を読んで、この男性を知っている、少なくとも彼の奥さんを知っていると気づき、最終的に、ついこのあいだその人と会って話していたことがわかるなんて」

　ドアの前で、キンボール刑事は上着のポケットに手を入れて言った。「そうそう、もうひとつだけ。忘れるところでしたよ」彼は鍵をひとつ取り出した。まだぴかぴかの新品のを。「この鍵でお宅のドアが開くかどうか試してみてもいいでしょうか？」

　わたしは笑った。「なんだかドラマみたい。彼がうちの鍵を持っていたと思っているんですか？」

「いや、そういうわけじゃないんです。ただ、彼の持ち物のなかにこの鍵が隠してあったもので。あらゆる可能性をチェックする必要があるんですよ。わたしはただお宅を除外したいだけです」

「ええ、どうぞチェックしてください。かまいませんから」それはテッドがブラッドの家から盗んだ鍵にちがいなかった。おそらくは、レンタル・コテージ全戸のマスターキーだ。もしブラッドに疑いがかかったら、その鍵の持ち主が彼であることが警察に知れるのは時間の問題だ。

刑事が玄関のドアに鍵を挿しこむのをわたしは見守った。それはするりと穴に入り、その恐ろしい一瞬、わたしは混乱し、鍵が回るのではないか、テッドはなんらかの理由で本当にうちの鍵を持っていたんじゃないかと思った。でも鍵は回らなかった。刑事は二、三度、軽く揺すってから、鍵を引き出した。「だめですね」彼は言った。「でもチェックは必要だったんです。ご協力に感謝しますよ。もし何か思い出したら……」差し出された名刺をわたしは受け取った。ちらりと見ると、彼のファーストネームはヘンリーだった。わたしは戸口に立って、彼の車が出ていくのを見送った。すでに日は暮れかけており、空にはオレンジ色の雲が縦横に走っていた。背後で電話のベルが二度鳴ってやんだ。わたしはそちらに歩いていったが、受話器が何を告げるかはもうわかっていた。わたしは受話器を取った。〝着信あり〟。番号がデジタルで表示されている。市外局番は207だ。ナプキンの裏に書き留めた〈クーリーズ〉の公衆電話の番号と照らし合わせるつもりだったが、ふたつの番号が同じであることはまずまちがいなかった。電話は、ブラッドがその夜のミランダとの約束を取りつけたことを意味する。すべて計画どおりに運んでいた。刑事の訪問でわたしはやや神経質になっていたが、本人も言っていたように、彼はただ捜査の対象からわたしを除外したいだけなのだ。

わたしは冷蔵庫を開け、夕食を何にするか考えながらなかをのぞきこんだ。

第二十三章　ミランダ

ブラッドとともにテッド殺害を計画していたころ、わたしはほんの一時《いっとき》、持ち主をたどれない仮の携帯電話をふたつ入手しようかと考えたことがある。念のために、と思ったのだが、まぬけなことに、自分たちの罪を裏付ける物的証拠を作るのがいやさに、わたしはその考えを捨てた。そしていま、それがあったらと必死で願っているわけだ。半狂乱になり、サウスエンドの家のなかをぐるぐると歩きまわりながら、わたしは考えていた。ブラッドに電話して、まもなく警察に聴取されると警告すべきなのかどうか。そうすることが役に立つのかどうかも、わたしにはよくわからなかった。もしかすると、警察が来ると知れば、彼は余計パニクるだけかもしれない。そして、頭の一部でわたしはこう考えていた。こうなったらブラッドに、あんたは人に顔を見られた、トラックに荷物を積んで町を離れ、逃亡すべきだ、と伝えたほうがいいんじゃないか。

頭のなかでシナリオが展開された。

あなたの携帯電話の記録によると、ミセス・セヴァーソン、お宅に入るところを目撃された男にブラッド・ダゲットが似ていると証言したあと、同日夜にあなたはそのミスター・ダゲットに電話をしていますね。そして現在、われわれは彼を発見できずにいます。あなたたちはその十分間の通話でどんな話をしたのですか？

わたしは彼らに言う。自分はブラッドに、警察が話を聞きに行くかもしれないことを知らせた。容疑者がちょっと彼に似ているようだと自分が言ったことを伝え、心配はいらない、誰もあなたが関与していると本気で思ってはいないから、と言った。こんなことになるとは思わなかったんです、刑事さん。だって、わかるわけないでしょう？

喜んでいただけると思いますが、ミセス・セヴァーソン、われわれは今朝、ブラッド・ダゲットの身柄を押さえました。結局、そう遠くまでは行けなかったわけです。つかまったのは、カナダとの国境ですからね。彼はご主人を殺害したことを認めました。そして、それに付随する興味深い話をしてくれましたよ。少しお聴きしたいことがあるので、署までご同行願えますか？

そう、ブラッドを逃亡させるわけにはいかない。彼には事件が迷宮入りになるまで持ちこたえてもらわなくては。ブラッドの今後に関しては、わたしにも考えがある。でも、それらの計画は当面寝かせておかねばならない。

わたしは二階のリビングの大きな窓の前に立った。外は暗く、雨がしとしとと、慰《なぐさ》めるように、降っていた。通りの向こうには、近所の褐色砂岩の家の、明かりの灯る部屋部屋があった。その部屋のひとつを人影が横切ってくるのが見え、カーテンが閉じられた。

しばらくはそのまま窓の前に立っていた。我が家の明かりはまだどれも点けていないので、わたしの姿は誰にも見えない。そのことを意識しながら、わたしは自分の住処《すみか》である町の一隅を眺めていた。車が一台、ゆっくりと走っていき、道路の穴をガクンと通過して、雨の飛沫《しぶき》を歩道に高く跳ねあがらせた。警察はいまもわたしを見張っているんだろうか？　わたしは容疑者なんだろうか？　その日は月曜だった。事件は金曜に起こっており、まだ誰も逮捕されるには至っていない。警察はぴりぴりしていることだろう。そして、ある意味、自分が容疑者であることがわたしにはわかっていた。わたしは不審な死にかたをした大富豪の妻なのだ。でも、それ以外に疑わしい点はあるだろうか？　わたしはカーテンを閉めて、その中央をしっかり合わせてから、パチンとランプを点けた。それは青白い光の輪を室内に投じた。わたしはすばやく瞬きし、ランプを消した。暗闇のなかでカウチに横たわり、わたしは考えた。家にもどったのはまちがいだったんだろうか？　たぶんあのベビーフェースの刑事が言っていたとおり、ホテルに泊まったほうがよかったのかもしれない。

＊

金曜の夜はどこにいたのか。刑事にその点を突っ込まれた瞬間のブラッドをわたしは想像しつづけた。汗をかき、口ごもっている彼。即座に疑いを抱く刑事。アリバイはたちまち破綻《はたん》するだろう。わたしはブラッドを見誤っていた。最初に会ったとき、わたしが目にしたのは、自信たっぷりのちょっと馬鹿っぽい工事業者だった。彼を落とすのは、ものすごく簡単だった。わたしは家にふたりきりになる時を待ち、彼にタバコを一本せびって、夫には黙っているようたのんだのだ。「なあ」彼は言った。「俺はきみが言ってほしくないことは一切、旦那には言わんよ」それは八月初旬のことで、わたしは前をボタンで留める短いドレスを着ていた。わたしはその服を頭から脱ぎ、パンツも脱ぎ捨てると、キッチンカウンターの上にするりと乗った。高さがまるで合わず、ブラッドはタイルの詰まった箱を引きずり寄せて、その上に立たねばならなかった。ぎこちない、物足りないセックスだったけれど、そのあとわたしは嘘をつき、目に涙を溜めて、結婚式の週以来セックスしたのは初めてだ、夫はわたしにそういう関心がないのだ、とブラッドに言った。わたしたちは服を着た。わたしはしばらく泣き、その後、わたしたちはまた服を脱いで、セックスした。ブラッドは作業員たちが昼休みに使うために運びこんだ折りたたみ式の椅子のひとつにすわり、わたしは前を向いて、脚の筋肉を震わせながら、彼にまたがった。ブラッドの顔の表情、わたしを眺め回すその目は、わたしの知りたかったすべてを語っていた。「他の場所では絶対だめよ」その午後、わたしは言った。「ここでだけ、誰も来ないって確実にわかってる時だけ。いいわね?」

「ああ」彼は言った。

「このことを人に言ったら……」

「言わないさ」

一週間後、わたしは彼に、ときどき夫を殺す夢を見るの、と言った。二週間後、ブラッドはわたしに、もしそうしてほしければ、俺がその仕事をしてやろう、と言った。それはそんなにも簡単だった。わたしは彼に、何ひとつミスせずにうまくやれば、わたしたちのどちらも疑われることは絶対にない、と言った。わたしたちは結婚して、ヨットを買い、一年間ハネムーンを楽しむことができる、と。ヨットのことを持ち出したとき、わたしはブラッドの目が、それまで一度も、セックスのさなかにさえ、見たことがないほど明るく輝くのを見た。彼を引きつけたのはセックスだけれど、彼をつなぎとめたのは欲だった。そしてわたしは、彼は持ちこたえるだろうとずっと思っていた。ところがいま、その確信は揺らいでいる。

　わたしはカウチを下りて、腕を横に振り、つま先立って二、三回、飛び跳ねた。肌はむずむず、頭はくらくらしていた。わたしは氷の上にケテルワンを少し注ぎ、暗い家のなかをさまよい歩いた。テッドが血を流した二階の踊り場には、しみが残っていた。わたしがショックを受けないよう、警察はあらかじめそのことを伝えてくれていた。わたしは裸足《はだし》のつま先でそのしみに触れた。木の床の色にほぼ溶けこんでいる濃い茶色の血痕。ハウスクリーニングは明日入ることになっている。その人たちにしみのことを忘れずに言わなくては。わたしは飲み物を持ってテレビの部屋に行き、チャンネルをつぎつぎ替えてみて、最終的に「プリティ・ウーマン」に落ち着いた。それはわたしの子供時代のお気に入りの映画で、当時はしょっちゅうテレビでやっていた。わたしは娼婦というのがなんなのかわかりもしないころから、その映画が大好きだった。いま見ると馬鹿らしく思えたけれど、とにかくわたしは、テレビより先に台詞を言ってみたりしながらそれを見た。映画が終わり、飲み物もなくなったとき、わたしは悟った。どうやら再度メイン州に行って、ブラッドと話さねばならないようだ。彼には来るべきものに備える必要がある。そしてわたしは、少し彼との時間を持てば、なんとかなりそうな気がしていた。

　車はガレージではなく道に駐めてあった。わたしはジーンズとダークグリーンのフード付きスウェットに着替え、家を出た。雨のなかを車まで歩いていくときは、あたりを見回したくなるのを懸命にこらえていた。誰かに見られていないか気になったけれど、それはなさそうだった。車はうちの前の道の角に駐めてあった。わたしは乗りこんで、まっすぐ州間高速95号線に向かった。道路はひっそりしていた。誰かがうしろにいるとか、ライトがいきなりパッと点くといったことはなさそうだった。わたしはハイウェイに入った。やはりつけられてはいないようだった。わたしは中央の車線に落ち着き、プレイヤーにCDを入れ、リラックスしようとした。雨に光るハイウェイが目の前にするすると伸びていく。〈コテージ三日月〉に着いたころには夜もかなり更け、絶え間なく降る雨は霧雨になっていた。ブラッドのトラックは彼の区画の前にはなかった。きっと〈クーリーズ〉にいるんだろう。そう思ったけれど、わたしはそこで待つことにした。そうすると、やっと話ができるころには彼は酔っ払っていることになる。でもまさか、何も頭に浸透しないほど泥酔してはいないだろう。わたしの計画は、彼に事情聴取を受ける予行演習をさせ、何を言うべきかよく教えこんでから、夜明け前にボストンにもどるというものだった。

わたしは、道路の向かいの、雨で枝をたわませたオークの木の下に駐車して、待った。長く待つ必要はなかった。十一時ごろ、ブラッドのトラックが彼の区画の前の駐車スペースにすうっと入ってきた。わたしは車の窓をほんの少し開けた。それだけでも、しばらく待つうちに窓は蒸気で曇り、ブラッドのトラックはぼやけてしまった。わたしは窓をすっかり下ろして、もう一台、ホンダらしき四角張った車がブラッドの隣にすべりこむのを見守った。くそっと思った。たぶんポリーだ。じっと見ていると、まずブラッドが、つづいてほっそりした背の高い女がそれぞれの車から降りてきた。ブラッドがコテージのドアを押さえ、女は先になかに入った。彼女は何かつるつるした光沢のある上着を着て、タイトなジーンズをはいていた。どう見てもポリーにしては細すぎるし、足取りもしっかりしすぎている。ブラッドは女のあとにつづいた。ふたりが家に入っていくその様子には、これは普通のナンパじゃないな、と思わせる何かがあった。彼らの動きはまるで会議室に入っていくビジネスマンだった。わたしは五分待ってから、フードをかぶって車を降りた。まだ雨が降っているものと思ったのだが、それはオークの枝がわずかに残った葉っぱから雨のしずくを滴《した》らせていただけだった。

わたしは道を渡って、ブラッドのコテージに近づいた。なかに入ったことはないけれど、一度、その戸口まで行ったことはある。何カ月も前、家の青写真を持っていったとき——ブラッドと関係を持つ以前のことだ。あのときは、うちのなかがとてもきれいで、清潔そのものなのに注意を引かれたものだ。わたしは足音を忍ばせ、玄関左手の窓のほうに向かった。窓にはブラインドがついていたが、室内の明かりの漏れ出ている様子から、羽根板越しになかをのぞけるだろうと思った。その女の正体がわかるかどうか確かめたかった。窓まであと少しというとき、戸口の上の明かりが点灯し、ぎらつく白い光がコテージの前を照らし出した。わたしはすばやく家の横手に回った。スニーカーがクラッシュシェルの私道の上でザクザクと音を立てる。木の壁のいちばん影の濃いところにぴたりと背中をつけ、わたしは外の明かりが消えるのを待った。ずいぶん経ってから、明かりは消えた。家のなかからは物音ひとつしない。道路もしんとしたままだ。家のわたしのいる側には窓がひとつあり、つま先立ちになればそこからなかをのぞくことができた。ブラインドは閉じていたが、そのあいだに隙間があり、そこからなかのキッチンが見えた。白い冷蔵庫、何も載っていない調理台——そして、その向こうのリビングで、ブラッドと赤毛の女がカウチにすわって話をしている。ふたりの前にはコーヒーテーブルがあり、その上にビールのボトルが二本、載っていた。あれはマザー大学のリリー・キントナーだ。そう思ったとたん、寒気が体を駆け抜けた。でもそのとき、女が少し顔の向きを変え、わたしはやっぱりリリーじゃないと思った。その女は黒いアイライナーと派手な口紅で、安っぽく化粧していた。リリーが変わったのならともかく、彼女は化粧なんてするタイプじゃない。

わたしはしばらくブラッドとその女を見ていた。彼らは熱心に話しこんでいる。そしてどんなに頭を絞っても、わたしにはふたりが何を話しているのかわからなかった。ブラッドは打ちのめされている様子で、肩を落とし、だらんと口を開けていた。話しているのはほとんど、誰だかわからないその女のほうだった。ブラッドは先生の話を理解しようとしている頭の悪い学生みたいに見えた。これは予想していたものとはぜんぜんちがう。わたしが予想していたのは、ブラッドと彼が〈クーリーズ〉で拾ってきたどこかのビッチがカウチの上でからみあう姿だ。あの別に見たいようなものじゃないけれど、いま見ているものよりはそのほうがましだった。あのふたりはいったいぜんたい何を話してるんだろう?

ブラッドがうなずいた。立てつづけに数回、糸を引かれたパペットみたいに。それから彼は上着のポケットのなかをさぐりまわって、タバコを取り出した。女が立ちあがって、伸びをした。そのシャツが持ちあがり、白いお腹が少しのぞいた。彼女はキッチンのほうに歩いてきた。意志の力を総動員する必要があったが、女がこっちを見ないよう祈りつつ、わたしはそのままブラインドの隙間からなかをのぞきつづけた。彼女の顔をもっとよく見たかった。女は冷蔵庫のドアを開け、腰をかがめてなかをのぞきこんだ。彼女は本当にリリー・キントナーそっくりだった。浮浪少女みたいな体つきも、青白い肌の色も、赤い髪も。ただ服装だけがちがっている。

女は冷蔵庫から水を取り出し、ボトルの蓋を開けた。リビングに引き返す前、彼女は頭をめぐらせて、キッチンの汚れひとつない調理台に目を走らせた。それで顔がよく見えた。キッチンの天井の蛍光灯が彼女の目に反射し、不気味な緑の瞳が一瞬、光ったように思えた。わたしは踵を下ろした。それはリリー・キントナーだった。あの目を見たことがあるので、確かだ。少しも迷わず、わたしは急いで自分の車に引き返した。モーション・センサーの照明がまた反応しないよう、家の前を大きく迂回して進み、ミニに乗りこんだ。あれはリリーだ。まちがいない。でもどうして？　なぜ彼女がブラッドとかかわることになったんだろう？　しかもそれはブラッドだけじゃない。テッドのウィンズロー行きが彼女に会うためだったのは明らかだ。だから彼女はテッドとかかわっていたにちがいない。ふたりは寝ていたんだろうか？　彼女がそれを仕掛けたということか？　長いこと復讐の欲求を熟成させてきたすえに？　でも、いまこの瞬間もっと重要なのは、彼女がどうやってブラッドを見つけ出したのか、そして、彼に何を求めているのか、だ。

さらに深く座席に身を沈め、わたしは待った。頭はくらくらしていた。雨はやんでいたものの、空は相変わらず雲に覆われていて、わたしは頭上の木の黒い影に護られている気がした。ブラッドのコテージを見つめながら、リリーは夜じゅうあそこにいるんだろうかと考えたが、そうでない場合に備え、待たねばならないことはわかっていた。頭のなかでは無数の可能性が渦巻いていた。そして、そのどれにおいても、わたしは狩られる身なのだった。どういうわけか、リリーがわたしを狩ろうとしている。

二時間にも思えたが、実際は一時間ほどしたころだろう。コテージのドアが開き、リリーが出てきた。外の明かりが点き、彼女は車に乗りこんだ。車はバックで私道を出ると、南に折れ、ミクマック・ロードに入った。わたしの一部は彼女のあとを追い、その行き先を確かめたがっていた。でももっと重要なのは、ブラッドと話をし、何が起きているのか知ることだ。リリーが何か忘れ物に気づいてもどってくるといけないので、わたしは五分間じっとこらえて待った。それから、道路をまっしぐらに駆け渡り、コテージのドアをたたいた。ブラッドは細くドアを開け、外に立つわたしを見た。その腫れぼったい目に束の間、混乱の色が浮かんだ。わたしは頭にかぶっていたフードを下ろした。「わたしよ、ブラッド。なかに入れて」

「くそ」彼は言い、ドアを開けた。わたしは一歩なかに入ってドアを閉めた。家のなかは安物の香水のにおいがした。

「リリー・キントナーがあなたの家でいったい何をしていたのよ？」わたしは言った。

「それがあの女の名前なのかい？」

「まったくもう、ブラッド。彼女、何をほしがってるわけ？」

「あの女には今夜、会ったばかりなんだよ。彼女は〈クーリーズ〉にいた。駐車場で俺に近づいてきたんだ」なんと言うべきか懸命に考えているんだろう、彼の目はきょときょとと動いていた。その喉を力一杯殴りつけたくなるのを、わたしはどうにかこらえた。

「ブラッド、いったい彼女はあなたに何を要求してるの？」

鼻づらをひっぱたかれた犬みたいに、彼は少し身をすぼめた。「あの女はきみを殺したがっているんだ、ミランダ。俺にそのお膳立てをしてほしがっているんだよ。刑務所に行きたくなけりゃ、俺はそうするしかないんだとさ。もちろん俺は何もかもきみに話すつもりだった。嘘じゃないよ」

第二十四章　リリー

ブラッドとあの計画を立ててから二十四時間後、火曜日の午後八時に、わたしはふたたびケネウィックに着いた。道がすいていたため、マサチューセッツ州から一時間ちょっとの旅だった。駐車した場所は、〈アドミラルス・イン〉——ケネウィック港のビーチの向こうの断崖に窮屈《きゅうくつ》そうに立つ真新しいリゾートホテルだ。駐車場は満杯ではなかったが、がらがらでもなかった。車はぐるりと回して、細長いちっぽけなビーチとその先の〈ケネウィック・イン〉のほのかな明かりに向き合う格好で駐めた。わたしはしばらく車のなかにすわっていた。雲のない夜で、黒い空にはぽつぽつと黄色い星が穿《うが》たれていた。四分の三の月が海に光を注いでいる。テッドとミランダの家まで岸壁の遊歩道を無事に歩いていけるよう、小さなペンライトを持ってきていたが、それは必要なさそうだった。

その夜、チーズオムレツで簡単に夕食をすませたあと、わたしは上司の家に電話をかけて、まだ喉の痛みがあり、それがさらに悪化しそうだと伝えた。

「明日は出勤しなくていいよ。うちから出ちゃいけない。体を治すんだ」こみあげる恐怖を声ににじませ、上司は言った。

「そうですね、明日はうちから一歩も出ないようにします」

「うん、それがいい。もし必要なら今週一杯、休みなさい」

電話を切ったあと、わたしは自分の計画を細かく見直した。リスクは高い。すべてはブラッドがわたしのたのんだとおりお膳立てをできるかどうかにかかっている。わたしは他人にたよるのは嫌いだ。そういうことはこれまでしたことがない。今回もスピードが決め手でなければ、こうはしなかったろう。その日に会った刑事、ヘンリー・キンボールは、おそらくブラッドとミランダに、あるいは、彼らの一方、ブラッドに、急速に迫っている。

わたしはしばらく車内にすわっていた。身に着けているのは、持っている服のなかでいちばん黒っぽいもの、黒のジーンズと黒のタートルネックのセーターだった。気温が零下まで落ちこむとされていたので、セーターは何枚か重ね着した上に着ていた。靴は底の丈夫なハイキングシューズをはいており、頭にはポンポンを切り落としたダークグリーンのウールの冬の帽子をかぶって、編んだ髪をその下にたくしこんでいた。わたしは日帰りハイキング用の小さなグレイのバックパックを持っており、そこには手袋、スタンガン、ペンライト、ホットコーヒーの入った水筒、アプリコット・ブランデーの入ったフラスク、革の鞘《さや》付きのフィッシュフィレット・ナイフ、レザーマンのマルチツール、それに、ビニール袋ひと束が入れてあった。

車を降りると、外は思っていたより寒く、海からは強い風が絶え間なく吹き寄せていた。ウインドブレーカーを持ってくればよかったと思った。ペンライトをジーンズの尻ポケットに入れ、バックパックを背負い、車をロックすると、わたしは遊歩道の出発点をめざして崖を下りていった。誰かが見ているかもしれないので、できるだけのんびりと、いつも月夜に海岸を散歩する人になったつもりで歩いたが、気づいたかぎりでは人目はなく、誰にも見られずに遊歩道まで行くことができた。

時間はたっぷりあり、わたしはゆっくり歩いていった。ペンライトは一度、ひとかたまりに生えたねじれた樹木の下を通るとき、点けただけだった。前日のあの荒れ狂う午後もその遊歩道はすばらしかったが、いまはそれ以上に美しかった。高く昇った白い月のもと、銀色に輝く海の眺め。それを見ていると、三〇年代の白黒映画のなかに入りこんだような気がした。海と空は光り輝く完璧な夜の幻影であり、ロマンチックであると同時にメランコリックでもあった。隠れ家から巨大な世界に出てきた小動物さながらに、わたしは五感を研ぎ澄ませて歩きつづけた。何かがベイラムの茂みのなかでさらさらと音を立てると、足を止め、それが自分と同じ何かの動物なのか、それとも、脈動する海風にすぎないのか、確かめようとして待ったが、それっきり何も聞こえなかったので、ふたたび歩きつづけた。小道の終点が近づくと、わたしはしゃがみこみ、そびえ立つ家を見つめた。月の光のもとでは、その家は完成しているように見えた。三つの切妻のある屋根が空に輪郭を浮かびあがらせている。海から家の裏手までの土地は、日中はぐちゃぐちゃの泥沼に見えたが、いまは月の光によって変貌し、その未来の姿、荘厳《そうごん》な芝生の斜面に似たものになっていた。わたしは背後の空に目をやった。ちぎれ雲がひとつ速いスピードで動いており、月の前を通過しようとしていた。わたしはその動きを見守った。そして、雲がすっかり月を隠し、世界がさらに暗くなった瞬間、大きくひとつ息を吸って家へと向かい、プールになる予定の掘りかけの穴を慎重によけて進んだ。広い二段の階段をのぼり、完成したパティオに上がると、ふたたびしゃがみこみ、背中のバックパックを下ろしてジッパーを開けた。スタンガン、ナイフ、革手袋、それに、ビニール袋二枚を取り出してから、もとどおりバックパックのジッパーを閉じ、ふたたび立ちあがって、ジーンズのポケットの一方にナイフを、もう一方にスタンガンを入れた。わたしはビニール袋でハイキングブーツを包みこみ、その縁をウールのソックスのなかにたくしこんだ。それから、手袋をはめ、ブラッドが鍵はかかっていないと言っていたガラスの引き戸を引いてみた。鍵はかかっていなかった。わたしは真っ暗な家のなかに入った。

引き戸を閉めると、しばらくは耳をすませ、暗闇に目を慣らしながら、そのままただ立っていた。少し時間がかかったが、やがて目が慣れ、家の内部が灰色に不鮮明に見えてきた。仕上がった床、あちこちに積まれたタイル、未開梱《かいこん》の石膏《せっこう》ボードの大箱。わたしはホワイエに入り、家の前面へと向かった。足をくるんだビニール袋が床に触れてさわさわと音を立てていた。何かが頭に当たり、わたしはぎくりとした。見あげると、照明器具を取り付ける箇所にワイヤーが二本ぶらさがっていた。

わたしは南に面したキッチンへと歩いていった。その広い窓が進むべき方向を示してくれた。窓のどれかから正面の私道が見えないかと思ったのだが、そういう窓はなかった。そこで、わたしは引き返した。ぼんやりした光のなか、自分の動きがスローモーションのように思えた。家のなかの空気は外気と同じくらい冷たく、おがくずと接着剤のにおいがした。わたしは玄関の入口、人間の背丈の二倍は高さがあるドアを見つけ、その左右の窓の一方から外をのぞいた。見えたのは、大型のゴミ容器だけだった。容器の縁から何かがはみだし、風のなかではためいている。車はまだ一台も来ていない。窓は床から天井までつづいていたので、わたしはそこにあぐらをかいて待った。まだ一時間前だった。

その一時間のあいだ、わたしは何度か自分の胸に語りかけた。ただ立ちあがって、この場を去り、遊歩道を引き返し、車に乗りこみ、ウィンズローの家に帰ることもできる。わたしはまだ何も違法なことはしていない。犯罪にかかわるようなことは何ひとつ。誰もわたしには手を出せない。同時にわたしはこうも思った。もしそうしたら、もし立ちあがって歩み去ったら、わたしはミランダ・ホバートが人を殺してなんの咎《とが》も受けない世界で生きていくことになる。テッドは死んだ。エリック・ウォッシュバーンも死んだ。そしてミランダさえいなければ、ふたりともまだ生きていただろう。

ブラッドのトラックが来たことは、目で見る前に音でわかった。彼はヘッドライトを消していたが、その大きなピックアップは砂利の私道を進みながらガリガリ音を立てていた。彼はゴミ容器と家のあいだにトラックを駐めた。晴れ渡った空のもと、外はまだ明るく、運転席にブラッドが、助手席にミランダがいるのが見えた。わたしの腕時計によれば、彼らは少し早めに着いており、ミランダは約一分間トラックから出てこなかった。何を話しているのだろうとわたしは思った。彼女がトラックのドアを開けると、車内灯がパッと灯った。火の点いていないタバコをくわえたブラッドが車内灯をすばやく手で覆うのが見え、それと同時にミランダがトラックから軽やかに私道に降り立った。覚えのあるあの腰を振る歩きかたで、彼女は家に向かってきた。その髪は新聞の売り子がかぶるような帽子のなかにたくしこまれていた。彼女がドアに近づくと、わたしは一歩さがって、屋内のより深い闇のなかへと引っこんだ。心臓がドクドクと少し速く打ちだしたが、それと同時に、電流が肌を駆けめぐるのも感じられた。

鍵が挿しこまれる音がし、錠がカチャリと開いた。ドアが内側にさっと開き、ミランダが半歩だけなかに足を踏み入れて、そこで止まった。外の風は強くなっていた。わたしがしたように彼女も暗闇に目を慣らしているのがわかった。しばらくは、彼女にはわたしが見えないのだ。薄明かりのなか、その顔は灰色で、目は前を見ようとして大きくなり、唇は少し開かれていた。わたしはドアノブにかけられた彼女の手を見た。彼女のほうも手袋をしていた。

「ここよ」わたしは言った。

ミランダは振り向いた。わたしはペンライトを点け、自分のいる場所が彼女にわかるようその光で床を照らした。彼女がわたしに気づくとすぐ、わたしはライトを消した。

「リリー？」彼女は言った。

「入ってきて。目はじきに慣れるから」

ミランダはなかに入ってドアを閉めた。「ドラマチックじゃない？」彼女がそう言うと、女子学生フェイスがどっとよみがえってきた。〈セント・ダンスタンズ〉のパーティーのほのかな明かりのなか、片手に飲み物、片手にタバコを持ち、皮肉っぽく、ほろ酔い加減で、わたしに話しかけている彼女。

「ブラッドからわたしの要求を聞いている？」わたしは訊ねた。

ミランダは一歩前に踏み出した。彼女は七分丈のコートを着ており、その大きなポケットに右手を入れていた。わたしは本能的にスタンガンに手を触れた。その端はジーンズのポケットから突き出している。

「聞いてるわ」ミランダは言い、わたしの一ヤード手前で足を止めた。わたしはもう少し後退したかったが、足をくるんだビニール袋がさらさらいうのを彼女に聞かれたくなかった。「驚いたわよ」

「何に驚いたの？」

「そうね、今度のことすべてに。あなたがここに来たことにも驚いたし、テッドを知ってたことにも驚いた。でも何より驚いたのは、あなたがわたしからお金を取ろうとしてるってことね。

そんなの、まるであなたらしくないもの。これってあなたのお父さんがらみなの？」

「どういう意味？」わたしは言った。

「お父さん、誰かを殺しちゃったのよね？　イギリスで？　弁護料が必要なんじゃない？」

「いいえ、そのお金はわたしのためのお金よ」

「結構。わたしにはどうでもいいことだわ」ミランダは言った。「わかってるでしょうけど、いますぐお金を渡すことはできないのよ。相続の手続きがすまないとね。こういうことはすごく時間がかかるの」

「わかってる。今夜ここで会いたかったのは、ただ、直接あなたの言葉を聞けるようにということなの。今後はすべてブラッドを通して進めるから」

「ひとつ訊いてもいい？　あなたはテッドと寝ていたの？　どういういきさつでそうなったわけ？　そもそもあなたたちはどこで会ったのよ？」

「わたしたち、同じ飛行機に乗り合わせたの。ねえ、知ってる？　彼はあなたのことを何もかも知ってたのよ。あなたが彼を裏切ってブラッドと寝ていたことを知ってたの。彼はあなたに騙されてはいなかったわけ」ぼうっとした光のなかで、わたしはミランダが肩をすくめるのを見た。彼女はすぐそばにおり、わたしにはそのにおいまで嗅ぎとれた。タバコ。高級ローション。

「それじゃなぜわたしを突き出さなかったの？」ミランダは訊ねた。「わたしをそんなにひどい人間だと思ってるなら？」

「もちろん突き出すわよ、フェイス、すべてわたしの言うとおりにしなければね」

「これってほんとはエリックが理由なんじゃない?」彼女は訊ねた。家のどこかでドアがガタガタいうのが聞こえた。外で風が強まっている。

「いいえ」わたしは言った。「ちがうわ。理由はすべて、あなたにあるの」

先に振り返ったのはミランダのほうだった。ブラッドが暗闇から現れ、わたしたちのあいだに立った。その右手には重たそうな長いスパナが握られていた。彼はパティオのドアからなかに入り、静かに移動してきたのだ。足音ひとつしなかったため、わたしはふと、彼は靴を脱いできたのだろうかと思った。薄明かりのなか、彼の顔はゆがみ、顎はまるで何か喉につかえているかのようにガクガクと動いていた。その目がわたしを見つめている。重たいスパナを彼が頭上に振りあげるのをわたしは見守った。そしてスパナが下りてきた。

第二十五章　ミランダ

二時間と、ポット一杯分のウィスキー入りコーヒーを必要としたものの、ブラッドは何もかもわたしに打ち明けた。彼はその日の夕方、自分のうちの前に保安官の車が駐まっているのに気づいた。そして、パニックに陥《おちい》り、そのままコテージの前を素通りして、レバノン(ニューハンプシャー州西部の市)にある親父さんの釣り小屋へと向かったのだ。彼はそこにひと晩泊まるつもりだったが、しばらくすると、それじゃ怪しく見えると考えだした。それはいかにも、うしろ暗いところのある人間のとりそうな行動だ。そこでケネウィックに引き返し、家に帰る代わりに〈クーリーズ〉に直行した。そして、その駐車場で彼を待ち伏せしていたリリー・キントナーに出会ったわけだ。ふたりはブラッドのトラックのなかで話をした。リリーは彼に、あの殺人のことは全部知っていると言ったという。ブラッドとわたしが寝ていることも、わたしたちが一緒にテッドを殺す計画を立てたことも、彼女は知っていた。また、ブラッドが車でボストンに行き、殺人を物取りの仕業に見せかけるためにまず近所の留守宅に押し入り、その後、我が家のドアをノックして、なかに入れてくれとたのみ、最後にテッドを射殺したことも、彼女は知っていた。

「彼女、それだけのことをどうやって知ったわけ?」わたしは訊ねた。

「そこは訊いてないんだ、ミランダ。とにかくあの女は知ってたよ。何もかも知ってたよ」ブラッドの声は一オクターブ、高くなっていた。コーヒーを飲むとき、その手は震えていた。

「シーッ、大丈夫よ。もうわたしが来たんだから」

「そうだよな。俺は朝一番にきみに電話するつもりだった。何もかもきみに話すつもりだったんだ」

「わかってるわ、ベイビー。でもやっぱり今夜ここに来てよかった。おかげでどう対処するかゆっくり考えられるもの。彼女の望みはなんなの?」

ブラッドはためらった。「俺はきみに、あの女が金を要求してると言うことになっている」

「それっていったいどういう意味？　言うことになっている？」

「まあ、聴いてくれ。いま何もかも話すから。俺はきみにこう言うことになってるんだ。あの女はきみから金を取りたがっている。口止め料として毎年百万ドル。そして明日の夜、ミクマック・ロードのあの家で、きみに会いたがっている。彼女はきみが同意するのを直接聞きたがっている」

「明日の夜？」

「ああ。十時に。俺がきみを車で連れていき、きみらふたりはあの家のなかで会う。一対一でだ」

「びっくりだわ」

「ちがうんだ、ミランダ、ちゃんと聴いてくれ。これは、俺がきみに言うことになってることでしかない。あの女はきみを殺したがってる。殺すつもりなんだよ。本人がそう言ってた」

「どうやって？」わたしは訊ねた。これが真っ先に頭に浮かんだ疑問だった。

「あの女はスタンガンを持ってる。それで撃っておいて、絞め殺すと言ってたよ」ブラッドは手の甲で鼻をぬぐった。

「わからないわ。なぜ彼女はあなたにそこまで話したんだろう」

「あの女はきみを憎んでる。大学時代からきみを知ってたが、きみは悪い人間なんだそうだ」

「まあ。びっくり」わたしは言った。

「なんだかうれしそうだな」

「そう？　ほんとは震えあがってるんだけど」確かにわたしは震えあがっていたけれど、自分でもよくわからない別の感情も抱いていた。ちょうど、高校で、学年一カッコいい男の子が友達に自分のことを話していたのを知ったときみたいな。わたしはリリーをいらだたせていたのに、自分ではそのことに気づいてさえいなかったのだ。

「彼女、どうやって逃げきるつもりなの？　どうやってあなたを逃げきらせるつもりなのよ？警察はすでにあなたを疑っている。ボストンには目撃者がいるんだから。あなたは人に見られたのよ、ブラッド。わたしのうちに入るところを。今夜、あなたのうちの前に保安官が来ていたのは、だからなの。もうすぐあなたは尋問されるわ」

「いったいなんの話だよ？」ブラッドの唇から唾が飛んできて、一部がわたしの顔にかかった。

「落ち着いて。大したことじゃないから」わたしは嘘をついた。「ほら、あなたにはアリバイがあるじゃない。でもわたしがここに来たのは、その件があったからなの。あなたは警察から話を聞かれる。いつかはわからないけど、いずれそうなるわ。だけどあなたは、ふたりで考えたことを覚えておきさえすればいいのよ。あの話で押し通すこと。そうすればすべてうまくいく」

「でも、もうひとり知ってるやつがいるわけだよな」

「わかってる。ちょっと考えさせて」わたしは二回大きく息を吸った。リリーがすべてを知っている、そして、わたしを殺したがっているという事実が、まだのみこめなかった。「リリーはどこでテッドと知り合ったか言っていた？」

「いや。きみは知ってるのかと思ってたよ。とにかくあの女は、ここまでのいきさつをすっかり知っていた」

「彼女、どうやって逃げきるつもりなの？　わたしを殺したあと？」

「きみの死体ときみの車をどっかに隠すと言ってたよ。そうすりゃきみが逃亡したように見えるってな。俺が警察から逃れるには、その手しかないんだと。俺は今夜、きみを車で約束の場所へ送り届けることになっている。それから、あの女がきみの死体をきみの車に乗せるのを手伝うことになってるんだ。あの女はすべて考えてるよ」

「それで？　あなたは彼女のために喜んで働くって言ったわけ？」

「こっちは危なく心臓発作を起こすとこだったよ、ミランダ。あの女、何もかも知ってるんだからな。俺は考えておくと言った。お膳立てができたら、明日〈クーリーズ〉から電話をすることになってるんだ。発信者の番号が出るように、ただ二度ベルを鳴らすわけだよ。もちろん俺は何もかもきみに話すつもりだった。でもとりあえず、彼女に調子を合わせたんだ。他にどうしようもないだろ？」

「そうよね、それでよかったのよ。あなたはうまくやった。大したものだわ。ちょっと考えさせてね」

ブラッドはもみあげを引っ張った。「俺たちが何をすべきか、俺にはわかってる」彼は言った。「自分が何をすべきかは、わかってるよ」

「え？」

「俺があの女を殺すよ、ミランダ。なんてことないさ。あの女はこっそりきみに会いに来るんだ。彼女が事件にかかわってることは誰も知らない。本人がそう言っていた。俺はあの家まできみを連れていく。きみは玄関からなかに入り、俺は裏に回ってそっちから入る。彼女と話していてくれ。俺は忍び寄って、何かで彼女を襲う。死体は庭に埋めればいい」

「わたしのためにそうしてくれるっていうの?」わたしは訊ねた。

「俺はきみのためにご亭主を殺してやったろう、ミランダ。きみを愛してるんだよ。もちろんその女も殺してやるさ」

どこから見ても理にかなっている。それが唯一の道であることがわかった。もしリリーがすべてを知っているなら、彼女には死んでもらうしかない。でもわたしは不安だった。「彼女はそうなるのを予想してるんじゃない?」頭のなかの考えを声に出して言ってみた。「わたしに会いに来るなんて、あまりに危険が大きすぎる――」

「あの女はきみに会いに来るんじゃない。きみを殺しに来るんだ。本人がそう言っていた」

「わたしが言ってるのはまさにそのことなの。どうして彼女はそこまで自信が持てたわけ? なぜあなたを思いどおり動かせると思ったのよ? あなたとは会ったばかりなのよ。ついさっき会ったばかり。そうでしょ?」

「いいかい。あの女の話には説得力があった。俺が助かる道はそれしかないと言うんだよ。きみは俺をバスの前に放り出す気なんだとさ。警察が出てくれれば、俺の言葉かきみの言葉かってことになるし、きみが夫殺しを企てた証拠はどこにもない。きみはこう言えばいいわけだ――

あの男は妄想にとりつかれていた、自分に執着するようになっていた。俺以外には誰も、ちがうとは言えない」

これはもちろん、ブラッドがテッド殺しでつかまった場合、わたしがやろうと思っていることだ。一時の気の迷いから一度だけ彼と関係を持ったことがあるけれど、テッドを殺す話などしたことはない。わたしはそう言うつもりだった。そう言えば、ブラッド・ダゲットに週末一杯フロリダに行くことを話しました。きっと彼はそれで……わたしがその話をした理由を誤解して……ああ、なんてこと。警察はわたしを疑うだろう。でも有罪にすることは絶対にできない。「それで、あなたは彼女が言ったことをうのみにしたわけ？」わたしは嫌悪の色を浮かべてブラッドに訊ねた。

「まさかね。俺はきみを信じてる。でもあの女には、手を貸すと言っておいた。彼女を信じてるふりをしたんだ。俺たち、このままじゃやばいぞ、ミランダ。あの女は何もかも知ってるんだから」

「オーケー、オーケー。わたしはあの家で彼女に会う。そしてあなたが彼女を殺す。きっとすべてうまくいくわ。なんとしてもやり遂げなきゃ」

わたしたちはさらにしばらく話し合った。でもブラッドは酔っていて、そのうち言うことが支離滅裂になりだした。それに彼は眠たがっていた。わたしは夫殺しを手伝わせるのにアル中の腑抜け男を採用したツケを払っているのだった。コテージをあとにしたのは、夜が明ける一時間ほど前だったが、立ち去り際、わたしは彼にその日は姿をくらませていたほうがいいと言った。海岸ぞいに遠くまで行き、電話には一切出ないようにと。「あなたはまだ警察の事情聴取に耐えられる状態じゃないから」わたしは言った。

「そうだな」彼は言った。

「何もかもうまくいくはずよ。警察はわたしたちを疑うだろうけど、つかまえることはできない。そのことは最初からわかってたじゃない」

「そうだな」

「もしそうしたければ、ベイビー、あなたは今夜、発ってもいいわ。この町から逃げて。この国から逃げて。例の島に行くのよ。すべてかたづいたら、わたしも行って、あなたをさがし出すから」

「警察には俺が犯人だってわかるだろうな」

「ええ、そうね。でもあなたを見つけることはできない。わたしが逃亡の資金をあげるし、あとであなたに合流して、またお金を渡すわ。それであなたは自由の身よ」

「俺の子供たちはどうなる？」ブラッドはかすれた声で言った。彼は大きな太った顔を上げ、わたしはその目が本当に濡れているのに気づいた。彼の子供の話をわたしたちはしたことがなかった。ただの一度もだ。

「シーッ」わたしは言った。「いまはそのことを話すのはよしましょう。あなたはどこかに行って眠らなきゃ。その話は今夜すればいいわ。忘れないで。自宅には近づかないこと、そして、電話には出ないこと。トラックでどこかに行って、そこで眠るの。いいわね？　警察が朝早く来るといけないから。わたしは、ずっと前、テッドとあなたとわたしで行ったポーツマスのあのレストランの前であなたを待ってる。いい？　時間は夜の九時ね」

ボストンに着いたのは、昇っていく太陽が家々の屋根を細く冷たい光で縁取りはじめるころだった。わたしは火曜の新聞を取って家に入り、ポットにコーヒーを入れると、それができるまでのあいだに、シャワーを浴び、着替えをした。あとで横になってみるつもりだったが、いますぐ眠れないことはわかっていた。わたしはドツボにはまってしまったのだ。警察は物取りの線に食いつかなかった。そして彼らはブラッドに迫っている。そのうえ今度は、リリーのからむこの馬鹿騒ぎだ。わたしには状況を呑みこむことすらできなかった。リリー・キントナーには昔からどこか不気味なところがあった。彼女は用心深かった。そのことはよく覚えている。わたしが初めて会ったのは、たぶん彼女が十八のときだ。でも当時から彼女は年よりずっと大人っぽかった。落ち着いていて、自分に自信があって、他の一年生の女子たちとはまるでちがっていた。

エリックが死ぬ前のあのひと夏、わたしが彼を盗んでいたことを、彼女は知っていたんだろうか？　いや、本当のところは盗んでいたわけじゃない。わたしとリリーはリリーの同意なしにエリックをシェアしていたのだ。彼女はそのことを知り、それ以来ずっとわたしをつけまわして、殺すチャンスをうかがっていたんだろうか？　もしエリックがまだ生きていたら、彼女はきっと……とここで突然、半ば形を成しかけたあの考えが帰ってきた。**彼女はロンドンでエリックを殺したのでは？**　彼の死因はアレルギーの発作だ。でも彼にナッツを食べさせたのはリリーだったのかもしれない。彼女は彼が薬を見つけられないと知りながら、そうしたのかも。イカレているけれど、可能性はある。わたしは当時、聞いた話を思い出そうとした。ニューヨークの友人たちのあいだで、そのことは大きな話題になっていた。彼は酔った状態でインド料理に手を出した。そのチキン料理にはナッツが入っていて、彼は死んだ。確かそんな話だった。ひとつはっきり覚えているのは、リリーがその場にいたということ、そして、おそらく彼が死ぬのを見ていたということだ。彼女がエリックに薬を使わせなかったのでは？　いま思うと、その可能性は大いにあるような気がした。

一日は大きな時間のかたまりごとにのろのろと過ぎていった。その夜どう行動するかについて、わたしの考えはくるくる変わった。リリーには死んでほしい。でも気がかりなのは、犯行の場に自分がいるという点だった。ここまでわたしは、テッド殺害で有罪になることがないよう、きわめて慎重に行動してきた。なのに、その夜のことを思い浮かべると、まるで自分が罠にはまりに行くような気がした。実際わたしは罠にはまりに行くのだ――ブラッドからそう教わっているわけだけれど、リリーが何を企んでいるかわかっていても、やはり不安はぬぐえなかった。こんなに自信が持てないのは、本当にひさしぶりだ。でもこれだけははっきりしていた。もしリリーが本人の言うとおり何もかも知っているのなら、彼女には消えてもらわねばならない。リリーがいなくなれば、わたしももう少し楽に息ができるだろう。そしてその後は、ブラッドの始末に集中できるだろう。

携帯電話はベッドサイドのテーブルで充電中だった。わたしはそこへ行ってベッドに横になると、着信記録をスクロールし、留守録を聴いた。メッセージのひとつはキンボール刑事からで、検屍官がテッドの遺体の検査を終えたことを伝えていた。随時、遺体を引き取れる旨《むね》、葬儀社に知らせてもよいという。刑事はまた、何かブラッド・ダゲットに連絡をとる方法はないかと訊ねていた。それを聞いて、わたしはほっとした。ブラッドはわたしの指示どおり行動し、とりあえず姿をくらませたわけだ。葬儀社に電話しようかと思ったが、結局、それはやめておいた。代わりに友人二、三人にメールして、わたしは元気で、ただおとなしくしているだけだと知らせた。それから母に電話をかけ、しばらく話をした。わたしは母に、夫の死に伴う雑事に忙殺されていると言った。「よくわかるわ、いい子ちゃん」母は言った。「離婚も楽じゃないのよ。あの事務処理の大変さときたら」わたしは眠ろうとし、ティッシュペーパーほどの薄さのまどろみに落ちていったが、リリーをめぐる考えはさざ波のように絶えず打ち寄せつづけた。彼女の容姿をわたしは思い出そうとした。目に浮かぶのは、あの腰の張りのないほっそりした体つき、つややかな赤い髪、それに、人の心をかき乱すあの静かさだけだった。彼女の顔を思い浮かべようとしても、その全体的な印象はつかめるのに、具体的な目鼻立ちは浮かんでこなかった。彼女の鼻はどんなだったのか？　口の形は？　つかまえたと思うたびに、それは網に捕えられない蝶のように飛んでいってしまう。わたしは無意識に親指の端を噛んでいたのに気づき、血が出ないうちに自分を止めた。はいていたヨガパンツの上から、わたしは自分に触りはじめた。特徴のない男、金のあるやつを頭に浮かべて。場所はイタリア、相手は、わたしの湖畔の別荘に、わたしとファックしに来た既婚者の隣人だ。だんだんよくなってきて、腿《もも》の半ばまでヨガパンツを下ろしたけれど、いく前に、テッドのことが頭に浮かんできてしまった。この家での最初の夜、このベッドに、彼が薔薇の花びらをまき散らし、わたしのために高価なネグリジェを広げていたことや、自分がそれを見て、すっかり興ざめしたことが。

＊

わたしはブラッドとの待ち合わせ場所、ポーツマスの某レストランの裏の通りに車を駐めた。気温が下がっていたため、長いコートを着て、キャップをかぶり、髪はそのなかにたくしこんでいた。レストランの前の街灯のひとつは壊れていた。そこでわたしはその下に立ち、道を注視しながらブラッドのトラックを待った。明るい夜だったため、それでも姿をさらしている気がした。ブラッドは約束の時間ぴったりに現れ、わたしは彼がまあまあしらふであるよう祈りつつ助手席に乗りこんだ。

「やっぱりやるの？」彼が車を出すと、わたしは訊ねた。

「そりゃやるさ」彼は言い、その妙に大きく張った声の調子から、彼が多少酔っているもののへべれけではないことがわかった。

「もう一度、手順を教えて」

「俺はミクマック・ロードでライトを消して、家の前まで乗りつける。きみはトラックを降りて、鍵で玄関のドアを開け、なかに入る。俺は家の裏に回って、パティオのドアからなかに入る。それから、きみたちのところまで歩いていき、スパナであの女の頭を殴る」

「ただ撃ち殺すわけにはいかないの？」

「もうあの銃はないんだ。そのことは知ってるよな?」

「そうね。忘れてたわ。それから?」

「家にはビニールシートが置いてある。きみは俺が遺体を包むのを手伝う。遺体をトラックに乗せたら、俺はきみの車まできみを送り届ける。遺体の始末はこっちでやるよ」

「もう一度、説明して。なぜわたしがそこにいなきゃならないの?」

ブラッドはわたしのほうにゆっくり頭をめぐらせた。わたしたちはルート1を北に向かっていた。対向車のライトが彼の顔を照らし出す。一瞬、その目にまぎれもない憎しみが浮かぶのが見え、わたしは思わず身をすくめた。「それは、あの女が会いに来るのはきみだからさ。俺がひとりで行ったら、どうなるかわからんだろ? それに、今回はきみにもかかわってもらわなきゃならない。最初のは俺がひとりでやった。でも今回はきみにもいてもらわんとな。これをまたひとりでやる気はないよ」

「オーケー、オーケー」わたしは言った。彼の本当の望みが、わたしに人の死ぬさまを見せることなのは、わかっていた。彼がテッドを撃ち殺したあと、初めて顔を合わせたとき、彼の目に浮かんでいたあの苦悩の色をわたしは忘れていなかった。彼はおそらく、わたしには耐えられないと思っているんだろう。でもわたしは覚悟ができていた。うまくいくかどうかについては、不安があったものの、リリー・キントナーが頭を割られることについては、別になんとも思っていなかった。

まだ少し早かったので、ブラッドは人気《ひとけ》のないケネウィックの通りをあてもなく流してまわった。ビーチぞいを走っているとき、わたしは海に目を向けた。銀色の月光にきらめくその帯に。わたしは本当にケネウィックが好きだった。ずっと住む場所としてではなく、町から逃げ出す場所として。でも相続の手続きがすみ、テッドの全財産が自分だけのものになったら、崖の上のあの家は売るつもりだった。もっと住みよい場所はいくらでもある。わたしは地中海の島々を思い浮かべた。椰子《やし》の木々、〈クーリーズ〉とは似ても似つかないビーチのバー。このニューイングランドで、わたしはあまりにも長く人生を費やしてしまった。

十時前、ブラッドはトラックのライトを消し、ミクマック・ロードからわたしの地所の砂利道に入った。彼はゆっくり運転していった。雨上がりの私道はいつにも増してでこぼこで、トラックは前後に大きく揺れた。家がぬっと現れた。それは、その黒っぽいシルエットで風景を圧倒し、巨大に見えると同時に、海の広がりを背に小さくはかなげにも見えた。ブラッドはゴミ容器の横にトラックを駐め、エンジンを切った。絶え間なく吹く風がトラックの車体をなぶっている。「あの女はたぶんもうなかにいるよ」ブラッドは言った。「きっと俺たちを見てるだろう」

「ぐずぐずしないでよね」わたしは言った。「わたしが家に入ったら、即、動きだして。あのなかで頭のイカレたクソ女と戦うなんてまっぴらだから」

「すぐに行くさ。こっちも早く終わらせたいんだ」

「オーケー」わたしは言った。薄暗いトラックのなかでも、ブラッドがかすかに震えているのはわかった。わたしはちくちくする彼の頬に手を当てた。ブラッドはヘビに嚙みつかれでもしたように飛びあがった。

「もう」わたしは言った。「びくついてるの？」

「脅かすなよ。ここじゃ何も見えないんだ。さあ、行きな」

わたしがドアを開けると、ブラッドは運転席のライトを手で覆った。「じゃあ、なかで」わたしはそう言って、ドアを閉めた。エンジンはカンカンいいながら冷えつつあった。わたしはポケットから鍵の束を取り出して、石の階段に向かった。月は家の背後にあり、さらに近づくと、その家は向こう側に何もないただの黒い壁のように見えた。わたしは、外気の冷たさに衝撃を受け、大きく息を吸いこんだ。鍵の束を不器用にさぐって、必要な一本をさがしあてると、玄関の鍵を開け、さっと内側にドアを開いて、なかに足を踏み入れた。しばらくわたしは非現実的な感覚に囚われていた。自分はただ家の前面を通り抜けただけで、いまもまだ屋外にいるのだというような。でも、星を見ようとして頭上を振り仰ぐと、そこには何もなかった。

「ここよ」そう声がして、束の間、光の輪のなかにリリーの姿が現れ、その後ふたたび消えた。

「入ってきて」彼女は言った。「目はじきに慣れるから」

玄関のドアが背後で自然に閉まった。ホワイエの高い天井が薄暗がりのなかで形を成しはじめた。

わたしは声を出してみた。「ドラマチックじゃない？」そう言うと、その声は家のなかに鋭く響き渡った。

「ブラッドからわたしの要求を聞いている？」

わたしは声のほうへ歩いていった。一方の手は本能的にポケットにやっていた。そこには、ボストンでときどき持ち歩いているペッパー・スプレーが入れてあった。わたしはリリーに、あなたがお金をほしがっていると聞いて驚いたと言い、それはお父さんを助けるためなのかと訊いてやった。それがデリケートな話題で、彼女の気に障ればいいと思ったのだ。

「どういう意味？」リリーは訊ねた。

「お父さん、誰かを殺しちゃったのよね？　イギリスで？　弁護料が必要なんじゃない？」

「いいえ」彼女は言った。「そのお金はわたしのためのお金よ」

わたしが、いますぐお金を渡すことはできないと言うと、彼女は、今夜は直接会って承諾の言葉を聴きたかっただけだと言った。わたしたちのあいだには一ヤードほどの距離があり、わたしにはそれ以上、接近する気はなかった。もう目は慣れていたけれど、リリーは相変わらず特徴のないぼんやりした影にすぎない。わたしが入ってきてから、彼女はまったく動いていなかった。まるでそこに根が生えたかのようだ。もし彼女がこっちに向かってきたら、わたしはすぐに走って逃げるつもりだった。この家のことなら隅から隅まで知っている。その強みを、わたしは活かすつもりだった。

「あなたはテッドと寝ていたの？」わたしはリリーに訊ねた。ブラッドはもういつ現れてもおかしくない。そして、それはぜひとも知りたいことだった。「そもそもあなたたちはどこで会ったのよ？」

「わたしたち、同じ飛行機に乗り合わせたの。ねえ、知ってる？　彼はあなたのことを何もかも知ってたのよ。あなたが彼を裏切ってブラッドと寝ていたことを知ってたの。彼はあなたに騙されてはいなかったわけ」

「それじゃなぜわたしを突き出さなかったの?」わたしは訊ねた。「わたしをそんなにひどい人間だと思ってるなら?」

「もちろん突き出すわよ、フェイス、すべてわたしの言うとおりにしなければね」

自分の昔の名前を聞くのは奇妙な感じだった。それはわたしを大学時代へと引きもどした。あの紫煙のたちこめた部屋部屋、飲んべえたちの宴へと。突然、リリーの顔、あの冷たい緑の目がはっきりと目に浮かんだ。

「これってほんとはエリックが理由なんじゃない?」わたしは訊ねた。黒い影がこっちへ向かってくるのが見える。ブラッドがリリーを殺しに来るのが。わたしはほんの一時、彼を待たせたいとさえ思った。何年も前、リリーがロンドンでエリックを殺したのかどうか。わたしはそれが知りたかった。どうしても知る必要があった。

「いいえ」リリーはちょっとおかしそうな声で言った。「ちがうわ。理由はすべて、あなたにあるの」

気がつくとブラッドがそこにいた。幽霊じみた顔をし、大きなスパナを振りあげて。わたしは魅せられ、じっと見つめていた。それから気づいた。ふたりの顔、ブラッドの顔とリリーの顔は、どちらもわたしに向けられている。スパナが振りおろされ、頭のなかで鋭い痛みが炸裂した。膝がガクンと折れ、つぎの瞬間、わたしは頭を手で押さえ、おがくずだらけの冷たい床に倒れていた。ブラッドがすぐ前に立っている。彼はわたしの手をつかみ、頭からどけた。帽子は脱げていた。わたしは死ぬんだ、と思った。ヒュッという音とともに、ブラッドが再度スパナを振りおろした。

第二十六章　リリー

ブラッドはミランダの頭にスパナを振りおろした。彼女はまず床に膝をつき、それからくずおれた。その頭から帽子が落ちる。彼女は手を持ちあげて、殴られた箇所に触れた。束の間、ブラッドは最後までやれないんじゃないかと思ったが、彼はしゃがんで、さらに数回、彼女を殴った。頭を護る帽子がないため、スパナは頭蓋骨に当たってゴツンゴツンと鋭い音を立てた。彼が最後にスパナを振りおろしたときは、壁に拳がめりこむようなバリッという音がした。彼女が死んだのがはっきりすると、わたしはそっと彼を引き離した。家の内部のぼんやりした光のなかでも、彼女の側頭部が陥没《かんぼつ》しているのは見えた。黒い血溜まりが床に広がっているのもだ。

「スパナはここに置いといて。ちょっと外に出ましょう」わたしは言った。

ブラッドはわたしに言われるままに、ミランダの動かない体の横に静かにスパナを置いた。わたしは彼の二の腕をつかんで、玄関へと向かい、ドアを通り抜けた。外の気温は室温と同じだったが、その空気は海の塩の香に満たされ、屋内よりきれいな気がした。わたしたちの背後でドアが自然に閉まった。「終わったわ」わたしはブラッドに言った。

「彼女、死んだかな?」彼は言った。

「ええ、死んだ。もう終わったの。あなたはよくやった。彼女は何か疑っていた?」

「いや、俺がちゃんと話をしたから。何もかもあんたに言われたとおりにな。だが、あんたは彼女に見られていたよ」

「どういう意味? 彼女に見られていたって?」わたしは訊ねた。

「きのうの夜さ。あんたが俺のうちを出たあと、彼女が現れたんだ。俺に会いに来て、そこにいたあんたを見ちまったわけだ。あんたが誰かもわかってたよ」ブラッドは上着のポケットからタバコを出しており、そのパックから不器用に一本抜き取ろうとしていた。

「ちょっとトラックのなかで一服しましょう」わたしは言った。「遺体の処理はそれからでいいわ」

わたしたちはブラッドのトラックに乗りこんだ。わたしはバックパックを背中から下ろし、膝の上にかかえた。「寒くないか?」ブラッドが訊ねた。「暖房を入れようか?」

「いいえ、大丈夫。でも一杯飲ませてもらうわね」わたしはバックパックのジッパーを開けて、アプリコット・ブランデーのフラスクを取り出した。「かまわない? ちょっと神経がおかしくなってるの」

「だよなあ」ブラッドはそう言って、短く不自然な笑い声を発した。

わたしは口もとでフラスクを傾けたが、中身は一滴も飲まなかった。「あなたもどう？」わたしは言った。「アプリコット・ブランデー。おいしいわよ」

ブラッドはわたしの手からフラスクを取り、ぐうっと長くひと飲みすると、フラスクを返した。「もうひと口どうぞ」わたしは言った。「わたしのほうは今夜はもうたっぷり飲んだから」

「今夜、飲めなかったら、どうなっちまうやら……」ブラッドは言い、またフラスクを傾けた。彼が二度嚥下《えんげ》するのをわたしは耳で確認した。これだけ飲めば充分だ。期待どおり、アプリコットの味でブランデーへの混ぜ物をごまかせた。薬が効きだすまでにどれくらい時間があるかはわからない。でもわたしは、前夜のミランダのブラッド訪問の話をもっと聞きたかった。

「昨夜のことを聞かせて」わたしは言った。「そのあとで遺体の処理にかかりましょう」

ブラッドはライターをカチッと鳴らして、タバコに火を点けると、フロントガラスに紫煙を吹きかけた。「いやまったく、あのときは死ぬほど驚いたよ。あんたが帰って、五分くらいしてからかな。彼女が現れたんだ。最初はあんたがもどってきたのかと思ったよ」

「なぜ彼女は来たの？」

「電話をしたくなかったからさ。彼女は、警察が目撃者を押さえてて、俺を尋問しようとしてるって言ってた。だから、びくつくんじゃないぞってな。でも俺たちはその話はあんまりしなかったよ。あんたを見たせいで、彼女がパニクってたから」

「それであなたは、わたしたちが何を話していたか、彼女に話したのね？」

「ああ。打ち合わせで決めたとおりのことを話した。あんたが俺を説き伏せて彼女を殺す手伝いをさせようとしてる、俺はあんたに考えてみると言っておいた、でも本当はふたりであんたの裏をかくのがいいと思ってるってな。俺は、彼女のためにあんたを殺すと言ってやった。彼女はそれを信じたわけだ」

前夜、〈クーリーズ〉の駐車場でブラッドに接触したとき、わたしが抱いていた計画は単純なものだった。ブラッドにあのミクマック・ロードの家までミランダを連れてこさせる。それが第一段階だ。ミランダとふたりきりになりさえすれば、彼女を殺せることはわかっていた。まずスタンガンで失神させ、そのあと、ビニール袋で窒息させるか、ナイフで刺すか。でも〈クーリーズ〉の外でブラッドと話しはじめたとき、彼が崩壊寸前であることにわたしは気づいた。その目には放心と怯えが表れていた。彼は、罠に脚をはさまれ、飢えて自暴自棄になっている動物を思わせた。ただちに計画を変更し、わたしは彼にこう言った。わたしはミランダを大学時代から知っている、彼女が何をしたかも、あなたが最初からはめられていたことも知っている。

「彼女はあなたを売るつもりなのよ、ブラッド。わかってるわよね?」わたしは言った。

「わからない」彼は言った。

「ブラッド、わたしは質問しているんじゃない。あなたに教えているの。ミランダは悪い人間よ。テッド殺害にミランダが関与した証拠はどこにもひとつもないでしょう? つまり、あなたの言葉を別にすれば、だけれど。彼女はただ、あなたが勝手にしたことだって言えばいいだけ。あなたにはちがうと証明することはできない。あなたは残る一生、刑務所で過ごすことになり、ミランダのほうは無罪放免。あなたは利用されてるの」

「ああ、ちくしょう」ブラッドはそう言って、大きな手の一方で目をぬぐった。

彼を味方につけるのはこんなにも簡単だった。どうやら彼もミランダに完全に騙されていたわけではないらしい。それには程遠かったわけだ。わたしはブラッドに、一緒に彼の家に行き、選択肢を検討しようと言った。それから車でブラッドのあとにつづき、彼の住まいのあのレンタル・コテージに行ったのだ。テッドは以前、コテージの様子をわたしに語り、そのなかがどれほど清潔で殺風景か教えてくれた。彼の言ったとおりだった。家具は頑丈だけれど趣《おもむき》がなく、家のなかは住宅用洗剤のにおいがした。ここはテッドが来たときよりもさらにきれいになっているんじゃないか、とわたしは思った。苦悶のさなかブラッドは強迫的に家のなかを整頓していたんじゃないだろうか。わたしたちはカウチにすわった。わたしはビールをことわったが、ブラッドはリビングの端の小さなキッチンから自分の飲むハイネケンを持ってきた。彼は最初のひと口で半分までボトルを空けた。

「彼女を愛してるの?」わたしは彼に訊ねた。

「そう思ってた」ブラッドは言った。「つまりな、よくわからないんだ。あんた、彼女を見たことがあるんだろ。前に会ってるんだよな。しかも彼女はすげえ金持ちになるんだ」

「ええ、彼女は金持ちになる。でもそのお金をあなたと分け合う気はないのよ。わたしを信じて。これが彼女のやりかたなの。自分のしてほしいことを男にやらせ、用がすんだらその男を消すのよ。彼女はあなたに夫を殺させた。そして、あなたにそれをやらせたとき、自分は千マイルも彼方にいた」

ブラッドはげっそりした顔でうなずいた。「それが最悪の部分よ」わたしはつづけた。「彼女はあなたを人殺しにした。その事実は永遠に変えられない。でもやったのはあなたじゃないわ、ブラッド。やったのはミランダなの。彼女があなたを操ったのよ。あなたには最初から逃れるチャンスはなかったの」

ブラッドの目から涙があふれ、さんさんと流れる二本の川となり、日に焼けた顔を伝い落ちていった。わたしは彼に本人が聞きたかったことを言ったのだ。あなたにはテッド・セヴァーソン殺害の責任はない、悪いのはミランダだ、と言い、彼に無罪を申し渡したのだ。ブラッドが泣きやむと、わたしは彼にビールをもらえないかとたのんだ。飲むつもりはなかったが、彼に何かやることを与えたかったし、これでもうわたしは味方なのだと思わせたかったから。彼はボトルを二本持ってきて、腰を下ろし、キーホルダーについていた栓抜きで両方の蓋を開けた。

「俺はどうすりゃいいんだ？」彼は訊ねた。「警察に行って自白すべきなのか？　何があったか洗いざらい話すべきなのかな？」

「そんなことしたってなんにもならない。テッドを殺した犯人があなたであることに変わりはないんだから。事件のとき、彼女は近くにはいなかったのよ。きっと自分は関係ないって言うでしょうよ」

「それじゃどうすりゃいいんだ？」ブラッドはビールを飲み、少量を顎に垂らした。

わたしを見つめるあの様子だと、彼はわたしがそうしろと言えば、自分の指でもへし折ってしまいそうだった。そこでわたしは賭けに出て、こう言った。「ミランダを始末するのを手伝ってほしいの。彼女はそうされて当然だし、あなたが助かる道はそれしかない。手伝ってもらえる？」

「彼女を始末するって、どういう意味だよ？」

「彼女を殺すのよ、ブラッド」

「わかった」

そこでわたしは計画を明かし、ミランダにこう伝えるようブラッドに言った。リリー・キントナーが会いたがっている。あの殺人のことを全部知っていて、金を要求している。セヴァーソン夫妻の建築中の家で、つぎの夜、暗くなってから、ふたりだけで会おうと言っている。

「彼女は怪しむだろうよ」ブラッドは言った。

「オーケー」わたしは言った。「確かにそうよね。それじゃ、わたしが彼女をゆすろうとしていると言う代わりに、それは罠なんだと言って。彼女にこう言うのよ。わたしは、これは脅迫だと彼女に言え、と言った。でも実はわたしは彼女を殺すつもりでいる、大学を出てからずっとチャンスを待っていたらしい。彼女は必ず来るわ。わたしにはわかってる。そうしたら、わたしが彼女を始末するから、あなたは遺体を埋めるのを手伝って。仮に遺体が発見されても、わたしがあなたに鉄壁のアリバイを提供する。わたしはこう言うわ。あなたとわたしはこのケネウィックで出会った。わたしたちは関係を持ち、あなたはマサチューセッツのわたしのうちに来た。それであなたは大丈夫。絶対よ」

「金はどうなる?」

「お金は手に入らないわ、ブラッド。永遠によ。あなたは刑務所送りになる瀬戸際で、わたしはあなたに逃げ道を与えているの。ミランダがいなくなれば、あなたは安全よ」

ブラッドはまるで叱られたみたいに急いでうなずいた。「あんた、どうやって彼女を殺す気なんだ?」

「それは任せて」わたしは言った。

「俺がやるという手もあるぞ」ブラッドは言った。その目には新たなものが浮かんでいた。もはや恐れはなく、憎しみが。それに、おそらくは狂気の片鱗《へんりん》が。わたしは、テッドを殺して以来、この男は一睡もしていないのではないかと思った。

「どういうこと?」わたしは訊ねた。

「彼女を家のなかに送りこんだあと、裏のパティオの入口からなかに入って、彼女に忍び寄るんだ。俺はでかいスパナを持っている。それで彼女の頭をぶん殴るんだよ。そうすりゃあんたは手を下さなくてすむだろ。あれがどんな感じのもんかは、知らんほうがいいからな」

完璧だった。これでいちばんの難問が解決される。ミランダを殺すのがわたしであれば、なんらかの法医学的検査により、致命傷を負わせたのは五フィート八インチの女であって六フィート二インチの男ではないことが証明されてしまうだろう。

「何も忍び寄ることはないわ」わたしは言った。

「彼女に、わたしを殺すつもりだって言うのよ。すべてを知られたから殺す、忍び寄ってスパナで殴るってミランダに言うの。そうすれば、あなたが家に入ってくるのが聞こえても、彼女はあなたが襲うのはわたしだと思うでしょう。自分がやられるなんて思ってもみないはずよ」

「どういう意味だ？」

「オーケー」彼はうなずいた。

「本当にやる気？」

ブラッドはそうだと言い、わたしは彼を信じた。わたしたちはさらに話し合い、細かいところまで計画を詰めた。わたしは何度か、きっとすべてうまくいくからと彼に請け合った。コテージを出たとき、わたしは確信していた。彼はすべて、やると言ったとおりに実行するだろう。

そして実際そうなった。

ミランダとふたりで暗闇に立っていたとき、わたしは思った。自分は馬鹿だったのではないか。ブラッドはミランダではなくわたしを殺すのではないか。でもあの最後の瞬間、ブラッドが大型のスパナを振りあげたとき、わたしにはわかった。わたしが勝ったのだ、ミランダは彼女より先に死んだ他の人々と同じように死に、わたしは生き延びるのだ、と。

トラックの窓は閉まっており、ブラッドがタバコを吸っているので、運転席にはつんとにおう煙がこもっていた。「彼女、わたしを殺す気になったわけね？」どうしても知りたくて、わたしはブラッドに訊ねた。

「ああ。あんたの言ったとおりだった。でもな、彼女は驚いてたよ……大学時代、あんたらふたりは別に親しくもなかったんだってな」彼はへらみたいな指で口をこすった。「どうしてあんたは何もかも知ってたんだ？　テッドの身に何があったか、あんなに詳しく知ってたのはなんでなんだよ？　きのうの晩は訊かなかったが」

「ロンドンに行ったとき、帰りの便でテッド・セヴァーソンと一緒になったの。そのとき彼から、奥さんが家の工事の請負業者と浮気をしてるって聞いたのよ。彼は崖ぞいの小道から双眼鏡であなたたちをスパイしたらしいわ。わたしたちはその後も会いつづけてね、そのうち彼はミランダを殺す気になったの。彼女だけじゃなくあなたもよ。わたしは彼に手を貸すと言った」

ブラッドはまた長々とタバコを吸ったが、それはもうほとんどフィルターだけになっていた。ハンドルをくるくる回して窓を下ろすと、彼は吸い殻を放り捨てた。それが水溜まりに落ち、ジュッというのが聞こえた。「嘘だろ」ブラッドはわたしのほうにぐるりと顔を向けた。睡眠薬が効きだしている。その呂律《ろれつ》は怪しくなっており、まぶたは下りかけていた。

「いいえ。嘘ならいいんだけど。テッドはミランダを殺すつもりだった。ミランダもテッドを殺すつもりだった。ただ彼女のほうが早かったわけよ。そう、あなたたちのほうが早かった。でももうすべて終わったわ」

「そうだな」ブラッドは言った。「そうだな」舌が回っていないので、〝さあらあ〟と言っているように聞こえ、意味はかろうじて理解できる程度だった。彼の頭は斜め前にがっくりと落ちており、その姿は、すでにノックアウトされたことにも気づかずリングで意識を保とうとしているボクサーを思わせた。彼がこちらに向かって少し身を乗り出してきたので、わたしは座席の奥に体を引っこめた。すると、足をくるむビニール袋がトラックの床に触れてさらさらと音を立てた。

「なんで……なんで足にビニールをかぶせてるんだ?」彼の言葉はもうぐずぐずで、普通ならまるで聞きとれないところだったが、その視線が下に注がれているのを見て、わたしには彼が何を言っているか理解できた。彼は斜め前に倒れ、その右肩がわたしの膝に激突した。わたしは分厚いデニムのジャケットを両手でつかみ、どうにか彼をまっすぐに座席にすわらせた。彼の頭がのけぞり、口が開いた。わたしはロックを解除してトラックを降り、車内灯が点きっぱなしにならないよう、すばやくドアを閉めた。頭上を見あげると、夜空は星で一杯だった。わたしが車を駐めたときよりも、それらは明るく輝いていた。見えない海がザブザブと音を立てている。わたしは十秒間、ただそこにたたずむことを自分に許した。それから、仕事に取りかかった。

ビニール袋は余分に持ってきていたし、ナイフもあったが、手持ちの道具にたよる前に、まずトラックの荷台に上がって、運転台の背面にゴムコードで固定してある道具箱を調べた。波形の金属蓋の鍵は開いており、わたしはペンライトを点けてなかをのぞきこんだ。思い描いていた道具は全部そろっていた――金槌、片手のこ、タイヤレバー、プラスチックのケースに入ったドリル――でもわたしの目を引いたのは、ワイヤーハンガーを改造したもの、キーを車内に忘れたときロックをこじ開けるのに使う柄の長いフックだった。わたしはそのワイヤーを手に取ってまっすぐに伸ばした。これならぴったりだろう。トラックのなかを血で汚したくはない。

ふたたび助手席に乗りこむと、ドアを閉め、くるくると窓を下ろした。運転台にはまだ、ブラッドが最後に吸ったタバコのにおいが残っていた。加えて、何か他のにおいもした……ブラッドの息が発する、蒸留されたアルコールの薬臭さ。それにたぶん、彼の体臭も。ブラッドはいびきをかきだしていた。息を吸うたびに、鼻の奥で甲高いきしるような音がする。わたしは彼の肩をつかんで、力一杯揺すぶった。それでも彼が深い眠りから目覚める気配はなかった。きょうはいったいどれくらい飲んだんだろう？　アルコールと睡眠薬の相乗効果で、この男はこのまま死ぬんじゃないだろうか？　そうも思ったが、やはり運だのみにするわけにはいかなかった。

わたしは助手席の上に膝立ちになり、ブラッドの頭を向こうへ押しやって、運転席側の窓に顔が向くようにした。それでもまだ頭は反り返っており、彼の太い首とヘッドレストのあいだには隙間があった。わたしはハンガーのワイヤーを彼の首に巻きつけ、その両端をねじり合わせて、ワイヤーをぴったり首にそわせた。つぎに、バックパックからレザーマンを取り出して、ねじり合わせた部分の長さが一インチ程度になるように、余分なワイヤーを切り落とした。

わたしはレザーマンのペンチの先でワイヤーの端をはさみ、ブラッドが確実に死んだとわかるまで、ぐいぐいねじって締めつけていった。

第三部　死体をうまく隠す

第二十七章　キンボール

どうしても眠れない。

僕にとってこれはめずらしいことじゃない。事件の捜査中は特に。ベッド脇のテーブルの時計を見ると、朝の三時を少し回ったところだった。猫のパイワケットが僕が床に脱ぎ捨てた衣類の上で眠っている。彼は寒いらしく、死んだふりをする毛虫みたいに丸くなっていた。きっと、自分ちの床の端っこに並ぶあの細長い金板はなぜブーンと唸りだして暖かくなってくれないのか、と思っているだろう。この十月は下旬から寒くなっている。でも、僕としてはせめて十一月まではヒーターを点けずに過ごしたかった。

ベッドを出て、ターナー・クラシック・ムービーズで何をやっているか見てみようか。そんな考えが浮かんだが、もしそうしたら二度と眠りにもどれないことはわかっていた。翌日は多少なりともシャキッとしている必要がある。テッド・セヴァーソンが殺害されたのは金曜の夜、そして、いまはもう翌水曜に入っている。ほぼ丸一週間だ。われわれには第一容疑者――あのブラッド・ダゲットという男――がいるが、彼は姿をくらませており、その行方は杳《よう》としてつかめない。前日、僕はメイン州でまあまあ協力的なケネウィック警察の警官たちとともに一日を過ごし、ダゲットの自宅に目を光らせつつ、彼の所在に関するありとあらゆる手がかりを追った。犯人はまちがいなく彼だ。ミランダ・セヴァーソンから例の似顔絵がブラッド・ダゲットに似ているとの証言が得られたあと、僕はコンピューターのデータを調べた。ダゲットの記録はそこにあった。彼は二度、逮捕されていた。最初は五年前、家庭内暴力の容疑、二度目は二年前、酒酔い運転で。ミランダに教わったダゲットの番号に電話したが、彼は出なかった。そこで僕は向こうの警察に電話をし、ブラッド・ダゲットの自宅に寄って彼がいるかどうか確かめてほしい、そしてついでに、テッド・セヴァーソンの死について何か知らないか、ちょっと訊いてみてくれないか、とたのんだ。彼らは依頼に応じたが、ブラッドは家にいなかった。僕は彼らに、翌日でもかまわないと言った。明朝、目撃者に話を聞くから、もっといろいろわかるだろうと。僕はダゲットの最新の顔写真を印刷し、翌朝、それを持ってサマヴィル（ボストン郊外の市）のレイチェル・プライスのアパートメントを訪ねた。写真を見るなり、彼女は軽く飛び跳ねて言った。「そう、この人です。まちがいありません」

「これがあなたの見た、金曜の六時にあの家に入っていった男なんですね？」

「ええ、この人です。確かですよ」

　これが火曜日の朝のことだ。僕はまず保安官に電話をし、その後、自ら車で現地へ行った。ブラッドは相変わらず行方不明で、監督しているどの建築現場にもいなかった。それに、もちろん自宅にも。彼の住まいは、ケネウィック・ビーチに本人が所有する一群のレンタル・コテージの一軒だ。緑の縁《ふち》取りの白い壁の家。それは僕に、もう少し北のウェルズ・ビーチで過ごした子供時代の休暇を思い出させた。ダゲットが自宅におらず、すぐにはもどらないとわかると、僕はテッド・セヴァーソンの寝室の引き出しで見つけたあの鍵を試してみた。それは、ブラッドのコテージのドアにぴたりと合った。なぜテッドは工事業者の自宅の鍵など持っていたんだろう？　実は関係を持っていたのは、このふたりだったのか？　僕は小さなコテージの清潔そのものの室内をのぞきこんだが、その時点ではまだなかには入らなかった。地元の判事が昼休みを終えたあとに令状を出し、そこで初めて僕たちは家のなかを捜索した。しかし結局、何も見つからなかった。

ミランダがブラッド・ダゲットの名を出したあと、もっと迅速に動かなかった自分を、僕は一日じゅう蹴飛ばしつづけた。彼の顔写真をただちにレイチェル・プライスのもとへ持っていくべきだったのだ。でもミランダの気のない話しぶりからは、あまり希望が感じられなかった。もちろんいまでは、ミランダがブラッドの名を出したのは、そうせざるをえないと感じたからで、保身のためであったことは、明白に思える。ブラッドに自宅には近づかないよう、電話も切っておくよう言ったのは、きっと彼女だろう。世にも陳腐な物語。妻が情夫《おとこ》に夫を殺させたわけだ。変化球は、テッドの引き出しに隠されていたあの鍵、メイン州のブラッドのコテージの鍵だ。あれはミランダの鍵で、彼女が夫の引き出しにそれを隠したんだろうか？　ありうる、と僕は思った。

午後一番で、僕たちはブラッドと彼の車を全部署手配にした。彼の前妻には聴取が行われた。それに、雇い人や同僚の何人かにも。前日の昼、彼はヨークの行きつけのピザ屋でミートボール・サブマリンの〝大〟を買っていたが、それ以降は誰もその姿を見ていなかった。彼は忽然《こつぜん》と消えたのだ。

僕は夕方近くメイン州をあとにし、州間高速95号線に乗ってボストンへと引き返した。途中、ビリー・エルキンズからすごい知らせが入った。その警官に僕は、ミランダ・セヴァーソンがマサチューセッツ州ウィンズローの知人として挙げた女性、リリー・キントナーのことを調べる仕事を託したのだが、彼はかなりいろいろつかんでいた。リリー・キントナーは、リリー・ヘイワードの名でウィンズロー大学の図書館に勤めているらしい。その一方、彼女はウィンズロー、ポプラ通りに本名で家を所有している。何より重要なのは、テッドとリリーが九月二十日にロンドンからこっちにもどる同じ飛行機に乗っていたことだ。僕は車内で拳を突き出すと、彼女の住所を書き留めた。

乗客名簿を調べるようビリーにたのんだのは、単なる直感からだった。知識に基づく直感ではあったが、それが報われたなんて信じられなかった。ミランダがウィンズロー在住の知人としてリリー・キントナーの名を挙げたとたん、僕はそのリリー・キントナーとは、僕の大好きないまも存命の小説家、デイヴィッド・キントナーの娘であるリリー・キントナーと同一人物なのだろうかと思った。キントナーの娘のことは、あまりよく知らない。ただ名前がリリーだということ、それに、彼女がアメリカで生まれたということしか。当時デイヴィッドは、シャロン・ヘンダーソンというアメリカのアーティストと結婚しており、コネチカット州に住んでいた。マザー大学はコネチカット州にある。また、ウィンズローのリリーがミランダと同い年だとすると、彼女はキントナーの娘とちょうど同じ年ごろということになる。

デイヴィッド・キントナーはただ小説家として有名なだけではない。彼はイギリスで飲酒運転して事故を起こし、二番目の妻を死なせたことで悪名を馳せている。事件はイギリスでは大きく報じられたものの、アメリカではさほど騒がれなかった。僕は彼の小説のファンなので、この一件にその後も注目していた。キントナーは一カ月ほど前に刑期を終え、釈放されたばかりだ。となると、彼のアメリカ人の娘が父親に会うためにロンドンに行ったとしてもおかしくはない。また、僕はミランダ・セヴァーソンから、テッドが最近、仕事でロンドンに行ったという話も聞いていた。それで、テッドとこのリリー・キントナーが飛行機で出会った可能性が頭に浮かび、ものは試しでビリーに乗客名簿を調べさせたところ、これが大当たりだったわけだ。ブラッド・ダゲットをさがしまわった実りなき一日のあとだけに、めずらしく捜査活動が実を結ぶというのは気分のいいものだった。リリーこそ、テッドがあの日ウィンズローに行った理由にちがいない。もっとも彼女は、彼の死とはなんの関係もないのだろうが。

95号線と93号線の分岐点に至ると、僕はボストン方面へ行く93号線には入らずに、そのまま95号線を進み、ぐるりと西へ回ってウィンズローへと向かった。リリー・キントナーに話を聞いたところで大きな収穫があるとは思えなかったが、どうしても確認をとりたかったのだ。

彼女は家にいた。そして僕が思ったとおり、彼女はデイヴィッド・キントナーの娘だった。

本で一杯のその家は、ほんの数軒の他の家とともに、落ち葉に埋め尽くされた池の岸辺に立っていた。玄関で僕を迎えたとき、彼女の格好はややくしゃくしゃに見えた。その目の焦点が僕の顔に合うまでにはしばらくかかった。昼寝していたのを起こしてしまったんだろうかと僕は思った。彼女は僕をなかに通した。僕がテッド・セヴァーソンのことを知っているかと訊ねると、彼女は知ってはいるけれど、それは、彼の死亡を報じた新聞記事の内容と、彼が自分の大学時代の知り合いと結婚したのを知っているという程度だと言った。コーヒーをすすめられたので、僕はもらうことにした。彼女がそれを入れに行っているあいだに、僕は本棚をざっとチェックし、一列、デイヴィッド・キントナーの小説がずらりと並んでいる箇所を見つけた。その背表紙を指でなぞりながら、かつて見た彼の写真を僕は思い出していた。ふさふさの白髪頭の、背の高い骨張った男。酔いどれの顔——青白いこけた頬。リリーがコーヒーの盆を手にもどってきた。髪は耳のうしろにかきあげられ、眠たげだった目は鋭く用心深くなっていた。僕は、あなたのお父さんの本を読んだことがある、実はファンなのだと言った。父親の才能の話はもう聞き飽きているのか、彼女に感動したふうはなかった。僕は、イギリスでの彼の状況は知っていると言い、それをとっかかりに、彼女とテッド・セヴァーソンが乗り合わせた飛行機の話を持ち出した。輝く緑の瞳のなかで何かがひらめき、彼女は確かに飛行機で男性に出会ったと言った。どことなく見覚えのある顔だったから、おそらくあれが彼だったのだろう、と。ずいぶん長いこと話をしたし、自分が誰でどこに住んでいるかを告げた可能性もあるという。僕たちはネット上で写真をひとつ見つけた。彼女は、自分が話をした相手はその写真の男、テッド・セヴァーソンにまちがいないと言ったが、なぜ彼がウィンズローに来たのかについてはまったく心当たりがないと主張した。

僕は彼女の話の一部を信じた。彼女は本当に、テッド・セヴァーソンが自分をさがしに町に来たことを知らなかったんだろう。また、警官が家に現れたのに驚いたというのも本当だろう。でも、飛行機で出会った男が友達の夫であることに気づかなかったというのは、嘘だ。それはありえない。でもなぜ彼女はそんなことで嘘をつくんだろうか?

帰り際、ポケットに手を入れると、例の鍵に指先が触れた。われわれ警察がすでに、メイン州のブラッド・ダゲット宅のものだと知っている例の鍵。それでも僕は、その鍵で家のドアが開くかどうか試してもかまわないかとリリーに訊ねた。とにかく彼女の反応を見てみたかったのだ。彼女はとまどいを見せたが、心配してはいなかった。どう考えたものかよくわからないまま、僕はその場をあとにした。でも、テッド・セヴァーソンがあの日なぜウィンズローに行ったのかはわかった。彼は飛行機でリリー・キントナーに会い、彼女に恋をしたのだ。その点は確かだった。僕は共感を覚えた。事実、その日リリー・キントナーに会って以来、僕はノンストップで彼女のことを考えつづけていた。彼女は美しかった。そのことは覚えているが、彼女の顔立ちを頭のなかで再現するのはむずかしかった。あの長い赤い髪なら、思い浮かべることができる。猫の目にそっくりのあの緑の瞳もだ。でも彼女の顔のイメージは、頭のなかにふっと浮かんではすぐに消えてしまう。でもその物理的存在よりも、僕を虜《とりこ》にしたのは、彼女の超俗的なまでの冷静さ、ウィンズローの森の、ぎっしり本が並ぶコテージでのあの暮らしぶりだった。あそこにひとりぼっちでいるのは淋しくないんだろうか？　それとも、彼女はあの特別な種族の一員、他者を一切必要としない人間なんだろうか？　僕はその点をさぐり出すつもりだった。

この世の誰よりも僕のことをよく知っている、僕の妹のエミリーは、つい先日、女性との関係における僕の問題点は、魅力を感じた女にいちいち恋をすることだ、と教えてくれた。

「たいていの男はそうなんじゃないか？」僕は言った。

「まさか」エミリーは言った。「たいていの男は魅力を感じた女と寝たがるだけ。男どもが何より避けたいのは、恋に落ちることなの。刑事のくせにそんなことも知らないわけ？」

「大丈夫。僕だってそういう女たちと寝たいと思ってるから」

「だよね。でも、寝たら恋に落ちるんでしょ？　それで結局、失恋するか、さもなきゃ――」

「そろそろそっちの異性関係の話をしようか？」僕はそうさえぎった。これが、失敗つづきの僕のロマンスの分析が始まったとき、エミリーに話題を変えさせる絶好の手なのだ。

パイワケットが身じろぎした。つまりこれは、朝の五時になったということだ。彼がベッドに飛び乗ってくる。まぶたに息を吹きかけて僕を起こそうってわけだが、こっちはその隙を与えず、掛布団の下からさっと脚を振りおろした。僕はアパートメントの横手のドアから彼を外に出してやった。ドアの向こうは非常階段だ。彼はダッと飛び出し、小さな裏庭をめざして金属の段々をすばしこく降りていった。その庭で落ち葉やならず者のリスどもから我らが王国を護るのが、彼の仕事なのだ。

僕はふたたびベッドにもどった。これ以上、眠れる見込みがないことはもうわかっていた。ベッド脇の本の山には、いつも螺旋《らせん》綴じの手帳とペンが置いてある。それはアイデア帳、捜査中の事件に関して夜更けに浮かんだ考えを書き留めるところなのだが、同時に詩を書き留めるところでもあった。僕はいまでも（署では誰も知らないことだが）自らを詩人とみなしている。もっとも近ごろ、その詩作の能力は大幅に失われ、五行戯詩《リムリック》以外は何も書けなくなっているのだが。僕は自分にこう言い聞かせていた。とにかく僕は何かしら書いているし、たぶんそれは事件について考える助けになっている。その日すでに、僕は以下の二篇を書いていた。

その亭主、テッドは哀れ
鉛の玉でこの世とお別れ
死ぬ前の彼はリッチ――
そして細君はビッチ――
ならば道理のこの幕切れ

その女、ミランダは難物
鼻持ちならない俗物
だけどお尻は極上
乗り心地はきっと上々

金持ち男はこぞって行列

同じページに僕はつぎのを書き加えた。

その小説家には、娘がひとり
彼女の瞳は海のみどり
できることなら脱がせたい
おがめるように、その女体
脱いだ彼女は命取り

これが初めてではないが、なぜ自分のリムリックが決まって淫《みだ》らになってしまうのか、不思議に思った。僕はブラッド・ダゲットでひとつ創ろうとしたが、うまくいかなかった。そこで起きだして、ポット一杯分のコーヒーを作り、仕事に行く支度にかかった。

七時過ぎに自分のデスクに到着すると、ケネウィック警察の署長に電話をかけ、状況を確認した。ブラッド・ダゲットはまだ家にもどっていなかった。

「驚くには当たらないな」僕は半ばひとりごとのように言った。「でも万一に備え、パトカーを一台、配置しておいてください。彼が逃亡したのは明らかですがね」

「彼の最後の夜のお相手と話してみたよ」アイルランド署長は言った。風邪との戦いの最中なのか、その声はしゃがれていた。「ポリー・グリーニア。彼女はいわば〈クーリーズ〉の顔だな。そこがブラッド・ダゲットの行きつけのバーなんだが。ふたりはくっついたり離れたりの仲でね。何年も何年もその調子でつづいてる。高校が一緒だったんだよ」

「彼女、何か知ってましたか？」

「彼の所在については何も知らなかった。だが、最後に姿を見たのはいつか訊ねたところ、金曜の夜、彼と一緒だったと言うんだよ」

「先週の金曜ですか？」

「本人はそう言っていた。ふたりで〈クーリーズ〉で飲んでいて、しまいに彼のうちに行くことになったらしい。その夜はそこに泊まったそうだよ」

「彼女が日をまちがえてるってことはないでしょうね？」

「さあ、わからんな。だが確認することはできるよ。ふたりが〈クーリーズ〉にいて、一緒に帰ったなら、店にいた連中が覚えてるだろう。ここは小さな町だし、人はその手のことによく気がつくもんだからな」

「確認してもらえます？」

「いいとも」

「それと、もうひとつ」僕は言った。「パトカーを一台、ダゲットが建てていたセヴァーソン夫妻の家にやってください。それに、ダゲットが鍵を持っていそうな他の家にも。もし彼がまだそのエリアにいるなら、そういう家のどれかに潜んでいてもおかしくはありません。彼が所有しているビーチのコテージも全部、調べてください」

「それはもう調べたよ」

「そうですか。どうもありがとう、アイルランド署長」

「ジムと呼んでくれよ」

「そうします」

電話を切ったあと、僕はしばらくデスクの前にただすわっていた。ダゲットのアリバイのことが気がかりだった。それはどれくらい固いのだろう？　真実であるはずはない。その点はわかっていた。彼が自分の女に、金曜の夜は一緒にいたと言わせているのだ。となると、そのアリバイはハリケーンの只中の窓ガラスよりも簡単に壊れるだろう。僕は目の前の手帳に彼女の名前を書き、ぐるぐると輪で囲んだ。そこへパートナーのロバータ・ジェイムズがやって来て、エッグマックマフィンをひとつ、デスクの上に置いた（「一個おまけがつくやつだったから、あなたにと思って」）。僕は彼女にその朝わかったことを話してきかせた。彼女が立ち去ったあと、僕は手帳のポリー・グリーニアの名前の下にもう何行か書き加えた。なぜ彼女はブラッドのために嘘をつくのか？　なぜテッドはブラッドの家の鍵を持っていたのか？　なぜリリー・キントナーは嘘をついたのか？

ジム・アイルランド署長に再度、電話をかけ、そちらへ行ってそのポリー・グリーニアという女性と話がしたい、と言おう。そう思ったとき、逆に向こうから電話がかかってきた。「こっちに来たほうがいいぞ」彼は言った。「死体が出た。場所はダゲットが建てていた家だ」

「彼の遺体ですか?」そう訊きながら、僕は早くも立ちあがって、上着をひっかけ、ポケットに車のキーがあるのを確かめていた。

「いや、そもそも彼じゃないしな。女なんだよ。わたしはまだ見てないが、どうやらミランダ・セヴァーソンらしい。頭をかち割られてるそうだ」

「すぐ行きます」僕はそう言って電話を切った。それから、席に着いたばかりのジェイムズをつかまえ、またメイン州に行くぞと言った。

第二十八章　リリー

ブラッドが死んだのを入念に確かめたあと、わたしは彼の首からハンガーのワイヤーをはずした。つぎに、彼のデニムの上着をつかむと、その体をトラックの前部座席の助手席側に引きずり寄せ、シートベルトで動かないよう固定した。座席は彼の体ごと少しうしろに倒した。さらに、彼の上着のジッパーをいちばん上まで閉じ、シープスキンの裏がついた襟を立てて、首を締めた痕が隠れるようにした。誰かが車内のわたしたちを見ても、彼は助手席で居眠りしている同乗者に見えるはずだった。少なくともわたしは、そう見えるよう願っていた。

トラックを発進すると、私道を出て、道路にもどった。ヘッドライトはミクマック・ロードに入るまで、消したままにしておいた。燃料計を見ると、針は四分の三と満タンのあいだを指していた。これなら充分コネチカット州まで行けると思った。セルフサービスのスタンドでガソリンを入れ、店内に入って現金で支払いをする覚悟はできていたが、その必要がないのはありがたかった。これまでのところ、メイン州でわたしの姿を見た人間はひとりもいない。せっかくなので、ここからも見られずにいくつもりだった。

わたしがめざしたのは、北――州間高速95号線の入口だ。ミクマック・ロードからは、ケネウィック・ビーチの手前で離れた。すでにブラッドを追っているなら、警察はおそらく彼のコテージの前で張り込みをしているだろう。できることなら、逃亡を偽装するためコテージにもどって彼の持ち物を何点か取ってきたいところだが、危険を冒してそこまでするだけの価値はない。州間高速の入口の手前で、わたしは〈マイクの店〉という閉店しているオートショップに乗り入れた。それはよくある、廃棄されたポンコツ車両が一杯並ぶ僻地の修理所のひとつだった。わたしはライトを消して、おんぼろ自動車の列のなかへと入っていき、トラックを降りた。少なくともふた冬はその場から動いた様子のない車を一台、見つけると、そのメイン州のナンバープレートをレザーマンで取りはずして、ブラッドのトラックのナンバープレートと交換した。作業には五分ほどかかった。あたりはとても静かで、聞こえるのは木々に残った葉をそよがす絶え間ない風の音ばかりだった。プレートの交換を終えると、わたしはトラックにもどった。車内灯が束の間ブラッドの姿を照らし出した。その頭は不自然に片側に倒れていた。彼から顔をそむけたとき、フロントガラスの内側に貼ってあるEZパスのプラスチック製発信機がわたしの目をとらえた。州間高速道には料金所がある。メイン州に二箇所、ニューハンプシャー州をかすめていくときに、また一箇所。おそらく追跡されるだろうが、料金所をＥＺパスでさっと通過するほうがよいのか、それとも、発信機を取り去って、現金払いのブースを通るほうがよいのか。熟慮のすえ、わたしは現金で支払うほうがよいと判断し、フロントガラスから発信機を引きはがして、修理所の隣の森のなかへと放りこんだ。ブラッドはどう見ても酔って寝ている誰かの夫だったので、一か八か人に顔を覚えられる危険を冒すことにしたのだ。この髪がわたしのいちばん目立つ特徴だが、それは帽子のなかに隠してあった。

心配するまでもなかった。コネチカット州のわたしのかつての地元に向かう四時間の旅の途上、料金所の係員たちは、ブラッドにもわたしにもほとんど目をくれなかった。道はがらがらで、本当ならその行程は三時間半で走破できたところだが、わたしはきっちり制限速度を守り、追い越し車線をガタゴト行く貨物トラックをみなやり過ごして、ずっと右車線を走りつづけた。ラジオは切ったままにしてあった。ただそれも、ウスター近辺のどこかで、ブラッドの遺体が動き、ガスを放出するうめくような音を漏らすまでのことだ。これに備え、わたしはあらかじめ、死体は音を立てるものだと自分に言い聞かせていたのだが、それでもいざとなると、座席のなかで二インチほど飛びあがってしまった。そのあとわたしはラジオをつけて、冴えない局から冴えない局へチャンネルを変えつづけ、コネチカット州のどこかでようやく、ダイヤルのずっと左のほうの、コマーシャルのない深夜のジャズ番組を見つけた。両親のことを思い出してしまうので、ジャズはあまり好きではないが、流れてくるスタンダード・ナンバーには知っている曲がたくさんあった。マイルス・デイヴィスの「オン・グリーン・ドルフィン・ストリート」がそのまま、ナット・キング・コールの「枯葉」へとつながっていく。わたしはその歌詞に耳を傾け、自分が死人を助手席に乗せ、夜の道を走っているという事実から気持ちをそらそうとした。ラジオの音量を上げていても、さらに二度、放出の音が聞こえ、トラックの車内は尿と便、両方のにおいに満たされた。何年も前、少女時代に殺した黒い野良猫のことを、わたしは思い出した。垂れ流された糞を見て、自分がショックを受けたことを。あのときは、死んだ猫に対する嫌悪感により、そいつを殺した歓《よろこ》びがさらに大きくなったものだ。トラックで隣にすわるブラッド・ダゲットの場合も、それは同じだった。彼は報いを受けたのだ。たぶん軽すぎるくらいの報いを。彼は死に、もう誰も傷つけることはできない。でもわたしにはまだ、彼のおぞましい死体を始末するという仕事が残されていた。そしてその旅が終わるまで、わたしは生き延びなければならないのだった。少しくらい制限速度を超えても問題ないだろう。そう思って、わたしはアクセルを踏む足にほんの少し体重をかけた。「小さなホテル」、チェット・ベイカーの「オールモスト・ブルー」、ダイナ・ワシントンが歌う「ディス・ビター・アース」とつづくなか、刻々と距離が伸びていく。実家が近づくにつれ、電波が届いたり届かなかったりで、音は不鮮明になりだしたが、わたしは局を変えなかった。古い音楽を切れ切れに聴くほうが、家具の倉庫の宣伝やくだらないトーク番組よりもいい。

シェポーに着くと、わたしはラジオを切り、静けさに耳をすませながら、なじみ深い並木道をくねくねとたどっていった。〈モンクス・ハウス〉の私道の前を通り過ぎるとき、本能的に頭をめぐらせると、ひとつだけまだ点いていた二階の明かりが見えた。毎晩のことだが、母が読書しているうちに、開いた本を胸に載せ、明かりを点けたまま、寝入ってしまったのだろう。わたしはつぎの角を右に折れ、無人の農家に通じる雑草だらけの私道に入った。そこからはヘッドライトを消して、のろのろ運転で進んでいった。メイン州と同じで、その夜はコネチカット州も雲ひとつなく、黒い空は輝く星で一杯だった。殺風景な農家が牧草地と化した敷地のなかに浮かびあがった。一本だけある庭木は、植えられた場所が家に近すぎて、建物をいまにも呑みこみそうに見える。枝の一本はすでに屋根を刺し貫いていた。トラックを降りると、周囲の森からおなじみの松のにおいがどっと押し寄せてきた。わたしはペンライトを持って、隣接する草地に分け入った。枯れ草が足もとでパリパリと音を立てる。その草地へは大人になってからも何度か来たことがあったが、夜に来るのは、チェットを殺したあの夏の晩以来、初めてだった。わたしは井戸があるはずのところへと向かい、このあたりだと見当がついてから、初めてペンライトを点け、地面を照らした。五分ほどかかったが、井戸の蓋が見つかった。それは何年も前にわたしが上にかぶせた草に覆われていた。わたしはその弱い光が見えるようにペンライトを蓋の木の縁に上向き加減に立てかけてから、トラックへと引き返した。

前日は別として、その九月と十月、ニューイングランドはずっと雨が少なく、草地の地面はやわらかかったが、ぬかるんではいなかった。ペンライトの光に目を据えたまま、わたしは私道から草地へとトラックを進ませた。途中、古い石垣の名残りの大きな石のいくつかに乗りあげては乗り越え、ブラッド・ダゲットは座席の上でガクガクと揺れて、またガスを放出した。わたしはトラックの窓を下ろして、そこから半分、頭を出していた。トラックを井戸の左側に寄せると、エンジンは切らずに運転台から降り、ぐるりと回って井戸のそばに行った。手袋をはめたまま、井戸の蓋を覆う草をむしり取り、腐った木材が壊れないようそっと蓋をはずして、井戸の口の脇に置いた。ペンライトを拾いあげると、その光のもとに、蓋をどけたあとの露出した地面の上でぜん虫が蠢《うごめ》いているのが見えた。井戸のなかにペンライトの光を向けたが、照らし出されたのはチェットを覆う石ころと土だけだった。そこにある彼の名残りを、わたしは思い描いた。干からびた死体、ペンキの飛び散った衣類の切れ端、キャンバスの腐ったフレーム、黒縁の眼鏡。突然、世界が暗くなり、恐怖の小さな震えがわたしの体を駆け抜けた。見あげると、一片の雲が月を覆い隠していた。わたしは雲が通り過ぎるのを見守った。そしてふたたび世界に月の光があふれた。

トラックの助手席のドアを開け、ブラッドのシートベルトをはずすと、彼はひとりでに転がり出てきて、顔から地面に着地した。大きなワークブーツの一方は、ドアの縁にひっかかっていた。つかえた箇所からブーツをどけると、その脚も体のあとを追って地面に落ちた。そこから井戸の穴まではたった三フィートだったが、それでも彼の巨体を動かすのは容易ではなかった。最後は何度か転がして、頭と胴体を井戸のなかに落とし、その後、重たい両足を持ちあげて、縁の向こうへずるずるとすべらせていった。バキッという音とともに、彼は井戸の底に墜落し、異臭のする風を吹きあがらせた。

ブラッド、こちらチェット。チェット、こちらブラッド。

わたしはもとどおり井戸に蓋をして、その縁をトントンと押さえると、草をふたたび上にかぶせ、頭の禿げを髪で隠すようになでつけた。時計を見ると、朝の三時近かった。すべて計画どおりに運んでいる。トラックに乗りこんでニューヨーク・シティーに向かう前に、満天の星のもと、闇と自然以外何もないなかに立ち、わたしは束の間、自分だけのひとときを過ごした。「めずらしい生き物」父はかつてわたしをそう呼んだ。そしてそれこそ、わたしが感じていたことだった。完全に生きていて、完全にひとり。その瞬間、わたしの仲間は少女時代の自分、チェットを井戸に落としたあの子供だけだった。彼女も一緒にここにいるのだとわたしは想像した。わたしたちは視線を合わせた。言葉を交わす必要はなかった。わたしも彼女も知っている。生き延びることがすべて――それこそが人生の意義だ。そして、他者の命を奪うことは、いろいろな意味で、生きるというのがどういうことかを示すもっとも優れた表現なのだ。瞬《まばた》きをすると、少女時代のわたしは消えた。彼女はわたしのなかにもどり、わたしたちは一緒にニューヨーク・シティーへと向かった。

＊

シェポーにもどったのは朝の十時だった。わたしはトラックでニューヨーク・シティーに行き、ロワー・イーストサイドをゆっくりと走りまわり、地下鉄の駅のほど近くに手ごろな駐車場所を見つけた。それは、シャッターの閉じた店が立ち並ぶゴミだらけのブロックだった。もう夜明けが近かったが、半ブロック先の駐車された車からは大音響で音楽が流れていた。わたしは明滅する街路灯の下にトラックを駐めた。夜じゅう手袋をはめていたので、ぬぐい落とすべき指紋などないはずだが、念のためグローブボックスにあった小さなタオルでその作業をした。車内を隈《くま》なく拭いたあと、タオルは広げて助手席の汚れたシートの上に敷いた。さらに、車内にあるブラッドの氏名の入った書類をすべて集め、それらを持ってトラックを降りた。近くにゴミ容器があったので、書類はそのなかのぐちゃぐちゃになったピザ生地やコーヒーカップのあいだに押しこんだ。トラックのキーは、運転席側の舗道上の、光がキラリと反射しそうな場所に捨てた。キーを最初に見つける人物が当局に通報するようなお節介焼きでないよう、わたしは祈った。日が昇るころまでに、トラックはどこかの解体屋で分解されているだろう。わたしはその可能性に賭けていた。

そのあとわたしは、地下鉄でグランドセントラル駅に行き、メトロ・ノース通勤線のシェポーまでの切符を買った。発車時刻まで一時間あったので、コーヒーを飲み、油っこいドーナツを食べながら、早朝の通勤者で駅が徐々に一杯になっていくさまを見守った。故郷に向かう列車のなかで、わたしはどうにか少しだけまどろみ、寒さに震えながら目を覚ました。一睡もせずに過ごした長い夜のあいだに、体は芯まで冷えていた。シェポー駅から〈モンクス・ハウス〉までの三マイルは、鉄道の廃線となった一区間にそって小道をずっと歩いていった。シェポーを離れてもう十年近くなるが、知り合いの誰かに見られる危険は冒したくなかった。

コーヒーの大きなマグカップを片手に、ドアを開けてわたしを迎えたとき、母は言った。「ダーリン、着いたのね」わたしはここに来ることを前もって母に伝えていたのだろうか？束の間そう思い、それからわたしは気づいた。母はわたしが来ることを自分が忘れていた可能性を考え、そのことをごまかそうとしているのだ。

「来ると思っていたの？」なかに入っていきながら、わたしは訊ねた。

「いいえ。来る予定だった？　あの人はきょう来るんじゃないわよね？」

〝あの人〟というのは、わたしの父のことだ。父はふたたびアメリカに来て、ふたたび〈モンクス・ハウス〉に住むことになっている。この前、ロンドンに行ったとき、わたしはその手配をすませてきた。長い話を短くすると――その危なっかしい精神状態ゆえに、父には誰か一緒に住んで世話をしてくれる人が必要であり、母のほうは生活のためのお金が必要である、ということだ。あいだに入って話をまとめはしたものの、それでうまくいくかどうかはわたしにもまったくわからない。でも少なくとも試してみる価値はある――というより、わたしは自分にそう言い聞かせていた。

「今週末よ、母さん」わたしはそう言って、キッチンのコーヒーポットへと向かった。

「じゃあ何しに来たの？　それに、その格好はなんなの？　まるでこそ泥じゃないの」

コーヒーを飲みながら、わたしは母に、大学の文書館用の資料を引き取る仕事があって、まずメイン州、つぎにニューヨーク・シティーと回ってきたところなのだと話した。メイン州に車を置いて、ポートランドからニューヨーク・シティーに飛行機で行ったのだけれど、帰りの便を逃してしまったの。わたしは母にそう言った。それでシェポーに来て、母さんに会おう、できたら、メイン州まで車で送ってもらって、自分の車を回収しようと思ったのよ。もちろんすじの通らない話だが、母はご自慢のその直観力にもかかわらず、馬鹿みたいに騙されやすい。要するにそれは、他人の話に無関心で、その内容をきちんと分析していないからなのだが。

「困ったわね、リリー。きょうは陶芸教室の日だし……」

「メイン州まではたった三時間よ」わたしは嘘をついた。「そのあと、ウィンズローまで来てもらおうかと思っているんだけど。そうすれば、母娘で食事ができるでしょう? うちにひと晩、泊まってもらってもいいし」

母は考えていたが、最後は同意することがわたしにはわかっていた。どういうわけか、母はいつもウィンズローのわたしの家に招《よ》ばれたがっている。彼女は大学町というその環境とわたしの〝ちっちゃなコテージ〟(母の表現)が大好きなのだ。それに、わたしに食事を作ってもらうのもうれしいらしい。メイン州までわたしを送ることでウィンズローに行けるなら、母が必ずそうすることが、わたしにはわかっていた。

「いいわ、ダーリン」母は言った。「わくわくするわね。ふたりだけで、急に思い立ってメイン州に行くなんて」

母の支度が整うまでには一時間以上かかったが、わたしたちは正午前に家を出た。わたしは母の古いボルボのハンドルを握っていた。ほぼ三十時間、まともに眠っていないので、また四時間運転すると思うとうんざりしたが、ここまでは万事うまくいっている。それにあと少しですべてが終わるのだ。

旅のあいだ、わたしたちはほぼずっと父の話をしていた。「あの人が夫婦の関係を期待しなければいいんだけど」それが初めてではないが、母は言った。

「結婚してもいないんだから、夫婦の関係にはなりっこないでしょ」わたしは言った。

「そういう意味じゃないの。わかってるでしょうに」

「わたしならその心配はしないな。母さんはきっと、父さんを見ても誰だかわからないわよ。刑務所に行く前の父さんとはちがうから」

「ならいいけどね」

「父さんは家にひとりでいられないの。とにかく夜はだめ。パニックの発作を起こすから。始終ついててあげる必要はないのよ。でも、父さんには母さんがそこにいるって知ってることが大事なの」

「ええ、前にもそう言ってたわね」

わたしは何度か母に話をしていた。それでもなお、母に変わり果てた前夫への心構えができていないのはわかっていた。父には昔から奇癖や恐怖症があった。暗闇を恐れ、町の通りを渡るのを恐れ、車の後部座席にすわるのを恐れていた。それは理解しがたいことだった。というのも彼はまた、大勢の聴衆の前で話すことをまったく恐れない男であり、妻が寝入ってからこっそり寝室を抜け出して、家に愛人を入れ、リビングのカウチでセックスする男であり、プロヴィンスタウン（マサチューセッツ州コッド岬の先端の村。巡礼始祖上陸の地）の巡礼記念塔《ピルグリム・モニュメント》の外壁を半分までよじ登った男でもあるからだ。でも父のそうした一面、無鉄砲な一面は、二度目の妻、ジェマがあんなことになったあと、消え失せてしまった。父は母との離婚が決まった直後に彼女と出会った。当時、父はロンドンのオールド・ブロンプトン・ロードでホテル暮らしをしていた。ジェマ・ダニエルズはわたしより一歳年下の野心に燃える小説家だった。彼女は父の行きつけのパブに行ったのだが、その目的はおそらく父に会うことだったのだろう。ふたりは離れられない仲となり、出会ってから半年で結婚した。父にとってロンドンで暮らすことの難点のひとつは、イギリスのタブロイド紙がサッカー選手やポップスターの不品行と同じくらい作家の不品行にも注目することだった。父とジェマは町なかでどなりあっている姿を写真に撮られた。「すけべ《ダーティ》デイヴィと幼い花嫁《チャイルド・ブライド》」ふたりは見出しでそう非難された。しかも、これは全部、あの事故以前のこと――ある土曜の夜、父が週末のホームパーティーから酔っ払って帰る途中、一九八六年製のジャガーで立木に突っ込む前のことだ。助手席に乗っていたジェマは、フロントガラスを突き破って外に飛び出し、首の骨を折った。シートベルトを必ず締める父は無傷だった。救急車だけはどうにか呼んだものの、父にはジャガーを降りて、ジェマの状態を確認しに行くことができなかった。できたとしても、なんのちがいもなかったろう。彼女は即死だったのだ。それでも、父が道路脇の生垣に倒れかかっている妻を放置し、車内で縮こまっていたという情報は流出した。それは重大な過失による故殺と判断され、父は二年の実刑判決を受けた。その後、上訴によって刑は一年に減刑され、父は九月上旬に釈放された。わたしはコッツウォルド丘陵の友人宅に滞在していた父を訪ね、アメリカにもどって母と暮らしてくれないかとたのんだ。デイヴィッドはまだかなりお金を持っている。一方、母は、学部長との意見の相違により教職を離れて以来、生計を立てるのに苦労しており、〈モンクス・ハウス〉は逆年金抵当に入っていた。父は目に涙を溜めて、コネチカット州に帰ってくることに同意した。「おまえのうちもそれほど遠くないからな、リル。始終、父さんを訪ねてきてくれるだろう？」六十八歳の父は、寄宿学校に送られる小さな男の子が母親と話すときのような声になっていた。

「いい景色ね」ケネウィック・コーヴをめざし、蛇行する道を行くとき、母は言った。外はまだ明るかったが、太陽は低く西に落ち、長い影を路面に投げかけていた。空はまぶしい深いブルーだった。

わたしは〈アドミラルス・イン〉の駐車場に車を入れた。そこに自分の車を置いていってからまだ二十四時間も経っていない。車はちゃんとそこにあった。ウィンズローへの帰途に就く前、母とわたしは体をほぐすことにし、ビーチの端まで降りていって、スレート色の海を眺めた。「わたしは昔から海が大好きだったけど、お父さんは嫌ってたわね」

「そう、父さんはね」わたしはそう言って笑った。「死を見てるみたいだって言ってた」

「死を見てるみたいなのに、誰もがすばらしいって言うんだからな」母は父の口まねをしてイギリス風のアクセントで言った。

「そうそう。それが父さんの口癖だった。もうひとつのはなんだっけ？『ビーチは大好きだよ。いまいましい砂と、いまいましい太陽と、いまいましい水以外のすべてがな』」

「ええ、覚えてる。あの人が言いたかったのは、ビーチのいいところは水着姿の若い女たちだけってことなのよ」

わたしたちは一緒に笑った。それから母が寒さに身を震わせ、わたしたちはそれぞれの車に乗りこんでウィンズローに向かった。ミクマック・ロードを少しだけ北に進んで、テッドとミランダの家の様子を見てみようかとも思ったが、危険を冒すのはやめにした。ミランダの遺体が警察に発見されるまでにどれくらいかかるか。それはすぐにわかることだ。そこでわたしは、95号線に通じるいちばん早いルートを選び、南に向かった。ウィンズローの自宅の私道に乗り入れたのは、六時少し前だった。母はちゃんとうしろについてきていた。わたしを待っている警官はいなかったし、SWATチームが森から出てくるということもなかった。わたしは家に着いた。つかまらずにやり遂げたのだ。歓喜の波が体を駆け抜けた。それは十五時間前、あの草地で感じたのとよく似た昂揚感だった。わたしは世界を変えた。でも誰もそれを知ることはない。たとえニューヨーク・シティーでブラッドのトラックが発見されても、警察はただ彼がそこでトラックを乗り捨てたものと見るだろう。ブラッドが見つかることは絶対にないし、わたしがこの一件に結びつけられることも絶対にない。ミランダは遺体で発見され、証拠はすべてブラッド・ダゲットを犯人として指し示す。そしてブラッドは永遠に消えたままだ。警察は逃亡しつづけているものと見るだろうが、彼はいつまでも見つからない。やがて捜査は打ち切られる。

わたしはテッドに、死体を隠す方法はふた通りあると言った。ひとつは文字どおり隠すという方法だが、もうひとつは死体に関する真実を隠すという方法、その死体に実際とはちがうことが起きたように見せかけるという方法だ。わたしたち、それをやったのよ。ほんのひととき、成功を分かち合う相手がそこにいるのだと思うことにし、車から降りながら、わたしはささやいた。母はわたしについて家に入ってきた。わたしはホワイエの明かりを点けて、母の手から一泊用のバッグを受け取った。

「ほんとに趣《おもむき》のある家ねえ」うちに来るといつも言うように、母はそう言った。

第二十九章　キンボール

ジェイムズ刑事と僕がケネウィックのセヴァーソン邸に着くころには、その私道に僕たちの車を駐めるスペースはほとんどなくなっていた。案の定、管轄権はすでにぐちゃぐちゃだった。ケネウィック警察が丸ごと出動していたが、その刑事部は人員不足なので、州警察の刑事たちも応援に呼ばれていた。検屍局長もそこにいた。また、連邦保安局には、殺人事件の重要参考人が一名、州境を越えた可能性があると情報が送られたという。僕たちは、何マイル分もの立入禁止の黄色いテープと、何があろうと現場を保存する覚悟の約七人の制服警官を突破し、どうにか家のなかに入った。

前日、ブラッド・ダゲットをさがしに来たときに、僕はその大邸宅の外観を見ていたが、まだなかに入ったことはなかった。ホワイエは、僕のアパートメント並みの広さだった。ミランダ・セヴァーソンはその床の上にうつぶせに倒れていた。服装は、高級そうなダークグリーンのコートにジーンズにブーツ。手袋をした手の一方は、たたきつぶされた頭のそばにあった。帽子（つばの小さなグレイのツイードのやつ）は脱げていて、黒い髪が解き放たれ、頭のまわりに広がっている。どこまでが頭髪で、どこからが黒っぽく凝固した血液なのか、識別するのはむずかしかった。髪と血は一緒になって彼女の頭のまわりに黒い光輪を形作っていた。

「凶器は？」僕は、隣に来て立っていたアイルランド署長に訊ねた。彼はまだひとことも発していない。僕に遺体を見る時間を与えているのだった。

「いま証拠袋に入れたとこだがね。二十四インチのスパナ、調節できるやつだよ。遺体のすぐ横に置いてあった」署長は漠然と手を振って、埃っぽい床に多数ある、テープでマークされた箇所のひとつを指し示した。

「他には何が見つかりました？」

「どうやらいろいろあったようだよ。足跡、繊維、毛髪。収穫祭を逃したな」

「何かおかしな点は？」僕は訊ねた。

「女が頭をかち割られてることよりもおかしな点という意味かね？」

「起きたと思われることと合致しないような点という意味ですよ。ブラッド・ダゲットがパニックをきたし、彼女をここに連れてきて撲殺したわけではないと思われるような点という意味です」

「いや、ないね。われわれはケネウィックの市長が落とした財布など見つけてはいない。きみが言っているのがその種のことならな。家の前にはいくつか、このサーカス隊に踏み荒らされていない、かなり新しいタイヤ痕があった。わたしにはそのタイヤ痕がトラックの轍《わだち》に見える。たぶんダゲットのF一五〇のものだろう。だから、ひどくおかしな点というのはないな。ただし、わたしに言わせてもらえば、すべてが奇妙なわけだがね。彼女は手をやって殴打から頭をかばおうとしている」アイルランド署長は自分の大きな手を持ちあげて側頭部に当ててみせた。

「しかしそれをのぞけば、まったく抵抗していないんだ。だから、そうさね、こいつはちょっと奇妙だよ。男は馬鹿でかいスパナを持って女に歩み寄り、女はただそこに突っ立ったまま、男に頭を殴らせたわけだから」

「確かに妙ですね」僕も同意した。「彼らふたり以外に誰かがここにいた形跡は？」

「まあ、鑑識が写真を撮りまくったからな。その結果を待とうじゃないか。だがいま直接見たかぎりじゃ、そういうものはなさそうだよ。ひとつ奇妙なのは、女は正面口から入ってきたように見えるのに、ダゲットはガラスの引き戸から——あそこにあるやつから入ってきているっていう点だな。ほら、あの大きな足跡。あれは彼のなんだ」

いたるところがテープでマーキングされていたが、埃っぽい床に残された、ブラッドのブーツの跡らしい小さな泥の痕跡は識別できた。

「なぜそんなことをしたんでしょうね」

「いくつか理由は考えられる。必ずしもいい仮説とは言えないがね。こういうのはどうだ。玄関には鍵がかかっていた。だから女は鍵をさがし、男のほうはあのガラス戸が開いているかどうか確かめるために裏に回った。あるいはこうも考えられる。男は女を先に家に入らせた。それから引き返してスパナを持ち出し、忍び寄って女の不意を突くために裏から家に入った」

「すじが通りそうだな」僕は言った。

「あるいは、彼は海に映る月の光を見たかったのかもしれない」

「ありえますね」

　アイルランドの部下のひとりが部屋の向こうから、来てくれと手を振った。アイルランドは失礼と言って、部下のほうへ向かった。僕はしばらくその場に立ったまま、遺体を見つめ、足跡のことを考えていた。ジェイムズがこちらにやって来た。彼女はロンドンフォグのグレイのトレンチコートを着ていた。いつもながらスタイリッシュ。惜しいのは、頭にかぶったその冬の帽子だ。それは、ボストン・セルティックス（バスケットボール・チーム）の緑の帽子で、バスケットボールを指先でくるくる回すアイルランドの小妖精《レプラホーン》というおぞましいシンボルマークが入っている。

「何がわかった？」僕は彼女に訊ねた。

「すべてがダゲットを指し示している。死亡時刻はおそらく十二時間前。つまり、彼はかなり遠くに行っている可能性があるってことね」

「いずれつかまるさ」僕は言った。

「でしょうね」彼女は言った。

　僕は彼女に、表から入った足跡と裏から入った足跡があることを話した。彼女はしばらく考えていた。「すじは通る。男は女を殺すつもりでここに連れてきた。でも大きなスパナを持って入ってくるわけにはいかない。だから何か理由をつけてトラックに引き返し、スパナを取ってきてから、走って家の裏手に回った。たぶんガラス戸の鍵はあらかじめ開けてあったのよ。それより不可解なのは、そもそも彼がなんと言って彼女を家に連れこんだかね。もし話があるって言ったなら、トラックのなかで話せばすむことでしょう？　別にここはあったかくて居心地がいいわけじゃないんだから」

「だよな。僕もその点は気になっていた」

僕たちはしばらく無言で立っていた。それから僕は言った。「景色はもう見た？　裏からの眺め」

「いいえ」彼女は言った。僕たちは一緒に石造りのパティオに面したガラスの引き戸のほうへ行き、そこを通って秋晴れの空のもとへと出ていった。その景色はすばらしかった。家は大西洋に向かってまっすぐ突き出した崖の上に立っている。そこからはどの方角も何マイルも彼方まで見渡すことができた。

「あれはプールになるのかな？　どう思う？」ジェイムズが芝生の斜面に掘られた大きな穴を見て、そう訊ねた。

「たぶんそうなんじゃない」僕は言った。

「ちょっといやらしいよね。ロケーションはともかく、この家の大きさ。なんだか、子供のいない夫婦の家っていうよりホテルみたいじゃない」

僕はもっと先のほうまで進み、振り向いて、家のベージュの外観を見あげた。二階には小さなバルコニーが並んでいた。各寝室にひとつあるんだろう。石造りのパティオには造りつけの暖炉や、グリルと小型冷蔵庫のスペースがあった。この家はどうなるんだろうと僕は思った。誰かが乗りこんできて金を出し、完成させるのか。それとも、ただ捨て置かれ、朽ち果てて、コウモリの群れやアライグマの贅沢な住まいとなるのだろうか。

「もうひとつ」ジェイムズが言った。彼女は相変わらず海を眺めていた。「もしわたしたちの推理が正しくて、ミランダ・セヴァーソンがブラッド・ダゲットを言いくるめ、彼に夫を殺させたのだとすると、ダゲットは最後にはこれだけの財産がすべて手に入ることを想定して犯行に及んだはずよ」

「彼はミランダに惚れてたのかもしれないよ、ジェイムズ。シニカルになるなよ」

「どっちでもいい。要点は変わらないから。なぜ彼はミランダの夫を殺して一週間足らずでミランダを殺すわけ？　つまりね、彼女こそ彼がこんなことを始めた理由なのよ。彼女を殺したら、すべてが水の泡じゃない。もう金も手に入らない、セックスもできない」

「うん、奇妙だよな。でも理由はいろいろ考えられる。彼はパニックに陥《おちい》ったのかもしれない。ミランダに売られると思ったのかも」

「もしそうだったなら、なぜ、ただ逃げないで、彼女を殺してから逃げたのよ？」

「さあね」僕は言った。「彼は単独犯だったのかもな。ミランダに惚れて、旦那を殺せば彼女が手に入ると思ったのかも。ところが、そうすんなりとはいかなかったので、他の誰のものにもならないようにミランダを殺したとかね」

「それも考えた」ジェイムズは言った。「でももしそうだったなら、彼はどう説得してミランダをここに連れてきたわけ？」

「まあ、そのうちわかるさ。彼はすぐにつかまるよ。もって二十四時間だな。そのあいだに証拠を固めておかないと。僕は例のポリー・グリーニアって女性に話を聞きに行ってくるよ。ほら、ブラッドの金曜の夜のアリバイ」

「わたしも必要？」

「きみはいつだって必要だよ」僕は言った。「でもポリーなら僕ひとりでも対処できる。なんとなく、ボストンでブラッドが確認されたと彼女に言えば、あのアリバイは崩れるような気がするんだ」

「オーケー。何かあったら連絡して。州警察の刑事たちが、こっちでつかんでいるテッド・セヴァーソン殺人事件の情報をすべてほしがっててね、わたし、それには自分が対応するって言ったのよ」

　アイルランド署長から住所を教わると、僕はケネウィック・ビーチをめざして北に向かい、金曜の午後、ブラッドがポリーと一緒にいたとされるバー、〈クーリーズ〉を通り過ぎた。その後、ビーチの道から内陸に入り、海霧の道《シー・ミスト・ロード》を一マイルほど行くと、家々は次第に小さく、森は次第に深くなっていった。ポリー・グリーニアの住まいは、ヨーク・コートという行き止まりの道の奥の、小さな灰色の平家だった。それは夏じゅう草を刈らなかった庭のなかに立っていた。僕は郵便箱の番地を二度確認した。すべての窓にブラインドが下りたその家は人が住んでいるようには見えなかった。

　一フィートほどの高さの草のなか、僕は玄関まで進んでいった。呼び鈴を鳴らすと、家のなかからゴーンと虚《うつ》ろな音が響き、ほどなく金髪の女がさっとドアを開けた。彼女は肩と顎で電話機をはさんでいた。僕はバッジを呈示した。

「ジャン、もう切らなきゃ」彼女は電話に向かって言った。それから網戸を蹴って半インチほど開け、僕をなかに招き入れた。「うんうん、また電話する。もう切らなきゃ。警察が来たの」

「どういうこと?」僕がドアマットで靴底をぬぐい終えると、彼女はそう訊ね、散らかったリビングに入っていった。

「この前あなたがブラッド・ダゲットに会ったときのことについて、いくつかうかがいたいことがありまして。よろしいでしょうか?」

「あらまあ。いいわよ、もちろん」彼女は言った。手にはまだ電話機を持ったままだった。もう一方の手には火の点いていないタバコがあった。彼女は瘤々《こぶこぶ》のある長いピンクのローブをはおっていた。ローブの前はだらんと垂れ下がっており、重たげな乳房の一方の側面が見えている。僕は彼女の顔に目を据《す》えていた。タバコを持ったほうの手でローブの前をかき寄せながら、彼女は僕を招き入れ、カウチとリクライニング・チェアのセットがあるリビングを指さした。犬用のベッドから一匹のコッカースパニエルが潤《うる》んだ目をこちらに向けた。ポリーは失礼と言ってちょっと引っこみ、僕はコーデュロイのリクライニング・チェアにすわった。家のなかはタバコとファブリーズのにおいがした。

リビングにもどったときも、ポリーは同じローブを着ていたが、ひもは結んで、しっかりと体をくるみこんでいた。ブロンドの髪はうしろにとかしつけてあった。少し化粧もしてきたようだが、それは確かではなかった。

「何か飲みます?　コーヒーでも?」

「あなたが飲むついでなら、いただきます。そうでないなら、おかまいなく」

彼女は、好みも訊かずに僕の分に砂糖とミルクを入れ、コーヒーのカップをふたつ持ってきた。待っているあいだ、僕はかがみこんで、犬の頭を掻《か》いてやっていた。犬は年寄りで、大きな目には白内障の膜がかかっていた。「その子はジャックっていうの」僕にコーヒーを手渡すとき、ポリーは言った。僕はひと口コーヒーを飲み、彼女は向かい側のカウチにすわった。彼女が脚を組むと、ローブが膝からすべり落ちた。胴は太いし、お腹も出ているが、ポリー・グリーニアは綺麗な脚をしていた。軽く日焼けした、形の美しい脚。爪は玉虫色に輝くブルーに塗ってあった。

ここに来る前、僕は、ポリーはもうセヴァーソン宅の遺体のことを聞いているだろうかと考えた。でも答えはすでにわかっていた。彼女は聞いているのだ。電話を耳に当てた彼女がドアを開けたとたん、僕にはわかった。おそらく彼女は朝からずっとその話をしていたんだろう。

「聞いていますか?」僕は言った。「今朝、見つかった遺体のこと」

「ああ、もちろん。町じゅうその話で持ちきりだもの。それってほんとにミランダ・セヴァーソンなの?」

「まだ確認はとれていませんが、われわれはそうだと思っています。でもわたしはその件ではなくブラッド・ダゲットのことでうかがったんです」

「彼の居所は知らない。誓って本当よ。きのうの夜、何もかも警察署長に話したわ」

「ええ、わかっています」僕は言った。「わたしがここに来たのは、あなたが彼の居所を知っていると思ったからじゃありません。あなたがこの前、彼に会ったときのことをもっと詳しくうかがいたかったからなんです。アイルランド署長から聞きましたが、それは先週の金曜の夜だそうですね」

「そのとおりよ」

「そのときのことを話していただけませんか？　もう全部、話されたことはわかっていますが、それでも聞かせていただきたいんです」

彼女は、自分とブラッドがはるか昔、ケネウィック高校で一緒だったころから、くっついたり離れたりの仲であることを語った。ふたりは相変わらず〈クーリーズ〉に出入りしていて、たまに寝ることもあり、この前そうなったのが金曜なのだという。「自慢できることじゃないけど、ほら、わたしたち、長いつきあいだからね。ときどき、一緒になる運命なんだって思うこともあったな」

「金曜日というのはまちがいありませんか？」

「うん、絶対」彼女は身を乗り出して、マルボロ・メンソールのパックをテーブルから取った。「吸ってもかまわない？」

「もちろん。どうぞ」

「一本どう？」

「いいですね」僕は身を乗り出して、そのハードパックから一本もらった。普段は手巻きのタバコしか吸わないのだが、ポリー・グリーニアとのあいだにちょっとした絆を作っても害にはなるまいと思ったのだ。彼女はまず自分のタバコに火を点けてから、ビックのライターを僕に渡した。メンソールを吸うのは何年ぶりかで、そのミント味の最初のひと吸いは僕の喉を強打した。「なぜ確かに金曜だと言えるんです？」僕は訊ねた。

「仕事が早く終わるのはその曜日だけだから。金曜日は、マナーハウス介護施設で五時から一時まで働いてるの。で、そのあと〈クーリーズ〉にお昼を食べに行ったのよ。そこでブラゲットに会って……これ、ブラッドのことよ……あたしたち、何杯か一緒に飲んで、それから彼のうちに行ったわけ」

「最初からそこで彼に会う約束だったんでしょうか？　それとも偶然会ったということですか？」

「半々かな。彼には何日か前にも会ったの。そのとき向こうがそんな話をしたのよ。金曜はいまも早く引けるのかって訊いてきて、自分も〈クーリーズ〉で過ごすつもりだから、よかったら一緒に一杯やって、週末を祝おうって」

「おふたりにとってそれは普通のことなんでしょうか？　いつも前もって会う約束をするんですか？」

ポリーは鼻からふわりと紫煙を噴き出し、タバコの灰をくるくるとガラスの灰皿の縁で落とした。「ううん、そんなことない。普通は約束なんかしないな。ただ偶然出くわすだけよ。ほら、ここは小さな町だから」

「その日のこと、ブラッドのことで、他に何かいつもとちがう点はありませんでしたか？」

「確かに彼はちょっと変だったわね。だって、あたしのお昼代を出すって言い張るのよ。それに、ビールもおごるって。なんか妙にあたしをちやほやしていたわ。まあ、過去にはよくあったことだけど、それだって普通は真っ昼間じゃなかったし。ちょっと妙だと思ったけどね。でもいい気分でもあったのよ。彼、奥さんと別れちゃったでしょ。だから淋しくて彼女がほしくなったんだろうって、あたしは思った」

僕はタバコを吸い終え、灰皿のなかで火をもみ消した。「ポリー、ブラッド・ダゲットは金曜の夜六時ごろ、ボストンにいたのが確認されているんです。いまの話を訂正しなくて本当に大丈夫ですか?」

「意味がわからない。あたしは彼と一緒に彼のうちにいたのよ」

僕はちょっと間をとって、コーヒーをひと口飲み、メンソールの味を口のなかから追い出そうとした。「まちがいのないようにはっきり言いますよ、ポリー。ブラッドは非常にまずい立場にあるんです。彼は二件の殺人の第一容疑者なんですよ。もしブラッドと一緒にいたというあなたの話が嘘なら、あなたは故意に司法妨害を行ったことになり、刑務所に送られるでしょう。それは確かなことです」

彼女は口もとにぎゅっと手を押し当てた。ショックを受けた目をして――しかしそれは、混乱した目でもあった。「ブラッドは人を殺したの?」

「あなたは金曜の夜、彼と一緒だったんですか?」

「そうよ。一緒だった。でもわからない。よく覚えてないの。もしかすると酔って寝ちゃったかも」彼女の声は甲高くなっていた。コッカースパニエルのジャックが心配して顔を上げたが、彼はベッドから出てきはしなかった。

「とにかく覚えていることを正確に教えてください。真実を話してくだされば、あなたがまずい立場に陥るようなことはありません。いいですね？」

「あたしたち、いろいろ飲んだじゃない？　バーを出たときは、かなり酔ってたの。それから彼のうちに行って、また飲みだして――」

「それは何時のことですか？」

「正確にはわからない。三時ごろかな。あたしが〈クーリーズ〉に着いたのは一時ごろで、あたしたち、二時間くらいそこにいたの。でも正確な時間はちょっと――」

「大丈夫。三時ごろで充分です。で、彼のうちでは、ふたりとも飲んだわけですね？　何を飲んだんです？」

「主にイェーガー。それから、イチャイチャしだしたの。ふたりともべろべろだった。ブラッドは立たなかったのよ。そのことは覚えてる。彼が、ひと眠りして酔いを醒ましてからもう一遍やってみよう、みたいなことを言ってね、それであたしたち、眠ったの」

「目を覚ましたのは何時ですか？」

「夜遅く。よくわからない。そう、十時くらい。覚えてるわ。時計を見て、朝の十時なのか夜の十時なのか区別がつかなかったから」

「で、ブラッドも一緒にベッドに寝ていましたか？」

「ううん、でもちゃんとうちにいたわよ。リビングでテレビを見ていた。あたしは、〈クーリーズ〉に置いといた車まで彼に送ってもらって、それからうちに帰ったの。ひどい気分だった」

「ありがとう、ポリー。非常に参考になりました。それで、そのとき以来、彼から連絡はなく、姿も見ていないわけですね？」

「もちろん。彼、本当にやったの？　あのふたりは彼が殺したの？」ポリーの手がふたたび口もとへと上がり、ローブの前がはだけた。彼女はもみ消しもせずに灰皿にタバコを置き、その吸い殻はくすぶって燃え尽きた。

「われわれはいまそれを調べているんです。彼がセヴァーソン夫妻のどちらかを話題にしたことはありますか？」

「ううん、一度も。でもブラッドとその男は友達だったのよ。〈クーリーズ〉で一緒に飲んでたもの。あたしも一度、会ってるし」

「彼らは一緒に飲んでいたんですか？」

「少なくとも一度はね。ブラッドはあたしを紹介してくれた。その男って、崖の上のあの大きな家を建ててる人でしょ？　ふたりは友達みたいに見えたわよ」

「ミランダ・セヴァーソンは？　奥さんのほうはどうです？　〈クーリーズ〉で見かけたことはありますか？」

「ううん、一度も。彼女の噂は聞いたことがあるけど……ああもう、ほんとに信じらんない」

ポリーは灰皿のタバコに手を伸ばし、それがフィルターだけになっているのに気づいてもみつぶした。

僕は彼女に名刺を渡し、他に何か思い出したらすぐに連絡するようたのむと、ふたたび車に乗りこんだ。そろそろ正午だった。当初の予定では〈クーリーズ〉に立ち寄って、バーテンから話を聞き、ポリーの話の裏をとるつもりだったが、もうその必要は感じなかった。彼女は真実を語っている。ブラッドは彼女を酔わせ、自宅で眠りこませてから、車でボストンに行ってテッドを殺したのだ。僕はジェイムズに電話して、わかったことを伝え、ブラッドのアリバイはじきに崩れるだろうと言った。彼女の声に驚きはなかった。ジェイムズはまだメイン州ポートランドの州警察本部にいた。僕は彼女に、一、二時間後に迎えに行くと言った。それで昼飯をかきこむのに充分な時間ができた。僕は南に向かい、相変わらず警察車両に囲まれているセヴァーソン邸を通り過ぎ、さらに少し進んで〈ケネウィック・イン〉の私道に入った。テッドとミランダはメイン州に来るといつもその宿に泊まっていたという。〝空室あり〟と告げる木の札が、海風に揺れていた。全国紙が今度のネタをつかんだら、空室の問題は解決するだろう。僕は胸の内でそうつぶやいた。

ホテル本館の正面には、小さめの吊り看板が下がっていた――〈貸し馬亭〉。僕はそちらへと向かい、乾いた落ち葉をパリパリと踏みしめつつ狭い歩道を行き、地下の入口につづく石の外階段を下りた。〈貸し馬亭〉の店内は細長く、燻煙《くんえん》とフライドポテトのにおいがした。僕はカウンター席にすわった。店にお客はほんの数人しかいなかったが、その全員が熱弁をふるっていた。もちろんみんな、一マイル先で起きた事件に関する噂を広めているわけだ。僕は太ったバーテンにコーヒーとチーズバーガーをオーダーし、待っているあいだに手帳を開いて、その朝、書いたメモをチェックした。

ポリー・グリーニア——なぜ彼女はブラッドのために嘘をつくのか？ ポリーが嘘をついていなかったことはもうわかっている。彼女はただ、自分では知らずに、アリバイとして利用されただけだ。**なぜテッドはブラッドの家の鍵を持っていたのか？** この謎はまだ解けていない。ただ、ポリーの話から、ブラッドとテッドが〈クーリーズ〉で親睦を深めていたことが新たにわかった。それは誰の案だったんだろう？ ブラッドがなんらかの理由でテッドに鍵を渡したということはありうるだろうか？

僕の書いた最後のメモはこうだ。**なぜリリー・キントナーは嘘をついたのか？** 僕はまだこの点にこだわっていた。ブラッドとセヴァーソン夫妻のあいだに起きたことに彼女が関与しているとは思えない。それでも、僕は携帯を取り出して、電波が届いているかどうか確かめ、自分が唯一知っているオンライン上のリリー・キントナーの画像を呼び出した。彼女と父親の不鮮明な写真、十年ほど前のものだが、リリーは当時からあまり変わっていなかった。同じ赤い髪に同じへアスタイル。同じ白い肌に同じ強いまなざし。バーテンがチーズバーガーを持ってくると、僕はふと思いつき、この写真の女を知っているかと彼に訊ねた。バーテンは身を乗り出し、五秒ほどしげしげとその画像を見つめていた。「ああ。二、三日前、うちに来てた人だね。ふた晩、泊まったな。綺麗な人だった」

「何しに来てたんだろう？」僕は訊ねた。驚きが、そして興奮が声に出ないように。

「さあねえ。確かサム・アダムス・ライトを飲んでたよ。飲み物のオーダーはいつも覚えてるんだ」

ちょうどそのときカウンターの向こう端にふたり連れのお客がすわり、バーテンはそっちに挨拶しに行った。僕は携帯のリリーの写真——彼女の顔を形作るわずかばかりのぼやけたドットを見つめた。彼女がこの件に僕が思っているより深く関与しているということはありうるだろうか？　こうなったら、リリーにもう一度会い、彼女がなぜ嘘をついたのか、テッドが殺されたあとなぜメイン州に来たのか、さぐり出さねばならない。大したことがわかるとは思えないが、それで僕はまた彼女に会うことができる。なるべく早くそうしよう。僕はチーズバーガーにかぶりついた。それはチーズバーガーにしてはやけにうまかった。人生は上向きつつあった。

第三十章　リリー

ケネディ空港からシェポーまでの車の旅のあいだ、父はずっとそわそわし、ため息ばかりついていた。「相手はただの母さんじゃない」わたしは言った。「あの人は前とおんなじ。度しがたい馬鹿女よ」父はほほえんだが、それでもまだその目は潤み、不安をたたえていた。「まあ試してみてよ」わたしはつづけた。「うまくいかなかったら、また他の手を考えればいいんだから」

「おまえのうちに行って一緒に住むことはいつでもできるわけだしな、リル」父は言った。

それはもちろん、こちらとしてはなんとか回避したい事態だったが、わたしはただ手を伸ばして父の膝をぎゅっとつかんだ。

コネチカットの低い丘をいくつか越え、なじみ深い風景のなかに入っていくと、父は無口になり、窓の外をじっと眺めた。木々の葉はすでに燦然《さんぜん》たる色の爆発の時期を終え、赤い葉は錆《さび》色になり、黄色い葉は色褪《いろあ》せていた。〈モンクス・ハウス〉の私道に入っていくと、父は言った。「キンタマが隠れたがっているのを感じるよ。これでうちに帰ってきたのがわかるね」

わたしたちがむやみに大きい父のふたつのスーツケースを車のトランクから下ろしていると き、母が戸口に現れた。絵の具の飛び散ったエプロンという格好で、口には真っ赤な口紅をさっとふた塗りしていた。「家長のお帰りね」母は言ったが、それは稽古した台詞のように聞こえ、わたしは母のほうも少し緊張しているのだと気づかされた。

「シャロン」父がそう言って、離れたところから母をよく見られるよう眼鏡を額《ひたい》に押しあげた。「ちっとも変わってないね」それはたぶん、その状況下で父が母に言えるいちばん優しい言葉だったのだろう。母はうなずいて、家のなかに引っこんだ。

荷物を解き、一階奥のゲストルームを設《しつら》えたあと、父とわたしは、まだ陽《ひ》があるうちにと、急いで地所内をひとめぐりした。「ここは暗くなるのが早いんだよなあ」父は言った。「覚えているよ」

「秋と冬だけよ」わたしは言った。「一年じゅうじゃない」

「あした、落ち葉掻きでもしようかね」

「母さんが喜ぶでしょうね。落ち葉掻きは大嫌いだから」

「覚えているよ。落ち葉掻きはいつも全部こっちがやらされていた」

「父さんかあのお向かいの男の子がね」

「そうだったな」十月の夕暮れ時にしては暖かかったが、父は首にしっかりとスカーフを巻き直した。「覚えているかい？　小さいころ、おまえはよく落ち葉の山にもぐりこんでいたんだよ」

「そうだっけ」わたしは言った。

「他の子たちはもちろん落ち葉の上で飛び跳ねたがった。ところがおまえはいつももぐりこむんだ。いつまでもそのままなかにいたよ。覚えているだろう？」

「なんとなく」

「ほんとに変な子だったよ。おまえが本の虫になるまで、父さんと母さんは、うちの子は野生動物なんだと思っていた。おまえはめったに笑わなかった。何時間でも表をこそこそうろついていた。それに、動物の鳴きまねもした。わたしたちはおまえをキツネっ子と呼び、あの子は人間の手で育てられてるわけだね、なんて言ったもんだ。わたしたちがおまえを台なしにしたんでなければいいんだがな」

「大丈夫よ」わたしは言った。空からぽつぽつと雨が落ちはじめた。「父さんと母さんはわたしに両親がよりをもどす仲立ちをさせてくれてるでしょ。これは離婚家庭の子供すべての夢だわ」

「おまえはそれを夢見てたわけじゃないだろうね？」父が言った。わたしたちは向きを変え、キッチンだけに明かりが灯る暗い家に引き返そうとしていた。

「もちろん。さっきのはただのジョーク。第一、父さんと母さんはよりをもどそうとしてるわけじゃないものね。ただ一緒に暮らすだけでしょ。お互い寄生し合う。そういうプランよね？」

「うん、そういうプランだ。平和に静かに。もう一冊、本を書くかもしれん。書かないかもしれんしな。わたしはただ、誰も傷つけずに余生を過ごしたいだけなんだ。いまはそれ以上のことを望む気はないよ」

夕食はうまくいった。母はチキンを焼き、それは火が通り過ぎていたものの、父は一切ケチをつけなかった。わたしたちは三人で一本だけワインを飲んだ。食後、父はかたづけをしようと申し出、毎食後かたづけは自分がやると言った。「わたしは料理ができないからね、シャロン。それはきみも知ってのとおりだが、かたづけくらいは喜んでさせてもらうよ」

母はぐるりと目玉を回した。ただし、わたしだけに見えるように。父は早くもテーブルのかたづけにかかっており、流しに注意深く皿の山を作っていた。母とわたしはリビングに移った。いまそこにはテレビがある。それは、わたしが子供のころ、一度もうちになかったものだ。わたしはそのことに触れた。「公共放送を見るためよ」母は言い、わたしたちはくたびれたカウチの左右に腰を下ろした。わたしは父の話をするつもりだったが、母は昔知っていたアーティストを熱く讃える評論のことを持ち出し、その内容を事細かに語った。「わたしは彼をあまり評価してなかったけど、どうやらそれはまちがいだったみたい。少なくとも、〈ニューヨーク・タイムズ〉によればね」わたしは母の話に耳を傾けながら、父と母のこのイカレた協定はもしかするとうまくいくかもしれない、とにかくしばらくはもちそうだと思った。長年離れているあいだに、父母にとって互いの存在の持つ意味は徐々に小さくなっていき、そのことがふたりの同居を可能にしたのかもしれない。彼らはもう傷つけ合うほどには愛し合っていないのだ。

わたしは翌日、朝食後に発った。急ぐ旅ではなかったので、ハートフォードで北に折れてパイオニア・ヴァレーを通り抜け、ルート2を行く眺めのよいコースでウィンズローへと向かった。それはわたしが一年でいちばん好きな時季だった。吹き荒れる風は枯葉をはらみ、家々はハロウィーンの飾りつけで華やいでいる。一週間前、わたしはテッド・セヴァーソンの死を知った。そしていま、わたしの人生のその穢《けが》れた一章が終わった。ミランダとブラッドもまた死に、わたしはうまく逃げおおせた。つかまるのではないかという恐れはすっかり消え失せ、いまはただ、ゆったりくつろぎ、力がみなぎるのを感じていた。わたしは両親と過ごす時間を楽しみさえしたのだ。

あの殺人事件は大きなニュースになっていた。わたしの集めた情報によると、ケネウィックにはリポーターたちが大挙して押し寄せ、一週間のあいだに相次いで殺された華麗なる若夫婦の物語を読み解こうとしているという。ブラッド・ダゲットはいまだ見つかっていない。また、今後も見つからないだろう。警察がトラックを発見したかどうかはわからないが、そのことは報じられてはいなかった。テッドとミランダはどちらもブラッドに殺されたのであり、そのことは証拠が裏付けるはずだ。そして彼が見つかって事情を語ることは決してない。

　わたしは前日の父の言葉について考えた。父は誰も傷つけずに余生を送りたいと言っていた。わたし自身もそれを目標にするとよいのかもしれない。それはチェットを殺したあと、わたしが感じたことだった。また、ロンドンでエリックを殺したあとにも。そして今度もわたしは同じことを感じていた。過去に自分のしたことに悔いはない。ミランダとエリックはどちらもわたしを傷つけた。チェットは傷つけようとしたし、ブラッドは——直接、わたしを傷つけたわけではないが——なんの罪もない男を殺した。テッド・セヴァーソンを自分の人生に招き入れたのはおそらくまちがいだったのだろう。この数週間、わたしは大きな危険をいくつも冒し、幸運にもそれらをうまくかわしてきた。でももうやることはやった。すべて終わったのだ。これからは静かな生活を送り、二度と誰からも傷つけられないように注意していこう。そして生き延びよう。草地でのあの夜、満天の星が頭上に光を振り注ぐなか、実感したように、自分の持って生まれた倫理観が普通とは異なることを実感しつつ。それは動物の倫理観——牛やキツネやフクロウの倫理観であって、正常な人間の倫理観ではないのだ。

　わたしはルート2を離れ、ウィンズロー・センターを通り抜け、我が家をめざした。町の緑地帯では十月のビール祭が催されており、ポルカの楽団が演奏し、ビールのテントが立っていた。車の窓を下ろすと、あたりには林檎酒のにおいがたちこめていた。ちょっと寄っていこうかと思ったが、やはりまっすぐに帰ることにし、さらに二マイル、家まで運転していった。自宅が近づいたとき、わたしはうちの私道に長い白い車が駐まっているのに気づいた。すっかり葉を落とした木々の隙間から、その姿は丸見えだった。恐怖が体を駆け抜けた。もう少しで走り過ぎるところだったが、大丈夫よ、と自分に言い聞かせ、わたしは私道に入った。

白い車には、前の週、いろいろ訊きに来たあの刑事がもたれかかっていた。ボストン市警本部のヘンリー・キンボール。わたしを見ると、彼は吸っていたタバコを捨てて、靴でもみ消した。わたしは車を駐め、外に出た。彼はこちらにやって来た。その顔には判読しがたいほほえみが浮かんでいた。

第三十一章　キンボール

日曜の昼食後、僕はリリー・キントナーから話を聞くために、またウィンズローに行った。彼女は留守だったが、それはさわやかな秋晴れの日で、さほど寒くもなかったので、僕はそこで待つことにした。彼女はたぶんブランチに出かけているのだから、すぐにもどるだろうと思った。コテージの向こうの池を眺められるよう車に寄りかかり、僕はタバコを――一日二本と決めているうちの一本を丁寧に巻いた。

　ブラッド・ダゲットはまだ見つかっていなかった。まともな手がかりはただひとつ、ケネウィックのある修理所から、預かっている車のナンバープレートが何者かによって取り換えられたという届け出があったことだ。修理工マイク・コモウはただ、その新しいプレートが他の車のものよりはるかにきれいだったがために、異変に気づいたのだった。そのプレートはダゲットのトラックのものとわかった。つまりブラッド・ダゲットにはメイン州を出る前にプレートを交換するだけの頭があったわけだ。新しいナンバーに対しては全部署手配の措置がとられたが、まだ当たりはない。僕は、もう見込みはないんじゃないかと思いはじめていた。

　タバコに火を点けると、僕は頭をそらし、太陽の光を顔に浴びた。上空をガンの群れがバタバタと飛んでいく。ちょうどタバコを吸い終えたとき、リリーのホンダ・アコードが私道に入ってきた。フロントガラスの向こうのその表情を読みとろうとしたが、彼女はただちょっと興味深げに僕を見ているようにしか見えなかった。彼女が車を駐めて降りてくると、僕はそちらに歩いていって、もう一度自己紹介した。

「覚えていますよ」彼女は言った。「まだほんの数日しか経っていませんもの」

　リリーは紺地に灰色の水玉模様の一泊用のバッグを持っていた。僕はどこかに行っていたのかと訊ねた。

「コネチカットの両親のうちに。父がロンドンから帰ってきたので」

「ああ。こちらで暮らすんですか？」

「いまのところ、そのつもりなんです。それで、どんなご用件でしょう、刑事さん？　ミランダのこと、聞きました。ショックでしたよ」

「いくつかお訊きしたいことがあるんです。できればまた……またすわってお話ししたいんですが」

「いいですよ。少しだけ待っていていただけますか。よかったら、裏のデッキにすわりましょう。さほど寒くありませんものね？」

僕は彼女に従ってコテージのなかに入り、リビングを通り抜け、キッチンのドアから落ち葉に覆われた裏手の小さなデッキに出た。「いま雑巾をあげますから。それで椅子を拭いてくださいね」彼女は言った。

僕は言われたとおり、イチョウの木が降らせた派手な黄色の扇形の葉っぱを木製のデッキチェア二脚から払いのけた。椅子にすわって五分ほどすると、リリーがもどってきた。前と同じジーンズ姿だったが、コートは脱いで、カシミアらしいVネックの白いセーターを着ていた。髪は下ろしてあり、顔は洗ったばかりのように見え、化粧気はなかった。「ご用件をどうぞ」

前もって単刀直入に行こうと決めていたので、僕はこう言った。「教えてください。あなたはなぜ嘘をついたんです？」

リリーに驚いたふうはなかった。彼女はゆっくりと白いまぶたを瞬《しばたた》いた。「何についてでしょう？」

「テッド・セヴァーソンとの関係、それに、先週の日曜と月曜、ケネウィックに泊まったという事実についてです。前回わたしがうかがったとき、その話をすべきだとは思わなかったんですか？」

「そのことなら説明できます」リリーは言った。「嘘をついてすみませんでした。父のことでわたしはひどく疲れていたんです。それで、この前、刑事さんがいらしたとき、殺人事件の捜査に巻きこまれでもしたら大変だとあわててしまって。そんなことになったら、父は耐えられなかったでしょう。わたしがテッドを知らないふりをしたのは、だからなんです。わかっていただけますよね、わたしたちの関係とあの事件とのあいだに何か関連があると思っていたら、嘘なんてつきませんでした」

「それで、あなたたちの関係とはどんなものなんですか？」

「わたしたちはロンドンの空港で出会いました。最初は彼が誰なのかもわからなかったんです。でもふたりで話しはじめて、そのうちお互いに以前、ミランダを通じて会っていることに気づいたわけです。わたしたちはどちらもビジネスクラスでした。それで結局、並んですわることになり、彼はわたしに、奥さんが家の工事をたのんだ業者と浮気しているようだと話したんです」

「それはなかなか重要な情報ですよ」僕は言った。「一週間前にそのことを教えてもらっていたら、助かったでしょうね」

「ええ、そうですよね。ほんとにすみません。でも確かな話じゃなかったし。彼はただ、おそらくそうだろうと思っていただけなんです。わたしは大学時代、ミランダを知っていましたから、おそらく彼の考えは当たっていると思いました。いずれにしろ、わたしたちは馬が合いました。それで彼はいろいろ打ち明けてくれたんです。飛行機のなかではよくあることですよね」

「それであなたたちは関係したわけですね」

「いえ、そういうわけでは。男女の関係はなかったんです。わたしたちはもう一度会いました。コンコードのバーで一杯飲むために。でもその先を期待していたわけじゃありません。彼は既婚者ですし」

「でも彼が好きだったんですね？」

リリーはふたたびゆっくりと瞬きした。「好きでした。いい人でしたから」

「彼が殺害されたことはいつ知りました？」

「日曜の〈グローブ〉紙で事件の記事を読んだんです。泥棒に殺されたというような書きかたでしたけど、わたしは考えました。もしかすると……」

「もしかすると、彼はブラッド・ダゲットに殺されたんじゃないか、と？」

「それが工事業者の名前なんですね？　刑事さんは、その男がテッドを殺し、その後、ミランダも殺したと思っているわけですね？」

「とにかく、なぜメイン州に行くことにしたのか教えてください」

「自分でもよくわかりません。理由はいろいろあります。テッドはわたしに、あの地方がとても好きだと話してくれました。だから行ってみようと思ったわけです。たぶん彼を偲《しの》ぶために。

わたしたちが会ったのはたったの二回ですけれど、その二回はとても濃密だったんです。それと、向こうに行けば何かわかるんじゃないかという思いもあったような気がします。たぶんわたしはナンシー・ドルーのまねごとをしていたんでしょうね。馬鹿みたいですけど」

「向こうにいるあいだに何をしました？」

「散歩したり。ホテルのバーで夕食をとったり。誰もが事件のことを話していました。わたしは聞耳を立てていましたが、ミランダの浮気の話はまったく聞こえてきませんでした。きっと耳に入ると思っていたのに。わたしは町はその噂でもちきりだろうと思っていたんです。テッドの話によれば、ミランダは〈ケネウィック・イン〉に住んでいるようなものでしたから。もし彼女が地元の男と寝ていたなら、普通、町じゅうがそのことを知っていると思いますよね？まあ、とにかくわたしはそう思ったわけです。でも誰も何も言っていませんでした。わたしは〈クーリーズ〉にまで行ったんですよ。それは近くのバーで、もっとローカルな店なんですが──そこで一杯飲んだんです。何か聞けるんじゃないかと思って、それに、もしかするとブラッドに会えるんじゃないかと思って。でも結局だめでした」

「ブラッドとミランダの不倫がわかった場合は、どうするつもりだったんです？」

「彼を罠にかけるんですよ、もちろん」リリーは言った。「彼から告白を引き出し、市民による逮捕を行うんです」彼女の表情に変化はなく、僕にはそれがジョークだとはすぐにはわからなかった。僕がにやりとすると、彼女も笑みを返した。笑うと、その鼻と唇のあいだに一本すじが入った。「正直なところ」リリーはつづけた。「自分でもどうするつもりだったのかわからないんです。先のことは考えていませんでした。第一、ブラッドとミランダが不倫していたからと言って、そのことが必ずテッドの死につながるわけじゃありませんし」

「われわれはブラッド・ダゲットがセヴァーソン夫妻の両方を殺したものとほぼ確信しています」

「彼は行方不明なんですよね？」

「ええ」

僕たちはしばらく黙っていた。僕はリリーが左手の指で椅子の肘掛けをトントン打つのを見守った。それは僕の前で初めて彼女が見せた不安の徴候だった。ついに彼女が言った。「大失敗でしたよ。この前、刑事さんがいらしたとき、何もかもお話しすべきでした。テッドが奥さんとブラッドの関係を疑っていたことをお話しすべきだったんです。申し訳ありません。でも刑事さんがいらしたとき、わたしは本当に、テッドは泥棒に殺されたんだと思っていたんです。メイン州に行って、独自の調査をしようとしたなんて、ちょっと恥ずかしかったし。なんだか馬鹿みたいですものね」

「ナンシー・ドルーみたいですね」僕は言った。

「おや、わたしの子供時代のヒーローを馬鹿呼ばわりするんですか？」

「いやいや、とんでもない。わたしもナンシー・ドルーは大好きでしたよ。どうしてわたしが刑事になったと思います？」

毛むくじゃらの猫がデッキに上がってきて、リリーに向かってニャアと鳴いた。「猫を飼っているんですね」僕は言った。

「飼ってるわけじゃありません」彼女はそう答えて、立ちあがった。「モッグという名前ですけど、ほとんど外で暮らしています。お腹がすくとここに来るんですよ。この子に餌をやらないと。刑事さんにも何かお持ちしましょうか？」

「どうぞおかまいなく」僕は言った。リリーがいなくなると、舌を鳴らしてモッグを呼んだが、彼はその場から動かなかった。彼の目は片方ずつ色がちがっていた。あるいは、一方の目に何か障害があるのか。リリーがもどってきて、キャットフードの入った皿をデッキの端に置いた。モッグはしゃがみこみ、食べはじめた。

僕はそのままそこにいたかった。でももう訊くべきことは何もない。リリーが真実のすべてを話したとはまだ思えなかったが、彼女の答えは充分すじが通っていた。「お父様は」僕は言った。「いかがお過ごしですか？」

「ああ、父は……まあいつもどおりですね。とにかく、イギリスを離れさせるのが父のためにはいちばんいいと思ったんです。マスコミにずいぶんたたかれましたから」

「いまも執筆はつづけていらっしゃるんですか？」

「もう一作、書くかもしれないと言っていましたが、どうでしょうね。そのうちわかりますよ。また母と暮らしはじめたので、いまに何かインスピレーションが得られるかもしれません」

「ご両親は確か離婚されたんですよね？」

「そうですよ。ありがたいことに。今度のはただの協定。変なんですけどね。でも母にはお金が必要だし、母の家に一緒にいれば、父は経済面で母を助けられるわけです。それに、父はひとりではいられないもので。ものは試しということですけど、もしうまくいけば、それで双方の問題が解決されます。うまくいかなければ、父はここに来てわたしと暮らせばいいんです」

僕はもっとリリーの父親のことを訊きたかった。ひとつには彼に興味があるからだが、リリー・キントナーの家のその裏のデッキから動きたくないというのが主な理由だった。僕はずっと彼女を見ていたかった。太陽はリリーの背後にあり、彼女の髪を燃えるような赤に変えていた。彼女は腕を組み、セーターをぎゅっと体に密着させた。すると、薄い白のカシミアの下に、高く隆起した彼女の胸と、ピンクのブラジャーのかすかな輪郭が見えた。僕はこの面談を引き延ばす方法を考えた。父親について、さらに質問してみようか。または、ナンシー・ドルーに対する愛着や、ウィンズローでの仕事について。でもそうすべきでないことはわかっていた。これは社交的な訪問ではないのだ。僕は立ちあがり、リリーもそれに倣《なら》った。モッグが食事を終え、こちらに来てリリーのくるぶしに体をこすりつけた。それから彼は、もと来たほうへと軽やかに歩み去った。

「そうそう、もうひとつ」訊くつもりだった最後の質問を思い出し、僕は言った。「この前お会いしたとき、ミランダとあなたは大学時代の知り合いだとおっしゃっていましたね」

「ええ。コネチカット州ニューチェスターのマザー大学です」

「ミランダから、あなたが彼女のボーイフレンドを奪ったと聞いたんですが」

「彼女がそんなことを?　そうですね、わたしたちは同じ男性とつきあいました。まずミランダが彼とつきあい、その後、わたしがつきあい、その後、彼はまた彼女のもとにもどったんです。当時は大変でしたけど、もう何年も前のことですよ」

「では、テッドと出会って、彼がミランダと結婚していて、なおかつ、幸せじゃないと知ったとき、復讐のチャンスが来たとは思いませんでしたか?」

「ええ、確かに。そんな考えがちょっと頭をよぎりました。わたしはテッドが好きだったし、ミランダは好きじゃなかったので。でもね、テッドとわたしの関係はそういうものじゃありませんでした。恋愛感情はなかったんです。彼にとってわたしは単なる話し相手にすぎなかったんですよ」

リリーに従って、僕は家のなかを通り抜け、車のところにもどった。彼女は手を差し出し、僕はそれを握った。彼女のてのひらは乾いていて温かかった。お互いから手を放すとき、リリーの指先は僕の手をすうっとなでていった。いまのは意図的なのだろうかと僕は思った。それとも僕はふたりのあいだにありもしない何かがあると想像しているのだろうか。彼女の顔からは何も読みとれなかった。

車に乗りこむ直前、僕は振り向いて彼女に訊ねた。「そのボーイフレンドはなんという名前ですか?」

「誰のことです?」彼女は聞き返した。

「あなたとミランダの両方がつきあった大学時代のボーイフレンドですが?」

「ああ、彼」リリーは言った。その頬にかすかに赤みが差した。しばらくためらった後、彼女は言った。「エリック・ウォッシュバーンという人です。でも彼は、えー、もう亡くなっていますけど」

「なんと」僕は言った。「何があったんです?」

「大学を出てすぐのことでした。彼はアナフィラキシー・ショックで亡くなったんです。ナッツ・アレルギーだったんですよ」

「なんと」他に言葉が見つからず、僕はまた言った。「お気の毒に」

「大丈夫」リリーは言った。「もうずっと昔のことですから」

僕は車を出した。ボストンに引き返す途中、棚状の低い雲が太陽を覆いはじめた。まだ昼下がりだというのに、もう夕暮れ時のような気がした。僕はリリーとの会話を反芻《はんすう》した。彼女の話には信じられる部分も多かったが、それでもやはり嘘をつかれたという印象は否めなかった。最初に話したときと同じく、彼女は確かに何か隠している。でもどうして? それに、最後に僕が大学時代のボーイフレンドの名を訊ねたとき、なぜリリーはためらったんだろう? あの様子は僕にその名を教えたくないかのようだった。彼女はもうずっと昔のことだと言ったが、考えてみるとそうでもない。彼女はまだ二十代の終わりだ。エリック・ウォッシュバーン。僕はその名を忘れないよう声に出して唱えた。

第三十二章　リリー

キンボール刑事による二度目の聴取を受けた一週間後、わたしはまた車でコンコード・センターに行った。毎晩、ローカルニュースで続報を追いかけていたが、セヴァーソン夫妻の殺人事件には、その後、なんの進展もなかった。今後も進展はないだろう。ブラッド・ダゲットが見つかることはありえない。ブラッドの居場所を知っている者——彼がカリブ海のどこかのビーチでダイキリを飲んでいるわけじゃないと知っている者は、この世でわたしだけだ。そう思うと、心が安らいだ。忘れられた草地で彼はゆっくりと朽ちていく。わたしはそれを知っているし、彼の上を通っていく鳥や獣もそれを知っている。彼らはブラッドのにおいに気づいて、何か大きな動物が死んだのだと考え、そのまま日々の活動をつづけるだろう。

その日はサマータイムが終わって最初の日曜日だった。夜明けには雪交じりの突風が吹き荒れ、午前中は寒かったが、正午前に雪は消え、空には低く不吉な白い雲の層ができていた。わたしは公共ラジオでクラシック音楽を聴きながら、ウィンズローからコンコードへの道をゆっくり運転していった。コンコードに着いたころには、午後も半ばになっていた。わたしはメイン・ストリートに車を駐めた。歩道は人で賑わっていた。ランチが人気《にんき》の店の前に行列する家族連れ。アクセサリー・ショップを出入りするスポーティーな格好の中年女性たち。わたしは記念広場のほうにゆっくりと歩いていき、〈オールド・ヒル霊園〉の入口に向かって大きな交差点を渡った。墓地のなかに入ると、墓標のあいだの狭い通路を進み、急な坂道をえっちらおっちら登って、丘の上にたどり着いた。墓地には他に誰もいなかった。

一カ月ちょっと前、最後にテッド・セヴァーソンと会ったとき、一緒にすわったあのベンチを通り過ぎ、わたしは丘の頂《いただき》まで行って、コンコードの屋根の波を眺めた。この前ここに来たあとで丘の木々はすっかり葉を落としており、そこからはわたしが車を駐めたところまでまっすぐ見通すことができた。派手な緑のジャケット姿で、わたしはしばらくそこに立ち、孤独と、肌を刺すニューイングランドの寒気と、神の視点からの眺めを楽しんだ。一時間長くなった日曜に、歩行者たちが駆けまわり、あれこれ用事を足している。テッドとキスした場所に視線を転じ、わたしはそのキスがどんなだったか思い出そうとした。驚くほどやわらかな彼の唇や、わたしのセーターをなであげていく大きくて力強い手を。五分後、わたしは墓石の点在する丘の尾根に注意をもどした。風に枯葉が吹き飛ばされ、石のいくつかの裏側に堆積《たいせき》している。板石の小道をゆっくりと下って途中まで引き返すと、わたしは無作為にひとつの墓石、ねじれた裸の木の陰に一部隠れている石を選び、その前に膝をついた。それはエリザベス・マイノットという女性の墓標だった。一七九〇年没、享年四十五歳。彼女は「長い闘病の後、穏やかに歓びをもって死を迎えた」のだった。石の上部には、翼のついた髑髏《どくろ》と、〝死を忘れるな〟と記された横断幕が彫られていた。わたしはそこにしゃがみこんだまま、墓石を見つめ、エリザベス・マイノットの短い過酷な生涯に思いを馳せた。実は、それはもうどうでもいいことなのだ。彼女は死んだ。彼女を知る人々もすべて。もしかすると、彼女の夫は、妻の苦しみを終わらせるために、あるいは、自らの苦しみを終わらせるために、枕で彼女を窒息させたのかもしれない。しかし彼もまたはるか昔にいなくなっている。彼らの子供たちも死に、子供たちの子供たちも死んだのだ。父がよく言っていた。百年ごとに全人類が入れ替わる。彼がなぜそう言ったのか、それが父にとって何を意味をしていたのか――たぶん〝死を忘れるな〟のバリエーションだろうが――わたしにはわからない。でもそれが自分にとって何を意味するかはわかっている。

わたしは自分が殺した人々のことを思った。その姓をわたしがいまだ知らない画家のチェット。人生がまだ始まりもしないうちに死んだエリック・ウォッシュバーン。そして哀れなブラッド・ダゲット。おそらく、ミランダ・セヴァーソンをひと目見た瞬間から、彼に助かるチャンスはなかったのだろう。わたしは胸に痛みを覚えた。なじみ深い感覚ではないが、なんの痛みかわかった。それは、自分のしたことに対する後悔やうしろめたさから生じているわけではない。そうしたものをわたしは感じていなかった。犯した殺人のどれについても、わたしには理由が――正当な理由があったのだ。そう、その胸の痛みは孤独感から来るものだ。この世にわたしの知ることを知る者は他にひとりもいないということから。

わたしは丘を降りて、町にもどった。バッグのなかで携帯電話が震動している。それは母からだった。「ダーリン、〈タイムズ〉紙はもう読んだ？」

「〈タイムズ〉は取ってないの」わたしは言った。

「あら。マーサ・チャンの特集記事が出てるのよ。マーサのこと、覚えてるでしょう？　あの振付師？」母はその記事の内容を詳しく語り、ところどころわたしに読んで聞かせた。わたしは、メイン・ストリートが見渡せる冷たいベンチにすわった。

「父さんはどんな様子？」母の話がすむと、わたしはそう訊ねた。

「きのうの夜は、真夜中に悲鳴をあげて目を覚ましたのよ。どうせわたしを寝室におびき寄せようとしてるんだろうと思って行ってみたら、ほんとに無残なありさまだった。ぶるぶる震えて泣いてたわ。ホットミルクとウィスキーを持っていったんだけど、もどってみたらもう眠ってるの。正直言って、ダーリン、まるで子供がひとりうちにいるみたいよ」

わたしは、もう切らなくては、と言い、母はさらにいくつか、わたしが覚えていない母の友達の話をした。電話を切ったあと、わたしはあのランチが人気《にんき》の店のまわりがすいてきているのに気づき、なかに入って、持ち帰りのコーヒーの〝大〟を買った。それから、また少し歩いて、〈コンコード・リバー・イン〉を通り過ぎた。テッドとわたしはそこで一緒に飲み、彼の妻を殺す計画を立てたのだ。あの計画はきっとうまくいったろう。それは最終的に行われたことにきわめて近いものだった。ブラッドにミランダ殺しの罪を着せ、その後、ブラッドが永遠に消えるように――彼の遺体が絶対に発見されないようにするという筋書き。細かな部分にちがいはある。ブラッドの遺体は、わたしが彼のトラックでボストンに向かう途中、海に捨て、トラックのほうはボストンのどこか、盗まれて解体されそうな場所に放置する予定だった。でも結果は同じだったろう。

荘重なコロニアル様式の家々が連なる静かな裏道を、わたしはぶらぶらと歩いていった。つい先ほどまでいた墓地の裏手がだんだん近づいてきた。大きな庭のひとつから、庭師のチームが落ち葉を掻き出している。十代初めの男の子がフットボールを宙に放りあげては受け止めている。他には誰も見かけなかった。わたしは墓地の裏手に接する行き止まりの道に入った。それから、低いフェンスを飛び越え、木に寄りかかって待った。その場所からは丘の頂とそこに背骨の節のように並ぶ墓石が見えた。太陽は、雲の幕のかかった白い輝きとなり、空の低い位置に降りてきていた。わたしは暖を取るためにコーヒーを胸に抱き寄せた。髪は、ブラッドとミランダが死んだ夜にかぶっていたのと同じ黒っぽい帽子の下に押しこんであった。もし計画どおり事が運んでいたら、テッドと自分はどうなっていただろう？　これが初めてではないが、そんな考えが頭に浮かんだ。わたしたちは関係を持ったにちがいない。それはわかっているが、その関係はどれくらいつづいただろう？　わたしは彼に何もかも打ち明けただろうか？　自分の過去を彼と分かち合っただろうか？　そして、その秘密――わたしたちが知ったであろうお互いの秘密は、ふたりの絆をより強固にしただろうか？　あるいは、それは最終的にふたりをつぶしただろうか？　おそらくつぶしただろう、とわたしは思った。しばらくはそれも――すべてを分かち合える人がいるというのも、いいものだろうけれど。

わたしはコーヒーを飲み終え、空《から》になったカップを開いたままのバッグに入れた。そして待った。

第三十三章　キンボール

ウィンズロー・センターの少しはずれの五叉路にはダンキンドーナツがある。そこに車を駐めておけば、リリー・キントナーが自宅から車でレイトン・ロードを走ってくるのが見えることは、すでにわかっていた。その道を通る車はほとんどないし、リリーのダークレッドのホンダは簡単に見分けがつく。二度目の聴取以来、僕は毎日ここで待ち伏せし、トータル七回、リリーを尾行していた。彼女が勤め先のウィンズロー大学と自宅を往復するときも尾行したし、食料雑貨店に行くときや隣の町の農産物直売所に行くときも尾行した。一度、彼女は州間高速道の南行きの車線に入った。そのときは、おそらくコネチカット州に両親に会いに行くんだろうと思い、僕は引き返した。何度か彼女がウィンズロー・センターに用事を足しに来たときは、ほんのしばらく徒歩で、大きく距離をとって、あとをつけた。興味を引くようなことは何もなかった。

このすべてを僕は単独で、自分の車、人目につかないシルバーのソナタを使って、やっていた。どんな結果を期待していたのかは自分でもわからない。ただ、直感的にこれだけはわかっていた。リリー・キントナーはなんらかのかたちで関与している。そしてずっと見張っていれば、たぶん彼女はどこかでボロを出す。

日曜の午後も、僕はダンキンドーナツで待機していた。リリーのアコードが姿を現したのは、まさにもうあきらめようとしたときだった。彼女は左折してブルックス通りを東に向かい、町の中心部から離れていった。僕は駐車場から車を出し、彼女の車の三台ほどうしろにつけた。リリーのホンダは古いモデルで、現在走っている普通のホンダより四角張っているため、尾行するのは簡単だった。僕は彼女のあとを追って、まずストウを、次いでメイナードを通り抜け、ウェスト・コンコードに入った。その間も、彼女とのあいだには常に他の車を二、三台、入れるようにしていた。彼女を見失ったのは一度だけ、メイナード・センターを通ったときだ。僕はそこで、ユナイテッド・パーセル・サービスのトラックに前をふさがれ、立ち往生した。しかしリリーはそのままルート62を行くだろうという予想が当たり、しばらくすると、ふたたび彼女に追いつくことができた。彼女はコンコード・センターに入り、メイン・ストリートに駐車して、車を降りた。いつもの派手な緑のコートを着て、ボタンは首までかけていた。小さめの公園をぐるりと回る大きなロータリーのようなものに向かって、彼女は歩いていった。

僕がリリー・キントナーを尾行していることを知っているのは、僕のパートナーのロバータ・ジェイムズだけだ。ただし彼女もそれがどれくらいの頻度なのかは知らない。それに、僕が二度にわたり、日没後にレイトン・ロードに車を駐め、森のなかを歩いていき、敷地の端からリリーの家をのぞき見したことは、絶対に知らないはずだ。僕はどちらの夜も一時間、彼女を監視した。リリーは赤い革の椅子に脚を折ってすわり、ハードカバーの本を読んでいた。読みながら、彼女は上の空で長い髪のひと房をくるくる指に巻きつけた。かたわらでは、お茶のカップが湯気のリボンを立てていた。立ち去るよう何度も自分に命じながら、僕はその場から動くことができなかった。たとえ彼女が不意に外に出てきて、僕を見つけたとしても、きっと立ち去れなかったと思う。僕にはそういったことをジェイムズに話す気は一切ない。それでなくても彼女は僕の動機を疑っているのだ。「彼女、どんな人なの、ヘン?」前夜、ジェイムズは僕に訊ねた。僕は彼女をうちに招き、スパゲッティ・カルボナーラとスコッチを振る舞っていた。

「美人だよ」嘘はつかないことにし、僕はそう答えた。

「ふうん」ジェイムズは言った。それだけで言いたいことはわかった。

「まあ聴いて」僕は言った。「エリック・ウォッシュバーンは彼女の大学時代のボーイフレンドだった。彼はまた、ミランダ・セヴァーソン、当時の通称、フェイス・ホバートのボーイフレンドでもあった。ミランダは僕に、リリーは自分からエリックを奪ったと言い、その後、リリーが僕に、ミランダは彼を奪い返したと言った。エリックは大学を卒業した年にナッツ・アレルギーで死んでいる。彼はそのときロンドンでリリーと一緒にいた」

「彼女が彼をナッツで殺したって言うの?」

「もしそうだとしたら、それはかなり利口なやりかただよ。その種のことを事故じゃないと証明するのは不可能だからね」

「確かに」ジェイムズはうなずいて、マカランをひと口飲んだ。

「そして、何年も後に、彼女はミランダの夫と友達になる。たぶん友達以上のものに。すると今度は彼が殺され――」

「彼はブラッド・ダゲットに殺されたのよ。それはもうわかってる。あなたはリリーが彼とも知り合いだったと思ってるの？」

「いや、そういうわけじゃない。ただ、リリーが僕に嘘をついたのは確かだよ。それに、そのエリック・ウォッシュバーンってやつとミランダの死が、どっちもリリーの身近で起きたというのはすごい偶然だし」

「彼女を連行して、もう少し尋問してもいいかもね。ミランダが殺された夜のアリバイがあるかどうか彼女に訊いてみた？」

「いや、訊いてない。それもブラッドの仕業なのはわかってるわけだからね。彼女がずっと前からブラッドを知っていて、この二件の殺人を彼にやらせ、彼がいまどこにいるかも知ってるってことはありうるかな？」

「ええ、ありうる。でもなぜ彼女はそんなことをするの？　人っていうのは、大学時代にボーイフレンドを奪った相手を殺して歩くもんじゃないでしょ」

「だよなあ」僕は言った。

「だよなあ？　他に言えることはないわけ？」

「うん、他に言えることはないんだ」ジェイムズはほほえんだ。彼女はめったに笑顔を見せない。でもいざほほえむと、その微笑はやや険しい彼女の顔をまばゆいほど美しいものへと一変させる。僕たちはパートナーになって一年ちょっと経ったところだ。スコッチとパスタの夕べは約三カ月前に始まった。これまでのところ、このパートナーシップは、僕の人生におけるセックス抜きのパートナーシップのなかで最高のものだった。初日からごく自然に気楽な会話のキャッチボールが始まり、そのため僕は彼女が長年の友であるかのように感じた。自分がロバータ・ジェイムズのことをほとんど何も知らないのに気づいたのは、ごく最近のことだった。知っているのは、彼女が育った場所（メリーランド州の沿岸）、彼女の行った学校（デラウェア大学）、彼女の住まい（ウォータータウンの三階建て住宅の三階）だけだ。僕は彼女をレズビアンだと思っているが、僕たちはそれについて話したことはなかった。最初のパスタの夕べの席で、ついに僕がその話を持ち出したとき、彼女は言った。「好きなのは男性よ。ただし理論上だけど」

「つまり本当は女性がいいってこと？」

「いいえ。わたしは独身主義者だけど、もしも独身をやめたくなったら、相手は男性がいいってこと」

「なるほどな」僕はそう言って、それ以上の説明は求めなかった。この短いやりとりのあいだ、いつも揺るぎないジェイムズのまなざしは少し揺らいでいた。

僕たちのスコッチとパスタの夕べは、たぶん僕がいつも飲みすぎるからだろうが、たいてい僕の家で催される。ジェイムズの家でやるときは、彼女はいつもカウチで僕を眠らせてくれた。そんなある夜、僕はカウチから起きあがって、水を一杯飲みに行った。そしてジェイムズの寝室の前まで廊下を引き返してきたとき、そのドアが少し開いていて、黄色い光が斜めに漏れ出ているのに気づいた。僕は「コンコン」と言いながら、もう少しだけドアの隙間を広げた。ジェイムズはベッドの上でペーパーバックを読んでいた。その夜は暖かく、長い脚の一方は体にかけたシングルシーツの下から蹴り出されていた。彼女は眼鏡をかけており、そのフレームの上からもの問いたげに僕を見つめた。「眠れなくて」僕は言った。「きみも誰かと一緒にいたいんじゃないかと思ったんだ」

この誘いにジェイムズがどう反応すると思っていたのか？ それは自分でもよくわからない。でも僕を迎えたその低音の笑いの爆発は、予想外だった。僕は両手を上げ、「わかったわかった」と言いながら、ドアから後退した。

ジェイムズは引き留めようとしたが、僕は大急ぎでカウチへと退却した。翌朝、ジェイムズは夜明けに起きだして、コーヒーのカップを持ってきてくれた。「夕べは笑ってごめんね」カップを渡しながら、彼女は言った。

「いや」僕は言った。「夜遅くに寝室に行ったりしてごめんよ。あんなこと、すべきじゃなかった」声はしゃがれ、頭は万力で締めつけられているようだった。

「わたし、完全に意表を突かれたんだと思う。ここ三回は、言い寄ってくるのはいつも女性だったから。とにかく、悪かったと思ってる」

「そんなふうに思っちゃいけない。一線を越えようとしたのは、こっちなんだから。それに、僕たちは息の合った仕事仲間なんだ。それをぶち壊しちゃもったいない」

「そう、もったいないわよね」

この件についてそれ以上、僕たちが話すことはなかった。しばらくは仕事中も少々気まずかったが、それもやがて解消された。そして現在、僕たちはもとどおり定期的な集いと僕の異性関係をテーマとする討論を行っている。

「それで、あしたも彼女を尾行するつもりなの？」前夜、ふたりのグラスにほんの少しスコッチを注ぎ足しながら、ジェイムズはそう訊ねた。

「わからない」僕は言った。「一日休むべきかもな」

「そうかもね。あなたは尾行がすごくうまいんだろうけど、彼女があなたに気づいて苦情を申し立てるのは時間の問題だし」

「確かにな」僕はそう言ったが、自分がジェイムズの言うことを聞かないのはわかっていた。

リリーがメイン・ストリートの終点のロータリーのほうに向かったとき、僕は車を降りて徒歩であとをつけはじめた。彼女は大きな交差点を渡り、足場に囲われた尖塔のある、四角張った白い教会まで行くと、右に折れて、丘の斜面の墓地に入った。僕は低い石の仕切り壁にすわって、手巻きタバコを巻きはじめた。彼女は二百ヤードほど先にいたが、例の緑のジャケットのおかげでその姿はよく見えた。彼女が墓地の小道をゆっくりのぼっていくのを僕は見守った。彼女はしばらくさまよい歩き、その姿は束の間、緑廊《パーゴラ》のある古い石造りの家のスレート屋根の向こうに消えた。僕はタバコに火を点けた。スパンデックスのサイクリング・ウェアを着た中年女性がサイクリング・シューズでカチャカチャと通り過ぎていきながら、まるで我が子の仇《かたき》でも見るように僕のほうに鋭い視線を投げた。僕は墓地の見張りをつづけた。ついにリリーがふたたび姿を現した。彼女は丘の頂を歩いていた。どうやらさがしていた墓が見つかったらしい。一本のねじれた木の下に立つ石の墓標。彼女はしゃがみこんで、その碑文を読み、しばらくそこに留まったあと、立ちあがって、丘を降りてきた。あの墓は誰のなんだろう、と僕は思った。これには何か意味があるんだろうか?

リリーが墓地の前の歩道に着き、記念広場をこちらに向かって渡りだすと、僕は退却して、メイン・ストリートを渡り、前面がガラス張りの高級婦人服店に入った。スカーフのラック(どの品も上等の中古車並みの価格)を見るふりをしながら、僕はリリーの見張りをつづけた。彼女は石のベンチのところに行き、そこで携帯電話で話していた。僕からの距離はかなり近く、彼女の赤い髪のひと房が黒っぽい帽子からこぼれ落ちているのが見えるほどだった。

「どれもカシミア百パーセントですよ」突如、僕の二インチうしろから店員が言った。

僕はびくっとした。「とても綺麗ですね。すごくやわらかいし」

「そうでしょう?」

僕はスカーフのラックを離れ、小さな店のなかをもう少しだけ見てまわった。リリーはしばらくそのままベンチに留まりそうだった。数分後、僕はあの女性店員に礼を言い、ふたたび歩道に出た。リリーはいなくなっていた。彼女は買い物をするために通りを渡ってきたのかもしれない。だとすると、どこかで鉢合わせする可能性もある。そう思って、僕は店の並びを離れ、さっきすわっていた低い仕切り壁のほうに引き返した。本当は、丘の斜面の墓地に自らのぼり、リリーが熱心に見ていた墓石をこの目で見てみたかった。その墓は、丘の頂から突き出したねじれた木のすぐ下にあったので、きっと見つけられるだろうと思った。でも墓地を訪れるのは、リリーに見られる恐れがないときのほうがいい。そこで僕は待つことにした。

その定位置から、僕はあたりを見回した。リリーは依然、消えたままだった。僕は不安になりだした。彼女が不意に現れて、僕がいるのに気づいたら? 別にもう一度、彼女を見つける必要はないだろう。そう判断し、僕は立ちあがって、コンコード・センターをあとにした。しばらく行くと、灰色の板葺《いたぶき》屋根の古いホテルに差しかかった。〈コンコード・リバー・イン〉。煙がその煙突から立ちのぼっている。それはバーがあるタイプの宿に見えた。僕はなかに入った。正面側には、白いテーブルクロスと華やかな壁紙に飾られた食堂があったが、建物の奥からも話し声が聞こえた。天井の低い廊下を進んでいくと、そこには小さなバーがあった。駐車スペースひとつ分とさほど変わらない面積の、狭苦しい店だ。僕はすばやく店内を見渡し、リリーがいないことを確かめた。そこには、遅い昼食を終えようとしているカップルがふた組と、新聞を読みながらグロールシュを飲んでいる連れのいない男がひとりいた。僕は短いカウンターのすわり心地の悪い木のスツールにすわって、ボディントンズのドラフトをオーダーした。ゆっくりビールを飲んでから、リリーが見ていた墓石を調べに行くというのが、僕の計画だった。そこから何かつかめると期待していたわけじゃない。古い墓地のことだから、あれはたぶん二百年も前に死んだ人の墓標だろう。でも僕はどうしてもそれを見たかった。リリーがひどく熱心にその墓碑に見入っていたから、それがなぜなのか知りたかった。前夜のジェイムズとの夕食のことを僕は思い出した。彼女は言外に、僕がリリー・キントナーにプロらしからぬ執着を抱きはじめていると警告していた。たぶんそのとおりなんだろう。

僕はビールをひと口飲み、カウンターの器の小さなプレッツェルを一本食べると、上着のポケットからペンを取り出して、カウンターのナプキンの一枚に五行戯詩《リムリック》を走り書きした。

そのぼんくら、キンボールはおまわり
彼のオツムの働きはさっぱり
好きな女をつけまわし
世界中、追いまわし
すぐにやれると思ってうっとり

僕はナプキンをくしゃくしゃに丸め、上着のポケットに押しこんだ。そして、カウンターから新たにもう一枚、ナプキンを取って、再挑戦した。

その娘、赤い髪に魅惑の姿態
彼女のお尻を裸にしたい
そんなチャンスは万にひとつ
どう考えてもそれは唐突
せめてレースの下着を見たい

これもまたくしゃくしゃに丸め、同じポケットに押しこむと、僕はビールを飲みつづけた。急に馬鹿みたいな気分になったが、それは、下手くそなリムリックのせいというよりも、自分が事件とはほぼ無関係の女を、署に知らせもせず、偏執的につけまわしている事実のせいだった。ジェイムズは正しい。もしリリー・キントナーが何か隠していると思うなら、僕はただ彼女を連行し、尋問すべきなのだ。おそらくこの事件へのリリーのかかわりは、テッド・セヴァーソンが殺される少し前に彼女に恋をしたということだけなんだろう。彼女が僕に嘘をついたのは、自らも殺人事件を背負っている有名人の父親のことで大変な状況にあったからだ。彼女はブラッド・ダゲットとはなんのつながりもない。彼は単独でテッドとミランダの両方を殺し、この地上から消え失せたのだ。最新の仮説は、テッドを殺したあと、ブラッドがミランダを脅迫し、金の受け渡しをあの未完成の家で行うよう求めたというものだ。そう考えれば、なぜあのふたりが深夜、あそこで会ったのかも説明がつくし、なぜブラッドがここまできれいに消えられたのかも説明がつく。現金がたっぷりあれば、それもずっと簡単になるわけだから。僕はビールを飲み終え、代金を払った。ここを出て、車にもどり、ボストンに帰るとしよう。そして明日《あす》、署長と話をし、リリー・キントナーを連行して尋問することについて意見を求めよう。もし署長がやってみてもよいと言ったら、ジェイムズを同席させて尋問を行う。逆に署長が僕の疑惑を見当ちがいとみなした場合は、一週間くらい間を置いてからリリーを訪ね、近いうちに一緒に一杯やらないか誘ってみよう。

僕はホテルの低いドアからふたたび表に出た。屋内にいた三十分ほどのあいだに、外はかなり暗くなっていた。そう言えば、サマータイムはもう終わっていて、日が暮れるのもこれまでより早くなっているのだった。車のほうに引き返していきながら、丘の斜面の墓地を僕はじっと見つめた。そこには誰もいなかった。薄れゆく光のなかに、あの木とあの墓石が見える。ちょっと見てきても別に害はないだろう。僕は大きな交差点を渡り、墓地の小さな入口を見つけた。磨きあげた黒っぽい花崗岩《かこう》のなかの比較的新しい石に、墓地の名が記されている――〈オールド・ヒル霊園〉。僕は急な坂の小道をのぼっていった。めざすあの木は、石の色をした空を背に裸の枝を黒くくっきり浮かびあがらせていた。リリーが熱心に見ていた墓標を見つけると、僕は彼女がしていたように、そこにしゃがみこんで碑文を読んだ。ミセス・エリザベス・マイノット、一七九〇年没。突然、自分はここにのぼってきて何をつかもうとしていたのかと思った。僕はすり減った銘を指でなぞった。それは美しい墓石で、上部に亡霊の像が彫りこまれ、警告が添えてあった。〝死を忘れるな〟。僕はちょっと身を震わせて、立ちあがった。左右の膝がポキッと鳴る。黄昏《たそがれ》のぼんやりした光のなかで、少し頭がくらくらした。丘のてっぺんで、絶え間なく吹く風が落ち葉をぐるぐる旋回させはじめた。

墓地の反対側で枝がポキンと折れる音がし、僕は振り返った。リリー・キントナーが七、八歩、向こうにいた。彼女はコートの大きなポケットに両手を入れ、決然とこちらに向かってくる。まるで亡霊であるかのように、その存在は非現実的に思えた。どうしていいかわからず、僕はほほえんだ。こうなったら、あとをつけていたことを認めるべきだろうか？　それとも、これはまったくの偶然だというふりをすべきなんだろうか？

彼女は足を止めず、ほんの数インチのところまで近づいてきた。一瞬、僕はキスされるのかと思った。しかしそうではなく、彼女は低いささやき声で言った。「ごめんなさい」

あばらがチクリとするのを感じた。視線を落とすと、手袋をはめた彼女の手が見えた。その手がナイフを押しあげ、僕の体に押しこんでくる。上へ、心臓へと。

第三十四章　リリー

墓地のはずれに立つ栃《とち》の木の下の待機場所から、わたしは尾根の上に浮かぶひとつの人影をとらえた。光は急速に薄れつつあったが、それがキンボール刑事であることはわかった。彼はしゃがみこみ、墓石を見つめた。しばらく前にわたしが見ていたのと同じもの、ミセス・マイノットの墓を。

わたしはほんの少し時間をとり――両腕を振って血の循環を促しつつ――こんなにも簡単に、それも夕闇が迫るころに、キンボールを人気《ひとけ》のない場所に誘い出せたことを心のなかで祝った。彼のほうに歩きだしながら、万が一、他に誰か墓地に来ている場合に備え、あたりを見回したが、そこにはわたしたち以外、誰もいなかった。

キンボールまであと五ヤード足らずというとき、わたしの足が落ちていた木の枝を踏みつけ、彼は振り返った。

わたしはポケットの一方にスタンガンを、もう一方にはフィレット・ナイフを入れていた。計画では、キンボール刑事をまず失神させ、それからナイフで刺すつもりだった。でも彼がわたしを見て、ひどく驚き、呆然としているようなので、わたしはただそのまま歩み寄り、彼の肋骨のあいだに、心臓に届くよう角度をつけて、ナイフを刺し入れた。

実に簡単だった。

キンボールの顔が蒼白になり、わたしは温かな彼の血が手の上にこぼれてくるのを感じた。ふたりの視線がからみあう。耳の奥で自分の鼓動が大きく響いている。そのさなか、わたしは左手から丘を登ってくるバタバタという足音にぼんやりと気づいた。「彼から離れて、両手を上げなさい」風のそよぎより大きく、女の声が居丈高に命じた。

わたしは振り返り、トレンチコート姿の背の高い黒人女性が小道を登ってくるのを見つめた。ボタンのかかっていないコートが女の背後に翻《ひるがえ》り、風のなかではためいている。わたしはナイフを放した。キンボールは両膝をつき、その膝の一方が敷石に当たってガツンと音を立てた。わたしは両手を上げて、一歩うしろにさがった。女は前進しつづけ、キンボールに目を走らせた。あばらから突き出しているナイフに気づくと、彼女は足を速め、彼に歩み寄りながら、わたしのほうに片手でさっと銃を向けた。「地面に伏せて。さっさと動きな。うつぶせになんのよ」女がしゃべっているとき、わたしには実際、アドレナリンが彼女の体内を駆けめぐる音が聞こえた。そしてわたしは指示に従い、硬く冷たい墓地の地面に腹這いになった。抵抗する気はなかった。それに、逃げる気も。わたしはつかまったのだ。

「じっと寝ていて。動いちゃだめよ、ヘン。ナイフもそのままにしとくの、いいわね?」キンボールに話しかける女の声は、低く優しかった。状況を確認すべく、わたしは頭をめぐらせた。女が携帯電話にすばやく番号を打ちこんでいる。銃は相変わらずこちらに向けたままだ。彼女は九一一にかけ、救急車を「コンコード・センターのなんとかいう墓地。丘の上のやつ」によこすよう要請した。さらに、ボストン市警本部のロバータ・ジェイムズ刑事と名乗り、警官が一名、負傷したと指令係に告げた。電話を切ると、彼女はキンボールの状態をざっと調べ(「そんなにひどくないみたいよ、ヘン。とにかくじっとしていて」)、その後、わたしに向き直った。ズズッという音が耳を打った。彼女がコートのベルト通しから布製のベルトを引き抜いたのだ。そして彼女は、わたしの背中の中央に片膝をつき、全体重をそこにかけた。わたしは冷たい銃の先端が首に押しつけられるのを感じた。「おかしなまねをするんじゃないよ」彼女は言った。「両手をうしろへ」

わたしは言われたとおりにした。彼女は片手だけ使って、手際よくしっかりと、わたしの両手を布のベルトで縛った。「ちょっとでも動いたら、頭を撃つよ」彼女は言った。わたしは体の力を抜いた。皺《しわ》くちゃの落ち葉が一枚、風で頬に吹き寄せられた。わたしは目を閉じ、驚愕と恐怖とともに、自分の人生はこれで終わりなのだと考えた。あの女刑事がキンボールに低く語りかけているのが聞こえる。彼は何か答えているが、その言葉は聞きとれない。つかまってしまったいま、わたしには彼の死を願う理由などなかった。それどころか、わたしは彼が助かるよう願っていた。また、たぶん助かるだろうとも思った。ナイフは途中までしか刺さっていないのだ。遠くから救急車のサイレンの音が聞こえてきた。わたしは女刑事の声に耳を傾けた。彼女はキンボールに、大丈夫だ、必ず助かると言っている。わたしは目を開いた。髪のひと房が視界をさえぎっていたが、目の前の活人画を部分的に見ることはできた。エリザベス・マイノットの墓の前に横たわるキンボール刑事。出血を抑えるためその脇腹に手を押し当て、彼の上にかがみこんでいるあの女性。日が翳《かげ》り、スレート色になった空。そしていま、救急車のかすかな閃光がその場面を照らしはじめていた。

*

二十四時間後、わたしの保釈はミドルセックス郡裁判所で却下された。

「もう一度トライしましょう」わたしの公選弁護人は言った。彼女の名前はステファニー・フリン。年のころは二十五歳くらいだった。目鼻立ちの小さい綺麗な人だが、爪は嚙んで短くなっているし、もう何年もちゃんと眠っていないような顔をしていた。

彼女はわたしの房まで一緒にもどってきた。「保釈の再審査はきっと認められます。あなたを勾留しておくことはできませんよ。こういう状況ではね」

「いいんです」わたしは言った。「あなたはできるだけのことをしてくださったんですもの。自分が警官を刺したことはよくわかっています」

「あなたにいやがらせをし、つけまわしていた警官をね」ステファニーはおしゃれな眼鏡の向こうから熱心にわたしを見つめた。「彼は危機を脱したんですよ、そう言えば」彼女はつづけた。「ちょうどICUを出たところです」

「よかった」わたしは言った。

弁護士は腕時計に目をやると、明日、同じ時間にまた来ると約束した。自分で弁護士を雇うこともできたし、両親にひとり送ってもらってもよかったのだが、わたしは公選弁護人をつけてもらうことにし、いまのところその決断に満足していた。

彼女が去ったあと、わたしはダークグリーンのジャンプスーツ姿で簡易ベッドにあおむけになった。昼食（ミックス・ベジタブルを添えたハンバーガー）は、厳めしい顔の女性の制服警官によって運ばれてきた。特に空腹ではなかったが、わたしはバーガーを少し食べ、食べ物と一緒に来たプラスチックカップのアップルジュースを飲んだ。カップが空になると、独房の蛇口から生ぬるい水を注いで何杯か飲み、それからまた簡易ベッドにあおむけになった。両親は、今朝になってようやくわたしが壁掛けの公衆電話からコレクトコールで連絡したので、まもなく来ることになっており、わたしはふたりが現れるまでしばし静けさに浸っているのだった。

前日、〈オールド・ヒル霊園〉でじっと伏せていたとき、まず救急車が一台、つづいて警察車両が数台、さらにはその一群が到着するなかで、わたしはあとで取り調べを受けるときなんと言おうかと考えた。真実を、真実のすべてを話そうかとも思った。井戸のなかのふたつの死体のことも、ロンドンでエリック・ウォッシュバーンの身に何が起きたかも、セヴァーソン夫妻やブラッド・ダゲットに自分がどうかかわったかも。わたしはそれがどんなものか——すべて告白するのがどんな感じかを想像し、そのストーリーを語るとき、自分に注がれる冷たい好奇のまなざしを目に浮かべ、それから、こう思った。その好奇のまなざしは残る一生、自分につきまとうのだ。刑務所での長い年月のあいだずっと。デイヴィッド・キントナーの悪名高き娘。わたしは標本に、興味の対象になるだろう。大勢の人が本を書きたがるだろう。わたしは永遠に無名の人にはもどれないだろう。

そこでわたしは別のストーリー、はるかに単純な話を考え出した。わたしはみんなに、ヘンリー・キンボール刑事が恐くなったんです、と言おうと思った。彼は一週間以上、わたしをつけまわしていました。わたしは何度か彼の姿に気づき（この部分は本当だ）、命の危険を感じるようになったんです……。もし、なぜ警察を呼ばなかったのかと訊かれたら、彼はその警察の人間なんですよ、と言うつもりだった。それから、こう言おうと思った。わたしはスタンガンと小さなナイフを持ち歩くようになりました。問題の日、わたしは車でコンコードのお気に入りの墓地に行きました。そしてそこに彼がいるのに気づくと、パニックに陥り、ナイフで彼を刺してしまったんです。そんなことしちゃいけないのはわかっています。でもあのときは、まともにものが考えられなかったんです。ストレスのせいで一時的に頭がおかしくなっていたんです。

そして実際、わたしはそのとおりに語った。最初は、殺人未遂で連行されたコンコード警察署で、調書をとった警察官に。そしてそれと同じ夜、キンボール刑事の命を救ったあの女性、ロバータ・ジェイムズ刑事にも。わたしはその取り調べから、キンボールとジェイムズ刑事が協力して尾行を行っていたのか、それとも、女刑事はただ偶然あの場面に遭遇しただけなのか、読みとろうとした。キンボールは単独で、職務の範囲を超えて、わたしを尾行しているのだとわたしはずっと信じていた。彼は明らかにわたしに執着しだしており、わたしの人生を隈なく調べはじめるのは時間の問題だった。わたしはすでにエリック・ウォッシュバーンの名前を彼に教えている。当然、彼は記録を当たって、エリックが死亡時、わたしと一緒にいたことをつかんだはずだ。わたしは少し焦りだしていた。そんなとき、ある考えが頭に浮かんだ。もし彼が本当に単独でわたしをつけているのなら、わたしはただ人気《ひとけ》のない場所に彼を誘い出し、問題を処理すればいいのだ。テッド・セヴァーソンと会ったあの墓地をわたしは思い出した。あそこでは他の人間をほとんど見かけなかった。なおかつ、あれはかなり開けた場所だ。コンコードまでわたしを追ってこさせれば、キンボール刑事は下の町から墓地のわたしを見ることができる。わたしは墓のどれかを長いことじっと見つめ、彼がその墓を見に来ることを期待しよう。あとはただ待つのみだ。

すべてがうまくいった――ジェイムズ刑事が現れるまでは。

わたしは自分の話に自信を持っていた。おそらくは、一時的に刑務所か精神障碍《しょうがい》者施設に行くことになるだろうが、長期間収監されることはまずあるまいと思った。いちばんの気がかりは、警察がミランダの死とブラッドの失踪をどこまで調べるかだった。わたしにはあの夜のアリバイがない。でも、なくて当然だろう。あれは火曜の夜の遅い時間で、わたしはひとり暮らしなのだ。仮に警察が母に話を聞いたとしても、わたしがメイン州南部に行く足を求めたことに母が触れる可能性はほとんどない。母がそのことを覚えている可能性さえほとんどないとわたしは思った。

母のことを考えていたちょうどそのとき、廊下の奥で油の切れた扉の蝶番《ちょうつがい》がギーッと鳴り、母のどなり散らす声が聞こえてきた。〝保釈〟という言葉、〝馬鹿げてる〟という言葉が耳を打った。昼食を運んできたのと同じ警官が、父と母をわたしの房の格子のはまったドアの前に連れてきた。母は怒り狂っているようで、父は老けこみ、怯えているようだった。「ああ、リリーちゃん」母が言った。

＊

三日後、保釈の再審査の前日、レンジで温めた卵とポテトの朝食のあとで、わたしは取調室に連れていかれた。その部屋には前にも入ったことがあった。窓のない四角い小部屋。壁は目に痛い殺風景な白で塗られている。

ジェイムズ刑事が入ってきて、部屋の角の高いところに据えられたカメラに向かい、自分の名前と現在の時刻を告げた。

「調子はいかが、ミズ・キントナー?」椅子にすわると、彼女は訊ねた。

「まあまあです」わたしは言った。「キンボール刑事の容体はいかがですか?」

彼女は唇を引き結び、少し間をとった。わたしはその目が壁にはめこまれたミラーグラスのほうへちらりと動くのをとらえた。キンボールがこの尋問を見ているのだろうか、と思った。

「彼は快方に向かっています」ジェイムズ刑事は言った。「助かったのは非常に幸運でした」

わたしはうなずいたが、何も言わないことにした。

「またいくつか質問があるんです、ミズ・キントナー。まず、前回の取り調べで、あなたはコンコードの墓地に行った日曜以前にも、何度かキンボール刑事につけられているのに気づいたと言いましたね。それがどういうときだったか教えてもらえますか？」

わたしは彼女に、キンボール刑事につけられているのに気づいたときのことを話した。一度はウィンズローの中心部で、一度はうちの私道の前をゆっくり車で通り過ぎていくのを見たのだ、と。彼女は、テッド・セヴァーソンとわたしの関係や、わたしが彼の死後、ケネウィックに行った理由について訊ねた。わたしはキンボールに話したのと同じことを彼女に話した。

「つまり、こういうことですか」ジェイムズ刑事は言った。「あなたは殺人事件に関する重要な情報を持っていながら、その情報を警察に伝えずに、自ら犯罪捜査を行う道を選んだ。そしてその後、ある警察官が自分のあとをつけ、いやがらせをしていると思いこみ、単に通常の仕事をしていたにすぎないその警察官を殺そうと決めた。あなたは自分の問題を非常に変わったやりかたで処理するんですね」

「わたしは別にキンボール刑事を殺そうと決めたわけじゃありません」

「でも、彼をナイフで刺そうと決めたわけですよね」

わたしはなんとも答えなかった。ジェイムズ刑事はテーブルの向こうからじっとわたしを見つめた。この人とキンボールのあいだには何かが――ロマンチックな何かがあるのだろうか？

わたしはそう考え、それはないだろうと思った。モデル風の骨格とひょろりと長い体をそなえ、美しいとさえ言えるものの、ジェイムズ刑事にはどこか荒々しい肉食獣的なところがあった。

もしかするとそれは、いまわたしを凝視しているその目つきのせいなのかもしれない。彼女のまなざしはわたしを貫き、その向こうまで見通せそうだった。

沈黙がつづいた。ジェイムズ刑事にはもう訊くことがないのだとわたしは思った。とそのとき、彼女が言った。「キンボール刑事から聞いたんですが、あなたは刺す直前、彼に言葉をかけたそうですね。自分がなんと言ったか覚えていますか？」

覚えてはいたが、わたしは首を振った。「本当に」わたしは言った。「あの午後のことはほとんど何も覚えていないんです。きっと記憶から消去してしまったんでしょう」

「あなたにとっては実に都合のいい話ですね」ジェイムズ刑事は言い、立ちあがって部屋から出ていった。

わたしはしばらくひとりで放置された。たぶん三十分ほどだと思うが、腕時計をしていなかったし、室内には時計がなかったので、確信は持てない。わたしは椅子にすわったまま、顔を無表情に保とうと努めた。自分がガラス越しに観察され、分析され、話題にされていることはわかっていた。それはまるで、裸にされて縛りつけられ、いくつもの汚れた手でいじくりまわされているようだった。でもこれだけは確かだ。こちらが供述を変えないかぎり、そして、ブラッドの遺体が見つからないかぎり、警察にはいつまでもわたしを拘束しておくことはできない。わたしは自分の生活を取りもどせるだろう。少なくとも、何がしかの生活を。そうなったら、もう二度と同じ過ちは繰り返すまい。今後、わたしは誰も入りこませない。それはトラブルのもとだから。

ドアが開き、キンボール刑事が入ってきた。服装は普段どおりツイードのブレザーとジーンズだったが、髭が一週間分伸びており、肌の色は青白かった。彼はそろそろと椅子のほうに歩いてきたが、すわりはせずに、その背もたれに片手をかけ、わたしにじっと目を据えた。それは怒っているというより興味深げなまなざしだった。

「刑事さん」わたしは言った。

「自分がなんと言ったか覚えているでしょう」彼は言った。「僕を刺す直前」

「覚えていません。わたしはなんと言ったんです？」

「あなたは『ごめんなさい』と言ったんだ」

「そうなんでしょうね。刑事さんがそう言うなら」

「でも、なぜそんなことを言うんだろうな？　もし僕を怖がっていたなら、僕につきまとわれていると思っていたなら？」

わたしは首を振ってみせた。

「あなたが隠そうとしているものを僕は必ず見つけ出す」彼は言った。「それがなんなのか、どこにあるのか、いまはまだわからない。でも必ず見つけ出してやる」

「うまくいくといいですね」わたしは言い、彼の目をじっと見つめた。予想に反し、彼は視線をそらさなかった。「刑事さんが無事でよかった」わたしは言った。そしてそれは本心だった。

「まあ、現時点では、僕が無事なのがあなたにとって最善のことだろうな」

わたしはそれ以上何も言わなかった。彼はわたしを見つめつづけた。わたしはその目をさぐり、憎しみの色をさがしたが、それは認められなかった。

バーンと音がして、ドアが乱暴に押し開けられ、見たことのないスーツの男がずかずかと入ってきた。彼は中年で、恰幅がよく、灰色の口髭を蓄えていた。「出ていけ、キンボール、さあ早く」ヘンリー・キンボールはおもむろに向きを変えると、きびきびした足取りで部屋から出ていった。そのあいだ中年男はドアを押さえていた。ふたりの背後でカチャリとドアが閉まる前に、男の大きな声がまた聞こえた。「なんてこった、いったいどういうつもり――」わたしはふたたび静けさのなかに取り残された。

*

その夜、房にもどったあと、弁護士がわたしに会いに来て、格子のはまったドアの外に椅子を引き寄せた。「きょう思いがけない人が訪ねてきたでしょう?」彼女は妙な具合に顔をゆがめていた。ややあってわたしは、この人は笑いを噛み殺しているのだと悟った。

「キンボール刑事のことね」

「ええ。彼は強引に取調室に侵入したんですって。そもそもあなたは、あそこにひとりで行くべきじゃなかったのよ。取り調べのときはいつだって弁護士の同席を求められるんですからね」

「わかっています」

「彼は何を言ったの?」

「彼を刺す前、わたしが何を言ったか覚えているかと訊かれたんです。わたしは何も覚えていないと言いました。本当にそうなので。それと、彼は、わたしが隠そうとしているものは必ず見つけ出すと言っていました」

弁護士は今度は本当にほほえんでいた。そして初めて、わたしは彼女が下の歯列にあのほとんど見えないプラスチック製の矯正器具をはめていることに気づいた。「ごめんなさい」彼女は言った。「不愉快な思いをしたでしょう。それに、そういうことはあってはならないのよ。ヘンリー・キンボールは正式に停職処分となりました。どのみち、いずれそうなったでしょうしね。本当よ」

「それじゃわたしの尾行は、彼が単独でしていたことなんですね?」

「そうですとも。そのことならすでにわかっていました。パートナーが彼に目を光らせていたのは、彼の精神状態に不安を覚えたからなの。あの前の夜、本人が彼女に、時間の空いたときあなたをつけていることを認めたのよ。彼女は彼が妄想を抱きだしていると思ったのね。それで翌日、車で彼の様子を見に行き、自分自身も彼を尾行することになったわけ。そうして彼女はコンコードにたどり着いたのよ。

しかもそれだけじゃないの。あの刑事が病院に運ばれるとき、彼があなたについて書いたあるものが見つかったらしいのよ。詩なんだけどね」

「ほんとに? どんな詩です?」

「有罪の強い証拠となりうる詩。キンボール刑事はもう二度と警察では働けないでしょうね」

「それで、要するにどういうことなんです?」わたしは訊ねた。

携帯電話が震動したにちがいない。彼女はブレザーのポケットからそれを取り出すと、ボタンをひとつ押してからまたしまった。「あまり期待を持たせたくはないけどね、リリー、きっとなんらかの取引ができると思うの。それであなたに訊きたいんだけれど、精神鑑定を受けて、病院で怒りのコントロールを学びながらしばらく過ごすというのはどうかしら」

わたしは喜んで同意すると言った。

「よかった」彼女は言った。「ではその方向で進めましょう」彼女はわたしを見あげて、ふたたびほほえんだ。「いずれにせよ、あなたはもうすぐここを出られると思うわ」そう言って立ちあがると、はちきれそうなブリーフケースの奥をさぐった。「もう少しで忘れるところだった。また手紙が来てるの。階上《うえ》で渡されたのよ」

彼女は食事を入れるためのスロットに封筒をすべりこませた。それは父からの新たな手紙だった。この前会ってから三日間で、父はすでに三通、手紙をくれていた。「ありがとう」わたしは言った。

弁護士は立ち去り、わたしはふたたび簡易ベッドにすわった。父の手紙はすぐには開けず、しばらくそうしていた。いまの知らせは、予想よりはるかにいいものだった。わたしは自分の生活を取りもどせるだろう。いますぐではなくても、いずれは。何が書いてあるのか楽しみにしながら、わたしは手紙を開いた。小さいころから、わたしはずっと父に手紙をもらっている。そして、それはいつもわたしを元気づけるのだ。

最愛のリルへ、

母さんは今夜、生涯教育の講座（彼女の唯一の収入源！）で教えているから、わたしはひとりで家にいて、目下、電子レンジで冷凍ラザニアを解凍しているところだ。どうやら解凍には十五分かかるらしいので、またちょこっと手紙を書くことにするよ。今朝、おまえの弁護士と話したが、彼女はいろいろと明るい展望を語っていたぞ。この分だと、おまえは比較的早く自由の身となって、もとの生活にもどれるかもしれない。希望が持てそうだよ。

もう夜の十時くらいの気がするが、まだ夕方の五時なんだな！　ここでは夜が早く更けるね。いま、わたしはついこのあいだ自分で発明したすばらしいカクテルを飲んでいる。背の高いグラス一杯の水に指幅二本分のスコッチを加えるってやつだ。要はウィスキー風味の水だな。実にいい味だよ。それに、これなら健康を損なわずに朝から晩まで飲んでいられる。そのプラス面は、一日のどの時点でも完全にしらふになることがないうえに、翌日は溌剌《はつらつ》たる気分で目が覚めるってことだ。この飲みかたをもっと昔に発見していればなあ。特許を取って、ひと儲けできたろうに。

電子レンジがチンと鳴った。それに、飲み物も補給しないとな。母さんが、今週末わたしを車に乗せておまえに会いに行くとか言っていたよ。そのときまで、枝にぶらさがったあの子猫（アメリカで人気の励ましの写真ポスター）に倣って――〝がんばれ！〟

元気でな、ダーリン

父さんより

そうそう、追伸。この前、書き忘れたんだが、悪い知らせがあるんだよ。実は、うちの隣のあのバードウェル農場が、ボストン在住のまだ十代のヘッジファンド・マネージャーに売られてしまったんだ。そいつは土地を均《なら》して、部屋数五十七だかの週末用ドヤを建てる気らしい。もうブルドーザーが何台も到着しだしているんだよ。おまえはあの農場の小さな草地が好きだったろう？　だから伝えておこうと思ってね。残念だが、明日には工事の連中がどこもかしこもひっくり返すんじゃないかな。母さんは突如、怒れる環境保護論者と化したもんだ。悪い知らせでごめんよ。いや、もしかするとおまえは、いったいなんの話なんだ、と思っているかもしれないな。じゃあまた近いうちに、リル。父さんはおまえを愛している。これからもずっと。何があろうと。

解説

三橋《みつはし》　暁《あきら》

ひとり旅のさ中に、見知らぬ異性が不意に話しかけてきたとしよう。あなたならどうする？　ロンドンのヒースロー空港で、ボストン行きの直行便を待つ実業家のテッド・セヴァーソンの場合、警戒心が頭をもたげるものの、すぐさまそれを緩《ゆる》めてしまう。というのも、相手の女性が若く、美しかったからだ。ボストン郊外にある女子大の文書館で働いているというリリー・キントナーは、長く赤い髪に、スキムミルクのような白い肌、澄んだエメラルド色の瞳の持ち主だった。

ビジネス・クラスの専用ラウンジでマティーニのグラスを傾ける二人は、たちまち打ちとけていく。機内では何をして過ごすのかと問われた彼が、つい「殺人計画を立てる」と不謹慎な冗談を口にしてしまったのは、ここのところ妻ミランダの行状に頭を悩ませていたからだ。しかしリリーはそれを咎《とが》めるどころか、テッドの話に耳を傾け、邪《よこしま》な計画に手を貸すための助言を始めるのだった。

妻を亡き者にせんと夢想する男と、彼の背中をそっと押す見知らぬ他人が旅の道連れになる。

そんな〝運命の悪戯《いたずら》〟から始まる『そしてミランダを殺す』は、二〇一五年に本国のアメリカで上梓《じょうし》されたピーター・スワンソンの二番目の長編小説で、原題を *The Kind Worth Killing*（殺されて当然の者たち）という。同年の英国推理作家協会（ＣＷＡ）賞のイアン・フレミング・スチールダガー部門で最終候補まで残った一作だ。

作者についてだが、自身のホームページに掲げるプロフィルは、いささか素っ気ない。トリニティ・カレッジ、マサチューセッツ大学アマースト校、エマーソン・カレッジに学び、現在はマサチューセッツ州サマーヴィルで妻や猫と暮らしている、とあるのみ。読書の傾向を知ろうと思ってネットのインタビューに目を通してみても、ジョン・Ｄ・マクドナルドやアガサ・クリスティという人気作家の名を模範解答のように挙げているに過ぎない。

しかし本作のページをめくり始めた読者諸氏は、作品の中に存在する、ある作家への強いシンパシーのようなものに気がつくに違いない。その作家の名は、パトリシア・ハイスミス。いきなり登場人物の読みさしの本として『殺意の迷宮』（一九六四年）が出てくるのはご愛嬌だとしても、本稿の冒頭にダイジェストを掲げた物語の導入部分にあたる第一章からは、ハイスミスの代表作のひとつ『見知らぬ乗客』（一九五〇年）へのそこはかとないオマージュを読み取ることができる。

少しだけおさらいをしておくと、北米大陸の大平原を西に向かう列車の中で偶然出会った富豪の放蕩《ほうとう》息子ブルーノの身勝手な提案から、若手の建築家ガイが共犯者として殺人事件に巻き込まれていく『見知らぬ乗客』は、ミステリの世界では〝交換殺人もの〟の代名詞のようにも言われ、現代ミステリの里程標とされてきた。たとえハイスミスを読んでいなくても、ヒッチコックの映画なら観《み》ているぞ、という方も少なくないだろう。

映画では、ガイがテニス・プレイヤーに改変されているが、それが試合場面やクライマックスの遊園地のシーンに活かされ、原作と同様、ストーカーじみたブルーノの不気味さや、つきまとわれるガイの不安な心理がこれでもかとばかりに描かれる。「ゴーン・ガール」の監督デイビッド・フィンチャーが新たな映画化を目論《もくろ》んでいるという話もあるが、原作小説の普遍的な魅力は、映画人の目から見ても今なお新鮮なのだろう。

話を本作に戻すと、誤解のないように書いておかねばならないが、この『そしてミランダを殺す』は、出だしこそ『見知らぬ乗客』を連想させるが、ハイスミスの小説の焼き直しや同工異曲ではないし、いわゆる交換殺人ものでもない。刊行時のインタビューによれば、機上での出会いが男女を殺人に導くというアイデアは以前から温めていたもので、ハイスミスの作品との類似点に気づいてからは、先達《せんだつ》を踏まえて小説に取り組んだという。そういう意味で、本作は確信犯的というよりは偶然《シンクロニシティ》の一致の産物と言うべきかもしれないが、ピーター・スワンソンの作品を読んで同じことを感じたのは、実は今作が初めてではない。

二〇一四年のデビュー作『時計仕掛けの恋人』（ハーパーBOOKS刊）では、二十年以上も消息の知れなかった学生時代の恋人と再会したことから、穏やかだった主人公の日常が、まるでジェットコースターのような乱高下《らんこうげ》状態に陥《おちい》っていく。そこに登場するある人物の強い変身願望と自己愛の行動原理に感じた既視感の正体が、ずばり『太陽がいっぱい』（一九五五年）

のトム・リプリーだったのである。

原作であるハイスミスの小説以上に有名なルネ・クレマン監督の映画では、数奇な生い立ちを背負った主人公のリプリー青年をアラン・ドロンが演じたが、トム・リプリーという人物こそは、現在でいう社会病質者《ソシオパス》、あるいは精神病質者《サイコパス》だろう。幼い頃から社会のルールを守る意識に乏《とぼ》しく、時に衝動的に行動し、平気で嘘をついたり他人を傷つけたりする。精神医学用語では反社会性パーソナリティ障害と言われる人々だ。

良心というブレーキを欠く彼らのすべてが犯罪者というわけではないが、リプリーを始めとする危険な一線を越えてしまった人々の物語を一ダース以上もハイスミスは書き続けた。しかし、キャリアの長さこそ及ばないが、ピーター・スワンソンもまた彼なりの手法で社会のアウトサイダーたちを捉え、小説に登場させている。本作のリリー・キントナーも、その一人である。

この『そしてミランダを殺す』は三部構成の形をとっており、全部で三十四ある章の半分（偶数章）が、そのリリーの一人称で語られていく。偶然にリリーと出会ったテッドが彼女と奇妙な共犯関係を結び、彼の妻ミランダを葬り去るための計画が動きだす「空港のバーのルール」と題された第一部では、周到な妻殺しの企みをつぶさに追う現在進行の奇数章と並行する形で、偶数章では少女時代から大人になるまでの過去をふり返りながら、リリーの秘められた素顔が詳《つまび》らかにされていく。

第二部の「未完成の家」に入ると、物語の局面はドラマチックにその様相を変えるが、一貫して描かれるのは想定外の事態にも一向に怯《ひる》まない、クールで行動的なリリーの姿である。彼女の人物像は、頭の回転が速く、恐怖という感情をほとんど持たないという点でも、ソシオパスやサイコパスをめぐる通説と恐ろしいほどに一致する。そして第三部の「死体をうまく隠す」では、そんな彼女の魅力が意想外の人物を身辺に引き寄せてしまう。

殺意の芽吹きから、それが犯行計画として育っていく過程を余すところなく描き、そこに一人の女性が辿《たど》った半生の足どりを重ねていく。読者を予想もつかない場所に連れていく先の読めない展開とも相俟《あいま》って、ピーター・スワンソン流とでも呼ぶべき本作は、途切れない緊張感が、読者に飽《あ》きる暇をまったく与えないのも素晴らしい。

このように、〝犯罪者くらいドラマティックで興味深い存在はない〟と語ったというハイスミスの世界を敷衍《ふえん》する一方で、さらに作者はクライマックスが近いホテルのバーの場面で、なんと詩人を気取るボストン市警の刑事に五行戯詩《リムリック》を詠《よ》ませ、それが予期せぬ事態を招いていく展開を、意地が悪いくらいシニカルに描いていく。

そんな独特のスワンソン流には、巨匠の衣鉢《いはつ》を継ぐだけではなく、自分なりのスタイルで犯罪小説というジャンルをまるごと前に進めようとする逞《たくま》しさがある。男女四人のモノローグというユニークな構成をはじめ、クリフハンガーや同じ場面を別の視点から繰り返してみせるなど、叙述《じょじゅつ》スタイルの工夫にも余念がない。二十一世紀の犯罪小説とでも呼びたくなる新鮮さの所以《ゆえん》だろう。

映画化の話題では、「シャドー・ダンサー」のジェームズ・マーシュ監督で準備中という『時計仕掛けの恋人』に加え、ドラマの「ハウス・オブ・カード　野望の階段」や「コールドケース　迷宮事件簿」でおなじみ、ポーランド出身の女性監督アニエスカ・ホランドが手がける本作の映画化の話には、リリー役の候補にアンバー・ハードの名も挙がっている。すでにシナリオは完成しているそうで、クランクインが待ち望まれるところだ。

この世界の多数の人々は、他者の命を奪うことを悪だと考えている。しかし、リリーはそのルールに縛られない。なぜなら、社会の規範から生まれついての自由な存在だからだ。本作は、サイコパスやソシオパスと呼ばれる人々には法すらも通用しないことを改めて思い起こさせる。リリーの抱える深い孤独は、マジョリティたちとの遠い隔《へだ》たりを象徴するものだろう。この『そしてミランダを殺す』は巻《かん》を措《お》く能《あた》わざる犯罪小説だが、最新の精神医学も十分に解き明かしていないマイノリティの反社会性とどう向き合っていくべきかという難問を、読者にそっと問いかけずにはおかないのである。

〈ピーター・スワンソン長編作品リスト〉

The Girl with a Clock for a Heart（2014）『時計仕掛けの恋人』（ヴィレッジブックス　二〇一四→ハーパーBOOKS　二〇二一）
The Kind Worth Killing（2015）『そしてミランダを殺す』（創元推理文庫　二〇一八）
Her Every Fear（2017）『ケイトが恐れるすべて』（創元推理文庫　二〇一九）
All the Beautiful Lies（2018）『アリスが語らないことは』（創元推理文庫　二〇二一）
Before She Knew Him（2019）『だからダスティンは死んだ』（創元推理文庫　二〇二二）
Eight Perfect Murders（2020）『８つの完璧な殺人』（創元推理文庫　二〇二三）
Every Vow You Break（2021）
Nine Lives（2022）
The Kind Worth Saving（2023）
A Talent for Murder（2024）

訳者紹介　英米文学翻訳家。訳書にオコンネル『クリスマスに少女は還る』『愛おしい骨』、デュ・モーリア『鳥』、エスケンス『償いの雪が降る』、スワンソン『アリスが語らないことは』『８つの完璧な殺人』などがある。

検印
廃止

そしてミランダを殺す

2018年 2月23日　初版
2024年10月11日　12版

著者　ピーター・スワンソン

訳者　務《む》台《たい》夏《なつ》子《こ》

発行所　(株)東京創元社
代表者　渋谷健太郎

162-0814/東京都新宿区新小川町1-5
電話　03·3268·8231-営業部
　　　03·3268·8204-編集部
URL　http://www.tsogen.co.jp
暁印刷・本間製本

乱丁・落丁本は、ご面倒ですが小社までご送付ください。送料小社負担にてお取替えいたします。

©務台夏子　2018　Printed in Japan

ISBN978-4-488-17305-0　C0197

『そしてミランダを殺す』の著者、新たな傑作！

HER EVERY FEAR◆Peter Swanson

ケイトが恐れるすべて

ピーター・スワンソン
務台夏子 訳　創元推理文庫

◆

ロンドンに住むケイトは、
又従兄のコービンと住まいを交換し、
半年間ボストンのアパートメントで暮らすことにする。
だが新居に到着した翌日、
隣室の女性の死体が発見される。
女性の友人と名乗る男や向かいの棟の住人は、
彼女とコービンは恋人同士だが
周囲には秘密にしていたといい、
コービンはケイトに女性との関係を否定する。
嘘をついているのは誰なのか？
年末ミステリ・ランキング上位独占の
『そしてミランダを殺す』の著者が放つ、
予測不可能な衝撃作！

予測不可能な圧巻のサスペンス!

ALL THE BEAUTIFUL LIES◆Peter Swanson

アリスが語らないことは

ピーター・スワンソン

務台夏子 訳　創元推理文庫

◆

大学生のハリーは、父親の事故死を知らされる。
急ぎ実家に戻ると、傷心の美しい継母アリスが待っていた。
刑事によれば、海辺の遊歩道から転落する前、
父親は頭を殴られていたという。
しかしアリスは事件について話したがらず、
ハリーは疑いを抱く。
――これは悲劇か、巧妙な殺人か?
過去と現在を行き来する物語は、
ある場面で予想をはるかに超えた展開に!
〈このミステリーがすごい!〉海外編第2位
『そしてミランダを殺す』の著者が贈る圧巻のサスペンス。

東京創元社が贈る総合文芸誌！

SHIMINO TECHO

紙魚の手帖

国内外のミステリ、SF、ファンタジイ、ホラー、一般文芸と、
オールジャンルの注目作を随時掲載！
その他、書評やコラムなど充実した内容でお届けいたします。
詳細は東京創元社ホームページ
（http://www.tsogen.co.jp/）をご覧ください。

隔月刊／偶数月12日頃刊行

A5判並製（書籍扱い）